밝은 미래가 함께하기를...

전하영 :)

소설의 시간을 내어주신 당신께

김멜라

2021년에도 사랑해요.

김지연

화창하고 따뜻한

봄의 마음을 담아,

김혜진

이 봄에 당신과

이렇게 만나서 기쁩니다

미지의 독자를 향하여.

서 이 제

당신의 낙관이 빛날 수

한정현 :)

2021 제12회

젊은작가상 수상작품집

2021 제12회

젊은작가상 수상작품집

문학동네

| 차례 |

대상

—

전하영

그녀는 조명등 아래서 많은 시간을 보냈다

작가노트

인용된 것, 인용되지 않은 것

해설 오은교

예술성의 안개를 걷으면

전하영
2019년 문학동네신인상을 수상하며 작품활동을 시작했다.

그녀는 조명등 아래서 많은 시간을 보냈다

정오가 가까워지면 세상은 자명하게 반으로 나뉜다. 혼자 먹는 사람과 같이 먹는 사람.

연구소에서 점심시간을 개인적으로 보내고 싶어하는 이는 놀랍게도 단 두 사람뿐이었다. 그는 나와 부서도 다르고 속한 계급도 상이했지만 혼자 점심을 먹고 식후엔 담배를 피웠으며, 그래서 종종 연구소 건물 뒤편의 후미진 곳에서 마주쳤다. 말을 터보니 인문학 책도 좀 읽는 것 같고, 적당한 거리를 유지하는 가운데 가끔은 위트 있는 농담도 할 줄 아는, 그런대로 말이 통하는 상대였다. 우리는 정확한 지칭을 피하면서 연구소 꼰대들에 관한 시니컬한 농담을 나누었다. 대전 본부 소속 연구자인 그는 일주일에 두 번씩 서울에 올라와 연구소가 소속된 대학에서 기후역학 강의를 했다. 술을 마시지 않지만 커피는 좋아해서, 단지 커피를 마시기 위해 브라질까지 무리해서 출장을 간 적도 있다고 했다. 하지만 정작 브라질리아에 도착해서는 커피가 아니라 건축에 꽂히는 바람에 건축과 관련한 에세이집을 펴내기도 했는데, 건축이란 돈이 많이 드는 취미라고 자조하면서도 은근히 취향을 뽐내고 싶어하길래 나는 적당히 장단을 맞추어주었다. 그에게 딱히 바라는 바가 있었던 건 아니었지만 연구소같이 삭막한 곳에서는 작은 우정 같은 것도 꽤나 소중했으므로 그와의 마주침은 내게 의미 있는 일로 여겨졌다. 그가 마땅히 등장해야 할 시점이 되었는데도 흡연구역에 나타나지 않으면 나는 연구소 건물을 통과해 정문 앞마당으로 나가 분수대와 주차장을 슬렁슬렁 한 바퀴 돌고 나서 다시 재떨이가 비치된 가로등 아래로 돌아와 담배를 한 대 더 피웠다. 그러나 그는 대부분 정확한 시간에 도착했다. 내가 그랬던 것과 마찬가지로.

우리는 별 의미 없지만 묘하게 평등한 분위기로 잡담을 나누었다. 묘하다고 한 이유는 연구소의 계급 체계가 매우 철저했기 때문이다. 나는 계약직 행정사무 보조였고, 으레 내 몫으로 남곤 하는 복사기와 물티슈와 커피 필터를 앞에 두고 종종 불가촉천민이 된다는 건 이런 것이 아닌가 하는 생각에 잠겼다.

그는 적당한 무관심과 호의로 나를 대했다. 여자가 담배를 피운다는 사실에 무심코 눈이 휘둥그레지는 우리 부서 연구자들과는 좀 달랐다. 평범한 인상이지만 키가 커서 스타일이 좋았고, 과묵하지도 수다스럽지도 않았으며, 무엇보다 누구라도 한 번쯤 세심히 그의 얼굴을 관찰한다면 영원히 잊을 수 없을 이마와 눈썹을 갖고 있었다. 나는 왜인지 매번 그에게서 정체를 알 수 없는 그리운 기분을 느꼈고, 그에게 그런 이야기를 하지 않기 위해 주의를 기울여야만 했다. 그건 뭐랄까, 아무 뜻도 없는 말이지만 어쨌거나 너무 사적인 감정이었고, 일단 튀어나오기만 하면 종잡을 수 없는 고백 비슷한 게 되어버릴 것 같았다. 아무튼 오다가다 만나는 사이에서 불쑥 꺼내 보이기엔 선을 넘는 주제였다. 게다가 나는 그의 얼굴을 되도록 자연스러운 상황에서 오래 보고 싶었다. 이마에서 눈으로, 턱으로 이어지는 이상한 균형 같은 것. 나를 불편하게 하면서도 주의를 환기시키는 어떤 형태, 조합, 구조. 일주일에 두 번은 너무 적군. 나는 아쉬워하며 그와 방향이 갈리는 복도에서 서서히 발걸음을 늦추다가 반대쪽 통로로 사라지려는 그의 이마를 0.5초쯤 더 볼 수 있도록 고개를 돌려보곤 했다.

별거중이긴 했지만 그는 유부남이었는데도 우리를 아는 연구소 사람들은 기회가 있을 때마다 나와 그를 엮으려는 듯 가벼운 농을 던졌다. 그것은 두세 달에 한 번쯤 말하는 사람만 바꾸어 일어나는 의례적인 일이었는데 그럴 때마다 그는 아주 부드러운 태도로 언짢은 기색을 표했다. 너무 부드러운 나머지 나를 제외하고는 아무도 그의 진심을 알아듣지 못하는 것 같았다. 겸양이 묻은 언짢음. 예의바르지만 단호한 거부. 나는 못 들은 척 넘겼지만 어쩐지 거절당한 기분으로, 어쩐지 도둑맞은 감정의 주인으로서, 그와 나의 신분 차이를 다시금 환기했다. 익숙한 일이었다. 나는 직급이 낮고, 혼자 여자였으며, 이제 이런 일은 매우 드물어졌지만 연구소에서는 나이도 제일 어렸기 때문에, 불쾌감을 숨기는 건 그야말로 일상이 되었다. 내가 속한 '연구3팀'은 서무 선생님과 나를 제외하고는 모두 이공 계열의 유부남 박사들이었다. 그들은 아침밥을 차려주는 전업주부 아내와 두 명의 자녀로 구성된 4인 '정상 가족'을 이상적인 삶의 형태로 여기는 2020년대의 희귀종이었다. 하얗고 천진한 얼굴로 아무렇지도 않게 자신의 특권을 누구나 가질 수 있는 당연한 권리인 양 여겼다. 근무한 지도 어느덧 일 년이 다 되어갔으므로 곱게 자란 박사님들의 악의 없는 무례함에 그다지 상처를 받진 않았지만, 구태의연한 농담을 정색하고 받아치는 그의 태도에는 적잖이 신경이 쓰였다. 약간의 반감과 의아함, 근거 없는 배신감을 느꼈고, 그가 나에게 보여준 편안한 태도에 어떤 우월감 같은 감정이 섞여 있었던 건 아닌가 싶어 조금 쓸쓸해졌다.

그날도 우리는 각자 점심시간을 보내고 금연 팻말이 붙은 가로등 아래 흡연구역에서 마주쳤다. 가끔은 나보다 그가 먼저 와 있었는데 그날도 그랬다. 그는 멍하니 어딘가를 바라보다가 인기척을 느낀 듯 뒤를 돌아보았다. 그러곤 나를 기다렸다는 듯이 담배 한 갑을 꺼내어 내 손에 쥐여주었다. 평소 그가 피우던 종류가 아니었다. 출장 온 인도네시아 박사가 선물로 주고 간 것이라고 말하며 눈을 찡긋거리길래 흘깃 보니, 이태원에서도 쉽게 구할 수 있는 단맛 나는 담배였다. 나는 처음 보는 물건처럼 신기해하며 담배를 물고 불을 붙였다. 우리는 별말 없이 멍하니 철제 펜스 너머로 대학 캠퍼스를 내려다보았다. 나이가 들어서 그런지 침묵이 어색하지 않은 상대를 찾는 일이 정말 드물어졌다. 나는 지금 어색한 기분인가, 그렇지 않은가. 이런 생각을 하고 있다면 분명 어색한 거겠지……

"스물한 살짜리를 유혹하는 건 정말 쉬운 일이에요."

문득 그가 중얼거렸다.

점심시간이 끝나갈 무렵이라 삼삼오오 무리 지은 학생들이 모두 한 방향으로 걸어올라가고 있었다. 출근할 때마다 나도 학생들과 함께 그 언덕길을 따라 연구소까지 올라온다. 언덕 끄트머리에서 오른쪽으로 들어서면 아담한 분수대가 있는 연구소 마당에 다다르고, 그대로 쭉 직진하면 대학 건물로 둘러싸인 잔디광장이 펼쳐졌다. 대학교란 참 이상한 곳이었다. 매년 끝없이 젊은 사람들로 채워지는. 너무나도 팽팽한 피부를 가진 너무나도 건강한 사람들. 그 젊음이, 인생의 한 시절이 영원히 지속될 것이라 믿어 의심치 않는 얼굴들. 특정한 순간만으로 박제된 공간. 학생들과 나란히 언덕길을 오를 때마다 나는 세상에서 나 혼자만 늙어가고 있다는 기분에 사로잡혔고 이제 내 인생의 좋은 시절도 다 끝났다는 생각을 했다.

"스물한 살요?"

흥미로우니 계속 말해보라는 얼굴로 그가 서 있는 쪽을 향해 담배 연기를 내뿜었다. 되물었을 뿐인데 그가 눈에 띄게 당황하며 내 시선을 피했다. 얼마간 어색한 침묵이 흘렀다. 어색해하는 쪽이 나는 아니었다.

예전에 얼핏 그에게 학부생 애인이 있다는 소문을 들은 적이 있었다. 그럼 '그녀'는 스물한 살? 좀 너무 애이지 않나. 물론 내가 스물한 살이었을 때, 나는 내가 어리다고는 전혀 생각하지 않았다. 오히려 지금 내 나이 정도 먹은 누군가를 보며 살 만큼 살았네, 하고 생각하는 쪽에 더 가까웠다. 그러니까 반 고흐 정도면 딱 죽기 좋을 때 죽었네, 하고 말이다. 어떤 경지에 이르고 나서도 자기 인생을 망칠 만한 충분한 시간이 있는 나이. 고흐가 꽤 젊어서 죽었구나 생각하게 된 것은 정말 얼마 되지 않았다.

어쨌거나 그가 나와 비슷한 연배임에도 스스로를 나보다 젊다고 자부하고 있음을 새삼 깨달았다. 나를 스스럼없이 대하던 것도 나이든 여자, 아예 이성의 범주에 들지 않는 상대로 여겼기 때문이라는 생각이 들었다. 유쾌하진 않지만 뭔가 모든 것을 납득시키는 설명이었다. 나는 갑자기 심술궂은 마음이 들었다.

"이 학교 학생인가봐요, 그 친구?"

그렇게 물었을 때 아마 나는 좀 웃고 있었을 것이다.

그가 머쓱한 얼굴로 일그러지는 미소를 지었고, 담뱃불을 껐다. 나는 소문이 진실임을 간파했다. 그에게 가졌던 희미한 관심이 순식간에 명확한 경멸로 변해가는 것을 느꼈다. 사실 난 이런 순간을 그대로 흘려보내지 않고 꽤 즐기는 편이었다.

"어린 사람들이 사랑이 많죠. 거의 심장을 내놓고 다니는 수준이랄까."

나는 진하고 달짝지근한 담배맛 때문인지 좀더 발동이 걸렸고, 동그란 연기를 그의 얼굴 쪽으로 내뿜으며 "롤. 리. 타." 하는 입 모양을 만들어 보이고 소리 없이 웃었다.

순간 그의 눈동자가 얼어붙었다가 분노로 흔들렸지만, 금세 포기했다는 듯 약간 기가 찬 얼굴이 되어 나를 쳐다봤다. 그가 감정을 고스란히 드러내는 동안, 나는 비록 그가 중년에 들어서는 나이일지라도 여전히 잘생겼으며, 아마 스물한 살이었을 때보다 더 잘생겨졌을 것이라고 생각했다. 내가 뭐라고 생각하든 말든 그는 더이상 상대하고 싶지 않다는 듯 한 손을 허공에 휘 한 번 젓고는 비척비척 걸어 연구소 안으로 들어갔다. 그 뒷모습이 여전히 반듯하고 아름다워서 나도 모르게 조금 아쉬운 기분이 들었다. 동시에, 내가 이성애자라는 것이 짜증스러워 견딜 수 없었다. 완전히 늙어버렸구나 싶다가도 아직 호르몬의 노예라는 것을 잊지 말라는 경고를 감지하는, 이도 저도 아닌 시기를 지나고 있었다.

빌어먹을 험버트 험버트도 서른일곱 살이었지.

그가 자리를 뜬 후 나는 홀로 남아 언덕을 오르는 학생들의 머리통을 바라보았다. 아까보다 확연히 숫자가 줄어 있었다. 한때 소유했던 드넓은 영지를 바라보는 몰락한 귀족처럼 언덕길과 그 너머를 훑어보았다. 인생에 별로 기대하는 바가 없어졌다는 생각이 들었다. 어쨌거나 그의 것보다는 단명한 듯한 나의 젊음을 잠시 애도했다. 나의 우울과 상관없이 봄날은 아름답기만 했다. 불과 며칠 만에 계절이 변한 것이다. 갑자기 매일매일 꼬박꼬박 해가 뜨고 봄 여름 가을 겨울이 차례대로 이어진다는 게 우습게 느껴졌다. 항상 돌아올 것만 같은 이 계절들. 앞으로 몇 번이나 볼까. 운이 좋으면 삼사십 번쯤 더? 운이 안 좋으면…… 그건 아무도 모르지. 모르는 일이야. 아무것도. 정말. 모르는 일이지 않나? 인생이란 게 흐흐. 이 담배, 무슨 마리화나라도 들었나. 나는 옆에 누가 있기라도 한 것처럼 중얼중얼거리다가 끅끅대며 웃었다. 그러다 돌연, 잊고 있었던 이름 하나가 문득 떠올라 다시 멍해졌다. 장 피에르. 그는 장 피에르를 닮았던 것이다.

*

장 피에르에 관해서라면 시간을 많이 앞으로 돌려야 한다. 좀 많이.

장 피에르는 내가 대학교 2학년 때 수강했던 교양과목의 강사였다. '미디어 사회학'이었나 '미디어와 사회'였나 하는 그 과목은 파리에서 학위를 마치고 돌아온 장 피에르가 한국에서 맡은 첫 강의였고, 내가 A+를 받은 몇 안 되는 수업 중 하나였다. 그는 언젠가 학생들에게 이런 문장을 읽어준 적이 있었다.

어떤 경우라도 열일곱에서 스물세 살, 스물네 살까지가 우리 삶에서 가장 추한 시절이라는 걸 머릿속에 담아두어라……

추한 시절.

하지만 그 당시에 장 피에르를 제외하고는 모두들 한결같이 우리가 인생의 가장 아름다운 시절을 보내고 있다고, 그러니 뭐든 마음껏 즐기라고 추켜세워주었기 때문에 나는 그가 그저 나이든 사람 특유의 시기심이 깃든 시니컬한 농담을 지껄이는 것일 뿐이라고 생각했다. 그때 장 피에르는 역병 같은 젊은 시절의 추함과 방종을 막아야 하는 최후의 어른이라도 된 것처럼 근심어린 표정을 짓고 있었다. 하지만 그런 그의 말투에는 추한 시절에 대한 그리움이 가득차 있었으므로 우리 모두는 그의 말을 그다지 심각하게 받아들이지 않았다. 그래도 그때가 아마 거의 유일하게 장 피에르가 선생처럼 느껴졌던 순간이었다고 기억한다.

그가 강의실에 들어서던 장면을 여전히 생생하게 떠올릴 수 있다. 개강 첫날, 그는 십오 분이나 늦게 나타났다. 기세 좋게 문을 확 열어젖히긴 했지만 그건 자신감 있는 행동이라기보다는 문이 너무 가벼워서였고, 그는 입구에 덩그러니 선 채로 강의실 안에 사람들이 너무 많아 당황한 듯 잠시 멈춰 있다가, 밖으로 도로 나가 강의실 호수를 확인하고는 천천히 안으로 들어왔다. 아직 여름의 기운이 완전히 가시지 않은 9월이었지만 그는 바스러질 것 같은 질감의 낡은 베이지색 롱코트를 휘감고 있었고, 잔디밭에 누워 있다 왔는지 약간 헝클어진 검고 굵은 머리칼은 한쪽으로 눌린 채 마른 풀 몇 개를 매달고 있었다. 뭔가에 정신이 팔렸다가 급히 뛰어온 듯했다. 거지 같은 행색이었지만 어딘가 근사하다는 생각이 들었고(나중에 알고 보니 허름해 보였어도 그가 걸친 옷은 다 명품이라고 했다) 그런 인상을 받은 사람이 나뿐만은 아니어서 그의 등장에 강의실이 조용히 술렁거렸다. 그는 강단을 향해 걸어오면서 긴 손가락으로 자신의 얼굴을 씻어내듯 빠르게 한두 번 비볐고, 학생들과 바로 눈을 마주치지 않고 살짝 고개를 숙인 채 빙긋 웃음을 짓고는 숨을 골랐다. 그전까지 나는 그렇게 세련된 방식으로 웃는 남자를 본 적이 없었다. 그는 금방이라도 균형이 무너질 것 같은 섬세함을 지녔고, 동시에 어색할 만큼 기골이 장대했다. 그는 자신의 큰 덩치가 부끄러워 숨기고 싶은 것마냥 커다란 담요 같은 외투를 몸에 두르고 다녔다. 남학생이고 여학생이고 할 것 없이 우리는 모두 그에게 매혹되었다. 지적이고 부드러운 미소를 가진 키 큰 남자를 싫어할 사람은 이 세상에 아무도 없을 것이다. 지금도 나는 여전히 조금은 그렇게 생각한다.

수업은 세미나처럼 친밀한 분위기 속에서 이루어졌고 끝나기 전에는 항상 영화 클립을 보았다. 장 피에르는 처음에는 수업 내용과 관련된 작품을 골라왔지만 차수가 늘어날수록 수업과는 별로 상관없는 영화들을 가져왔다. 〈무셰트〉〈잔 다르크의 수난〉 같은 흑백영화부터 〈대기는 붉다〉〈서른 살의 죽음〉〈사랑의 집회〉로 추정되는 다큐멘터리 등…… 몇 편을 제외하고는 대개 제목조차 기억나지 않는 관념적이고 정치적인 영화들이었다. 장 피에르는 나름의 방식으로 우리에게 영향을 끼치고 싶어했다. 자막 없는 영상을 틀어놓고, 팔짱을 낀 채 모니터 옆에 몸을 한껏 구기고 앉아 이런저런 코멘트를 덧붙였다. 그의 지도교수였던 중국계 프랑스인 교수에게서 배운 수업 방식이라고 했다. 나는 그가 하는 말의 대부분을 알아들을 수 없었지만 모든 말을 받아 적으려 애썼다. 어느새 '미디어 사회학'인지 '미디어와 사회'였는지 하는 강의는 '영화와 사회', 아니 심지어 '영화와 영화'가 되어버렸고, 그도 자기가 너무했나 싶었는지 석사학위를 영화미학으로 받았기 때문에 영화 외의 미디어에 대해서는 아는 게 별로 없다고 실토했다. 그는 솔직히 프랑스어도 잘하지 못한다고 했다. 한국 사람이 한국에서 육 년을 더 산다고 한국어를 그만큼 더 잘하게 되지 않는 것처럼 프랑스에서 육 년 살았다고 해서 육 년 치의 프랑스어 실력을 자동적으로 갖추게 되지는 않는다는 논리였다. 마찬가지로 한국어 실력이 딱 육 년만큼 준 것도 아니라고 했다. 아무튼 2000년대 초중반에 대학을 다녔던 사람들 중 영화를 좋아하지 않는 사람은 하나도 없었을 것이므로 그런 건 아무런 문제가 되지 않았다. 오히려 영화에 관해 제대로 된 지식을 가진 사람이 무척 드물었기 때문에(믿을 수 없지만 그런 때가 있었다) 모두 흔쾌히 영화를 위해 다른 미디어를 희생했다. 아마 그도 그 점을 예상했을 것이다.

그러던 어느 날인가엔 약간 주저하듯 "이런 것도 한번 볼래요?" 하며 그가 영상 하나를 틀어주었다. 간간이 자막이 나올 뿐 대사도 음악도 없는 삼십 분 남짓한 무성영화였다. 이번에 그는 팔짱을 끼지도 주석을 붙이지도 않았고, 그저 강의실 뒤편으로 가서 한 손으로 턱과 입을 감싸고는 조용히 서 있을 따름이었다. 영화의 내용은 잘 기억나지 않는다. 아니, 내게 남은 파편적인 이미지에 의존해 내 멋대로 기억하고 있는지도 모르겠다. 그건 아무 내러티브 없이 이미지로만 끌고 가는 영화였다. 일종의 연대기라고도 볼 수 있는데, 누군가가 목을 매달기 위해 마지막으로 발을 디딘 의자가 주인을 잃고 홀로 남겨졌다가 새로운 주인들을 만나게 되면서 예상치 못한 곳에서 의외의 삶을 산다는 이야기였다. 의자는 우연하게도 어느 유명한 건축가가 만든 작품과 유사한 모양인 탓에 경매시장에서 고가에 판매되고 곧이어 미술관에 전시되기도 하지만, 실은 건축가의 작품이 아닌 것으로 판명되면서 다시 평범한 가구의 생활로 돌아간다. 마지막 장면에서는 꽃잎처럼 보이는 물체가 화면 가득히 흩날리고 검고 긴 머리카락을 늘어뜨린 여자가 고개를 숙이고 기도하듯 손을 모은 채 프레임 아래쪽에 가만히 서 있었다. 그녀는 의자와 아무 상관이 없었지만 마치 의자 위에 올라선 것처럼 다른 사물들과 배경보다 더 솟아 있었다. 모든 것이 어쩌면 여자의 회고였는지도 몰랐다. 이미지는 영상이라기보다는 움직이는 사진에 가까웠는데, 인물도 사물도 아닌 그 중간 어디쯤의 공기를 포착하려는 건가 싶었다. 여자의 머리 위로 헤드룸이 너무 많이 남아 있어서 왜 저렇게 어중간하게 화면을 자른 거지, 하며 불편한 마음으로 몸을 뒤틀 즈음 급작스레 영화가 끝났다.

장 피에르는 모호하게 부인하는 태도를 취했지만 아무래도 그건 그가 만든 작품 같았다. 크레디트가 오르기 전 그가 난처한 상황을 모면하려는 사람처럼 급하게 리모컨을 집어 정지 버튼을 눌렀기 때문이다. 게다가 그 영화는 내가 장 피에르에게서 받은 어떤 인상과 아주 흡사했다. 부서진 사물의 보이지 않는 역사. 연약한 식물 같은 내면. 평생 어떤 역할에도 적응하지 못할 것 같은, 왠지 자살하거나 정신병원에 갈 것만 같은 어색한 기운…… 한 학기 내내 그는 강사나 교수라기보다는 영원히 졸업하지 않으리라 결심한 나이 많은 학생 같았다. 마지막 강의가 끝날 때까지도 선생님 혹은 교수님이라 불리면 얼굴을 붉히고 어색해했으며, 자신을 교사로 일할 수 있는 가장 마지막 사람이라 여기는 듯했다. 하지만 그렇기 때문에 나는 그가 정말 좋은 선생이 될 수 있을 거라고 생각했다. 다른 학생들도 마찬가지였는지 우리는 그를 우러

러보면서도 안쓰러워했으며 그에게 용기를 북돋워주는 말을 많이 하려고 애썼다. 힘내세요, 힘드시죠, 교수님 파이팅! 돌이켜보면 좀 이상한 일이긴 했다. 누가 봐도 그는 우리들 중 가장 강한 사람이었는데 상대의 안위를 염려하는 역할은 늘 학생들 쪽에서 도맡았으니 말이다.

강릉에서 태어난 순수 한국인인 장 피에르를 장 피에르라고 부르자고 제안한 사람은 연수였다. 그가 항상 입고 다니는 낡디낡은 코트가 장 피에르 멜빌 영화에 나오는 남자 주인공들을 연상시켰기 때문이다. 그는 멜빌의 〈사무라이〉에 나오는 알랭 들롱같이 코트 주머니 속에 권총을 숨기고 다니는 사람처럼 항상 주머니에 두 손을 깊숙이 찔러넣은 채 뻣뻣하게 몸을 세우고 걸어 다녔다. 캠퍼스 안에서 학생들과 마주치면 그는 순식간에 얼굴이 굳어져(걸을 때부터 이미 굳어 있었지만) 멈칫하고는, 꽉 쥐고 있던 권총을 슬그머니 내려두듯 주먹을 풀어 침착하게 손을 뺀 다음, 어지럼증이 나서 균형을 잡으려는 사람처럼 땅바닥을 누르는 듯한 손짓을 하며 알은척을 해주었다. 때로 그의 손짓은 성난 상대를 진정시키는 것 같기도 해서 앞으로는 자신을 알은척하지 말아달라고 부탁하는 듯 보이기도 했다. 그는 학생들에게는 한없이 따듯했지만 권위적인 교수들과 싸우고 다니기로 유명했다. 권위. 그건 그가 자신 있게 경멸할 수 있는 단어였다. 열혈 운동권이었던 그는 감옥에 가는 대신 파리에 가야 했다. 그것이 그가 자기의 이상을 꺾으면서 부모와 한 약속이었다. 그에게 권위란, 그리고 굴욕이란 그런 종류의 것이었다.

원래 장 피에르는 고다르가 될 뻔도 했었는데, 애초에 시작은 이러했다. 그가 수업시간에 장 뤽 고다르의 〈미치광이 피에로〉를 틀어주었고, 그 자리에 있던 누군가가 영화의 주연배우인 안나 카리나가 연수와 닮았다는 얘기를 했다. 우리는 모두 고개를 끄덕거렸다. 연수는 정말로 안나 카리나를 닮았었다. 좀더 부드러운 눈매를 가지긴 했지만 말이다. 연수와 나는 각자 나름의 이유로 안나 카리나에게 푹 빠졌고, 우리는 그녀가 출연한 영화들을 몽땅 찾아보았다. (그때는 안나 카리나가 죽기 한참 전이었고, 우리가 사랑하는/사랑하게 될 많은 사람들이 여전히, 꽤 많이, 살아 있었다.) 나는 안나로 할 거야, 외국어 이름을 쓴다면. 연수는 언젠가 그렇게도 말했었다. 그럼 선생님을 고다르라고 부르자. 내가 즉흥적으로 제안했다. 안나 카리나는 고다르의 첫번째 아내였다. 연수는 바로 미간을 구기며 얼굴을 찡그렸다. 그 두 사람은 전혀 어울리지 않아. 나이도 열 살이나 차이 나잖아. (고다르에게는 각각 '안나'와 '안느'라는 이름을 가진 두 명의 배우자가 있었고, 고다르와 결혼했을 때 그들은 모두 스무 살이었다. 스무 살에 대한 꾸준한 취향. 그러니까 누군가에게 사랑이란 어떤 시기로의 지속적인 퇴행을 뜻하는지도 모른다.) 이어서 연수가 고다르 영화를 욕했다.

하지만 장 뤽 고다르는 (×발) 고다르라고.

나는 마치 나 자신이 억울한 누명이라도 쓴 것처럼 연수의 말을 자르고 장난 반 진심 반으로 소리질렀다. 보통 고집을 부리는 쪽은 나였는데 연수는 아랑곳하지 않았다. 우리의 의견은 한동안 좁혀지지 않았고, 결국엔 내가 양보해서 선생님을 장 피에르라고 부르기로 최종 합의를 보았다. 실은 '장 피에르 멜빌'에서 따왔는지, '장 피에르 레오'에서였는지 잘 기억나지 않는다. 우리는 장 피에르 레오에 관해서도 설전을 벌인 적이 있었기에. 하여간 '장 피에르 주네'가 아닌 것만은 확실하다.

학기가 끝날 무렵에는 학생들 모두가 장 피에르와 사랑에 빠져 있었다. 연수와 나는 수업에 가장 열성적인 무리에 속했다. 대여섯 명의 예비 시네필들은 수업이 끝나고 마련된 뒤풀이에 거의 매번 참석했다. 뒤풀이는 대개 2차까지 이어졌는데, 마지막 수업이 있던 날은 다들 헤어지기가 아쉬워 서교동에 있는 장 피에르의 작업실까지 쳐들어가 3차로 와인을 마셨다. 시간은 자정에 가까웠다. 우리들은 와인 한 병이 사라지기 전에 이미 장 피에르뿐만 아니라 장 피에르의 작업실과도 사랑에 빠져버렸고, 그 사랑을 증명해 보이려는 듯이 열성적으로, 그보다 더 열렬할 수 없게 그곳에 있는 와인을 들이부어댔다. 장 피에르는 완벽한 삼십칠세의 삶을 살고 있었다. 나는 장 피에르처럼 살고 싶다고 생각했다. 이런 삶이라면 당장 서른일곱 살이 되어도 괜찮을 것 같다고 연수에게 말하자, 연수는 피식 웃더니 너는 남자가 되고 싶은 거냐고 되물었다.

뭐라고?

우리는 저 남자랑은 다르잖아. 장 피에르 같은 사람은 모든 걸 다 소유하고서도 불행을 찾아낼 수 있는 사람이야. 저런 우울감은 특권층만 가질 수 있는 거라고. 그게 자기 매력이라는 것조차

의식할 필요가 없어.

나는 연수가 무슨 말을 하는지 이해하지 못한 채 그녀의 눈동자를 멍하니 바라보았다.

그러니깐 우린 저 사람처럼 곱게 미칠 수 없다고.

연수의 검은 눈동자는 너무 크고 지나치게 반짝거려서 약간 미친 것 같기도 했지만 정말, 정말 예뻤다. 연수는 내가 말을 알아들었는지는 상관하지 않고 장 피에르가 얼마나 엄청난 집안에서 태어났고, 돈이 많고, 대단한 배경을 가졌는지 속삭이듯 빠르게 얘기해주었다. 나는 취해서 한 가지 주제에 삼 초 이상 머무를 수 없는 상태였다. 내가 그녀의 말을 듣고 나서 관련없는 말을 횡설수설하자 연수도 나 못지않게 횡설수설했고 우리는 아무 말이나 지껄이며 대화를 지속했다. 연수가 도대체 어떻게 장 피에르의 배경을 알게 되었는지, 나는 의문을 갖지 않았다.

그 공간에서 장 피에르와 사랑에 빠지지 않은 사람이 있었다면 그것은 오직 장 피에르뿐이었다. 그의 시선은 꾸준히 연수를 좇고 있었다. 연수는 나만큼 취한 듯 보였지만 이 모든 것을 여러 번 반복한 사람처럼 익숙한 태도로 공간에 녹아들었다. 우아하게 와인을 마셨고 때로 자리에서 일어나 바닥에 흩어진 LP판을 집어 이것저것 한참을 들여다보다가 낯선 음악을 틀었다. 그런 연수를 나도 모르게 관찰하고 있다가 문득 주변에 널브러진 학생들이 눈에 들어왔다. 자기 에너지를 주체하지 못해 엉뚱한 짓을 해대며 몸도 제대로 가누지 못하는 모습이 완전히 어린애들 같았다. 나도 다를 바 없었다.

우리는 맥주처럼 와인을 마셔댔다. 장 피에르는 어딘가로 나갔다가 와인 몇 병을 더 구해오고는 코르크를 따면서 자연스럽게 연수 옆에 앉았다. 그가 평소에는 여자아이들 옆에 앉지 않았기 때문에 나는 뭔가 어색하다고 느끼고 신경을 곤두세웠다. 그는 강의실에서와 마찬가지로 몸을 구부정하게 구기고 있었지만 거의 긴장을 풀고 꽤 자주 우리 또래 같은 표정을 지어 보였고, 더 자주 부끄러워했으며, 몇 번인가는 연수의 무릎과 허벅지 쪽에 손을 가져다대는 방식으로 기쁨을 표현했다. 왜인지 그 모습은 자주 내 눈에 띄었고 그중 한두 번은 연수가 그의 손을 피하듯이 한쪽으로 다리를 꼬는 장면도 보았다. 그녀가 어떤 표정을 짓고 있었는지는 잘 기억나지 않는다. 나는 취했고, 눈이 흐렸고, 연수의 자리에 내가 앉아 있었으면 하는 마음이 들었다가, 장 피에르의 자리로 옮겨 앉아야 하는 게 아닌가 좀 헷갈리기도 했고, 지금 이 상황에는 뭔가 문제가 있는데 하는 싸한 기분이 들지 않는 것은 아니었지만, 또한 나는 너무나 취해 있었기 때문에, 정신을 차리고 보니 그만 연수를 흠모하는 자들에 대해 떠들고 있었다.

연수는 그 무렵 12인의 흠모자를 거느리고 있었다. 연수의 인기는 실로 대단했다. 1학년 때부터 그녀에게 고백하거나, 잠시 사귀다가 차이거나, 의미심장한 미끼를 던지며 맴돌거나, 미심쩍고 잦은 마주침을 이어나가거나…… 그렇게 하나하나 늘어가는 남자들을 세다보니 2학년 2학기가 끝날 즈음에는 그 수가 무려 열두 명에 이르러 있었다. 나는 투명한 인간 방패처럼 연수의 옆에 붙어 있으면서 흠모자들의 수를 세고 그들로부터 연수를 보호했다(고 생각했다). 좀 잦아든다 싶으면 어느새 뉴 페이스가 나타나 비슷한 패턴으로 접근했다. 나는 그들의 부족한 상상력을 탓하며 스포츠 중계하듯 남자애들을 우스갯거리로 삼았다. 그들은 하나같이 다 루저였는데, 육 년 내내 여학교만 다녀서 남학생들과 캠퍼스를 공유하는 환경에 도무지 적응할 수 없었던 나의 상태 때문에 그렇게 보였던 것일지도 모른다. 나는 아주 사소한 이유로 주변의 남자들을 경멸했고 이내 열렬히 사랑하고 갈망했으며 마음속에서 그것을 수없이 반복했다. 남자들을 사랑하는 건 자존심 상하는 일이었다. 대신 나는 연수를 사랑하는 척했다. 돌이켜보면 그건 애정이라기보다는 동경에 가까운 감정이었다. 연수에게 내가 쓴 시를 읽어주고 그녀의 사진을 찍고 일기 같은 편지를 써서 건넸으며 함께 떠날 여행을 계획했다. 연수를 뺏기지 않고 독차지하려 열을 올렸다. 연수는 다만 내가 그럴 수 있도록 내버려두었다. 그녀는 무심할 정도로 관대했다. 나는 연수의 곁에 있는 것을 일종의 특권으로 여기고 남자들을 업신여겼다. 결과적으로 나는 거절당하기보다는 업신여기는 편을 선택했던 것 같다.

마지막날 밤은 도통 끝나지 않았다. 와인을 다 해치우고도 힘이 남아돌던 학생들은 당연한 코스처럼 우르르 노래방으로 향했다. 거기서 그들은 기억나지 않는 노래들을 불러젖혔고, 나는 이제껏 느껴보지 못한 취기에 몸을 가누지 못하며 땅을 향해 머리를 처박은 채 양옆으로 위아래로 출렁이는 흐릿한 세계에 잠겨 헤매고 있었다. 몇 번인가 고개를 들었을 땐 사람들이 한데 뒤엉켜 어깨동무를 하고 춤을 추는 것인지 이리저리 휩쓸리는 모습을 보았는데, 어느 한순간 분위기가 바뀌고 고학번 남학생들이 앉아 있던 연수를 일으켜세워 장 피에르와 블루스를 출 수 있도록 그에게 떠밀었다. 다들 웃고 있었다. 장 피에르는 어쩔 수 없다는 듯 엉거주춤 자기 앞으로 쏟아지는 연수의 팔을 붙잡아주고 그녀의 어깨를 잡는 둥 마는 둥 하면서 몸을 좌우로 뒤뚱거렸다. 그제야 나는 연수와 내가 그 시간까지 남아 있는 유일한 여학생이라는 사실을 깨달았다.

어느 여름 한적한 바닷가에서, 그녀는 애인이 하나 있었다고 말했다. 나이가 많고 유명한 남자라고 했다.

우리 엄마보다 나이가 많진 않았어.

연수는 농담처럼 말했다.

그런데, 나보다 엄마랑 더 어울릴지도 모르지.

그렇게 말하고는 피식하고 웃었다. 그 사람과 헤어진 후로는 그저 멍하니 지내고 있을 뿐이며 이제 자기는 아무도 사랑할 수 없을 거라고 했다.

나는 아무 힘이 없어. 나는 아무것도 아니야. 그 사람이 나는 아무것도 아니기 때문에 아름다운 거라고 말했어. 그런 상태를 오래도록 유지하는 것이야말로 제일 고귀하고 중요한 일이라고. 사람은 말이지, 불가능한 걸 꿈꾸는 대신 잘할 수 있는 것을 해야 돼. 근데 그건 생각보다 어려운 일이야. 가끔씩 나는 뭔가 다른 게 되고 싶거든. 뭔가 내가 할 수 없을 것만 같은 그런……

나는 연수가 하는 말을 이해하지 못하면서도 그 순간의 분위기에 매혹되었다. 언젠가 본 영화나 소설 속에 나오는 이야기를 하고 있는 걸지도 모른다고 생각했다. 그렇지만 겪지 않은 일을 이렇게 이상한 방식으로 꺼낼 리 없다는 생각이 들자, 연수가 남자와, 그것도 아주 나이 많은 남자와 잤다는 사실에 충격을 받았다. 내가 벌써 남자와 잘 수 있는 나이가 되었다는 것이 이상했다. 그건 로맨틱하면서도 아주 꺼림칙한 일처럼 멀게 느껴졌기 때문이었다.

나는 망했어. 난 끝났어. 완전히 잃어버린 거야.

연수는 어떤 치명적인 일을 겪은 여자라도 된 것처럼 굴었다. 옛날 영화에 나오는 사연 있는 여자의 대사를 흉내내는 듯했다. 어쩌면 정말 흉내를 내었던 걸지도 모른다. 우리는 해변에 나가 수영을 하는 대신 죽으려는 사람처럼 바다를 향해 일직선으로 걸었다. 연수에게는 이유가 있었지만 나는 이유가 없었다. 아무튼 우리는 그렇게 하는 것에 뭔가 의미가 있다고 생각했다. 나는 끊임없이 연수를 모사했다. 연수의 이미지를 흉내내려다가 이내 왠지 '졌다'고 생각하길 반복했다. 연수처럼 행동하는 내가 너무 어색하게 느껴졌기 때문이다. 나는 끊임없이 나를 의식했다. 오 미터쯤 허공에 붕 떠서 연수를 보는 나를 내려다봤다. 우리는 바다를 향해 천천히 무겁게 전진하다가 해파리를 발견하고 기겁하며 튀어나왔다. 수족관에서 본 모습과 달리 해파리는 투명하지도 빛나지도 않았다. 넓적하고 거무튀튀한 형상이 꼭 썩어가는 묵 같았다. 쏘이면 피부가 바로 썩어버릴 것 같은 그런 생김새였다. 우리는 해파리가 웃겨서 한참을 깔깔댔지만 그렇다고 우리의 우울이 완전히 해소된 것은 아니어서 그날 밤에는 소주를 마시다가 무슨 얘긴가를 열심히 나누었고, 휴지가 산더미처럼 쌓이도록 함께 울었다.

나와 달리 연수는 자신의 이미지 같은 것에 관심이 없었다. 아니, 필사적으로 무결한 상태를 유지하면서도 완전한 무지 속에 스스로를 가둔 것 같았다. 거기에는 어쩐지 병적인 데가 있었고, 연수가 자기 인생을 망치게 된다면(우리는 결국엔 우리 스스로가 인생을 망쳐버릴 거라는 상상을 자주 했다) 반드시 그런 기질로 인해서일 거라고 나는 어렴풋이 생각했다. 어떤 약점들은 한없이 아름다워서 자꾸만 그것을 들여다보고 싶어지지만, 겨우 스무 살짜리 여자애가 왜 그런 난해한 아름다움을 가지고 있는 것일까. 나는 연수를 보며 건강해져야겠다고 생각했다. 그런 아름다움은 내 것이 아니었다.

·

딱 한 번 연수의 어머니를 만난 적이 있다. 공항 라운지에서 마주친 그녀는 너무나도 젊었다. 언니가 한 명 있다는 건 알았지만 이렇게 나이 차이가 많이 나는 줄은 전혀 몰랐네, 하고 생각하는 순간 "엄마" 하고 연수가 그녀를 불렀다. 그녀는 화려한 커리어를 쌓다가 단지 좀 나이가 들었다는 이유만으로 B급 영화에서 어울리지도 않는 엄마 역할을 맡아 재능을 낭비하고 있는 배우처럼 보였다. 그녀의 하얗고 마른, 놀랍도록 균형이 잘 잡힌 얼굴은 두 아이의 엄마라는 평범한 배역을 맡게 된 자신의 불만족스러운 처지를 냉소하는 것 같았다. 차갑고 신경질적인 표정으로 스스로를 잘 포장하고 있다 하더라도 그녀가 많은 시간을 후회로 보낸 사람 특유의 울분까지 숨길 수 있는 것은 아니었다. 대학에 가는 대신 결혼을 하고 아이를 가진 똑똑하고 재능 있는 여자. 나는 내 마음대로 연수의 가족관계를 상상했다. 똑같이 닮은 두세 명의 아름다운 여자가 서로를 증오하고 사랑한다. 애증과 경멸, 서로에 대한 질투가 가득해도 그들을 둘러싼 마스터 숏은 분명 아름다운 장면일 것이다. 평균치보다 훨씬 잘생겼는데 이상하게도 그 때문에 더 자주 곤경에 빠지는 사람들이 있다. 그들이 겨우 자신의 아름다움에 적응할라치면 그것은 이미 빛이 바래서 희미한 흔적만 남기고 떠나버리는 것이다. 연수의 어머니를 보고 나는 연수에 대해 어딘가 모호하다 싶었던 부분들을 납득할 수 있었다.

연수의 어머니에게 꾸벅하고 인사하자 그녀는 눈대중으로 빠르게 나를 훑었다. 내가 과연 딸의 여행에 적절한 동행자일지, 혹시라도 나쁜 유혹자가 되지는 않을지 가늠하는 눈초리였다. 우리는 나름 성인인데 공항까지 배웅 나오다니 좀 우습다는 생각이 들었지만 그녀가 원하는 것을 확인할 수 있도록 나는 내가 맡은 역할에 최선을 다했다. 다행히 그런 면에 있어서는 자신 있었다. 누구든지 나를 보면 내가 앞으로 평범하고 안전한 인생을 살게 될 것이라고 예상하곤 했다. 나의 어머니와 아버지가 그러했듯이 말이다. 아무도 나의 야심을 알아채지 못했다. 나 또한 연수와 마찬가지로 내 인생을 망치고 싶었다. 아무렇게나 내키는 대로 마음대로 살다가 서른 살 무렵에 죽는 것이 내 계획이었다. 그러거나 말거나 연수의 어머니는 나를 보고 흡족해했다. 나는 항상 공부 잘하는 아이였고, 그런 아이들이 짓는 표정을 제대로 보여줄 줄 알았다.

그해 겨울 연수와 나는 파리로 배낭여행을 갔다. 아직도 그때처럼 '배낭여행'이라는 말을 쓰는지는 잘 모르겠다. (아니, 배낭여행이 가능한 세계가 다시 올까?) 모든 게 급작스럽게 결정되었고, 우리는 당장 비행기표를 구매했다. 성인이라고는 했지만 둘 다 가진 돈이 없으니 부모에게 손을 벌렸다. 연수가 어떻게 돈을 받아냈는지는 잘 모르지만 나는 이 주간의 구체적인 여행 계획서를 작성하고 예산안을 짜서 부모에게 제출했다. 그들은 돈을 제대로 치르면 모든 게 합리적으로 해결되리라고 믿는 사람들이었다. 연수와 나 둘 다 처음 가는 해외여행이었고, 우리는 배낭 대신 작은 캐리어를 하나씩 들고 있었다. 이 주 동안 다른 도시에는 전혀 가지 않고 오직 파리에만 있을 생각이었다. 둘 다 게으르기도 했거니와 돈도 넉넉하지 않았다. 그냥 파리에만 있자. 그것만으로도 충분해. 충분하고말고.

파리에서는 장 피에르가 우리를 기다리고 있었다. 그는 신변정리를 위해 겨울방학 내내 파리에 머물 예정이라고 했고, 우리의 숙소도 예약해주었다. 그가 신변정리라는 단어를 썼을 때 너무 오래전 사람같이 느껴져서 연수와 나는 신변정리래 신변정리, 하고 두 번씩 그 단어를 발음해보았다.

샤를드골공항에서 RER과 메트로를 갈아타고 생폴역으로 나오자 역 바깥에 장 피에르가 서 있었다. 그는 여전히 주머니에 장전된 총을 거머쥐고 남몰래(하지만 너무나 눈에 띄는 방식으로) 홀로 대기하는 사람처럼 무표정하게 서 있었다. 그는 소년 같은 남자였다. 자신을 소년으로 생각하는 부류의 남자였다. 그리고 우리는 더 자랄 것도 없다는 듯이 굴고 싶어하는 여자애들이었다. 그가 금세 괴죄죄한 우리를 발견하고는 언제 그랬냐는 듯 무표정을 거두고 싱긋 웃음을 지었다. 파리에서 그는 더 젊어 보였다. 우리와 다를 바 없어 보일 정도였다. 아니, 그는 가난한 유학생 같았고, 우리는 어리숙한 난민처럼 보였을 것이다. 그는 자기가 예약한 숙소로 가자며 길을 안내했다. 피리 부는 사나이를 따라가는 자그마한 아이들처럼 연수와 나는 그의 베이지색 코트 끝자락만 쳐다보며 골목길을 따라갔다. 9월에 입던 코트였는데 1월에도 입고 있다니 나는 조금 놀랐고, 이것이 파리의 생활방식이구나 생각했다.

장 피에르와 함께 도착한 곳은 소박하고 깔끔한, 그러나 게스트하우스에 가까운 호텔이었다. 정확한 명칭이 기억나진 않지만 SA로 시작하는 곳이었는데 분명한 건 그게 SAINT는 아니었다는 점이다. 문을 열면 바로 보이는 작은 리셉션 데스크 앞에서 장 피에르는 호텔 직원과 한동안 이야기를 나누었다. 장 피에르의 프랑스어가 몇 년 치일까 궁금해하면서 나는 좁은 로비 안을 두리번거렸다. 수리중이었지만 영화에서 보던 것과 똑같이 생긴, 단 한 사람만 탈 수 있을 것 같은 작은 엘리베이터가 보였다. 그제야 여행이 시작되었음을 실감했다. 직원이 안내한 곳은 삼층의 제일 안쪽에 있는 방이었다. 문을 열자 작고 아담한 방이 나왔다. 만약 내가 혼자 산다면 이런 방에 살게 될 거라고 오랫동안 상상해

오던 바로 그런 방이었다. 다락방이지만 넓은 창이 있고, 검소하지만 폭신하고 깨끗한 침대가 있는, 빨강 머리 앤의 방 같은…… 창이 대로변으로 나 있어 해질녘의 붉은 빛이 방안에 은은히 들어차 있었다. 연수와 나는 둘 다 얌전한 어린아이처럼 수줍은 미소만 짓고 있었다. 연수도 방이 무척 마음에 드는 듯싶었다. 제대로 되어가고 있어, 우리는 빠르게 그런 눈짓을 주고받았다. 하지만 장 피에르는 무언가 곤란한 상황을 맞이한 듯 표정이 굳어지고 진지한 얼굴이 되어 직원과 한참 대화를 이어나갔다. 영문을 모르는 상태로 기다리다보니 연수와 나는 금세 피곤해졌다. 기뻤던 만큼 우리 앞에 놓인 곤란을 마주하고 싶지 않았다. 연수도 그런 마음이었는지 내 손을 잡았다. 그때 갑자기 장 피에르가 중대한 결정이라도 내린 듯 다른 곳을 알아보자며 휙 몸을 돌려 계단을 성큼성큼 내려갔다. 연수와 나는 어리둥절해져서 직원을 바라보았는데, 그는 어쩔 수 없다는 듯 어깨를 한 번 으쓱해 보이며 뭐라 중얼거리고는 장 피에르를 따라 내려갔다. 장 피에르는 씩씩거리며 호텔을 나가버렸다. 그가 흥분해서 쩔쩔매는 모습이 신기했으나, 우리는 귀여운 방을 놓쳐버린 것이 아쉬워 실망을 감출 수 없었다. 자초지종을 들어보니 호텔방의 침대가 문제였다. 트윈베드가 있는 방을 예약했는데 더블베드가 있는 방을 보여주었다는 것이었다. 그리고 그 방이 호텔에 남은 마지막 방이었다. 그의 설명을 듣자 어이가 없었다. 우리에게는 그런 점이 전혀 문제되지 않았다.

괜찮아요. 같이 자도 돼요.

네, 저희 같이 잘 수 있어요.

우리가 '고작 그거였어' 하는 허탈한 웃음을 지으며 다시 호텔에 돌아가서 체크인을 하겠다고 말하자, 그가 단호히 고개를 가로저으며 근방에 호텔은 많이 있으니 다른 곳을 알아보자고 고집했다. 그러나 다음 호텔에도, 그다음 호텔에도 트윈베드가 있는 방은 남아 있지 않았고, 한참을 걸어 가이드북에도 없는 호스텔을 어렵사리 찾고서야 겨우 트윈베드가 있는 방을 구할 수 있었다. 그날 저녁 내내 장 피에르를 따라 낯선 골목을 헤매며 나는 그가 분명히 기억하고 있다는 것을 알게 되었다. 수업의 마지막 뒤풀이 자리에서, 어느 시점에선가 내가 연수에 대해 떠들어댔던 것. 장 피에르를 향한 것인지 연수를 향한 것인지 모를 어떤 들뜬 마음을 잠시 드러냈던 것. 나는 정확하지 않은 기억 속을 헤매며 괴로워하면서도 어쨌건 장 피에르가 무언가를 기억하고 있고, 그가 연수를 이성으로 대하고 있다는 사실을 깨달았다. 그건 사실 함께 있으면 도무지 모를 수가 없는 것이기도 했다. 마음이 영 불편해졌다. 어딘가가 와르르 무너지는 듯도 했다. 장 피에르의 마음은 투명하게 보였지만 연수의 마음은 잘 알 수가 없었다. 이번 여행에서 어쩌면 나는 내가 원하지 않았던 역할을 맡게 될지도 모른다는 예감이 들었다.

그렇게 묵게 된 호스텔은 깨끗한 편이었지만 어딘가 음침해 보였다. 중세시대부터 운영된 여인숙이 아닐까 싶은 생각도 들었다. 그나마 조명등을 켜놨을 때는 간신히 기숙사나 수녀원 정도는 되어 보였고, 낮에는 볕이 잘 들지 않아 교도소나 수용소를 연상시켰다. 하나밖에 없는 창문은 동향이어서 우리가 자고 있을 때 이미 해가 지나가버렸다. 어쨌든 그곳엔 트윈베드가 있었고, 장 피에르는 그것으로 만족했다. 연수와 나는 우울한 얼굴을 하고 각자 침대를 하나씩 차지한 다음 짐을 내려놓았다. 장 피에르는 주머니에 손을 넣고 잠시 침묵하더니 산책이나 하자며 바깥쪽을 향해 고개를 한 번 젓혔다.

밤이라 가게는 모두 문을 닫고 몇몇 카페만 영업을 하고 있었다. 연수와 나는 장 피에르를 따라 파리시청과 퐁피두센터 근처까지 걸어갔다. 비슷비슷한 건물 사이로 세일이라고 쓰인 종이들이 유리창에 덕지덕지 붙어 있었다. 분위기는 별로였다. 그래, 별거 없네, 파리. 사실 나는 모든 것에 압도당할 지경이었지만 어리숙하게 보이기 싫어서 파리를 업신여겼다. 장 피에르가 슬픈 얼굴로 나를 쳐다봤지만 아무 말도 하지 않았다. 도로 맞은편에선 파리에 사는 사람들인지 관광객인지 모를 무리가 떠들썩하게 소란을 피우며 지나갔다. 그제야 나는 그날이 토요일이라는 사실을 떠올렸다. 술 약속이 있다던 장 피에르는 그래도 그냥 가기는 아쉬우니 한 잔씩만 하자며 우리를 카페로 데려갔다. 나는 오늘만큼은 취해선 안 된다고 생각하며 물을 벌컥벌컥 마셨다. 세 명이 머리를 맞대고 앉은 건 처음이라 다들 별로 할말이 없어 그저 샴페인을 앞에 두고 음악을 들었다. 샴페인을 처음 마셔보는 건 연수나 나나 마찬가지였지만 나는 계속 속이 안 좋아서 지하에 있는 화장실을 들락거려야만 했다. 한번은 화장실에 갈 필요가 없었지만 계단을 내려가다 말고 몰래 다시 올라와 우리가 앉은 테이블 쪽을 바라봤다. 혹시라도 장 피에르의 손이 연수의 무릎이나 허벅지 위에 있지는 않은가 살펴보기 위해서였다. 그러나 두 사람은 그저 조용히 앉아 유리창 너머를 바라볼 뿐이었다. 나는 누구를 향한 건지 모를 질투를 느끼며 한동안 멍하니 그들을 지켜보았다.

내가 자리에 앉자 연수가 화장실을 다녀오겠다며 일어섰다. 나는 장 피에르와 단둘이 남아 있어야 한다는 사실을 깨닫고 패닉했지만 도리가 없어서 가만히 미소를 지으며 고개를 끄덕였다. 미소 짓는 건 그날 저녁 내내 내가 했던 액션의 거의 전부였다. 나는 방금까지 연수가 바라보았을 풍경을 멍하니 바라보았다. 저 건물이 아까도 저기 있었나 싶다가 아마 13세기나 16세기부터 저기 있지 않았겠나 하는 생각을 하고 있는데, 장 피에르가 갑자기 너는 앞으로 뭘 하고 싶으냐고 물었다. 나는 바로 장 피에르 당신처럼 살고 싶다는 말이 프롬프터를 켠 것처럼 눈앞에 어른거렸지만 왠지 적절한 대답이 아닌 듯해서 다른 말을 찾기 위해 우물쭈물했다. 별다른 기대를 한 것은 아니라는 듯 그는 내가 저녁 내내 그랬던 것처럼 멍청하고 어색한 웃음을 지어 보였다. 대답할 타이밍을 놓쳐버리고 나도 그를 따라 멍청한 웃음을 지었다.

그건 뭐니.

그가 다소 따분한 얼굴로 내 가슴 쪽을 아래턱으로 가리켰다. 나는 고개를 숙여 티셔츠 가슴팍에 그려진 그림을 내려다보았다. 그건 뽀와 뚜비 콤비였는데 나는 오랫동안 뚜비를 좋아했고 고3이 되기 전까지는 뽀와 뚜비를 주인공으로 하는 네 컷 만화 시리즈를 그린 적도 있었다. 팔자주름이 강조된 심술궂은 표정을 한 뽀와 뚜비가 〈비비스와 버트헤드〉풍으로 무의미(한 듯 신랄)한 대화를 나누는 만화였다. 티셔츠 역시 내가 만든 것이었다. 파리에 도착한 후로도 그 옷을 쭉 입고 있었다는 사실이 좀 기가 막혀서 나는 아무 말도 하지 못했다.

세상에, 너네가 같은 나이라니.

장 피에르는 혼잣말처럼 한마디를 내뱉었다. 나는 그 말의 의미를 곱씹으며 시선을 테이블에서 창밖으로 던졌고, 또 맞은편의 중세 건물과 도로 쪽으로 옮겼으며, 그럼에도 밀려드는 부끄러움이 사라지지 않아 카페 건너편의 거리로, 가게 앞을 쓸고 있는 점원의 팔동작으로 시야를 점점 좁히며 혼미해지는 정신을 간신히 붙들었다.

사실 뚜비 아래에는 내 가슴이 있었다. 나는 가끔씩 윗옷을 다 벗고 거울에 상반신을 비춰보곤 했다. 언젠가부터 내 가슴이 너무 예쁘다는 생각을 했고, 아무한테도 그것을 보여줄 수 없다는 게 내 인생의 가장 큰 비극처럼 여겨진 적도 있었다. 그러니까 뽀와 뚜비 아래에는 다른 가능성도 있었다는 말이다. 하지만 다행히 그런 말을 지껄일 정도로 정신을 놓아버리진 않았다. 다만 내 티셔츠의 문제를 뒤늦게 깨닫고 어깨를 안으로 굽히는 동작을 하며 수줍어 보이는 미소를 지었다. 나의 미소는 귀엽지도 웃기지도 않았다.

그때 다행히 연수가 구두굽 소리를 내며 자리로 돌아왔고, 더 비관적으로 흐르려던 내 상상도 곧 중단되었다. 그리고 연수가 어느샌가 운동화에서 구두로 신발을 갈아 신었다는 사실을 뒤늦게 알아챘다.

연수와 나는 여행의 초반부에는 내내 함께였다. 서로의 다름에 관대했고, 싸우지도 않았다. 그리고 무엇보다 둘 다 이 여행에서 어떤 희망 같은 것을 발견할 수 있으리라 믿고 싶어했다. 그것이 우리의 우정이든 포괄적인 미래이든 간에. 우리는 넘쳐나는 시간과 간절함을 붙들어줄 무언가를 찾아 헤맸다. 어디를 봐도 새로운 것으로 넘쳐났다. 새로움 때문에 어지럼증이 일었다. 너무 어지러워지면 미술관이나 영화관에 들어가서 잠시 시간이 우리를 지나쳐 흐르도록 내버려두었다. 그러다가 우연히 아주 작은 시네마테크를 발견하게 됐는데, 트뤼포와 클로드 샤브롤 같은 누벨바그 감독들이 젊었을 때 자주 갔었다는 바로 그 극장인 듯했다. 나는 내가 그곳을 용케 알아봤다는 사실이 마냥 기특하고 신기했다.

극장 바로 옆에는 예술 관련 서적만 취급하는 전문서점이 있었다. 영화가 시작되기를 기다리는 듯한 사람들이 별로 크지 않은 서점을 딱 적당한 정도로 채우고 있었다. 언젠가는 프랑스어를 배워야지 생각하며 책 몇 권을 들었다 놓기를 반복하는데, 어디론가 사라졌던 연수가 갑자기 사진집 하나를 들고 와 내 눈앞에서 흔들어 보였다. 표지를 자세히 보니 역광으로 찍힌 남자의 성기였다. 내가 뜨악한 얼굴로 쳐다보자 연수는 진지한 눈빛으로 "이거 귀엽지 않니?" 하고 물었다. 그건 전혀 귀엽지 않았다. 미쳤냐. 나는 연수의 손에서 사진집을 빼앗아 매대에 내려놓았다.

잘못 만지면 바이러스에라도 감염될 것처럼 나는 그 부위에 손이 닿지 않도록 질색하며 책을 다루었다. 연수는 무엇이 그리 우스운지 어린애처럼 깔깔거리고 웃었다. 나는 평소의 연수가 된 것처럼 연수를 한심하게 바라보았다.

상영시간에 맞춰 영화관 안으로 들어서려는데 어째 좀 밝다 싶어 훑어보니 관객 대부분이 백발이었다(이곳은 노인들을 위한 나라였다). 좌석 번호를 찾아 두리번거리며 안쪽으로 들어가던 중 어느 순간 극장 안의 관객들이 모두 우리를 주시하고 있음을 깨달았다. 신기한 광경이라도 마주한 듯 하얗고 창백한 머리들이 상기된 표정을 하고 우리가 걸어가는 속도에 따라 시선의 방향을 바꾸었다. 아마도 우리가 극장 안의 유일한 아시아인이었던데다가 정말 깜짝 놀랄 정도로 어려 보였기 때문이었을 것이다. 게다가 곧 상영될 영화는 무지막지한 아트하우스 영화로, 처음부터 끝까지 예술에 대한 관념적인 생각(으로 추정되는 말들)을 끝없이 중얼거리고 다니는 중년 게이 교수의 사생활에 관한 것이었다. 우리는 어떠한 대사도 알아들을 수 없었지만 게이 교수의 남성편력은 생생히 목격할 수 있었다. 그는 신비로울 정도로 수도 없이 애인을 바꾸다가 영화의 말미에 이르러서는 맨 처음에 잠시 등장했을 뿐인 연하의 애인에게 살해당하는데, 그것은 마치 자기보다 훨씬 젊고 아름다운 사람을 사랑한 대가로 그가 죽어 마땅하다는 결론을 내리는 것 같아 기묘한 느낌을 주었다. 비극적이라기보다는 면죄부를 주는 듯한 죽음이었다. 그는 일종의 희생양 같았는데, 희생양 중에서도 가장 거대하고 고귀한 존재처럼 그려졌다.

며칠 후 장 피에르를 두번째로 만났을 때 그 영화를 보았다고 얘기하자 그는 잠시 생각에 빠졌다가 좋은 영화를 잘 골라 보았다고 칭찬해주었다. 그는 연수가 그 영화를 골랐다고 생각하는 것 같았다. 나는 그게 아니라고, 내가 골랐다고 말하고 싶어 저녁 내내 불안해하며 기회를 노렸으나 결국 말하지 못했다. 뚜비 이미지를 영영 벗어나지 못할 것이다. 장 피에르의 기억 속에서 나는 뚜비로 남겠지. 그 밑에 무엇이 있는지 그는 영원히 알지 못할 것이다.

언젠가부터 내가 알람을 맞춰놓고 아침부터 부지런히 일어나 온갖 미술관과 박물관들을 헤집고 돌아다니는 동안 연수는 아무런 계획도 세우지 않고 하루하루를 보냈다. 그녀는 이따금씩 아침에 일어나 조식을 먹으러 내려왔지만 대개는 정오가 지나서야 느릿느릿 일어났고 하루종일 어딘가를 배회하다가 밤늦게 돌아오곤 했다. 밤에 들어올 때는 술냄새가 났다. 나는 점점 더 연수를 한심하게 여기게 되었다. 연수는 연수대로 내가 열심히 줄을 치고 체크해놓은 가이드북을 드르륵 넘겨보더니 가볍게 한숨을 쉬었다. 그마저도 우리가 가끔이라도 마주쳤을 때라야 가능했고 나는 대부분의 날을 수용소의 낡은 트윈베드 위에서 아직 돌아오지 않은 연수를 기다리다가 잠들었다. 나는 항상 불을 켜두었다. 그렇게 하면 연수가 조금이라도 죄책감을 느끼지 않을까 싶어서였다. 나는 너를 기다리고 있었다. 네가 돌아오기를 기대하고 있었다. 나는 너의 어머니가 공식적으로 인정한 동행인이다. 너는 돌아와서 나와 함께 이야기를 나누며 하루를 마무리했어야 했다. 거기에는 그런 항의의 뜻이 있었다.

그즈음 나는 연수가 장 피에르를 만나고 오는 것이라고 확신했다. 고다르를 싫어하면서 왜 장 피에르를 만나고 다니는지, 나는 연수를 이해할 수 없었고, 없었으나, 또 동시에 완벽히 이해했다.

연수는 어느 날엔 행복해 보였고 또 어느 날에는 혼란스러워 보였다. 대개는 둘 다였다.

좀 걷다가…… 공원에서 벼룩시장 구경하고…… 피갈에 있는 클럽에 갔지.

한번은 취해서 흐느적거리며 돌아온 연수에게 어딜 그렇게 돌아다녔느냐 추궁하니, 타인의 여행을 묘사하듯 간단히 자신의 하루 일과를 말해주었다. 피갈은 내가 가져온 가이드북에 의하면 '깡패, 부랑자, 창녀, 마약중독자'같이 다양한 부류의 질 나쁜 사람들이 모이는 위험 지구였다. 우리는 이렇게 나란히 놓인 똑같은 침대를 배정받았는데, 내가 여기서 기다리는 동안 너는 어쩌자고 게이 교수처럼 파리의 밤거리를 그토록 무방비한 상태로 쏘다니고 있는 것인가. 사감 수녀, 아니 의심 많은 연인이 된 것처럼 들볶아도 연수는 별다른 변명을 하지 않았다. 할말이 그득한 얼굴로 나를 쳐다보다가, 그새 어디서 배웠는지 프랑스 여자처럼 입술을 살짝 내밀고 어쩔 수 없다는 식의 제스처를 해 보인 뒤 다시 자기만의 세계로 빠져들어 멍해졌다. 어떤 날은 벅차오르는 기분으로, 어떤 날은 번민에 빠져서, 내가 모르는 시간을 되새기며.

필립이라면 어떨 거 같아?

뭐가?

장 피에르의 진짜 프랑스 이름.

필립?

연수가 금방이라도 웃음을 터뜨릴 것 같은 표정으로 나를 봤다. 내가 심드렁한 반응을 보이자 연수는 약간 민망한 듯 그대로 침대 위로 넘어지며 몸을 쭉 뻗어 기지개를 켰다. 연수의 얼굴이 한껏 충만해 보여 나는 왠지 위기감을 느꼈다.

야, 한연수. 이거 좀 좆같지 않냐.

뭐?

지금 이 상황 말이야. 너네 엄마가 알면 참 좋아하시겠다.

무슨 소린데.

이러려고 나랑 왔냐?

응?

이거 다 계획적인 거 아니냐고.

계획이라니.

이거 보여?

나는 침대 옆 조명등을 툭 쳤다. 살짝 건드린다는 게 그만 힘 조절이 안 되어 거의 쓰러뜨릴 뻔했고, 그 바람에 노란 빛과 커다란 그림자가 방안에 출렁거렸다.

어딜 그렇게 다니냐고. 내가 너 매일 기다리는 거 몰라?

우리는 진즉 이런 대화를 했어야 했다. 아니면 아예 입을 다물고 있거나. 어느새 일어서 있던 연수는 순간 괴로운 표정을 지으며 나를 노려보다가, 하려던 말을 도로 삼키고 방안을 왔다갔다

하며 나름 분을 삼키려 노력했다.

나랑 유람선 타기로 한 건 완전 잊었지?

신경질적으로 나가려는 목소리를 애써 가다듬으며 내가 물었다.

듣고 있어?

연수는 턱에 힘을 주고 입을 다문 채 겨우 고개를 끄덕였다. 사실 그즈음 우리는 어떤 변화를 어슴푸레 느끼고 있었다. 이제 서로에게 모든 걸 털어놓을 수 없다는 것을. 아니, 서로에게 진절머리가 난 상태라는 것을. 어쩌면 여행이 끝날 때까진 아무것도 알아차리지 못한 척했어야 했는지도 모른다. 아주 자연스럽게 소원해지기 위해. 아름다운 엔딩을 위해. 하지만 그때 나는 이상하게도 뭔가에 대한 권리가 있는 사람처럼 당당해져야 한다고 생각했다.

그렇게 좋냐? 좋아 죽겠냐고.

뻔하고 유치한 장면이 되어간다고 생각하면서도 나는 물었다.

좀! 제발 좀 그만하시죠.

연수는 빈정거리듯 차갑게 대꾸하고는 창가에 있는 낡은 등나무 의자로 가서 눈을 감고 앉았다. 예상치 못한 연수의 반격에 나는 마음이 급해졌다. 대충이라도 나를 달래준다면 어서 이 갈등을 정리하고 나의 연수를 되찾은 다음 그날 나에게 일어난 이상한 일들을 얘기하고 싶었다. 그날 오후 나는 샹젤리제에 갔었다. 작은 광장 같은 곳에서 샌드위치를 먹으며 쉬고 있는데 어떤 백인 할아버지가 다가와서는 나와 친구가 되고 싶다며 말을 걸어왔다. 차림새가 추레하고 표정도 어딘가 느끼해서 좀 꺼려졌지만 파리에서 내내 우정을 그리워하던 나는 어찌어찌 할아버지와 친구가 되기로 했다. 그는 산책을 제안했다. 몇 걸음도 채 걷지 않았을 때, 친구들끼리는 손을 잡고 다니는 거라며 할아버지는 내켜하지 않는 내 손을 굳이 붙들어 잡고는 만족한 듯 이를 드러내며 웃었다. 루이비통 아줌마가 나를 구해주기 전까지, 나는 할아버지에게 손이 잡힌 채 파리 사람들의 의아한 눈초리를 온몸으로 받아내며 샹젤리제 거리를 수십 미터나 걸었다. 그렇게 바보 같을 수 있다니, 수용소로 돌아와서도 분한 마음에 잠이 오지 않았다. 루이비통 아줌마는 나를 구해준 대가로 그녀 대신 매장에 들어가서 루이비통 가방을 사와달라고 요구했다. 그녀는 한국인 관광객을 이용해 명품을 대리 구매하는 일종의 수입중개상이었던 것이다. 연수가 나를 버리고 다니지 않았다면 그런 꼴을 당하지도 않았을 것이었다. 낮에 있었던 일을 되새기자 새삼 다시 울분이 차올라 본격적으로 비난의 말을 내뱉으려는데 이마를 짚고 있던 연수가 갑자기 몸을 획 일으켜세워 성큼성큼 다가왔다. 내가 멈칫하자 연수는 성난 얼굴로 빤히 나를 내려다보다가 내가 입고 있던 티셔츠 그림 쪽으로 눈길을 줬다. 뽀와 뚜비, 뚜비와 뽀……

약간의 경멸이 담긴 목소리로 연수가 말했다.

네가 모르는 게 뭔지 알아? 원하는 게 있으면 노력해야 돼. 사랑받으려면 정말 죽도록 노력해야 된다고.

오래된 기억을 만지작거리고 있자면 그 시절에는 아직 아무 일도, 어떤 일도 일어나지 않았다는 생각이 들 때가 있다. 이른 새벽의 고요한 거리처럼. 아무도 해치지 않은 푸른 공기를 들이마시며 길을 나서는 것처럼. 어쩌면 그때는 정말 아무 일도 일어나지 않았던 것이라고 나는 믿고 싶어진다. 아직 노트르담이 불타지 않았고, 배는 침몰하지 않았고, 방사능오염도 없었으며, 북극의 빙하에도, 내 인생에도 약간은 희망이 있었던 그런 시절. 삶의 결정적 순간들과 돌이킬 수 없는 잘못들도 아직은 일어나기 한참 전인 그때.

그런 순간이 있었다. 파리에서. 아마도 우리가 함께 보낸 몇 안 되는 어느 밤이었을 것이다. 실재하는 기억이 아니라 한 장의 흑백사진으로 남아 각인된 장면이다. 흐릿해진, 그러나 불완전한 강렬함을 지닌 하나의 이미지. 어두운 카페에서 우리 둘은 나란히 앉아 테이블 위에 손을 얹거나 턱을 괴고 있다. 영락없이 어린 소녀들이다. 특히 연수는 내가 생각했던 것보다 더 어리고 순진해 보인다. 나는 그때까지도 시를 쓰고 있었기 때문에 사진이 찍힐 때 내가 언젠가 봤던 스케치 속의 랭보와 똑같은 자세를 취하고 있다는 사실을 의식하고 있었다. (나는 조용히 만족한다.) 두 소녀는 지금까지 살아온 날보다 더 길고 긴 나날이 자신들 앞에 기다리고 있을 거라고 감히 상상하지 못한다. 각자의 자리에 앉아 눈을 감고 음악을 들으며 우리 주변을 흐르는 무한한 시간이 고요히 지나가기를 기다리는 평화로운 순간들.

그날 우리는 처음으로 담배를 피워보았다. 담배 연기를 한 모금 마셨을 뿐인데 둘 다 한참이나 콜록거렸다. 그때까지는 담배조차도 방법을 익혀야 제대로 피울 수 있다는 사실을 몰랐었다. 배워야 할 것들이 무척이나 많이 남아 있던 시절이었다. 나는 꽤나 의기양양한 편이었지만 살아가는 데 필요한 사소하고도 중요한 디테일들에 대해선 거의 아무것도 모르는 쪽에 가까웠다. 아무것도.

카페 밖에서 연수와 담배 한 개비를 나누어 피울 때 낯선 프랑스 남자가 지나가며 "니하오" 하고 인사했고, 우리는 기분 나빠하는 대신 "안녕" 하고 답했다. 그냥 지나치는가 싶더니 그가 다시 우리 쪽으로 돌아와 라이터를 빌려달라며 엉성한 영어로 말을 걸어왔다. 꽤 젊고 잘생긴 남자여서 우리는 약간 들뜬 채 그에게 라이터를 건넸다. 능숙하게 불을 붙이며 그가 우리의 이름과 나이를 물었다. 1월도 거의 끝나갈 무렵이었으니 우린 한국 나이로 스물두 살이 되어 있었다. 스물두 살이라니. 나는 말도 안 된다고 생각했다. 정말 말도 안 되는 일이었다. 연수와 나는 둘 다 12월생이었으니 태어나서 한 달도 채 안 되어 두 살이 된 셈이었다. 그러나 다행히 그곳은 유럽이었고, 나는 별 고민 하지 않고 우리의 만 나이를 알려주었다. 한국에서보다 두 살이나 적었지만 나는 내 나이가 너무 많은 것 같아서 그만 부끄러워졌다. 우리는 스무 살이었다. 단지, 스무 살이었다. 유혹에 대한 면역이라곤 없는.

카페와 담배가 있는 희미하고 아련한 장면에 이어, 이번에는 그보다 좀더 또렷이 떠오르는 다른 이미지를 기억에서 건져내본다.

영화 속에 흔히 등장하는 장면 하나. 여자 두 명이 함께 길을 걸어간다. 남자 주인공은 천진하게 걸어오는 그녀들을 발견한다. 두 여자 중 더 알려진 배우가 맡게 되는 여성 캐릭터는 남자 주인공과 사랑에 빠지고, 다른 한 여자는 어딘가에 홀로 남는다. 연수와 다닐 때면 '다른 한 여자'의 역할은 항상 내 차지였다. 사랑에 빠지는 여자와 혼자 남는 여자. 세상에는 두 종류의 여자가 있었던 것이다.

내가 처음 그 사실을 깨달았을 때 나는 뉴욕의 링컨센터 극장에 앉아 있었다. 어학연수를 온 뒤 처음으로 극장다운 극장에서 한국영화를 본 날이었다. 나는 한국어로 된 대화다운 대화를 들을 수 있다는 사실에 가볍게 흥분한 상태로 영화에 빠져들었다. 그 영화에는 해변이 나왔고, 두 여자 친구가 등장했으며, 그녀들은 한 남자에 의해 발견되었다. 남자는 두 친구 중 더 아름다운 여자의 마음을 얻기 위해 내내 분투했다. 연인의 탄생에는 항상 목격자가 있는 법이다. 나는 영화를 보는 내내 이야기에는 집중하지 못하고 목격자 역을 맡은 여자에 대해 생각했다. 삭제된 분량의 삶. 나는 지난 삶의 대부분을 목격자로 살아왔으므로 남은 여자의 삶에 대해 항상 궁금해해왔다. 남자의 세계로 여자 친구를 떠나보낸, 남은 사람의 시간. 여자 주인공의 특별함을 돋보이게끔 하기 위해 평범함의 기준처럼 제시되는 삶.

영화 상영 후에는 감독과의 대화가 있었는데, 한국인 감독은 저멀리, 나로부터 아주 저멀리, 밝은 무대 위에 앉아 있었고 그때는 그 사실이 이상하리만치 도드라지게 느껴졌다. 얼굴이 보이지도 않을 정도로 강한 조명이 그의 얼굴에 반사되었다. 유창하게 영어를 구사하는 감독 곁에는 어리고 아름다운 연인이 앉아 있었다. (그녀의 동행은 퇴행의 증거인가, 죽도록 노력한 대가인가. 아니면, 그 둘 사이의 적절하고도 상보적인 오해의 결실?) 그곳에 앉은 이들 모두가 그를 존경했다. 그리고 이층 객석 맨 뒷좌석에 앉은 나는, 내가 절대로 저 사람과 같은 인생을 살 수 없으리라는 것, 그러니까 어떤 삶은 그저 화려하고 어떤 삶은 그저 평범히 끝날 수도 있다는 것을 서서히 납득하고 있었다. 모두가 알고 있고, 나만 모르고 있던 당연한 사실이었다. 나는 비틀거리며 극장을 나왔다. 파리에서와 마찬가지로 뉴욕에 와서도 나는 시간만 나면 온종일 미술관에 다니고 있었다. 무언가를 해보겠다며. 아직 내 인생을 구제할 수 있으리라는 희망을 버리지 못한 채. 계획서와 보고서를 제출해 얻은 부모의 돈은 이미 탕진한 지 오래였고, 내 영어는 지난 삼 년간 일 년 치만큼도 늘지 않았다. 이미 서른이 넘었고, 용케 죽지 않고 살아남았다.

내 미래뿐만 아니라 장 피에르의 미래에 대해서도 나의 예측은 완전히 틀렸다. 그의 이름이 인터넷에 오르내리는 것을 처음 발견했을 때, 한 0.5초 정도는 그가 죽었을지도 모른다고 생각했다. 곧 그게 아니라는 사실을 깨닫자 나는 조금 실망했다. 그가 죽기를 바랐다기보다는, 왠지 비참하고 낭만적인 방식으로 죽는 편이 그에게 좀더 어울리는 결말이 아니었을까 생각해서였다. 그러나 그는 자살하지도, 정신병원에 가지도 않았으며 승승장구해서 정교수가 되었다. '사랑' 같은 것이 그를 죽이진 못했다.

내가 트위터의 피드와 타래를 타고 다니며 조사한 바에 의하면 그는 여전히 젊은 여자를 추구하고 있었다. 연수에게 그랬던 것처럼, 몇 차례나. 그는 술자리에서 어린 제자들의 허벅지와 어깨와 그 밖의 다른 곳들에 손을 얹는 바람에 구설수에 올랐다. 그러니까 처음에는 여학생들 몸에 손을 자주 얹는 술버릇이 회자되었고, 나중에는 제자에게 키스를 하거나 집 앞까지 찾아가기도 했는데 그런 대상이 한 명도 아니고 서너 명씩 되었으며 그중 한 명이 경찰을 부르고 몸싸움이 일고 하면서 그동안의 일들이 공론화되어 문제가 커졌다고 했다. 또다른 '애제자'에게는 그녀가 원하지도 않았는데 조교 자리를 만들어주기 위해 기이한 편법을 써서 다른 누군가의 자리를 빼앗았다고 했다. 초성으로 호명되던 소문의 주인공이 장 피에르였다는 사실을 알고 참담한 심정이 들었지만 한편으론 가느다란 희망을 보았다. 그의 행동이 이제는 꽤나 명확하게 추한 문제로 여겨지고 있었기 때문이었다. 적어도 나와 보이지 않게 연결된 사람들 사이에서는. (나는 목격한다. 미래는 항상 이런 무기력한 곳에서 시작되는 것일지도……) 트위터에서 난리 폭풍이 일어난 것과 상관없이, 현실세계에서는 그보다 더 두드러지는 말들이 장 피에르를 호위하고 있었다. 그에게는 '친구들'이 많았다. 그가 얼마나 훌륭하고 자상한 선생이었는지, 얼마나 투쟁적이고 명망 있는 인물이었는지, 이십대 초반의 장 피에르가 써서 전설로 회자되었다던 (혁명과 지성 운운하는) 선언서가 역사를 뚫고 나와 다시금 공유되었다. 그리고 으레 그렇듯 장 피에르에 대한 비판 뒤에 누군가의 '진짜' 의도가 숨어 있다고 의심하는 자들도 있었다. 어쨌거나 이 모든 비난과 옹호, 논쟁과 음모에도 불구하고 그는 안정적인 삶 속에 있었다. 그는 많은 것을 이루었다. 그는 여전히 교수님이고, 자식이 있고, 이혼당하지 않았다. 그의 주변에는 여전히 그를 따르는 이들이 넘쳐났다. 한

때 그가 대항했던 권위는 그 자신이 소화할 수 있을 정도로 커스터마이즈되어 찬란히 그를 에워싸고 있었다.

어느 프랑스 인류학자는 말했다. 인간의 자아는 나이들어감과 상관없이 계속해서 젊은이의 영혼을 지닌 채 살아가는 비극적인 운명 속에 놓여 있다고. 언제까지라도 자신이 어리고 젊었을 때처럼 연약한 상태로, 애정을 갈구하는 위치에 서 있다고 착각하면서. 이제 나는 무심코 잊고 있었던 문장 하나를 되새김질한다. 추한 시절에 대한 그의 오류를. 그의 빗나간 경고를. 나는 수업시간에 그가 읽어주었던 문장을 다시 꺼내어 제대로 수정하고 싶다는 강렬한 욕구를 느낀다. 추한 시절에 관하여 그가 우리에게 읽어주었던 그 문장. 아이러니하게도 그는 그 문장을 읽은 뒤 정반대의 뜻을 지녔다고 생각되는 말을 추가로 덧붙였다. 노래 가사를 인용한 것이기도 해서, 나는 여전히 그 말을 아주 잘 기억하고 있다. 그건 다음과 같다.

명심하라. 반드시, 네가 싫어하던 그 무엇이 되어서는 결코 안 된다.

일 년 전인가 오랜만에 연수와 만났을 때에도 나는 보잘것없는 직장에 다니고 있었다. 너무 보잘것없어서 나는 내가 무슨 일을 하는지 구체적으로 얘기하지 않았다. 연수도 캐묻지 않았다. 그녀도 상황이 그다지 좋아 보이진 않았다. 오랜만에 본 연수는 조금 지쳐 보였다. 늦여름의 푸른 잎사귀처럼 어딘가 바래가고 있었다. 그래도 그녀는 여전히 아름다웠고, 나는 나대로 내 처지를 부끄러워하지 않았다. 우리 모두 정도의 차이가 있을 뿐 각자의 굴욕을 꿋꿋이 견디며 살아가고 있지 않은가.

짧은 결혼생활을 막 끝낸 연수는 고등학생 때 이후로 일 년 이상 남자를 만나지 않고 있는 것이 처음이라고 했다. 그리고 다시는 결혼 같은 걸 하지 않겠다고 그날 하루만도 몇 번씩이나 되풀이해서 말했다. 완벽해 보였던 연수의 전남편은 결혼생활 내내 연수에게 가슴 확대 수술을 요구했다고 했다. 연수가 그런 얘기를 털어놓은 것도 처음이어서 나는 내내 입을 다물지 못하고 그 새끼가 그랬을 줄은 상상도 못했다는 말만 반복했다.

이혼의 여파인지 당분간 일은 쉴 생각이라며 연수는 글쓰기를 해보려 한다고 수줍게 말했다.

"에세이나 시 같은 거, 문화센터에서 하는 수업 있잖아. 거기 다니고 있어. 좀 웃기지?"

나는 그녀의 말에 새삼 놀랐고, 놀란 나 자신에게 한번 더 놀랐다. 연수도 오랫동안 나처럼 뭔가를 창작하는 사람이 되고 싶어 했다는 사실을 그동안 까맣게 눈치채지 못하고 있었던 것이다.

연수와 나는 밖으로 나와서 잠시 걸었다. 예전에는 한적한 주택가 골목이었던 연수의 집 주변은 이제 한 집 건너 카페와 서점과 빵집이 있는 동네가 되어 있었다. 우리는 셀카 찍는 사람들을 구경하며 차를 마실 만한 적당한 곳을 찾아 돌아다녔다. 이제는 둘 다 몸이 망가져서 술 대신 차를 마시는 사람이 되어 있었다. 그날 두번째 차를 마시며 연수는 말했다.

"너한테 말이야, 어떤 재능이 있다고 생각해봐. 간절히 원하지도 않았는데 그것을 이미 갖고 있어. 그걸 제대로 써야 한다는 강박, 그리고 그것이 반드시 너를 망치고 말 거라는 불안, 이 두 가지가 서로 공존하고 있는 상태 말이야. 다른 선택지가 없는 기분이라 막다른 길인 줄 거의 예감하면서도 그곳으로 걸어들어갈 수밖에 없는…… 지금까지 난 좀 그랬던 것 같아. 우리 집안 사람들이 가진 저주 같은 게 있거든. 모두들 부러워할 만큼 너무나 많은 좋은 선택지들을 눈앞에 두고서도, 결국 그중에서 가장 안 좋은 것을 선택해버리는."

절망이 아니라 안도의 한숨 같은 숨을 크게 한 번 내쉬고 연수는 또 이렇게 말했다.

"그러다가 이혼하고 혼자 있는 시간이 많아지면서, 달라지고 싶다는 마음이 조금씩 생겼어. 조금씩, 조금씩. 그러다가 걷잡을 수 없이. 그건 재능이 아니라 함정이었다는, 죄다 마음을 현혹시켜서 날 잡아먹으려 들던 가짜였다는 생각이 드는 거야. 갑자기. 다 가짜였어. 진짜."

예전과 달리 나는 연수의 말을 제대로 알아들을 수 있었다. 나는 별다른 대답을 하진 않고 긍정과 공감의 뜻으로 고개를 끄덕였다. 연수는 계속 말했다. 나는 연수가 편하게 말할 수 있도록 시선을 비스듬히 기울여 연수의 어깨 너머에 두었다. 낡은 카펫 위에는 어딘가에서 반사된 햇빛 조각이 조그만 조약돌처럼 한 점으로 모여 빛나고 있었다.

"요즘엔 집에 오면 그렇게 좋을 수가 없어. 옆에 아무도 없고, 아무것도 안 해도 되는 거. 좀 망망대해에 혼자 떨어진 느낌인데,

그게 또 너무 행복한 거야."

어쩌면 그날이었는지 혹은 그 다음번이었는지 우리는 장 피에르에 관해서도 얘기를 나누었다. 우연히 알게 된 그의 현재에 대해서. 그가 몰고 다니는 추문과, 고결한 명성들. 한때 우리가 사랑했던 변질되고 고갈되어버린 것들. 잔해들. 더이상 내게 영향을 미치지 않는 걸작들의 끝없는 리스트.

"아, 그 사람은 정말…… 뭐랄까, 해파리 같은 남자였다고나 할까."

연수가 말했다.

우리는 동시에 키득거렸다. 정말 이상한 일이었다. 어떤 시간은 때에 따라서 수백 년 전의 일처럼도, 혹은 불과 몇 달 전의 일처럼도 느껴졌다.

"그때 장 피에르 딱 우리 나이였어."

"꽤 젊었네."

"그렇지? 근데 그때는 참 어르신이었어."

"그랬지."

"남자들이 참 깍듯했잖아. 웃겨."

"고다르 숭배하는 인간치고 하자 없는 게 없다니까."

내가 말했다.

연수가 나를 따라 웃었고, 눈이 반달 모양이 되었다. 눈가에 예전에 없었던 옅은 주름이 생겼다가 사라졌다. 하나도 이상할 것이 없었다. 어쩌면 무지막지하게 '예쁜' 사람만이 아니었는지도 모른다, 연수는. 내가 그동안 완전히 오해하고 있었다는 생각이

들었다. 연수에 대해서 내가 아는 게 도대체 뭔가.

"진짜 별것도 아닌 게."

연수가 툭 말을 내뱉고는, 테이블 위에 있던 냅킨을 한 장 집어 사과 껍질을 깎듯이, 가에서부터 안쪽을 향해, 한 줄로 길게 이어지도록 냅킨을 찢어나가기 시작했다. 나는 연수의 동작이 마지막 한가운데 지점에 이르기까지 끊이지 않고 안전하게 도달하기를 응원하는 마음으로 그것을 잠자코 지켜봤다. 나는 연수를 사랑했던 것 같다. 나만의 방식으로. 그럴 수밖에 없었던 그때의 마음으로.

카페에서 나온 우리는 엄청난 파티에서 밤을 새운 사람들처럼 어깨를 축 늘어뜨리고 한동안 말없이 거리를 걸었다. 나는 나의 잃어버린 십 년에 대해 생각했다. 그게 무슨 뜻인지 정확히 알지 못하면서도 말이다.

막차까지는 시간이 한참이나 남았던 터라 우리는 중고서점에 가기로 했다. 서로에게 책을 한 권씩 골라주기로 하고 흩어져서 삼십 분쯤 각자의 시간을 보냈다. '내가 구하지 못한 나의 친구에게'와 비슷한 제목의 프랑스 소설이 문득 떠올라 검색해보았지만, 그런 책은 없었다. 왠지 초조한 마음이 들어 서가를 빠르게 훑다가 익숙한 이름이 눈에 들어와 얇은 시집을 하나 펼쳐보았다. 어떻게 번역해도 도리 없이 어색해졌을 것 같은, 낯선 형식의 문장들. 그다지 인상적이지 않은 페이지의 연속. 책장을 스르륵 넘기다가 책날개에 적힌 작가 소개글이 눈에 들어왔다.

당시 파리를 휩쓴 스페인 독감에 걸려 (……) 서른일곱의 나이로 사망했다.

나는 그 문장을 한참 동안 바라보았다. 거기에 다른 어떤 특별한 의미라도 숨겨져 있다는 듯이. 다시금 앞뒤로 문장을 읽어보니 정확하게 따지자면 그 시인은 분명 서른여덟에 죽었다. 사망일이 삼십팔 세 생일을 훌쩍 지난 11월이었으므로. 그러나 웬일인지 책날개에는 시인이 서른일곱에 죽었다고 잘못 쓰여 있었다.

백 년 전 파리에서 죽은 시인, 그리고 어긋난 시간.

가끔은 무언가 이야기 같은 것이, 나의 의지와는 상관없이 자신만의 속도로 내 인생을 통과하고 있다는 느낌이 든다.

나는 그 부분을 좀더 들여다보고 있다가 아무도 찾을 수 없을 것 같은 서가 제일 아래 칸 귀퉁이에 몰래 책을 꽂아 넣고 돌아섰다. 이 책이 서가에서 영영 길을 잃기를 바라면서. 나에게로 향하는 어떤 힘의 작용이 제 방향을 놓치길 바라면서.

연수는 나에게 영국 작가의 소설을 하나 사주었다. 소설 속의 인물은 다음과 같은 인상적인 말을 남기는데, 거기에는 연두색 형광펜으로 정성스럽게 밑줄이 그어져 있었다.

(……) 여자는 두 종류라고 말하곤 했다. 매사에 분명한 여자와 미스터리를 남겨두는 여자. 그리고 이는 남자가 여자를 볼 때 가장 먼저 감지하는 것이자, 가장 먼저 그를 매료시키거나 그렇지 않게 하는 요소였다.

둘 중에서라면 나는 당연히 '매사에 분명한 여자' 쪽이었다. 시작과 끝을 보고 싶어하는 타입. 가이드북을 샅샅이 뒤져 원하는 곳을 찾아내고 실망하든 말든 반드시 거기에 도착해야만 한다. 연수는 말할 것도 없이 '미스터리를 남겨두는 여자'에 속했다. 호

오가 명확하지 않은 중간 지대에서 모호한 태도로 신비로움이라는 타고난 능력을 발휘하는 여자. 계산대 부근에서 내가 그런 이야기를 무심코 해버렸을 때에도 연수는 긍정도 부정도 하지 않았다. 그저 "음, 그런가……" 하고 생각에 잠겼을 뿐.

하지만 며칠이 지나 연수는 문자 한 통을 보내왔다.

우리는 기록하는 여자가 될 거야. 우리가
겪은 것이 무엇이든. 우리는 그것에 대해
생각할 거야. 나는 그렇게 되리라고 믿어.

*

깨진 가로등을 올려다보았다. 열심히 쳐다보기만 하면 갑자기 빛이 번쩍하고 들어오기라도 할 것처럼 고개를 꺾고 그것을 뚫어져라 바라보았다. 깨진 것과 불이 나간 것은 상관이 있었던가. 유리가 깨져도 그 안에 전구가 살아 있으면 불은 들어올 것이다. 나는 한참 동안 가로등을 노려보다가 왠지 힘이 빠져서 사무실에 들어가야겠다는 생각을 했다. 아무도 나를 반기지 않는 곳으로. 나를 길들이는 데에 실패한 거대한 시스템의 세계로.

벌써 한시가 훌쩍 넘었고 마음이 조급해졌다.

서둘러 뒷문으로 들어가니 텅 빈 중앙홀 너머로 어떤 여자의 실루엣이 보였다. 출입구에서 누군가를 기다리는 듯 양발에 무게중심을 번갈아 옮겨가며 초조히 서 있었다. 상기된 인상의 아주 젊은 여자였고, 안개꽃 다발 같은 것을 들고 있었다. 어쩌면 저 여자애가 그의 '유혹하기 쉬운' 애인이지 않을까 하는 생각이 들어 그쪽으로 천천히 발걸음을 늦추며 다가갔다. 포토샵을 한 것처럼 얼굴이 깨끗하고 대략 스물한 살 정도 되어 보였다. 그렇다. 저 아이를 구해야 한다.

나는 꽤 오랫동안 파리에서의 여행이 내가 느끼지 못하는 어느 시공간 안에서 여전히 계속되고 있을지도 모른다는 생각을 하곤 했다. 끝없이 이어지는 오후와 밤에, 나와 내 어린 친구는 영원히 스물한 살에 머문 채로 나이가 거의 스무 살이나 많은 남자 어른을 한 명의 소년으로 생각하며 끝끝내 매혹당하고 마는, 그런 가냘픈 비극 속에 여전히 한 발을 담그고 있다고.

정신이 번뜩 들어서 나는 얼른 그 아이에게 다가가 너보다 나이 많은 남자들의 개수작에 넘어가지 말라는 말을 해주어야겠다고 생각했다.

여자가 내 쪽을 흘끔흘끔 바라보며 경계하는 태도로 몸을 바로 세우고 동동거리던 발걸음을 차분히 가다듬었다. 나는 속으로 여러 번 내가 꺼낼 말의 논리를 가다듬으며 몇 걸음 더 다가섰다. 한두 마디로 명료히 줄일 수가 없었다. 시간이 충분치 않아서 걸음을 늦추었다가 또 몇 걸음 걸었다가 하고 있으려니 누가 봐도 이상한 여자처럼 보이겠다 싶었다. 다시 정상적인 걸음으로 그녀 쪽으로 다가가려고 하자, 누군가가 시트러스향 같은 비누 냄새를 풍기면서 나를 가볍게 스쳐 여자 쪽으로 씩씩하게 걸어갔다. 시트러스는 안개꽃의 팔을 친근하게 감쌌다. 경계하는 눈초리로 자신에게 다가오지 말라는 무언의 메시지를 보내던 안개꽃은 이내 밝아진 표정으로, 나에 대해서는 까맣게 잊은 채, 시트러스와 함께 연구소 마당의 분수대 쪽으로 총총히 계단을 내려갔다.

나는 바로 코앞에서 바람을 맞은 사람처럼 멍하니 서서 그 두 사람의 뒷모습을 바라보았다. 두 여자아이는 하나의 작은 점이 되어 멀어지다가 이내 방향을 틀어 왼쪽 코너 너머로……

사라진다.

* 몇 가지 아이디어가 있었고, 필립 가렐의 1985년 영화 〈그녀는 조명등 아래서 그토록 많은 시간을 보냈다…〉의 제목에서 느껴지는 이미지에 기대어 출발했다.

* 장 피에르가 읽어주는 글은 피에르 파올로 파졸리니가 마시모 페레티에게 쓴 편지에 나오는 문장으로 피에르 아드리앙의 『파졸리니의 길』(백선희 옮김, 뮤진트리, 2019)에서 재인용하였다.

* 의자에 관한 가상의 단편영화는 에이미 시겔의 작품 〈Provenance〉를 참고하였다.

* 인류학자 마르크 오제는 자신의 저서 『나이 없는 시간』(정헌목 옮김, 플레이타임, 2019)에서 다음과 같이 적고 있다. "이런 관찰에는 잔인한 면이 있지만, 우리가 이를 반기든 개탄하든 인정해야만 하는 사실이 있다. 우리는 모두 젊은 채로 죽는다는 사실 말이다." 이 책을 프랑스에서 출간할 당시 그는 한국 나이로 팔십 세였다.

* "명심하라"로 시작하는 장 피에르의 두번째 문장은 Destroyer의 〈Don't Become the Thing You Hated〉의 가사를 변형하였다.

* 죽은 시인의 나이를 착오한 책은 기욤 아폴리네르의 『동물시집』(황현산 옮김, 난다, 2016)이다. 이 책의 49, 85페이지에는 해파리가 나온다.

* "여자는 두 종류라고 말하곤 했다"로 시작하는 문단은 줄리언 반스의 소설 『예감은 틀리지 않는다』(최세희 옮김, 다산책방, 2012)에서 인용하였다.

| 작가노트 |

인용된 것, 인용되지 않은 것

다락방 침대에 비스듬히 앉아 작은 조명등을 켜놓은 채 잠 못 이루고 있는 한 사람. 그건 아마도 내 마음속에 간직된 가장 오래된 이미지들 중 하나일 것이다. 그리고 이 소설이 기대고 있는 몇 가지 시작점 중 하나이기도 하다. 몇 차례 시도해봤지만 매번 다른 이유로 포기할 수밖에 없었던 이 이야기를 이번엔 끝까지 써볼 수 있겠다고 생각한 것은 그 이미지가 필립 가렐의 영화 〈그녀는 조명등 아래서 그토록 많은 시간을 보냈다…〉와 연결되면서부터였다. 소설의 제목을 우선적으로 정해두고, 그다음에 파편적으로 메모해두었던 문장들을 이어가며 소설을 써나가기 시작했다. 하지만 정작 제목을 정할 무렵엔 그 영화를 보지 못한 상태였음을 솔직히 고백해야겠다. 당시엔 스틸 사진과 의미가 모호한 트레일러, 평론가들이 쓴 짧은 단상만이 내가 그 영화에 대해 알고 있던 전부였다. 실체를 확인하지도 않은 채 제목을 차용해도 괜찮은 걸까 하는 고민이 없었던 건 아니지만, 한편으론 영화를 완성했을 때의 필립 가렐 역시 소설 속 등장인물처럼 서른일곱 살이었다는 점이 괜스레 재미있게 느껴지기도 해서 나를 찾아온 우연들에게 선택권을 조금 나눠주고 싶다는 생각을 했던 것 같다. 그러니까 혼자 쓰는 소설이지만 완전히 혼자이고 싶지는 않았던 모양이다. 어찌됐든 소설을 다 쓰고 나서 영화를 관람할 수 있는 기회가 뒤늦게 만들어졌는데, 그 작품은 당연하게도 내 예상과 많이 달랐고 단번에 의미가 잡히지 않는 복잡한 결을 갖고 있었다. 조금 지루하긴 했지만 무척 매혹적인 영화였다. 결론적으로 소설과 영화는 긴밀한 상관관계를 갖지 않는다. 다만 그것들은 내 삶의 몇 계절을 가까이에서 공유하고 있으며, 그 점이 내게는 각별하게 느껴진다.

직접적인 연관성은 없지만 이 소설을 쓸 때 자주 떠올렸던 영화가 한 편 더 있다. 샹탈 애커만이 1984년에 만든 '춥고 배고픈(J'ai faim, J'ai froid)'이라는 제목의 단편영화다. 이 영화에는 담배를 나눠 피우는 열여덟 살의 가출 소녀들이 등장하는데 그녀들은 끝없이 "추워" "배고파"라는 대사를 주고받으며 파리의 밤거리를 배회한다. 집도 돈도 없는 처지이지만 앞으로 펼쳐질 미래와 사랑에 대한 기대감을 숨기지 않는 두 여자아이들. 영화는 유머러스하면서도 날카롭게, 낭만적이면서도 현실적인 시선으로 소녀들이 맞이하는 세계를 포착한다. 이 영화를 처음 본 게 언제였는지 정확히 기억나진 않지만 아마도 2002년쯤이었을 것이다.

십 분이 조금 넘는 짧은 러닝타임에도 불구하고 이 영화는 내 마음속의 어떤 부분을 깊이 건드렸던 것 같다. 다시 보고 싶다는 생각을 자주 했었는데 그런 오랜 바람이 허무하게도 지금은 유튜브에서 손쉽게 영화를 찾아볼 수 있다.

소설을 쓰는 동안 특히 즐거웠던 몇몇 순간들을 떠올려본다. 그중 가장 인상적으로 남은 것은 우연히 집어든 책들에서 어떤 문장을 발견했을 때다. 아주 평범한 얼굴로 페이지 속에 숨어 있던 그 글자들이 어떤 단서를 암시하며 내게 다가왔을 때 느꼈던 그 미세한 전율. 어렴풋한 존재감으로만 감지되던 미지의 의미망에 접속하던 그 찬란한 순간. 어쩌면 무심코 스쳐지나가버렸을지도 모르는 백 퍼센트의 무엇. 그런 우연들에 주저하지 않고 따라나선 것을 지금도 기쁘게 생각한다. 마법 같았던 그때의 그 느낌은 이제 조금 빛이 바래서 소설 말미에 달린 각주를 통해서만 자신의 흔적을 남겨놓았을 뿐이다. 문장들은 원래 그 자리에 있는게 당연한 것처럼 익숙하게만 느껴진다. 그러나 나는 기억하고 싶다. 그 문장들을 처음 만났을 때 느낀 작은 동요를. 앞으로도 소설을 쓸 때마다 그때의 느낌을 떠올릴 것이다. 쓰기를 멈추지 않는다면 우리가 몇 번이든 간에 다시, 매번 새롭게 또다시 만날 수 있을 거라는 믿음을 간직한 채……

| 해설 |

예술성의 안개를 걷으면

오은교

예술사 젠더링

'예술이란 무엇인가'라는 질문은 2010년대 중후반 이후 새로운 기점을 맞이한 듯하다. 예술의 근대적 제도화 과정을 통해 수축, 확보해왔던 창작의 자율성이 현실의 불평등을 굴절 없이 반영하여 폭력을 미화하고 범죄를 전시하며 특정한 관점만을 집요하게 규범화하는 장치로 이용되기도 했음이 속속들이 밝혀졌기 때문이다. 2016년 시작된 '예술계 내 성폭력' 말하기 운동을 비롯하여 이후 전 세계를 휩쓴 '미투 운동'까지, 예술을 운운하며 저지른 폭력의 상흔들이 임계점에 다다랐을 때 터져나온 고발과 연대의 목소리는 우리 사회를 거세게 흔들었다. 작가는 초월적 개인이라는 신화와 작품의 폐쇄적 완결성을 중심으로 옹립되는 미학

사는 이제 궤도 수정이 불가피하게 되었다.

여성들의 목소리가 드물게 사회적 가청영역에 들어오며 한국 문학의 체질을 바꿀 것이라는 기대와 우려가 동시에 쏟아지고 있는 지금, 애정어린 문화향유의 경험을 창피하게 만드는 일들로 인해 허탈함을 자주 느끼게 되는 지금, 전하영의 소설 「그녀는 조명등 아래서 많은 시간을 보냈다」가 우리에게 도착했다. 청년기를 지나 중년기로 나아가는 독신 여성 예술인의 삶을 그려왔던 작가는 이 소설을 통해 과거와 현재의 인물을 둘러싼 삶과 예술의 환경을 견주며 맹렬하고도 겸허한 시차적 인식에 도달한다. 나를 키운 것이 나를 모욕하는 것이었음을 깨달았을 때, 나의 욕망은 이제 어디를 향하게 되는가. 성실한 학생이었으므로 더 짙은 자기혐오에 시달렸던 한 여자는 이제 시간을 돌아 예술사의 정전을 성립시키는 조건들을 차근히 돌아보며 새로운 미학적 현실을 길어올릴 채비를 마친다.

살아남은 자의 슬픔과 요절의 미학

소설은 '나'를 중심으로 크게 두 개의 시간으로 나뉜다. 대학에서 장 피에르를 만나 예술가를 꿈꿨던 '과거'와 한 대학 부설 연구소의 계약직원으로 일하는 '현재'가 그것으로, '나'로 하여금 두 시간을 오가게 해준 촉매제는 점심시간에 함께 담배를 나눠 피우며 "연구소 꼰대들에 관한 시니컬한 농담"(9쪽)을 주고받는 어느 유부남 연구자다. "단지 커피를 마시기 위해 브라질까지 무리해서 출장"(9~10쪽)을 갔다가 "정작 브라질리아에 도착해서는 커피가 아니라 건축에 꽂히는 바람에 건축과 관련한 에세이집을 펴내기도" 한 그는 "은근히 취향을 뽐내고 싶어"하는 다소 피곤한 타입의 중년 남성이지만, "계급 체계가 매우 철저"(10쪽)한 연구소에서 말단 직원인 '나'와 유일하게 사적 친교를 유지하며 격의 없이 구는 사람이기도 하다. '나'는 그의 그런 태도가 그가 속한 계급의 문화와 거리를 두는 방식으로 특별한 이미지를 추구하려는 이의 교묘한 권위적 제스처라는 걸 모를 수 없고, 아무나 애인 사이로 엮어대는 연구소 남자들의 허접한 장난질이 그와 자신을 향했을 때 그가 언짢아한 것도 그러한 무례한 짝짓기 문화 자체에 동의하지 않기 때문이 아니라 자신을 결코 욕망의 대상으로 치지 않기 때문이라는 것도 안다. 그러나 '나'는 "아침밥을 차려주는 전업주부 아내와 두 명의 자녀로 구성된 4인 '정상 가족'을 이상적인 삶의 형태로 여기는 2020년대의 희귀종"(12쪽)인 이공 계열 남성 박사들이 그득한 편향된 곳에서 평균 이상의 취향을 추구하는데다 상당한 미남자인 그의 허세를 짐짓 용인해주며 일상적 외로움을 달래는 중이다. 그러던 어느 날 그가 혼잣말하듯 중얼거린다. "스물한 살짜리를 유혹하는 건 정말 쉬운 일이에요."(13쪽) 그에게 학부생 애인이 있다는 소문의 진위를 확인하게 된 '나'는 "그에게 가졌던 희미한 관심이 순식간에 명확한 경멸로 변해가는 것"(14쪽)을 감지하며 그간 그로부터 느껴졌던 "정체를 알 수 없는 그리운 기분"(11쪽)의 실체를 마주하게 된다. "장 피에르. 그

는 장 피에르를 닮았던 것이다."(16쪽)

'나'가 대학교 2학년 때 수강한 미디어 관련 교양과목을 담당했던 장 피에르는 그 시절 막 프랑스 유학을 마치고 돌아온 신임 강사였다. 그는 관념적이고 정치적인 영화를 보여주며 토론하는 자유분방한 세미나형 강의를 하고, 학생들과 사적인 술자리를 가지며 어울린다. 강원도 출신의 토종 한국인인 그에게 '장 피에르'라는 이국적 별명이 붙은 까닭은 그런 그의 독특한 아우라 때문이다. 그는 유력한 집안의 아들로 태어나 유럽으로 박사 유학까지 다녀온 수재이지만 어쩐지 사회부적응자의 기운이 물씬한데, 그에게서 흘러나오는 "금방이라도 균형이 무너질 것 같은 섬세함"(17쪽)은 학생들로 하여금 동경과 연민을 불러일으킨다. 지적이고 잘생긴데다, 권위적인 교수들과 싸우고 다니기로 유명했던 그는 보호받아야 마땅한 자로 포지셔닝되며 곧 학생들의 흠모와 추앙을 받는다.

예술작품과 창작자의 인격이 불가분하게 연루되어 있다는 점은 예술가의 사회적 승격과 추락의 동일한 배면이지만, 성불평등 사회에서 그 조건은 주로 남성 예술가의 월등한 창조력과 인격적 독립성을 동시에 추인하는 장치로 기능한다. 장 피에르가 수업시간에 틀어준, 한 인물의 자살로 시작하는 어느 무성영화는 그 자신의 인상과 닮아 있다. "부서진 사물의 보이지 않는 역사. 연약한 식물 같은 내면. 평생 어떤 역할에도 적응하지 못할 것 같은, 왠지 자살하거나 정신병원에 갈 것만 같은 어색한 기운……"(20쪽) '나'를 비롯해 학생들은 그 영화가 장 피에르의 작품일 것이라고 짐작하지만 그가 "모호하게 부인하는 태도"(같은 쪽)를 취하는 바람에 작가와 작품의 불분명한 내적 연결이 생기고, 그 신비로움으로 말미암아 장 피에르를 둘러싼 매혹의 공기는 더욱 두터워진다. 낡은 롱코트 주머니에 장전된 총을 숨기고 다니는 어느 누아르 영화 속 주인공처럼 저항의 불씨를 가슴에 품고 못마땅한 세속을 견디듯이 살아가는 듯한 이 불란서형 미남자는 그가 "자신있게 경멸"(21쪽)하던 '권위'와 대항하는 부정성을 지속적으로 자가 재생산하며 스스로의 삶의 근거를 마련하는 동시에 자신을 향한 주변의 열정을 강화해나간다.

군사독재의 지배를 받았던 후기 식민 사회의 엘리트로 문화 부르주아지이자 열혈 운동권이었던 그는 굉장한 집안의 자식인 덕에 "감옥에 가는 대신 파리에 가"(같은 쪽)는 것으로 부모와 타협한 뒤 이후의 삶을 잉여분으로 여기고 돌아갈 수 없는 청춘을 오래도록 애도하며 그리워했고, 그것을 예술에 투사하여 불만족스러운 현실을 대리 보충한다. 장 피에르는 청춘을 폄하하는 듯 신격화하는 격언을 학생들에게 뿌리고 다니는 동시에, 요절해 영원한 청춘으로 남은 예술가와 오래 살았지만 "스무 살에 대한 꾸준한 취향"(22쪽)을 고수한 중후한 거장들을 번갈아 인용하며 낭만주의 신화를 떠받든다. 그에게 예술이란 탁월한 천재적 개인이 삶을 갉아먹으며 성취하는 것으로, 작품을 위해서라면 현실에 대한 착취가 정당화될 수도 있는 것이다. 장 피에르의 정전 목록에서 보듯, 작품 안에서는 불행한 남자를 구원하는 숭배의 대상으로 그려지지만, 현실에서는 그 불우한 처지를 구실 삼아 학대의 대상이 되곤 하는 뮤즈로서의 젊은 여성이 그 논리를 보장해주는 중요 계기로 기능한다. 그리고 그가 호위했던 그 예술성은 권위의 이름으로 학생들에게 교육되었고 그가 하사해준 지식은 지적 호기심이 왕성했던 '나'에게 그후 길고도 심대한 영향을 미치게 된다. "내 인생을 망치고 싶었다. 아무렇게나 내키는 대로 마음대로 살다가 서른 살 무렵에 죽는 것이 내 계획이었다."(30쪽)

문제는 "강사나 교수라기보다는 영원히 졸업하지 않으리라 결심한 나이 많은 학생"(20쪽)처럼 "자신을 소년으로 생각"(32쪽)하던 그가 엄연한 선생이었다는 것이다. 선생으로서의 명백한 권위를 지닌 자가 탈권위주의를 표방하며 교육자이자 연장자로서의 책임을 방기했을 때 발생하는 폭력은 표면적으로 명확하지 않기에 곧장 인지하기가 어려운 종류의 것이다. 그의 탈권위 행보는 권력 차이를 가로지르는 연애를 시도할 때 더욱 활발해지기에 그를 스승으로 삼은 여학생들의 일상은 나날이 경계 없는 위협에 노출되어간다. 80년대 학번인 장 피에르가 심도 깊이 체화한 '살아남은 자의 슬픔'이란 얼마나 권력자의 자기 보존적 감정인지, 불행히 살아남아버리는 바람에 무사히 정교수 자리에 안착하게 된 그는 자기 우울을 변명 삼아 젊은 여학생들에게 이해와 연민을 호소하고 살갗을 붙여오며 지분거리고, '나'의 친구 연수를 대상으로 시작된 그의 추태는 한 학생의 용기 있는 폭로가 있기 전까지 십수 년 동안 이어진다. 그러니까 여학생을 향한 장 피에르의 모호한 행동이 '가스라이팅'과 '위계에 의한 성폭력'이라는 분명한 이름을 얻게 되기까지 말이다. "진짜 별것도 아

닌 게."(54쪽)

대상으로서의 두 여자, 주체로서의 한 여자

장 피에르가 숭배했던 그 예술관이 단지 작품 내에만 국한된 문제가 아니었던 것처럼, 그가 가르쳐준 지식은 '나'의 꿈을 넘어 '나' 자신의 섹슈얼리티를 이해하는 방식에도 영향을 미친다. 장 피에르는 미모의 제자 연수를 유혹하고, '나'는 자신이 닮고 싶은 스승의 욕망의 대상이 되는 연수에게 동경과 시기심을 느낀다. 술이 들어가면 "연수의 무릎과 허벅지 쪽에 손을 가져다대는 방식으로 기쁨을 표현"(25쪽)했던 장 피에르는 연수와 '나'를 비교하며 '나'의 성적 존엄을 업신여기는 발언을 서슴지 않는다. '나'와 연수가 함께한 파리 여행에서 장 피에르는 연수를 향한 구애에 박차를 가하는 한편 연수가 없는 자리에서 '나'가 입은 캐릭터 티셔츠를 비웃으며 '나'를 주눅들게 만든다. 미감이 세련되고 완숙한 남자에게 무시를 당한 '나'는 스스로의 매력을 의심하며 수치심에 빠져든다. "언젠가부터 내 가슴이 너무 예쁘다는 생각을 했고, 아무한테도 그것을 보여줄 수 없다는 게 내 인생의 가장 큰 비극처럼 여겨진 적도 있었다. 그러니까 뽀와 뚜비 아래에는 다른 가능성도 있었다는 말이다."(37쪽)

장 피에르뿐만 아니라 '나'가 탐식하는 많은 예술작품들은 여성을 남성의 욕망의 대상으로만 취급하는 것이 보편적 사고방식이라고 말해주고 있었고, 이는 긴 시간에 걸쳐 '나'에게 내면화된다. '나'가 꾸준히 학습한 정전들에는 내면이 웅장한 남자들이 방탕함의 대가로 치른 비극조차 숭고하게 포장되는 서사뿐만 아니라 한 남자가 두 여자 친구 앞에 나타나 그중 더 예쁜 쪽과 연애를 하는 이야기 또한 수두룩했다. "연수와 다닐 때면 '다른 한 여자'의 역할은 항상 내 차지였다. 사랑에 빠지는 여자와 혼자 남는 여자. 세상에는 두 종류의 여자가 있었던 것이다."(46~47쪽) 파리에서 연수가 장 피에르와 은밀한 시간을 보내고 있는 것으로 추정될 때 '나'는 변태 백인 노인을 만나 불쾌한 경험을 하고, 시간이 흘러 뉴욕으로 어학연수를 갔을 때에는 두 여자와 한 남자가 등장해 마찬가지로 한 명의 여자를 들러리 삼는 영화를 제작한 남성 감독이 어리고 예쁜 애인을 대동하고 나타나 관객들에게 존경받는 것을 본다. "장 피에르처럼 살고 싶다"는 자신의 말에 "저런 우울감은 특권층"(23쪽)만 가질 수 있다고 반박하며 어린 여자만을 취하는 유명 영화감독에 대한 거북함을 표출했던 연수를 좀체 이해하지 못했던 '나'는 그저 자신이 "여자 주인공의 특별함을 돋보이게끔 하기 위해 평범함의 기준처럼 제시되는 삶"(47쪽)을 살고 있다고 여기며 애달픈 인정 욕망과 굴욕감을 연수를 향한 분노로 표출한다. 늦은 밤 파리의 숙소에서 '나'는 장 피에르와의 관계 때문에 혼란스러워하는 연수를 다그친다. "그렇게 좋냐? 좋아 죽겠냐고."(43쪽)

정말이지 '나'는 '나' 자신의 비참에만 집중할 줄밖에 몰랐다. 언젠가 연수는 '나'에게 나이가 많고 유명한 남자와 사귀었다는 고백을 한 적이 있었다. 연수는 그 남자가 자신의 무력함과 아름다움을 칭송해주었다는 사실을 밝히며 복잡한 심경을 전했다. "나는 아무 힘이 없어. 나는 아무것도 아니야. 그 사람이 나는 아무것도 아니기 때문에 아름다운 거라고 말했어. 그런 상태를 오래도록 유지하는 것이야말로 제일 고귀하고 중요한 일이라고."(27쪽) 연수가 남자와 동침했다는 사실에 매혹된 '나'는 친구의 아픔을 달래주는 대신 그의 불안을 끊임없이 모방하며 좌절하기를 반복하고, 연수에게 그랬듯 연수의 어머니를 두고 제멋대로 시나리오를 꾸민다. 예쁜 외모 때문에 곤경에 빠지는 어리숙한 여자, 공부 대신 이른 결혼을 택해 후회로 삶을 냉소하는 똑똑한 여자, 집안에 갇힌 그렇고 그런 여자들 간의 애증…… '나'는 연수네 집 여자들의 삶을 불행한 것으로 가정하며 스스로를 위무한다. 한참의 시간이 지난 후에 연수와 다시 만난 '나'는 자신의 기억 속 연수가 낡은 예술관에 부합하는 가련한 미녀상에 불과했다는 사실을 깨닫게 된다. "연수에 대해서 내가 아는 게 도대체 뭔가."(54쪽)

가슴 확대 수술을 요구했던 전남편과의 짧은 결혼생활을 끝낸 연수는 문화센터에 다니며 글쓰기를 시도해볼 것이라 수줍게 말한다. "연수도 오랫동안 나처럼 뭔가를 창작하는 사람이 되고 싶어했다는 사실을 그동안 까맣게 눈치채지 못하고 있었던"(51쪽) '나'는 그렇게 긴 시간이 지나고 나서야 연수의 말을 진지하게 경청하며 그의 결심과 바람을 지지하고 북돋아주게 된다. 연수와 헤어질 무렵 '나'는 버릇처럼 책의 구절을 인용하며 '여자는 두 종류'가 있다는 식의 이론을 제시하고, 이에 대해 아리송한 반응을 보였던 연수는 며칠 후 '나'에게 문자를 보내 여자에 대한 전혀 다른 이론을 제시해온다. "우리는 기록하는 여자가 될 거야."(56쪽) 여성은 이제 남성의 간택을 받거나 받지 못하는 두 명의 여자가 아니라 자신이 겪은 일을 기록하는 한 명의 여자로, 남성의 욕망의 대상으로서가 아니라 그 자신의 행위 주체성으로부터 정의될 것이다.

연수와 함께 들른 서점에서 '나'는 단명한 천재로 이름난 남성 시인의 책을 아무도 찾을 수 없을 것 같은 서가에 숨기며 기도한다. "이 책이 서가에서 영영 길을 잃기를 바라면서. 나에게로 향하는 어떤 힘의 작용이 제 방향을 놓치길 바라면서."(55쪽) 이제 어떤 걸작의 리스트는 '나'에게 영향을 미치지 못할 것이다. 지식에 대한 뜨거웠던 열망만큼 여성을 하대하는 일에도 능숙했던 이 여자는 새로운 앎을 통해 여성에 대한 다른 이해에 도달한다. 여자는 영원히 어리지 않고, 세상은 변화하지 않는 것이 아니다. 쓰는 여자가 바꿀 것이므로, 그릇된 이가 전수해준 지식을 그 질서를 부수고 재배치하는 일에 사용할 것이므로.

연수에게서 온 문자를 음미하며 깨진 가로등을 올려다보던 '나'는 고요한 깨달음 속에서 다시 지난한 일상으로 발길을 돌린다. "나를 길들이는 데에 실패한 거대한 시스템의 세계로."(56쪽)

물론 현실은 마음만큼 빠르게 갱신되지 않는다. 자신의 직위를 이용하여 여학생들을 추행하고 다녔던 장 피에르는 그간의 문제가 공론화되어 SNS에서 온갖 "난리 폭풍"이 일어났음에도 불구하고 "안정적인 삶"(49쪽)을 유지한다. 그를 지지해주는 수많은 저명한 동지들 덕에 그는 전설적인 운동권 출신의 교수라는 지위를 보전할 수 있었고, 공론화를 한 여학생들에겐 배후설이 제기되었다. "그가 대항했던 권위는 그 자신이 소화할 수 있을 정도로 커스터마이즈되어 찬란히 그를 에워싸고 있었다."(50쪽)

학부생 애인이 있다던 유부남 연구자의 경우에서 보듯 여제자를 향한 남성들의 위험한 콤플렉스 또한 결단코 청산되지 않는다. 연수와의 재회 이후 연구소 건물에서 꽃다발을 들고 서 있는 앳된 여자를 본 '나'는 그를 유부남 연구자의 타깃으로 짐작하고, 장 피에르가 끼친 해악을 떠올리며 돌연 다급해진다. "나는 얼른 그 아이에게 다가가 너보다 나이 많은 남자들의 개수작에 넘어가지 말라는 말을 해주어야겠다고 생각했다."(57쪽) 그러나 소설은 '나'가 일일이 쌓으며 도출해낸 앎을 마지막에 이르러 한번 더 비튼다. '나'가 계도하려 했던 여성이 기다리던 이는 그 유부남 연구자가 아니었던 것. '나'가 한참 만에 어렵사리 얻은 그 귀중하고 간절한 지혜조차 이성애 내지는 연애 중심주의적 사고방식에 불과했던 것이다. 구원자 여성 어른을 자처하려던 '나'는 묘한 허탈함을 느끼며 젊은 커플이 시야에서 사라질 때까지 그들을 바라본다.

조명이 각도와 조도에 따라 대상을 다르게 드러내듯이 '나'는 변화하는 세상의 시각에 힘입어 여성에 대한 여러 다른 관점을 얻게 되었고, 그 과정의 기록이 바로 이 소설 「그녀는 조명등 아래서 많은 시간을 보냈다」이다. 미래의 예술사는 어떻게 쓰일까. 예술관을 둘러싼 안개가 차례차례 걷히며 폭력적인 세계를 병풍처럼 펼칠 때, 그것이 현시대의 유산이라는 것을 더는 모른 척할 수 없을 때, 이 소설은 예술과 여성에 대한 관점을 더하는 하나의 조명등으로 현재의 자리를 밝히며 미래에 응답하고자 작성된 듯하다. 이 여자를 보라. 지금 우리는 이런 조명등 아래에 있다.

오은교
2018년 문학동네신인상을 수상하며 평론을 발표하기 시작했다.

김멜라

나뭇잎이 마르고

작가노트

숨쉴 틈

해설 조대한

낙차

김멜라

2014년 『자음과모음』 신인문학상을 수상하며 작품활동을 시작했다. 소설집 『적어도 두 번』이 있다. 문지문학상을 수상했다.

나뭇잎이 마르고

한 남자가 있었다. 그는 물을 포도주로 바꾸고 눈먼 자와 다리 저는 자를 고치고 물위를 걷는 기적을 행했다. 죽은 아이와 병든 하인을 살리고 손이 오그라든 자의 손을 펴고 십이 년간 피 흘리던 여자의 피를 멈추게 했다. 남자는 길에서 먹고 때론 오래 금식하며 새벽에 일어나 기도했다. 밀밭에 자란 이삭을 잘라먹고 나무의 열매를 따먹기도 했다. 그러던 어느 날 남자는 배가 고파 평소처럼 열매를 먹으려고 나무 앞으로 갔다. 그러나 나무는 잎만 무성할 뿐 열매가 없었다. 아직 열매가 맺힐 시기가 아니었기 때문이다. 그런데도 화가 난 남자가 나무를 저주하자 나무의 줄기가 뒤틀리며 잎이 말라붙었다. 남자를 따르던 무리가 남자의 능력에 놀라워했다. 그들은 얼마 뒤 남자가 나무에 매달려 죽게 되리라는 것을 몰랐다. 남자는 알았을까. 아마 그는 알았으리라. 그들은 떠났고 나무는 홀로 메말라갔다.

*

—오, 여버서여?

휴대전화 너머의 여자는 놀란 목소리였다. 아마도 앙헬이 전화를 받으리라 예상하지 못한 듯했다. 앙헬 역시 자신이 전화를 받으리라 생각지 못했다. 휴대전화 화면에 뜬 번호는 주소록에 저장해놓지 않았지만 조금만 기억을 더듬으면 누구의 것인지 알 수 있는 번호였다.

—커, 저하 바으 주 모았에.

여자는 당황했는지 혼잣말을 했다. 여자의 목소리로 앙헬은 그녀의 입안에 침이 고여 있다는 것을 알 수 있었다. 자연스럽게 여자의 얼굴이 떠올랐다. 입 주변에 난 작은 돌기들과 좁고 긴 턱, 웃을 때 주름이 가득 잡히는 눈가, 도드라지는 굴곡 없이 평평하게 이어지는 얼굴 전체의 윤곽선, 혀를 약간 내밀고 입술을 동그랗게 해 기침하는 모습. 여자는 한글 자음을 온전하게 발음하지 못했고 둥글게 말아올리거나 가볍게 입천장을 스칠 수 없는 혀는 반쯤 벌어진 입안에서 무언가에 붙들린 듯 뻣뻣하게 곧추서 있었다.

—자알 지냈어?

여자가 한 톤 높은 목소리로 물었다. 곧이어 침 삼키는 소리가 들렸다. 말을 하는 중간중간 고인 침을 삼키는 것이 그녀의 버릇이었다. 침을 삼키다 사레가 들려 커 커 기침하고 그러다 앞사람에게 몇 방울의 침을 튀기는 것 또한 그녀의 특징이었다. 발음이 뭉개지는 탓에 그녀는 양손을 부지런히 움직이며 자신이 하려는 말을 설명했지만 그 손마저 안쪽으로 뒤틀려 있어 의사소통에 큰 도움이 되지 못했다.

—오랜만이네. 잘 지냈어?

앙헬은 침대에서 몸을 일으켰다. 쿠션에 기대어 앉아 여자의 발음에 귀기울이며 베드 테이블로 손을 뻗었다. 앙헬은 테이블 위에 올려놓은 옥수수맛 크래커를 반으로 부수고 또 반으로 부수었다.

전화를 건 사람은 체였다. 체는 대학 동아리에서 알게 된 선배로 앙헬은 그녀를 이름 대신 '체'라고 불렀다. 그녀가 체 게바라의 얼굴이 프린트된 체(che)라는 이름의 담배를 즐겨 피웠기 때문이다. 체는 룩셈부르크에서 만들어진 황색 필터의 천연 담배를 물고, 담배를 피우는 일이 혁명의 일부인 양 깊게 연기를 빨아들였다. 여윈 가슴팍이 들숨에 열릴 때면 연기를 잘못 삼켜 기침하곤 했지만 그녀는 독한 담배를 포기하지 않았다. 어쩌면 앙헬이 그녀를 '체'라고 불렀기에 그녀가 계속 그것을 피웠는지도 몰랐다. 한번은 그녀가 어렵게 구한 거라며 도라지라는 이름의 담배를 피운 적이 있었다. 그걸 보고 앙헬은 그녀를 '도라지 선배'라 불렀다. 얼마 뒤 그녀는 원래 담배로 돌아갔고 게바라가 그려진 붉은 표지의 책을 가방에 넣고 다녔다.

—지음은 지에 애려와 이어.

졸업 후 어느 복지 재단에서 근무하던 체는 며칠 전부터 고향인 공주에 내려와 부모님 집에 머물고 있다고 했다. 할머니가 편찮으시다고 했다.

—자살? 할머니가?

불분명한 발음의 말들 속에서 앙헬은 그 단어를 건져냈다.

—응. *버써 보음째 아우것또 안 으셔. 아우것또 안 으시고 주께애.*

체의 말에 따르면 아흔에서 두 살이 모자란 그녀의 할머니는 곡기를 끊는 것으로 자살을 시도하고 있었다. 이유는 돈 낭비하기 싫다는 것이었다. 썩은 송곳니 하나와 아랫니 몇 개만 남은 할머니는 몇 년 전부터 음식물을 제대로 씹지 못했다. 보통의 노인들처럼 틀니를 하면 해결될 일이었지만 체의 할머니는 쓸데없는데 돈을 뭐하러 쓰느냐며 한사코 틀니 맞추기를 거부했다. 그렇게 씹지 못하는 상태로 한끼, 한끼를 거르다 보름 전부턴 아예 음식을 입에 대지 않는다는 것이었다.

—*아우리 애어해도, 안 토해. 무오껀 주께애.*

체는 그간 자신과 가족들이 할머니를 설득하기 위해 얼마나 애썼는지 말했다. 그들은 빌고 애원하고 때론 협박했지만 굶어죽기로 한 할머니의 결심을 꺾을 수 없었다. 할머니의 몸은 하루가 다르게 쇠약해졌고 그걸 보는 자식과 손주들의 일상도 망가졌다. 그렇기에 할머니는 하루라도 빨리 자신이 죽어야 한다고 주장했다. 돈 낭비를 해선 안 된다는 것이 할머니의 절대적이고도 유일한 이유였다.

체는 긴 한숨을 몇 번에 끊어 내쉬었다. 문득 앙헬은 체가 할머니의 틀니 비용을 빌리기 위해 전화한 것이 아닌가 생각했다. 그러나 곧 기억 속 체의 모습을 떠올리며 의심을 거두었다. 대학 시절 체는 돈이 많았다. 그녀의 캐러멜색 가죽 지갑 안에는 여러 장의 신용카드와 지폐가 가득했고 동아리 사람들이 모일 때면 체는 고부라진 손으로 카드를 꺼내 밥값과 술값을 계산했다.

—지음 아 가치 궁꼬 이어.

체의 가족은 최후의 수단으로 연대 단식을 결행했다. 그녀의 아버지를 필두로 어머니와 체, 그리고 세 오빠가 함께 굶고 있다고 했다. 그들은 할머니가 마음을 돌리길 기대했지만 할머니는 조금씩 마시던 검은콩 두유조차 끊어버리고 방문을 닫아걸었다. 보름을 굶어도 기세는 여전했다. 체의 가족은 알츠하이머를 의심했지만 할머니의 정신은 또렷했다. 작년 가을, 시장 방앗간에서 고춧가루를 빻고 천오백원 덜 준 것을 기억해 아들에게 그 돈을 주고 오라 당부했다. 어느 날은 읍내 농약가게에 일 년 치 선금을 치른 일을 되짚으며 남은 금액만큼 비료를 받아오라 시켰다.

—그언에, 어를 보오 시퍼 하시어라.

기나긴 사연 끝에 체는 그렇게 말했다.

—나를? 나를 어떻게 아시고?

—으때, 조어식 애 와언 후애, 어.

체는 '졸업식 때 왔던 후배'라는 말로 앙헬이 빠져나가지 못하게 붙잡았다.

그 시절 휴학과 복학을 거듭하던 체는 동기들이 졸업하고 몇 년이 지난 후에야 학사과정을 마칠 수 있었다. 소식을 들은 앙헬은 체의 졸업식장에 갔고 그곳에서 그녀의 가족을 만났다.

8월의 졸업식은 덥고 어수선했다. 앙헬은 땡볕 아래 서서 땀을 흘리는 체에게 꽃과 풍선을 건넸다. 하트 모양의 헬륨 풍선과 연푸른 꽃잎의 수국이었다. 앙헬은 공주에서 올라온 체의 가족과 차례로 인사를 나누었고 체를 가운데 두고 그들과 사진을 찍었다. 체의 비뚤어진 학사모를 바로 씌워주었고 체가 흘러내린 바지춤을 끌어올릴 때 그녀의 가방과 졸업장을 대신 들고 있기도 했다.

—참칫집 예약했는데 같이 가실래요?

고르지 못한 치열을 내보이며 체의 둘째 오빠가 말했다. 앙헬은 낯선 사람과 어울리는 걸 꺼리는 성격이었으나 그날은 초대를 받아들였다. 가족을 제외하고 체의 졸업식에 온 사람은 앙헬뿐이었다. 속으로 참치회가 먹고 싶기도 했다. 앙헬과 그들은 두 대의 택시에 나눠 타고 한강 다리를 건넜다. 택시 안에서, 그리고 참칫집에서 체의 가족은 말이 없었다. 그들은 좌식 테이블 앞에 앉아 각자 먹는 일에 열중했다. 체의 어머니와 아버지, 중년의 큰오빠와 둘째 오빠, 그리고 좁고 긴 턱이 체와 꼭 닮은 막내 오빠는 여러 부위의 참다랑어 살을 조미하지 않은 김에 싸 끝없이 먹어치웠다. 테이블 한쪽에 김 포장지가 수북하게 쌓여갔다. 체의 가족과 어울려 앙헬도 쉼없이 먹었다. 체의 아버지가 따라주는 청주도 몇 잔 받아 마셨다. 시간이 흐른 지금 그때를 떠올리면 앙헬은 체의 가족 사이에서 먹고 마시던 자신의 모습이 낯설게 느껴졌다. 마치 좁고 긴 복도를 따라 걷다 맞은편 유리에 비친 자기의 모습을 보고 놀라는 것처럼. 그런데 그날 그 자리에 체의 할머니는 없었다.

—*왠차으연 하루마 와따 가애?*

체는 반나절만 시간을 내주면 고맙겠다고 했다. 할머니의 몸이 오래 버티지 못할 거라 말하며 다가오는 주말에 시간이 어떤지 물었다.

—아직도 체 게바라 피워?

앙헬은 체의 말에 대답하지 않고 다른 것을 물었다. 손으로는 잘게 부순 크래커를 꾹꾹 누르고 있었다.

—*아이. 다애 끄어허.*

—그럼 이제 뭐라고 불러?

—*어?*

—공주라고 불러도 돼?

—*어?*

—공주 선배.

앙헬이 말하자 체는 사레들린 듯 커 커 하고 웃었다. 앙헬은 체의 웃는 모습이 머릿속에 그려졌다. 시든 풀 무더기 같은 얼굴로 숨이 넘어갈 것처럼 웃는 사람. 체는 모든 것을 다해 말했고 모든 것을 다해 웃었다. 그녀가 내뱉는 소리 하나, 음절 하나에 그녀라는 존재가 온전히 녹아 있었다. 한때 앙헬은 세상의 모든 사람들이 그녀처럼 말하고 그녀처럼 웃기를 바랐다.

*

체는 마른 몸에 언제나 짧은 머리를 하고 있었다. 그을린 갈색 피부와 여윈 팔다리는 쓸모없는 수분을 증발시킨 겨울의 나뭇가지처럼 앙상해 보였다. 머리카락은 헤어 클리퍼를 3단에 맞춰놓고 이마부터 귀 위까지 일정하게 잘랐고 한쪽 귓불에는 십자가 모양의 무채색 피어싱을 했다. 옷과 신발은 주로 원색의 선명한 색감의 것을 입고 신었다. 체의 표현에 따르면 스페인의 태양과 지중해의 바닷빛을 닮은 색이었다. 체는 색채에 민감했고 그 색들을 조화롭게 자신의 몸에 배치할 줄 알았다. 체를 보고 있으면 그녀가 옷이 아니라 그림이나 음악을 입은 것처럼 느껴졌다. 어떤 날은 젊은 화가가 빌딩 외벽에 그려놓은 그라피티를 보는 듯했고 어떤 날은 음울한 트럼펫 연주자의 깊고 우아한 재즈 선율을 듣는 듯했다.

티셔츠 하나를 살 때도 체는 선과 이음새의 디테일을 살폈다. 그녀가 선택한 옷들은 한철의 유행을 따르거나 무딘 사람들이 자기의 체형을 모르고 고른 것과 달랐다. 체는 밝은색과 대비되는 어두운 장식의 디자인을 좋아해 한편으론 밝고 한편으론 어두운 느낌의 옷이 그녀의 마른 몸을 감싸고 있었다. 사람들 틈에서 한없이 웃는 얼굴을 하고 있다가 잠시 숨을 고르며 입안에 고인 침을 삼키는 체의 모습처럼.

체는 시와 전시회를 좋아했고 소규모 클럽에서 밴드 연주를 들으며 버드와이저를 마시는 걸 즐겼다. 정치나 역사 문제에도 관심이 많아 여러 대학이 연합한 무슨무슨 학회에도 가입해 활동했다. 체가 등장하면 사람들은 처음엔 놀라고 경계하다 그다음엔 지나치게 배려했다. 누군가는 체에게 다가가 그녀가 입은 옷이나 신발의 브랜드를 묻기도 했다. 그렇게 말을 거는 게 자연스러워 보였다. 체는 한 수입 브랜드의 운동화를 즐겨 신었는데, 조금 크고 무거워 보이는 그 신발이 그녀의 마르고 흰 다리 아래 버티고 있어 보는 사람에게 안타까움과 동시에 옅은 안도감을 불러일으켰다.

운동화는 체가 미국 사이트에서 직접 고른 보드화였다. 스케이트보드를 탈 때 신는 신발이라 디자인도 남달랐지만 밑창에 미끄럼 방지 고무가 부착돼 있어 넘어지기 쉬운 체에게 알맞았다. 체의 왼다리는 안쪽으로 휘어져 있었고 오른다리보다 길이가 짧았다. 가만히 서 있으면 왼쪽으로 몸이 비스듬하게 기울어졌는데 체는 걷거나 뛸 때 그 기울기로 작은 웨이브를 그리며 움직였다. 나아가는 쪽을 향해 어깨와 팔로 곡선을 그리고, 조금 짧은 발이 그 선과 대칭돼 타원을 그리는. 그 동작을 반복하면서 체는 일정한 리듬으로 걸었다. 체가 걷는 모습을 보고 있으면 그녀의 귀에만 들리는 음악이 그녀 주변에 흐르는 듯했다. 다른 사람과 함께 걸을 때도 체는 상대의 속도에 맞추려 애쓰지 않았다. 자기의 리듬대로 발을 뻗고 어깨와 팔로 타원을 그리며 나아갔다. 체와 함께 걷는 사람은 그녀가 자신의 속도로 걸어올 때까지 기다리면 되었다. 신호등의 녹색 불이 깜박일 때면 체는 어깨의 원을 빨리 그려 속도를 높였다. 계단을 두 칸씩 뛰어오르거나 양발을 한 번에 떼어 점프할 순 없지만 체의 걸음 때문에 지하철을 못 타거나 버스를 놓친 적은 없었다.

하지만 길이가 다른 양쪽 다리 때문에 체는 걷거나 뛸 때 많은 에너지를 소모했다. 체의 양말을 보면 알 수 있었다. 신발을 벗을 때면 빛나고 깨끗한 운동화에 가려져 보이지 않았던 체의 양말이 드러났다. 양말은 땀으로 젖어 본래 색보다 짙어져 있었고 가까이 가면 시큼한 냄새를 풍겼다. 운동화 안창도 그녀가 흘린 땀으로 까맣게 얼룩져 있었다. 체는 술을 좋아했고 자주 취했기 때문에 체의 친구들은 취해 비틀거리는 그녀 앞에 운동화를 놓아주곤 했다. 앙헬은 그들 중 가장 자주 체에게 운동화를 챙겨준 사람이었다. 운동화 안쪽에 손가락을 넣을 때면 앙헬은 체의 땀과 체취가 손가락을 휘감는 듯했다. 앙헬은 언제부턴가 체를 떠올리면 그 축축한 기운이 손가락에 느껴졌다. 그리고 또다른 종류의 축축함.

몇 해 전 앙헬은 한 선배의 결혼식장에서 오랜만에 체를 만났다. 술자리가 이어졌고 체는 자기의 주량을 넘어서 과음했다. 노래방이었던가, 아니면 횟집 화장실이었던가. 기억은 정확하지 않았다. 생각나는 것은 체가 집에 가려는 앙헬을 붙잡았고 층계참에서 둘이 실랑이를 벌이다 사고가 났다는 것이다. 그것은 사고였다. 앙헬은 자신의 가방을 잡은 체의 손을 뿌리치다 그녀의 어깨를 밀치고 말았다. 체는 몸의 중심을 잃고 계단을 굴러 아래로 떨어졌다. 앙헬이 놀라 뛰어내려갔지만 체는 괴성을 지르며 앙헬이 가까이 오지 못하도록 막았다. 찬 바닥에 웅크린 체는 신음을 내며 허리를 둥글게 말았다. 잠시 후 체의 바지가 젖어들며 앙헬의 구두 앞으로 노란 오줌이 흘렀다.

*

앙헬이 체를 만난 곳은 '마음씨'였다. '씨 뿌리는 사람의 마음'이란 뜻을 가진 그 동아리는 일 년에 서너 번씩 산에 올라 장뇌삼 씨를 뿌리고 온다고 했다. 심은 다음 그것을 돌보거나 자란 삼을 수확하는 것은 아니었다. 어느 산, 어느 위치에 심었는지도 기록해두지 않고 그저 씨 뿌리는 행위에 의미를 둘 뿐이라고 했다. 앙헬에게 그 말을 해준 사람은 동아리의 회원 중 한 명인 대니였다. 앙헬은 혼자 김밥을 먹기 위해 사람이 없는 곳을 찾다 학생회관 옥상까지 올라간 날 그곳에서 대니를 만났다.

—가끔 양귀비 씨를 뿌리기도 해. 양귀비 씨 보여줄까?

한쪽으로 눌린 심한 곱슬머리에 모터사이클 재킷을 입은 대니가 앙헬에게 말했다. 흰 피부에 금색 테의 안경을 쓴 대니는 진지하면서도 호기심어린 눈으로 앙헬을 보았다. 앙헬은 바투 다가온 그녀에게서 물러서며 자신은 옥상에 잠깐 쉬러 왔을 뿐 씨 뿌리는 일엔 관심이 없다고 말했다. 어쩌다 옥상까지 왔지만 다시 올 일은 없을 거라고, 고소공포증이 있어 높은 곳을 좋아하지 않는다고도 했다. 앙헬의 거절에도 대니는 포기하지 않았다. 꼭 산에 올라야 씨를 뿌릴 수 있는 것은 아니며, 혼자 옥상까지 올라왔으면 절반은 마음씨 회원이 된 거라 말했다. 대니는 앙헬에게 손을 펼쳐보라고 한 다음 재킷 안주머니에서 무언가를 꺼내 그 위에 올려놓았다. 보드랍고 도톰한 비단 재질의 붉은 보자기였다. 보자기를 펼치자 푸른 안감 위에 놓인 작은 씨앗들이 보였다.

—귀엽지?

대니는 손끝으로 잿빛 씨앗을 조심스럽게 흩뜨렸다. 앙헬의 눈에는 어릴 때 사 먹던 해바라기 씨 과자처럼 보였다. 혀로 초콜릿만 녹여 먹고 씨는 뱉었던 해바라기 씨 과자. 가까이에서 보니 먹다 남은 초콜릿이 보이는 것도 같았다.

그날 앙헬은 수업에 늦었다며 서둘러 옥상을 빠져나왔으나 그 뒤로 자주 옥상에 갔다. 마음씨에 가는 게 아니라 옥상에 가는 거라 되뇌며 엘리베이터도 없는 오층 건물을 열심히 올랐다. 한 층 한 층 오를 때마다 종아리와 허벅지 근육이 팽팽하게 조여왔다. 마지막 계단에 다다라 두꺼운 철문을 열고 나가면 키 큰 버드나무와 내리막길을 따라 서 있는 학교 건물이 보였다. 앙헬은 옥상의 빗각 지붕 아래 놓인 소파에 앉아 숨을 몰아쉬었다. 두 사람이 앉으면 서로의 허벅지가 닿는 넓이의 낙엽색 가죽소파는 팔걸이 부분이 찢어져 노란 스펀지가 드러나 있었다. 소파 뒤편 벽에는 땅의 높낮이에 따라 색의 명도를 다르게 칠한 대한민국 지도가 붙어 있었고, 지도의 네 모서리를 테이프로 고정해놓아 바람이 불 때마다 충청도 부분이 불룩하게 부풀었다가 가라앉았다.

학교에서 정식 동아리 승인을 받지 못한 마음씨 사람들이 모일 곳이라곤 누군가 내다버린 가죽소파와 벽에 붙인 지도로 꾸민 학생회관 옥상이 전부였다. 그래도 옥상을 오가는 이들은 모두 그곳을 마음씨의 공간이라 여겼다. 비가 오면 빗줄기가 들이치고 바람이 불면 계단 쪽 유리창이 덜컹거렸지만 아무도 소파의 위치를 바꿔놓거나 그 주변에 쓰레기를 버리지 않았다.

앙헬은 소파에 앉아 오래된 버드나무를 보는 것이 좋았다. 보호수로 지정돼 봄가을이면 약병과 연결된 호스를 줄기에 꽂고 있는 버드나무는 떠돌이 개의 덥수룩한 털처럼 긴 나뭇가지를 무성하게 늘어뜨리고 있었다. 나무는 야트막한 언덕 위에 있었고 그 아래 내리막길이 이어지다 다시 불룩하게 솟은 언덕에 학생회관이 있어서 옥상 소파에 앉으면 앙헬의 눈높이와 나무가 수평을 이루었다. 바람이 불 때마다 층층이 자란 연둣빛 잎들이 옥타브가 다른 음계처럼 조금씩 다른 세기로 몸을 떨었다. 나무 옆 내리막길을 따라서 회백색 자연대 건물과 아치형 구름다리가 있었고 건물 벽면에는 늙은 과학자의 초상화가 그려져 있었다. 고불거리는 흰 수염이 턱을 뒤덮은 과학자의 초상화는 비와 바람을 맞아 코 윗부분이 사라지고 없었다. 앙헬은 군데군데 부서진 그 석회질의 벽을 보고 있으면 오래된 터틀넥의 감촉이 떠올랐다. 보풀이 일고 소매와 목 부분이 늘어났지만 오래 입어 길든 부드러운 섬유질의 느낌. 소파에 앉아 숨을 들이마시면 어디선가 뚜껑이 열린 매직펜 냄새가 나는 것 같았다. 소파 아래에서 자두 몇 알이 천천히 썩어가는 듯도 했다. 앙헬은 눈을 감고 건물 아래 코트에서 들려오는 농구공 튕기는 소리를 들으며 누군가 옥상 문을 열고 들어서기를 기다렸다.

대니는 매일 아침 옥상에 와 바닥을 비질하고 자판기 커피를 마시며 책을 읽었다. 그녀는 사드의 『소돔 120일』을 세 페이지씩 읽고 수업에 갔다. 그러고 나면 사는 게 그리 버겁게 느껴지지 않는다고 했다. 앙헬은 대니가 읽는 책이나 그녀를 버겁게 하는 것에 대해 알지 못했으나 대니가 자판기 커피에 몇 방울의 소주를 타 마실 때면 가방에서 귤이나 초콜릿을 꺼내 그녀 옆에 두었다. 대니는 그림을 잘 그렸고 자기만의 필체가 있어서 걸개에 글을 쓰러 옥상에 오는 다른 동아리 사람들에게 대필을 부탁받기도 했다. 그러면 대니는 움직일 때마다 뽀드득 소리가 나는 인조가죽 재킷을 벗어놓고 납작한 붓과 뚜껑이 달라붙은 페인트 통을 들고서 흰 천 위를 오갔다. '싹 다 조지고 뿌리까지 갈아엎자.' 다 쓰고 나면 몇 걸음 물러서서 가늘게 뜬 눈으로 자기가 쓴 글씨를 살펴보는 대니. 그녀가 오간 곳마다 색색의 페인트가 떨어져 있어 마치 화가의 거대한 팔레트를 보는 것 같았다.

—오, 힌입생!

체를 처음 봤을 때 그녀는 옥상 난간에 기대어 서서 아주 짠 것을 먹은 표정을 하고 있었다. 나중에야 앙헬은 체의 그 표정이 웃는 얼굴이란 사실을 알았다.

—뭐라고 하는지 못 알아듣겠어요.

앙헬이 체를 등지고 서서 대니에게 속삭였다.

—듣다보면 익숙해져. 영어 듣기 평가처럼.

대니는 체의 말을 다 알아들으려 하지 말고 몇 개의 단어로 문장을 유추해야 한다고 했다. 대니와 체는 학년이 같았지만 나이는 체가 한 살 더 많았고 서로를 별명으로 불렀다. 대니는 대니, 체는 체 이전의 별명. 그것이 무엇이었는지 앙헬은 기억나지 않았다. 앙헬이 별명의 뜻을 물었을 때 두 사람은 둘만의 비밀이라 말해줄 수 없다고 했다. 앙헬은 그 말이 서운하면서도 비밀을 간직하는 둘의 관계를 닮고 싶었다.

대니와 체는 학내 검도부에서 처음 만난 사이라고 했다. 가입한 지 몇 개월이 지나도록 두 사람은 서클의 준회원조차 되지 못했는데 체는 죽도를 똑바로 쥐지 못한다는 이유로, 대니는 서클에서 지정한 업체에서 죽도를 사지 않았다는 이유로 회원들에게 암묵적인 거부를 당했다. 비슷한 이유로 두 사람은 팬플루트 동아리와 사진반에도 적응하지 못했다. 어느 날 두 사람은 학생회관 옥상에 앉아 부당한 이유로 세상으로부터 미움을 받는 존재에 대해 생각했다. 생각하다 그 미움을 사랑으로 바꿔 특별한 목적 없이 세상을 향해 온정을 베푸는 일을 도모했다. 그렇게 마음씨가 만들어졌다고 했다. 체는 여행을 좋아했고 대니는 산을 좋아해 둘은 여행하며 산에 올라 씨 뿌리는 일을 이어갔다. 이야기 끝에 대니가 앙헬에게 원한다면 너도 같이 갈 수 있다고 말했다. 그러면서 넌 무엇을 좋아하느냐고 물었다. 앙헬은 자기도 모르게 김치 볶는 냄새를 좋아한다고 했다. 회관 옆 식당 환풍구에서 비슷한 냄새가 풍겨오고 있었다. 잠시 후 세 사람은 햇빛이 쏟아지는 식당 창가 자리에 앉아 김치볶음밥을 앞에 놓고 마음씨의 미래에 관해 얘기했다. 그들이 심은 장뇌삼 씨앗이 발아해 삼이 되고 삼이 산의 비밀이 되어 누군가에게 발견되는 이야기. 십 년, 혹은 삼십 년 뒤의 미래. 그때가 되면 동성결혼이 합법화되고 여자와 여자 사이에서도 아이를 낳을 수 있게 될 거라고 대니가 말했다. 그때가 되면 기술의 눈부신 발전으로 장애인도 마음껏 운전하고 바다에서 서핑할 수 있을 거라고 체가 말했다. 그런 일들이 다 평범해져 더는 이야깃거리가 되지 않고 사람들은 집 화단에서 키운 양귀비 잎을 피우며 더 먼 미래를 상상할 거라고 두 사람은 말했다.

앙헬이란 별명은 체가 붙여준 것이었다. 어느 날 체는 '스페인 문화 산책'이란 교양수업을 듣고 와 앙헬에게 소리쳤다.

—*앙헬!*

천사라는 뜻의 그 남성명사는 자신과 어울리지 않는다고 앙헬은 말했지만 체는 누구보다 잘 어울린다며 그 별명을 고집했다. 체는 '헬(gel)'의 스페인식 악센트를 약하게 하면 같은 발음의 영어 단어가 떠오른다며 흐뭇해했다. 천사 안에 지옥이 있다면서. 그런 식으로 체는 신이나 종교에 관한 농담을 즐겼고 동시에 운명이나 초월적 존재에 대한 사색이 담긴 예술작품을 좋아했다. 무엇보다 체는 그 단어를 완벽하게 발음해냈다.

체는 목소리가 컸고 앙헬을 보면 언제나 먼저 다가와 말을 걸었다. 앙헬이 잘 알아듣지 못하면 두 번, 세 번에 걸쳐 말했다. 하려던 말을 멈추거나 그냥 지나치는 법이 없었다.

—*죄소한에 호크 이어여?*

식당에 가서도 그녀는 자신에게 필요한 것을 요구했다.

—호크, 호크여.

상대가 알아듣지 못하면 고부라진 손을 들고 무언가를 찍어 먹는 몸짓을 해 보였다. 체와 함께 간 사람은 그녀가 말을 마칠 때까지 잠자코 기다렸다. 기다리면 체는 자신에게 필요한 것을 얻었다. 체는 남보다 빨리 뛸 수 없음에도 걷거나 달리는 일에 주저하지 않았고 누군가 수신인을 딱히 염두에 두지 않고 해야 할 일을 중얼거리면 제일 먼저 엉덩이를 들썩였다. 손을 곧게 펴거나 오므릴 수 없었지만 무언가 써야 하는 일이 생기면 서슴없이 펜을 집어들었다. 무엇보다 체는 사람의 마음을 열고 그들을 자기에게 우호적으로 만드는 과정을 즐겼다. 술자리에서 분위기를 띄우고 최근의 정치 이슈에 대해 논하며 사람들의 빈 잔을 채워주었다. 그녀의 경련하는 뺨이나 불완전한 발음은 취기와 열띤 대화에 녹아 희미해졌고 사람들은 지갑에서 카드를 꺼내 술값을 계산하는 체의 모습에 익숙해져갔다.

사람들은 체를 좋아했다. 그녀를 자신들의 집단 안으로 들이는 일에는 주저했지만 체에게 친근하게 인사를 건네는 정도는 망설이지 않았다. 앙헬은 체와 함께 학교 안을 걸을 때면 사람들의 인사에 답하는 체를 따라 적어도 서너 번은 멈춰 서야 했다. 멀리 건물 창가에서 고개를 내밀고 체의 이름을 부르는 사람도 있었다.

—한나야! 어디 가니?

그러면 체는 손을 높이 들어 크게 반원을 그리며 웃었다. 앙헬은 체의 그런 모습이 쉽게 이해되지 않았다. 그녀가 진심으로 사람을 좋아하는 듯 보였기 때문이었다. 그녀는 마치 운동화 끈을

묶기 위해 구부려 앉은 아이를 기다리는 강아지처럼 사람이란 기다리기만 하면 자신의 머리를 쓰다듬어주는 존재라고 믿는 것 같았다. 때때로 대니는 체의 그런 태도를 걱정하며 체에게 좀더 자신을 아끼라고 말했지만 체는 대니의 조언을 웃어넘겼다. 그녀는 사람에게 다가가 마음을 주는 일을 멈추지 않았다. 먼저 주고, 준 만큼 되돌려받지 못해도, 다시 자기의 것을 주었다. 결국 그건 자기를 위해서도 좋은 일이라고 했다. 멀리, 크게 보면 그렇다고. 그런 말을 할 때 체의 얼굴은 느긋하면서도 단단해 보였다. 앙헬은 체보다 여러 가지 일에 능숙했지만 사람을 대하는 체의 태도에는 자신이 다 헤아릴 수 없는 크고 높은 면이 있다고 생각했다.

체에게는 세상을 살아가는 자신만의 기준이 있었다. 술꾼이었지만 해장술이나 혼자 마시는 술은 경계했고 담배를 피웠지만 꽁초를 함부로 버리지 않았다. 언제나 가방에 스테인리스 컵을 넣고 다니며 일회용 컵 대신 그것을 사용했다. 대부분의 사람에게 친절하고 호의적이었으나 거절할 땐 여지를 주지 않았다. 한번은 학교측에서 체에게 홍보 모델을 제안한 일이 있었다. 체가 전화를 받을 때 앙헬도 함께 있었다. 체는 휴대전화를 귀에서 약간 뗀 채 통화했기 때문에 전화기 너머 상대의 목소리가 앙헬에게도 들렸다. 직원은 정중하면서도 다소 권위적인 말투로 체가 학생 대표 중 한 명으로 선발되었다고 말하며 앞으로 일 년간 학교 홈페이지와 홍보물에 체의 사진이 실리게 될 거라고 했다.

—*얼아 저여?*

체가 짧게 물었다. 체의 말을 알아듣지 못한 직원이 무슨 말이냐고 되물었다.

—오엘 하연, 얼아 주야고여.

체가 천천히 다시 물었다. 직원은 당황한 목소리로 학교 모델은 돈이 아니라 명예로 하는 일이며 봉사하는 자리라고 말했다. 그 말에 체의 목소리가 커졌다.

—옹사오 영예고 옹짜오 우여억을 행악 하이 마고 제애오 온을 지울해어!

체는 긴 문장을 쉬지 않고 말하고는 전화를 끊었다. 그런 뒤 소파에 앉아 잘 오므려지지 않는 두 손을 마주잡고서 여러 번에 끊어 한숨을 내쉬었다. 봉사고 명예고 공짜로 부려먹을 생각 하지 말고 제대로 돈을 지불해요. 앙헬은 가끔 체가 아무에게나 마음을 주고 돈을 헤프게 쓰는 게 아닐까 하는 생각이 들 때면 체의 그 말을 떠올렸다.

*

공주 시외버스 터미널에 도착한 앙헬은 터미널 차양 아래 서서 열에 달아오른 아스팔트길을 보았다. 체를 만나기로 한 시간까지 몇 분의 여유가 있었다. 체는 택시를 타고 오겠다고 말하며 해가 뜨거우니 밖으로 나오지 말고 터미널 안에서 기다리라고 했다. 앙헬은 플라타너스가 만든 그늘을 바라보다 큰 결심을 하듯 발을 떼었다. 나뭇가지가 드리워진 머리 위에서 말매미 울음이 요란하게 들렸다. 땅에는 끝부분이 갈색으로 시든 잎이 떨어져 있었다.

앙헬은 가로수 아래를 보며 걷다 철과 철이 부딪치는 소리에 놀라 고개를 들었다. 방진막으로 가려진 공사장에서 쇠파이프를 떨어뜨리는 소리가 연달아 들렸다. 앙헬은 승차장이 보이는 그늘에 멈춰 서서 한 번씩 도로의 먼 쪽을 보았다. 흙투성이 수건을 목에 두른 공사장 인부가 노란 전선을 어깨에 메고 도로 가장자리를 따라 느리게 걷고 있었다.

—재 요즘 코냑에 빠졌어.

몇 년 전 지인의 장례식장에서 만난 대니가 앙헬에게 말했다. 체가 마실 것을 갖고 온다며 자리를 비운 참이었다.

—저녁마다 바에 간대. 거기 바텐더한테 반해서 사귀자고 한다더라.

대니는 체가 회사 근처의 고급 와인 바에 다니며 버는 돈의 대부분을 그곳에서 탕진한다고 했다. 체의 할머니가 체에게 전화해 타이르는 걸 자기가 몇 번이나 들었다고.

—너희 둘이 친했잖아. 이젠 연락 안 하니?

앙헬은 똑같은 말을 대니에게 묻고 싶었다. 둘이 친했잖아요. 이젠 같이 산에 안 가요? 하지만 앙헬은 묻지 않았고 늦은 밤이나 새벽, 체에게서 걸려오던 전화를 받지 않았던 일을 떠올렸다. 그들을 향해 체가 걸어오고 있었다. 아주 짠 것을 먹은 사람처럼 얼굴을 찌푸리며.

앙헬은 체에게 고백을 받은 적이 있었다. 고백하지 않았을 때도 체가 앙헬을 좋아한다는 것을 앙헬뿐 아니라 다른 사람들도 알았다. 체는 누군가를 향한 마음을 숨기지 못했고 숨길 생각도 없어 보였다. 체의 표정은 앙헬이 있을 때와 없을 때가 달랐다. 손을 자주 씻고 자기 컵을 따로 쓰는 깔끔한 성격임에도 체는 앙헬이 먹다 남긴 볶음밥을 먹었고 앙헬이 사용하던 빨대를 불편해하지 않고 썼다. 앙헬이 옥상에 가는 시간에 맞춰 옥상에 갔고 자신의 전공수업 대신 앙헬의 전공수업을 따라 들었다. 주말이면 앙헬에게 미술관이나 영화관에 가자고 했다. 한 해의 마지막날엔 함께 콘서트에 가서 카운트다운을 하자고 했다. 앙헬은 어떤 것은 받아들이고 어떤 것은 거절했다. 그러다 어느 날 체는 이제까지와는 다른 것을 제안했다.

—아랑 겨호하애?

가을 학기 중간고사가 끝난 어느 늦은 오후였다. 두 사람은 옥상 소파에 앉아 바람에 흔들리는 버드나무 가지를 보며 술을 마셨다. 맥주, 싸구려 와인, 다시 맥주를 오가며 둘은 여러 번 한숨을 내쉬었고 그보다 더 많이 웃음을 터뜨렸다. 가을하늘이 파란 사탕 껍질처럼 펼쳐진 날이었다.

—뭘 하자고요?

그때만 해도 체에게 존칭을 쓰던 앙헬은 말끝을 높여 되물었다.

—이어케 두이 사자오.

체가 말했다. 앙헬은 대답하지 않은 채 속으로 체의 말을 곱씹었다. 이렇게 둘이 살자고. 여자와 여자는 결혼할 수 없다는 걸 모르는 듯 체는 말했다. 알지만 그런 법규 따윈 상관없다는 듯 앙헬에게 제안했다. 앙헬도 체의 그런 면을 모르지 않았다. 체는 여자와 여자가 사랑에 빠지는 영화를 좋아했고 여자 멤버로 이뤄진 밴드의 공연과 여자의 벗은 몸을 그린 여자 화가의 전시를 좋아했다. 여자에겐 대체로 호의적이었으며 본인은 인정하지 않았지만 어두운 표정의 여자를 보면 쉽게 사랑에 빠졌다. 체가 직접 말한 적도 있었다. 자긴 이미 여섯 살 때부터 알았다고. 그런 건 누가 알려주지 않아도 스스로 알게 되는 것이라고. 언젠가 자신이 신을 찾게 될 거라는 믿음이나 언젠가 예술을 하게 될 거라는 예감처럼 시간이 지날수록 확신하게 되는, 영혼에 새겨진 주름 같은 것이라고.

체는 여자와 나누는 사랑을 원했고 그 욕망을 부끄러워하지 않았다. 그러나 이따금 체의 신체적 특징을 배려하며 다가오는 상냥한 미소의 여자와는 거리를 두었다. 체는 동정과 사랑을 구분했다. 사랑이 깊어지면 연민의 모습을 띠기도 하지만 시작은 안 보면 못 견디겠는 애틋함으로 하고 싶다고 했다. 체가 원하는 건 예술과 신, 그 두 가지에 관해 끝없이 이야기를 나눌 수 있는 여자였다. 차, 혹은 술을 마시며. 섹스는 상관없다고 했다. 섹스는 작은 것이라 했다.

—아니, 난 그것도 중요해요.

앙헬이 말했다. 청혼에 대한 거절치고는 지나치게 차가운 말이었다고 뒤늦게 후회했지만 그땐 생각에 앞서 그 말이 튀어나왔다. 섹스는 작은 것이라는 체의 말에 동의하면서도, 아니, 섹스가 작은지 큰지 제대로 생각해보지 않았으면서도 앙헬은 그렇게 말했다. 만약 체가 남자였다면 다르게 말했을까. 혹은 체가 좀더 평범한 여자였다면. 체가 아닌 대니였다면. 그러나 앙헬은 체를 좋아했고 온전히 그녀를 믿었다. 만약 체가 남자였거나 혹은 다른 여자였다면 앙헬은 그녀 앞에서 취하거나 잠들지 못했을 것이다. 십대 시절부터 찾아들었던 자살 충동을 체에게 털어놓지 못했을 것이다. 앙헬은 종종 다른 사람에게 끌리고 다른 사람에게 매력을 느꼈지만 믿음에 관해서는 오직 체뿐이었다. 앙헬은 멀리, 더 크게 바라보는 체의 내면과 뒤틀리고 고부라진 그녀의 몸을 믿었다. 믿음이란 상대가 자신을 해치거나 공격하지 않을 거라는 안심의 또다른 표현이라고 앙헬은 생각했다. 체의 어떤 면은 앙헬보다 크고 높았으나 신체적 힘은 앙헬이 더 셌다. 그 점이 앙헬을 안심하게 했다. 앙헬은 체가 따기 힘들어하는 음료수 캔을 따주거나 체가 끌지 못하는 짐수레를 끌어주었다. 무엇보다 앙헬은 체가 자신의 손목을 세게 잡으면 언제라도 더 세게 힘을 줘 뿌리칠 수 있었다. 그런 힘의 우위가 앙헬에겐 중요했다. 어떤 상황이 벌어져도 체가 자신을 힘으로 제압하지는 못할 거라는 사실. 그 물리적 조건이 앙헬의 마음을 놓이게 했다. 그렇기에 앙헬은 체 앞에서 취할 수 있었고 그녀와 단둘이 모텔에 갈 수 있었다.

체와 함께 모텔 문을 들어설 때면 앙헬은 체와 다른 것을 시도해볼 수도 있지 않을까 생각했다. 예술이나 신에 관한 이야기가 아닌 체의 다른 '주름'을 알 수도 있을 거라고. 그러나 그런 시도를 하기에 두 사람은 지나치게 취해 있을 때가 많았다. 방으로 들어서면 앙헬은 침대 위로 엎어졌고 체는 그녀 곁에 무릎을 꿇고 앉아 그녀의 옷을 벗겨주었다. 셔츠의 단추를 풀어주었고 양말을 벗겨주었다. 그럴 때면 앙헬은 체가 옷을 벗기기 쉽게 몸을 돌리고 발을 들었다. 그러고는 잠에 빠졌다. 정신없이 자다 깨어 일어나보면 밖은 아직 캄캄한 새벽이었다. 체는 침대 아래에서 웅크린 채 자고 있었다. 그녀는 침대에서 자다 바닥으로 떨어지는 것을 싫어했고 마치 땅 깊은 곳의 소리를 들으려는 듯 가슴과 뺨을 바닥에 댄 채 잠들었다. 불편해 보이는 자세로 잠든 체를 보면 앙헬은 체가 했던 말이 떠올랐다.

―내가 어릴 때 그렇게 예뻤대.

체는 가끔 자기의 어린 시절에 대해 이야기했다. 백일 무렵의 자신을 눈으로 직접 봐서 안다는 듯 그 시절 자신이 얼마나 귀하고 어여쁜 아기였는지 말했다. 그럴 때면 앙헬은 이상하게도 체의 발음이 또렷하게 잘 들렸다.

―내가 첫 손녀잖아. 할머니가 종일 안고 있었대.

할머니의 말에 따르면 체는 피부가 하얗고 순한 아기였다. 증조부 때부터 딸이 귀한 집안이라 할머니는 체를 하늘이 주신 복으로 여겼고 특별히 체가 태어날 무렵 생긴 시내 성당에 찾아가 신부님에게 아기 이름을 지어달라고 부탁했다. 할머니는 성당에 다니지 않았고 종교적인 믿음도 없었지만 후줄근한 슬리퍼를 끌고 다니는 동네 무당보다 말끔하게 차려입은 성당 신부가 더 마음에 들었다.

―그러다 백 일쯤 지났을 때 할머니가 나를 바닥에 떨어뜨렸대. 그다음 내가 막 아프고 나서 이렇게 된 거래.

체의 그 말에 앙헬은 차갑게 대꾸했다.

—그래서?

—어?

—할머니 탓이라는 거야?

—아니, 아니지. 근데 할머니는 그렇게 생각하더라고.

앙헬은 체가 좀더 태연히 말해주길 바랐다. 자기에 대해, 자기의 주름에 대해. 언젠가 앙헬에게 함께 미술관에 가자고 하며 "넌 그냥 가도 돼. 장애인 동반 일인은 무료야"라고 말했던 것처럼. 어떤 그림 앞에 오래 서서 "난 여자 가슴이 좋아"라고 말했던 것처럼.

*

짧은 머리에 웃음이 만발한 얼굴로 작은 웨이브를 그리며 걷는 체.

앙헬은 체가 건널목을 건너는 모습을 바라보았다. 가로수 밑에서 있는 앙헬을 보고 체가 손을 크게 흔들었다. 앙헬도 손을 들어 답했다. 신호가 바뀌자 체는 걸음을 빨리해 도로를 건넜다. 오른발로 몸을 지탱하고 조금 짧은 왼발로 땅을 디뎌 앞으로 나아가는 모습. 튼튼한 오른다리가 몸의 무게를 지탱해주어 그녀를 앞으로 나아가게 해주었다. 체는 멀리서부터 웃는 얼굴을 하고서 흰 빛이 쏟아지는 도로를 가로질렀다. 앙헬이 서 있는 곳까지 걸어와서도 까무잡잡하고 긴 얼굴에 주름이 가득 잡히도록 웃었다.

체는 공주산성 앞으로 가자고 했다. 두 사람은 택시를 타고 금강을 가로지르는 다리를 건넜다. 창밖으로 짙은 흙색 강물이 보였다. 여름 내내 비는 밸브 끝까지 열었다 갑자기 잠가버린 수도처럼 짧은 시간 퍼붓다 그치기를 반복했다. 공주산성 맞은편에 내린 두 사람은 새로 지은 것처럼 보이는 외관의 삼층 건물로 들어섰다. 식당 문을 열자 반쯤 드러누워 있던 주인이 몸을 일으켜 홀의 불을 켰다. 앙헬이 먼저 창가 쪽에 자리를 잡았다. 창밖으로 산성의 돌담과 기와지붕으로 덮인 누각이 보이는 자리였다. 산의 능선을 따라 성곽이 에워싸고 있었고 담 중간중간에 노란 깃발이 꽂혀 있었다. 체는 맥주 두 병과 닭갈비를 시킨 뒤 몇 번에 끊어 한숨을 내쉬었다.

—저기 안엔 뭐가 있어?

턱을 괴고 창밖을 보던 앙헬이 물었다.

—그냥, 어디이지.

체가 앙헬을 따라 턱을 괴고 창밖을 보았다. 매표소에서 산성까지 가파른 오르막이 이어져 있었다. 누각을 가운데 두고 양쪽으로 이어진 돌담 위로 사람이 걸을 수 있는 흙길이 나 있었다. 비슷한 야구모자를 쓴 노인들이 그 길을 줄지어 걸어가고 있었다. 노인들이 향하는 길 끝엔 단청을 칠한 정자가 있었고 그 뒤로 활엽수와 침엽수가 뒤섞인 숲이 펼쳐져 있었다. 검은 날개의 새들이 무언가에 놀란 듯 동시에 날아올랐다.

—저기서 사람 죽지 않아?

—어이?

—저기, 저기, 저기.

앙헬은 유리창을 손톱으로 콕콕콕 두들기며 산성의 성벽 길을 가리켰다.

—난간이 하나도 없잖아. 미끄러지면 그냥 죽겠어.

—*어 마따. 너 오소옹포응 있히?*

—응?

—*오소옹포응.*

체가 한번 더 말했다. 앙헬은 알아들을 수 없어 가만히 체의 얼굴을 보았다. 터미널 앞에서 봤을 땐 보이지 않았던 입가의 긁힌 상처가 눈에 띄었다.

—무슨 말인지 모르겠어.

앙헬이 말하자 체가 한 음절씩 끊어 소리 냈다.

—*오, 소, 옹, 포, 쯩!*

—아, 그거.

체는 고소공포증을 말한 것이었다. 듣다보면 익숙해져. 앙헬은 대니의 말이 떠올랐다. 대니가 얘기한 대로 체의 말은 듣다보면 익숙해졌고 오랫동안 듣지 않으면 다른 세계의 말처럼 낯설었다. 그러나 그렇다고 해서 체의 말이 다른 나라의 언어는 아니었다. 단지 한번 더 물어야 하고 알아듣는 데 시간이 걸릴 뿐.

—그때 대니가 갖고 다니던 거, 그거 진짜 아니지?

기름으로 번들거리는 무쇠 팬을 내려다보며 앙헬이 물었다. 붉은 앞치마를 한 식당 주인이 닭고기와 채소를 팬에 넣고 볶고 있었다.

—아이, 인짜야.

양귀비 씨가 진짜라고? 앙헬은 그렇게 물으려다 옆에 서 있는 주인을 보았다. 앙헬은 체가 자신의 말을 잘못 알아들었다고 생각했다.

—내가 말하는 거, 다른 거야.

—알아.

—알아?

—어.

주인이 나무 주걱 두 개를 사용해 닭고기와 채소를 둥글게 모아놓은 뒤 이제 먹어도 된다고 말하고 자리를 떠났다. 앙헬은 맥주병을 따 체의 잔에 술을 따라주었다. 체는 잔을 가슴 쪽으로 끌어당겨 입술을 대고 거품을 마셨다.

—우이 할어이 하밧에 있언 어야.

체는 대니의 양귀비 씨가 자기 할머니의 것이라 했다. 할머니가 농사짓던 파밭에 양귀비 군락이 있었다고. 일부러 키운 게 아니라 자기들이 알아서 자란 거라고. 어릴 때부터 파밭에 가면 붉은 꽃들이 피었다 졌다 했고, 가끔 아버지가 그 꽃대 위에 빈 비료 포대를 덮어두었다고 했다. 그러다 어느 해 군청에 다녀온 아버지가 트랙터로 밭을 갈아엎으면서 꽃은 사라졌다. 할머니가 보자기에 싸놓은 씨앗이 마지막이었고 체는 할머니 몰래 그 보자기를 가져다가 대니에게 주었다고 했다.

—정말 심었어?

앙헬이 묻자 체는 거품이 가라앉은 술잔을 쥐고서 잠시 뜸을 들였다.

—*함켰어.*

—삼켰다고?

체가 약하게 몸을 떨며 웃었다. 농담인 걸 알았지만 앙헬은 그 순간 체가 씨앗을 입안으로 털어 넣는 모습이 그려졌다. 체는 빈 맥주병을 테이블 아래에 내려놓고 새 병을 땄다. 떨리는 손으로 병목을 잡은 뒤 몇 번에 걸쳐 따개의 구멍과 병뚜껑의 위치를 맞추었다. 거품이 넘치지 않도록 맥주를 따르고 난 다음 체는 대니와 산에 갔던 이야기를 했다. 앙헬이 마음씨에 오기 전의 이야기. 체와 대니는 강의를 듣기 싫은 날이면 함께 버스를 타고 남쪽으로 가 이름 모를 산에 씨를 심고 왔다. 어느 산, 어느 위치인지 기록해놓지 않았지만 몇몇 곳은 아직도 생생히 기억해 지금이라도 찾아갈 수 있다고 했다.

—*해러 알까?*

체가 산삼을 캐러 가자고 말했다. 하지만 심은 씨앗을 다시 찾지 않는 것이 마음씨의 불문율이었다.

—할머니 드리게?

—*아이, 나 억께.*

그렇게 말한 뒤 체는 또 몸을 떨며 웃었다. 그러고는 알 수 없는 멜로디를 흥얼거리며 술잔을 쥐었다. 체는 맥주를 다 마셔갈 동안 닭갈비나 다른 반찬에는 전혀 손대지 않았다.

—포크 달라고 할까?

앙헬이 묻자 체가 고개를 저었다. 먹을 걸 보면 할머니 생각이

난다고 했다. 대신 혼자 맥주를 마시면서 체는 앙헬에게 정말 한 모금도 마시지 않을 거냐고 물었다. 거절하는 앙헬을 보며 체는 무척이나 낙심한 표정을 지었다.

술기운이 오른 체는 웃음과 한숨을 반복하며 또 알 수 없는 멜로디를 흥얼거렸다. 호 효효효효 같은 소리를 내기도 하고 쾌로로로로 같은 소리를 내기도 했다. 뒤는 저음, 앞은 고음으로 내는 소리였다. 식당을 나온 두 사람은 산성 앞에서 택시를 타고 체의 집으로 향했다. 택시 안에서 체는 아버지에게 전화를 걸어 짧게 통화했다. 지금 가고 있으니 할머니 주무시고 계시면 깨우라고. 체의 휴대전화 너머로 남자의 가라앉은 목소리가 들렸다.

—시방 몇신데 주무셔. 아직 주무실 시간 아녀.

택시는 다시 금강을 가로지르는 다리를 건넜다. 속도를 높이자 선선한 바람이 얼굴에 끼쳐왔다. 어쩐지 앙헬은 낮에 탔던 택시를 다시 탄 것 같았다. 룸 미러로 기사의 얼굴을 확인할 수 있었으나 앙헬은 창밖의 강물에서 시선을 떼지 않았다.

체는 집 근처에서 내려 조금 걷자고 했다. 빈속에 술을 마셔서인지 체의 얼굴이 달아올라 있었다. 두 사람은 택시에서 내린 후 논길을 따라 걸었다. 드문드문 가로등이 있었지만 등과 등 사이가 멀었고 산그림자가 가깝게 드리워져 있었다. 좁고 그늘진 수풀 길을 따라 두 사람은 말없이 걸었다. 어디선가 귀뚜라미 우는 소리가 들렸다. 땅을 보고 걷던 앙헬이 소리가 들리는 쪽으로 고개를 들었다. 앙헬은 계절의 어느 한 부분을 건너뛴 것 같았다.

—선배.

앙헬이 체를 불렀다.

—공주 선배.

체가 사레들린 듯 커 커 하고 웃었다.

—술 좀 작작 마셔요.

체는 걸음을 멈추고 숨이 넘어갈 것처럼 웃었다. 기뻐하는 건지 아파하는 건지 모르겠는 표정으로. 앙헬은 체가 다 웃을 때까지 옆에 서서 기다렸다. 앙헬은 자신이 언제부터 체의 연락을 피했는지 생각했다. 그 시기를 정확히 짚을 수 없었으나 이유까지 잊어버린 건 아니었다. 앙헬은 더는 취한 체의 모습을 보고 싶지 않았다. 자신의 취한 모습도 더는 체에게 보여주고 싶지 않았다. 그것이 어느 시절을 통과할 때 겪게 되는 변화인지, 아니면 다른 이유 때문인지 앙헬은 알 수 없었다. 다만 어떤 베품은 인과적인 타당성을 설명할 수 없듯 어떤 거부도 합당한 이유를 찾을 수 없다는 것을 받아들였을 뿐이었다.

—*거의 아 왔어, 저이 앞이야.*

체가 손을 뻗어 길의 끝을 가리켰다. 논을 감싸고 도는 길 너머에 불그스름한 벽돌집이 보였다. 체는 고개를 푹 떨어뜨리더니 또 멜로디를 붙여 한숨을 내쉬었다. 호 효효효효, 괘로로로로. 그 한숨이 '아, 싫다'라고 말하는 것 같았다. 집에 들어가기 싫다, 길이 끝나는 게 싫다. 앙헬은 체의 한숨에 담긴 마음을 헤아릴 수 있었다. 체의 말과 뜻을 다 알 것 같았다.

체와 옥상 소파에 앉아 이야기하던 때처럼.

체와 함께 옥상에서 술을 마실 때면 앙헬은 체의 발음이 다른 사람의 발음보다 더 매끄럽고 정확하게 들렸다. 그럴 때 앙헬은 자신이 취했기 때문이라 생각했다. 취한 사람에게는 취해 비틀거리는 세상이 온전해 보이니까. 그러나 산성 앞 식당에서 체가 어느 여름날의 일에 대해 이야기할 때 앙헬은 술을 한 모금도 마시지 않았음에도 체의 발음이 귓가에 부드럽게 들렸다. 조금씩 조금씩 익숙해지다, 어느 순간, 체가 하는 말을 다 알 수 있었던 시절로 돌아갔다. 체의 발음과 손은 뭉개지거나 뒤틀려 있지 않았고 실제로 그런 모습이었다 해도 앙헬에게는 그것이 자연스러웠다.

체는 그때의 풍경이 눈앞에 펼쳐져 있는 듯 허공에 손짓하며 말했다.

—아마 대니도 기억할 거야. 어느 여름에 남해에 갔었어. 가는 길에 비가 와서 대니랑 우비를 입고 산에 올랐지. 그런데 생각보다 산이 험해서 가다 서고 가다 섰는데 그러다 어느 순간 아예 그만 가고 싶단 생각이 들었어. 대니한테 얘기했더니 자기도 그렇대. 아까부터 배가 살살 아팠다고. 그래서 그만 가기로 하고 어느 바위에 앉아 쉬고 있었어.

체는 맥주를 한 모금 마신 후 옷소매를 당겨 입가를 닦았다.

—그런데 지나가던 할머니가 우릴 보고 배낭에서 뭘 꺼내서 주는 거야. 땅콩 캐러멜이랑 오이가 든 비닐. 우리가 괜찮다고 하면서 안 받으니까 비닐을 우리 발 앞에 놓았어. 그러고서 다시 산으로 올라가더라고. 날다람쥐처럼 빠르게. 놀라서 할머니를 보고 있는데 대니가 오이를 꺼내서 반으로 쪼갰어.

체는 여기서 목소리를 한 톤 높여 말했다.

—얼마나 달고 시원하던지.

체는 그때 먹은 오이 맛을 잊을 수 없다고 했다. 조금 과장해 말하면 천국에서 먹는 오이 같았다고. 먹으니 눈이 맑아지고 가슴이 환해졌고, 대니도 아픈 게 나았다고 했다. 두 사람은 마음을 바꿔 다시 산을 오르기로 했다. 가는 길에 땅콩 캐러멜과 오이를 준 할머니를 찾았지만 할머니는 보이지 않았다. 빗줄기가 굵어져 둘은 그쯤에다 씨앗을 심기로 하고 배낭에서 모종삽을 꺼냈다. 젖은 흙과 바위, 푹신하게 쌓인 낙엽과 그 위에 흩어진 솔방울. 땅은 온통 갈색이었고 고개를 들면 여백 없이 빽빽한 잎들이 물결을 이루었다. 바람이 불 때마다 잎을 타고 내린 빗방울이 뺨으로 떨어졌다. 그리고 그 나무를 보았다. 산비탈에 서 있던, 한눈에도 메마르고 병들어 보이던 나무. 잎을 펼치고 열매를 맺는 일이 고달프다는 듯 꽈배기처럼 몸을 뒤틀며 자란 나무. 다가가 굵은 줄기를 어루만지자 과자 조각처럼 껍질이 부서졌다. 그 껍질 속으로 검게 썩은 속살이 보였다. 그런데도 가지에 달린 잎만은 풍성해 둥근 잎들이 마치 꿀을 바른 듯 윤이 났다. 사방에서 들려오는 잎 두들기는 빗소리, 멀리 새 우는 소리, 아직 입안에 남아 있는 오이향. 체와 대니는 먼 훗날 누군가 발견하게 될 산의 비밀을 상상하며 나무 아래 씨앗을 심었다. 체는 거짓말하는 사람이 아니었으므로 그녀가 하는 말은 모두 진실이었을 테지만 앙헬은 체가 꾸며낸 이야기를 듣는 것 같았다. 체는 탁월한 이야기꾼처럼 그때 그 풍경을 실감나게 묘사했다. 앙헬은 이야기 항아리에 물을 채우듯 체의 빈 잔을 채워주며 뭐라도 먹으면서 마시라고 했지만 체는 고개를 저으며 아무것도 먹고 싶지 않다고 했다.

| 작가노트 |

숨쉴 틈

어린 시절부터 저는 '왜'라는 질문에 곧잘 이끌렸습니다. 논리적이거나 철학적인 생각은 아니었고 그저 눈앞의 어떤 상황들이 제가 머릿속에 만들어놓은 '왜'라는 질문으로 빨려들어가는 느낌을 좋아했던 것 같습니다. 사람들 사이에서 잘 어울려 지내다가도 문득 그런 생각을 했습니다. 왜일까. 어째서일까.

저에게 소설쓰기는 '왜'라는 질문에 대한 대답을 찾아가는 하나의 방법입니다. 블랙홀처럼 현실을 빨아들이는 그 질문의 소용돌이를 표현할 수 있는 거의 유일한 방식이 제게는 소설이 아닐까 생각합니다. 허구, 가짜라는 소설 양식의 암묵적인 약속이 저에게 숨쉴 틈을 줍니다.

'맙소사, 이런 세계가 있었다니!'

처음 그 틈을 발견하고 안으로 들어갔을 땐 언제든 다시 나갈 수 있으리라 생각했습니다. 되돌아나갈 수 있도록 왔던 길을 돌아보며 뛰고 구르고 가슴을 펴 숨쉬었습니다. 그렇게 내쉬는 숨이 달고 시원했습니다. 하지만 때때로 누군가 제 숨에서 불순한 냄새가 난다고 코를 막으면 그제야 제 숨이 누군가에게는 낯설고 불편할 수 있다는 걸 깨닫고 몸을 움츠렸습니다.

앙헬에게 체도 그러했으리라 생각합니다. 체처럼 말하고, 체처럼 웃고, 체처럼 살아가는 게 앙헬에게는 자연스럽게 느껴져 오히려 세상 모든 사람이 그렇게 하지 않는 것을 이상하게 여겼을 거라고요. 그러나 누군가 낯설어하는 시선으로 체를 보면 그 순간 앙헬도 그 시선으로 체를 보게 됐을 겁니다. 그리고 앙헬은 질문하겠지요. 체는 '왜' 체가 되었나. 저는 그 질문에 대한 대답을 이 소설을 쓰며 생각했습니다.

타당한 이유 없이 나무를 마르게 한 존재는, 마찬가지로 마땅한 이유 없이 병든 사람을 낫게 합니다. 그 이유의 공백 앞에서 저는 원인을 밝히려는 것, 이유를 찾으려는 것, 그걸 알 수 있다고 확신하는 것이 어쩌면 교만일 수 있다고 처음으로 생각했습니다. 이것은 제가 소설을 쓰는 마음가짐과도 관련된 일입니다. 저에게 소설은 '왜'라는 질문의 소용돌이를 펼쳐 보일 수 있는 세상의 틈이었으니까요. 그런데 소설은 그 질문의 방향을 바꾸어 저에게 되돌려줍니다. 이유를 묻고 그 답을 찾으려는 간절함만큼이나 답을 모르고 사는 힘도 필요하다고 말합니다. 답이 없다는 것의 기쁨을 배우라고 합니다. 기뻐하는 건지 아파하는 건지 모를 표정으로 웃습니다. 체가 웃을 때 앙헬은 다시 체를 체로서 바라봅니다. 검은 구멍은 사라지지 않지만 체가 말하는 동안 앙헬은 그저 체를 듣습니다.

이 소설을 쓰면서, 그리고 쓰고 난 후 걱정이 많았습니다. 체를 묘사하고 표현하는 저의 방식이 사람들에게 어떻게 받아들여질지 몰라 고민했습니다. 이전까지 저는 읽는 사람보다 쓰는 저를 위해 더 마음을 기울였었는데 그런 저에게 다른 사람이 중요해지고 있었습니다. 누군가 제 숨결에 거북한 반응을 보여도 저는 돌아서 뛰어나가면 그뿐 제 검은 구멍을 해명할 이유가 없다고 생각했는데, 이 소설을 쓰면서 그 이유와 까닭을 오래 더듬었습니다. 다른 사람의 기분, 다른 사람의 입장을 생각했습니다. 쓸 때는 미처 의식하지 못했지만 쓰고 나서 돌이켜보니 제가 그렇게 하고 있었습니다. 이렇게 저와 소설 사이에 또다른 틈이 생기고 있었습니다.

그 벌어진 틈으로 계속 다른 존재가 찾아와 저를 걱정하게 하고 잠 못 이루게 하고 걸어온 길로 다시 돌아나가지 못하게 할 것 같습니다. 이런 변화가 저에게 좋은 것인지 나쁜 것인지 아직 모르겠습니다. 다만 저를 이끄는 방향으로 더 가고 싶을 뿐입니다. 제게 희망이 있다면 되돌아나가는 길을 자꾸 잊어버린다는 것입니다.

낙차

조대한

이 소설에 대해 크게 두 종류의 독법이 가능할 것 같다. 하나는 관념론적인 혹은 형이상학적인 관점에서의 독해이다. 김멜라는 서사의 처음과 끝에 마른 나무의 이야기를 가져다놓는다. 작품 제목과 '무화과 나뭇잎이 마르고'라는 찬송가 구절의 상호 연관 관계에서 짐작할 수 있듯, 이 메마른 나무에서 떠오르는 것은 한 종교의 복음에 기록된 일화이다. "어느 날 남자는 배가 고파 평소처럼 열매를 먹으려고 나무 앞으로 갔"으나 "나무는 잎만 무성할 뿐 열매가 없었다"(77쪽). 그가 열매를 맺지 못한 "나무를 저주하자 나무의 줄기가 뒤틀리며 잎이 말라붙었다"(같은 쪽). 신의 이적을 기록한 이 일화는 믿음과 신앙의 관점에 따라서 여러 의미로 해석되겠지만, 소설의 주인공인 체가 '퀴어'와 '장애'의 정체성이 교차하는 인물임을 떠올린다면 이 은유적인 이야기는 '재생산

(reproduction)'의 맥락에서 비교적 선명하게 읽힌다. 열매를 맺지 못한, 그리고 태생적으로 꽃이 바깥으로 드러나지 않는 이 무화과나무에 대한 저주는 인류 공동체에서 장애를 소거하고자 했던 우생학적 시도와 이성애-생식의 관점에서 동성애를 바라보는 뿌리깊은 편견의 논리와 직접적으로 맞닿아 있다.

이는 '마음씨'라는 동아리를 통해서도 잘 드러난다. 마음씨는 여타의 동아리에 가입했다가 그곳에서 지정한 룰을 따르지 않거나 신체적인 이유로 따르지 못해 거부당했던 대니와 체가 함께 만든 동아리이다. "기술의 눈부신 발전으로 장애인도 마음껏 운전하고 바다에서 서핑할 수 있"는 미래와 "동성결혼이 합법화되고 여자와 여자 사이에서도 아이를 낳을 수 있"(92쪽)는 사회를 꿈꾸며, 양귀비와 장뇌삼 씨앗을 뿌리는 이 비공식 동아리의 활동은 비록 약소할지언정 집단 내 관습과 인식의 한계를 조금씩 넓히려는 작업에 가까워 보인다. 무엇보다 중요한 건 그들은 자신들이 뿌린 씨앗의 위치를 기록해두지 않고 그저 뿌리는 행위 그 자체에만 집중한다는 점이다. 대니와 체가 "열매를 맺는 일이 고달프다는 듯 꽈배기처럼 몸을 뒤틀며 자란 나무"(109쪽) 아래에 자신들이 거두지도 않을 불확실한 미래를 상상하며 씨앗을 심는 소설의 마지막 장면은, 심은 대로 거두리라는 인과적 재생산의 논리를 정확하게 비틀어 재현하고 있다.

한데 이런 이야기만으로 이 작품을 모두 설명했다고 말할 수 있을까. 위의 독법은 분명 잘 짜인 서사구조와 상징의 면면을 해석하는 데에는 유의미하지만, 작품을 읽으며 느꼈던 어떤 감정의 세목들을 충분히 설명하지 못할뿐더러 무엇보다 체라는 인물을 형상화하는 일에 많은 것을 걸고 있는 이 소설의 디테일을 거의 드러내지 못한다. 그렇다면 이번에는 거꾸로 형이하학적인 구체성에 집중하는 반대 방향의 독법을 시도해보자. 소설의 서술자인 앙헬이 바라본 체는 "그을린 갈색 피부"와 "겨울의 나뭇가지처럼" 여위고 "마른 몸에 언제나 짧은 머리"(84쪽)를 한 모습으로 그려진다. 옷과 액세서리의 디테일을 하나하나 살피고, 색들을 자신의 몸에 맞게 배치할 줄 아는 체는 넘어짐을 방지하기 위해 자신의 가는 다리와는 다소 어울리지 않는 커다란 신발을 신고 다닌다.

병명이 명확히 제시되지는 않지만 낙상에 의한 뇌병변 장애로 추측되는 체의 증상 중 작품 속에서 집중적으로 형상화되는 것은 우선 그녀의 보행 방식이다. 왼다리가 안쪽으로 휘어져 있고 오른다리보다 길이가 짧은 체의 몸은 걸음을 내디딜 때마다 비스듬하게 기울어져 "그 기울기로 작은 웨이브"(85쪽)를 그리며 움직인다. 늘 동일한 파형과 일정한 리듬으로 걷는 그녀는 자신의 속도를 남에게 맞추려 하지 않고, 급하게 "계단을 두 칸씩 뛰어오르거나 양발을 한 번에 떼어 점프할 순 없지만"(85~86쪽) 그 누구도 "체의 걸음 때문에 지하철을 못 타거나 버스를 놓친 적은 없"(86쪽)다. 움직일 때 많은 에너지를 소모하는 체의 양말은 매번 땀에 짙게 젖어 시큼한 냄새를 풍기는데, 앙헬은 체를 떠올릴 때마다 취기 섞인 그 축축한 기운을 느끼곤 한다.

체가 지닌 고유함은 그녀의 언어에서도 뚜렷이 포착된다. "무언가에 붙들린 듯 뻣뻣하게 곧추서 있"(78쪽)는 혀 때문에 체는 한글 자음을 온전히 발음하지 못하고, 말을 하는 중간중간 고인 침을 삼키거나 튀긴다. "영어 듣기 평가처럼"(90쪽) 불분명한 체의 말은 그렇다고 이국의 언어처럼 다른 문법을 지닌 것은 아니다. "단지 한번 더 물어야 하고 알아듣는 데 시간이 걸릴 뿐"(103쪽)이다. 그럼에도 체는 상대방이 확실히 알아들을 때까지 말을 멈추거나 하지 않는다. 체가 자신만의 속도로 느긋하고 당당하게 발화하는 덕분에, 앙헬뿐만 아니라 소설을 읽는 우리 또한 처음엔 다소 낯설었던 체의 말에 차츰 익숙해져간다. 그러니 이 소설을 읽으며 느꼈던 어떤 매혹은 종교적인 은유나 형이상학적인 상징, 올바름의 관념에서 기인한다기보다는 체의 몸이 발화하는 고유한 언어의 물성, 커다란 보드화를 무게 추 삼아 걷는 그녀의 리듬과 속도감, 그 이면에 놓인 열기의 축축함에서 발생한다고 보아야 하지 않을까.

하지만 이렇게 양분된 두 가지 독법을 제시하는 정도로는 작품 여기저기에서 느껴졌던 묘한 불편함 혹은 언급된 것과는 "또다른 종류의 축축함"(86쪽)이 말끔히 해소되지는 않는 것 같다. 이를테면 술자리에서 체와 앙헬이 실랑이를 벌이다가 "계단을 굴러 아래로 떨어"(같은 쪽)진 체가 내지른 괴성과 흘린 오줌만큼이나 선명한 둘 사이의 낙차 같은 것들 말이다. 그 간극은 체가 앙헬에게 사랑을 고백하는 장면에서 보다 자세히 드러난다. 여자를 사랑하는 일이 자신에게는 "영혼에 새겨진 주름 같은 것"이라고 믿는 체는 "예술과 신, 그 두 가지에 관해 끝없이 이야기를 나눌 수 있는 여자"(98쪽)를 이상적인 반려로 여긴다. 그녀에게 "섹스는 상관없"는 일이거나 "작은 것"(같은 쪽)이다. 하지만 앙헬은 자신에겐 그 또한 중요한 일이라고 말하며 체의 고백을 거절한다. "만약 체가 남자였다면" 또는 "체가 좀더 평범한 여자였다면"(99쪽) 다른 대답을 했을지 고민하는 앙헬의 마음속엔 이성애와 비장애의 몸을 섹슈얼리티의 원형적 가능태로 여기는 인식이 일정 부분 담겨 있는 듯싶다. 체의 신념과 삶의 태도를 존경하고 "믿음에 관해서는 오직 체뿐"(같은 쪽)이라 여기면서도, 그녀가 지닌 몸의 정체성 앞에서 앙헬은 새삼 넘어설 수 없는 거리감을 체감하고야 만다.

아니 조금 더 정확히 말하자면, 체가 그런 몸을 지니고 있기 때문에 앙헬이 그녀를 믿는 것이라고 표현해야 할지도 모르겠다. 앙헬이 체와 마음껏 술을 마시고 함께 모텔에 갈 수 있는 것은 "어떤 상황이 벌어져도 체가 자신을 힘으로 제압하지는 못할 거라는 사실", 즉 자신이 그녀보다 "힘의 우위"(같은 쪽)에 놓여 있다는 물리적 우월함 때문이다. "멀리, 더 크게 바라보는 체의 내면"과 "뒤틀리고 고부라진 그녀의 몸"(같은 쪽)에 대한 앙헬의 상충된 마음은, 달리 보자면 그 모순 때문에 성립할 수 있는 것이기도 하다. 그럼 여기에서 이 소설을 읽는 우리에게 질문을 되돌려 볼 수도 있을 듯하다. 우리가 체의 일면을 보고 느꼈던 어떤 따스한 마음 역시 장애를 지닌 그녀가 자신만의 속도로 걷고 타인에게 늘 열려 있는 삶의 태도를 보였던 까닭에, 다시 말해 크고 높은 체의 마음과 그녀의 "물리적 조건"(같은 쪽)이 지닌 격차 때문에 발생한 것은 아닌가? 우리가 장애를 지닌 인물들을 보며 느끼는 대부분의 감정은 '정상성'을 기본값으로 둔 사회적 편견에서 파생된다는 것이 일종의 상식처럼 여겨지는 요즈음, 이런 질문은 다소 불편하게 느껴지기도 한다. 하지만 '장애'를 사회·정치학적 조건 속에서만 바라보는 관점은 이론적으로는 옳을지 몰라도 중요한 감정적 현실을 놓치게 한다는 일라이 클레어의 지적[1]처럼, 관념적인 인식과 현실의 몸 사이의 차이와 간극을 손쉽게 무화시키려는 시도야말로 이후의 논의를 단순하게 만들 위험을 안고 있는지도 모른다.

그러니 체를 향한 앙헬의 믿음과 주저함에서 어떤 감동과 불편함이 동시에 느껴졌다면, 그것은 처음부터 이 소설이 우리의 독법 속에 내재된 관습적인 환대와 물리적 거리감 사이의 낙차를, 또는 올바른 마음의 형이상학과 너절한 삶의 형이하학 사이의 낙차를 그대로 드러내고 있기 때문은 아닐까.[2] 그 낙차와 불일치는

---

1) 일라이 클레어, 『망명과 자긍심—교차하는 퀴어 장애 정치학』, 전혜은·제이 옮김, 현실문화, 2020, 52쪽.

2) 다시 형이상학적인 관점에서 본다면 체는 그러한 낙차를 상징적으로 구현하고 있는 인물이기도 하다. 체의 할머니가 체의 탄생을 하늘의 복이라 생각하여 성당에 찾아가 신부에게 이름을 지어달라고 부탁하고, 이후 실수로 체를 "바닥에 떨어뜨"(100쪽)린 탓에 그녀가 지금의 장애를 갖게 되었다는 점, 소설 결말부에서 체가 산에서 만난 한 할머니에게 오이를 받아먹고는 "눈이 맑아지고 가슴이 환해"(109쪽)지는 등 그 장면이 '천국'의 이미지로 그려진다는 점(이 '흠' 없는 시원과 모든 '결함'이 소멸된 이후의 하늘나라 이야기는 작품 내에서 유일하게 체의 언어가 아닌 표준어로 서술된다), 그리고 이러한 하강과 상승의 일대기가 양쪽을 매개하는 천국의 전령을 뜻하면서 동시에 '지옥'이라는 의미의 영어 단어를 떠오

'소수자'를 재현하는 서사적 관성에도 적용이 될 듯싶다. 이 소설은 퀴어와 장애의 정체성을 지닌 인물을 형상화하는 서사에서 관습적으로 기대될 법한 진보적이고 혁명적인 뉘앙스의 요구치를 언뜻 충족하는 것처럼 보인다. '체 게바라'의 표상과 '싹 다 조지고 뿌리까지 갈아엎자'는 포스터 문구, 오래된 운동권풍의 소재는 그러한 낭만성에 힘을 실어준다. 하지만 체는 예술을 사랑하는 소수자가 흔히 그러하듯 가난과 반자본주의를 체화한 인물로 묘사되지는 않는다. 그녀는 물질적으로 풍족할 뿐만 아니라, "봉사고 명예고 공짜로 부려먹을 생각 하지 말고 제대로 돈을 지불"(95쪽)하라고 단호히 외칠 정도로 낭만적 열정 페이에 강한 반감을 지닌 인물이다. 다시 말해 체는 예술을 사랑하고 나눔의 가치를 옹호하는 동시에 철저한 교환의 논리를 체득하고 있는 세대의 인물이기도 한 셈이다.

또한 이 소설은 사회적 약자를 그린 서사물에서 반복되곤 하

르게도 하는 이름의 앙헬에 의해 기록되고 있다는 점 등을 고려할 때, 체의 형상은 신성을 지상에 강림시킨 기독교의 메시아와 여러 방면에서 겹쳐진다. 다만 마르고 뒤틀린 모습으로 그려진 체의 존재는 "눈먼 자와 다리 저는 자를 고치고" "손이 오그라든 자의 손을 펴"(77쪽)게 만드는 치유와 정상화의 화신이라기보다는, 높고 커다란 마음과 병리성으로 드러나는 손상의 모순을 한몸에 육화한 단독자의 표상으로 읽힌다. 이는 지상의 피조계에 단수의 비참한 인간 개인으로 나타나 공동체뿐만 아니라 신 스스로에게 버림받은(엘리 엘리 라마 사박다니: 나의 하느님 나의 하느님 어찌하여 나를 버리셨나이까) 자기모순과 이중적 소외의 방식으로 신의 '케노시스'를 읽어내는 한 철학적 해석과 상통하는 듯도 하다. 자세한 논의는 슬라보예 지젝·존 밀뱅크, 『예수는 괴물이다』, 박치현·배성민 옮김, 마티, 2013, 98~103쪽 참조.

는 박해나 곤경 등의 갈등을 명료히 드러내 보이지 않는다. 강아지처럼 기다리기만 하면 사람들이 자신을 쓰다듬어줄 것이라고 믿고 거리낌없이 먼저 다가가서 마음을 건네는 따스함, 자신만의 속도로 걷고 본인의 의사가 관철될 때까지 말하고 기다리는 느긋한 당당함, "장애인 동반 일인은 무료"라고 말하거나 "난 여자 가슴이 좋"(101쪽)다고 말하는 태연함 등은 그것이 너무 밝고 확신에 차 있어서 소수자의 역경과 고난으로 상정되는 어떤 어두운 기대치를 비껴나가게 만든다. 물론 이토록 크고 단단한 체의 삶의 태도는 그렇게 할 수 있을 때까지 그녀가 겪었을 마음의 시행착오와 표면의 서사에는 채 드러나지 않은 여백의 시간들 덕분에 만들어진 것이겠지만, 자신이 받은 '부당한 미움'을 "사랑으로 바꿔"(91쪽) 세상에 되돌려주려는 그녀의 매끈한 긍정과 낙관은 부정성의 파토스와 연민의 정동으로 울퉁불퉁하게 얽힌 퀴어, 장애서사의 감각을 또다른 장으로 올려놓는다.

여기까지 썼지만 사실 앞서 언급한 여러 독법들이 이 소설을 읽는 데 필수적이진 않은 것 같다. 이 소설은 앙헬이 학생회관 옥상 소파에 앉아 바라보던 버드나무의 풍경과 소파 아래에서 풍기던 자두가 썩어가는 듯한 내음, 대니와 체의 입안에 남은 오이향과 사방에서 들려오던 잎 두들기는 빗소리, 시든 풀 무더기 같던 체의 주름진 웃음과 한때 세상이 그녀처럼 웃길 바랐던 시간을 통과한 앙헬의 감정적 잔재만으로도 이미 충분히 매혹적이다. 한 시절을 함께하며 겹쳐졌던 앙헬과 체의 주름은 어쩌면 공주에서의 만남 이후 또다른 방식으로 펼쳐지고 다시 접히지 않을까 싶다. 물론 이 모두를 두고 체는 "호 효효효효" "괘로로로로"(106쪽) 같은 소리를 내며 흥얼거리듯 웃을지도 모를 일이지만 말이다.

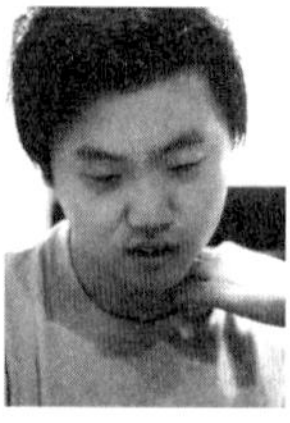

조대한
2018년 현대문학 신인추천을 통해 평론을 발표하기 시작했다.

김지연

사랑하는 일

작가노트

밀린 일

해설 소유정

이 소설의 끝을 매일 써보려 해

김지연
2018년 단편소설 「작정기」로 문학동네신인상을 수상하며 작품활동을 시작했다.

사랑하는 일

"정말 결혼은 안 할 거야?"

엄마가 그렇게 물었을 때 나는 고개를 끄덕였다. 실은 못하는 거지만 일단은 안 하는 걸로.

"그래도 평생 혼자 사는 건 너무 외로운 일이야. 마음 맞는 친구라도 찾아서 같이 살아."

엄마가 다 이해한다는 듯한 표정으로 그렇게 말했기 때문에 결심이 섰다. 새해가 코앞이었다. 뭐든 새로운 결심을 하기에 적당한 때였다. 티브이 앞에 나란히 앉아 〈도전 1000곡〉 같은 프로를 보며 고사리를 다듬던 중이었다. 실은 일 년 사귄 여자친구가 있다고 엄마에게 말했다. 엄마가 내 베스트 프렌드라고 알고 있는 대학 동기가 사실은 애인이라고, 여건이 되면 개랑 같이 살겠다고 쉬지 않고 말했다. 엄마는 잠깐 멍한 표정을 지었다가 나중에 다시 이야기하자며 소쿠리를 들고 일어나 부엌으로 갔다. 아직 고사리를 반도 채 못 다듬은 상태였다. 나는 미처 소쿠리에 넣지 못한 고사리 한 가닥을 들고서 엄마가 돌아오기를 기다렸다. 한참을 조몰락거려서 고사리가 다 짓물러버렸는데 엄마는 뭘 하는지 싱크대 앞에 서서 물을 틀어놓고 뒤를 돌아보지 않았다.

그게 벌써 오 년 가까이 된다. 다시 그 이야기를 하게 된 일은 없었다. 엄마는 그날의 대화를 기억 속에서 삭제해버린 듯했다. 그 비슷한 언급을 하는 것조차 피했다. 그건 참 이상한 일이었다. 마음에 맞는 동성 친구와 함께 사는 건 권장할 만한 일이고 동성 애인과 함께 사는 것은 부정해야 하는 일인가.

"헤테로들 하여튼 섹스에 미쳐가지고, 음란해가지고, 사랑이라고 하면 성애적인 거부터 생각해서, 걔들 어떻게 섹스할까부터 생각해서 그런 거잖아."

"우리 엄마가 그렇게까지…… 미친 사람은 아니거든."

"말이 그렇다는 거지. 그리고 자식들에 대해 제일 모르는 사람이 부모라잖아? 그 반대도 마찬가지야. 원래 가족들은 서로서로 잘 몰라. 너무 잘 알아도 이상하지."

그건 그러니까 결국 우리 엄마가 음란한 사람이라는 이야기를 하고 싶다는 건데…… 엄마와 아빠는 벌써 수년째 각방을 쓰고 있었다. 하긴 그건 집안에서의 일이었고 밖에서는 엄마가 어떤 사람인지 아빠가 어떤 사람인지 나도 잘 몰랐다. 우리 가족은 서로를 잘 모르는 한에서만 사이가 좋았다.

그뒤로도 나는 부부가 각방을 쓰는 일에 대해 아무 생각이 없었는데 어느 날 영지가 불쑥 이렇게 말했다.

"우리가 이렇게 서로 사랑하는데 굳이…… 섹스까지 해야 할까?"

그때 우리는 이미 섹스리스나 다름없었다. 사귄 지 일 년 되었을 때부터 점점 뜸해졌다. 사실 나 역시도 헤테로들 못지않게 섹스에 미쳐 있어서 만날 때마다 섹스 생각만 했는데 영지는 아니었다.

"그게 무슨…… 말이야 방구야."

주위에 그런 지인들도 많긴 했다. 더는 섹스를 하지 않는다는 오래 만난 커플들.

"섹스는 과대평가된 거 같지 않아?"

나는 오히려 과소평가되어 있다고 생각하는 쪽이었다.

"여자 너무 좋아…… 가슴 만지고 싶어…… 그거 말고도 이런 거 저런 거 다 하고 싶어."

영지는 웃으면서 뭘 더 하고 싶냐고 물었지만 선뜻 대답이 안 나왔다.

"몰라서 물어?"

"아니 왜 말을 못해?"

"나 너무 보수적인 사람이라서……"

그 말에도 영지는 한참을 깔깔거리며 웃어서 나는 영지를 웃길 수 있다면 내가 보수적인 사람이라도 좋다는 생각을 했다.

"그거 알지. 너 가끔 진짜 한남 같은 거."

그건 정말 안 좋았다.

“몰라. 좆 달린 거 빼면 좆도 없는 것들이 여자 잘 만나고 다니는 거 보면 짜증나. 좆 너무 과대평가되어 있어.”

“그건 인정.”

그날의 대화는 농담처럼 흐지부지되려다가 다시 우리가 섹스를 얼마나 자주 안 하는지로 돌아갔다. 영지는 더는 섹스를 하지 않고 살아도 무방하다면서 급기야 이제 섹스하지 않겠다고 선언했다. 나는 섹스 없이 살 수 없으므로 나가서 다른 여자랑 하고 오겠다고 선언했다. 내 말을 듣더니 영지는 굉장히 진지해져서 내가 원한다면 그렇게 하라고 했다. 다 이해한다고, 그게 맞는 것 같다고. 그 말에 나는 금방이라도 뛰쳐나갈 것처럼 굴었지만 당장 섹스를 할 다른 여자를 찾기는 어려웠다. 나만 섹스에 환장한 여자 같다는 생각이 들었다.

다음에 우리는 좀더 진지하게 이야기했고 오픈 릴레이션십을 가지기로 했다. 그렇게 관계를 유지해보기로 했다. 그뒤로 나는 인터넷에서 만난 몇몇 여자와 가볍게 연락하다가 결국 모텔까지 갔고 몇 번은 좋았지만 몇 번은 그저 그랬다. 집에 돌아올 때는 늘 영지를, 내가 사랑하는 사람을 생각했고 나 자신이 부정한 사람이 된 것만 같았다. 하지만 영지는 내가 전혀 부정한 사람이 아니라고 했다. 나는 이런 삶의 방식을 유지하면서는 도무지 균형을 잡지 못할 것만 같았는데 영지는 새로운 방식에 자리를 잡아가며 만족하는 것 같았다. 나더러 종종 지나치게 비장해진다고 했다.

“안 어울려.”

"맞아, 난 어렸을 때부터 늘 비장미 없는 사랑을 하고 싶었어."

안 비장한 말을 비장하게 하고 나니 정말 비장한 것 따위가 싫었다. 영지는 먼저 잠들었다. 전기장판은 뜨뜻했고 밤은 어두웠고 영지는 부드러웠고 영지에게선 머스크향 세제 냄새와 살냄새가 뒤섞여 났다. 영지의 고른 숨소리를 듣고 있자니 나도 졸음이 밀려왔다. 따뜻하고 배부르고 곁엔 사랑하는 사람이 있고 이제 남은 일이라곤 잠드는 것밖에 없고 때마침 잠이 서서히 밀려오고…… 그 순간은 내가 가장 좋아하는 상태였다. 하지만 나는 너무 외로워서 눈물이 났다.

영지는 다른 사람과 섹스를 하러 다니지는 않았지만(나와도 안 했다……) 가깝게 지내는 친구들이 있었다. 그 친구들과는 무엇이든 공유했고 힘들 때면 의지했다. 그래서 나는 내가 영지의 친구들과 다른 점이 무엇인지를 알 수가 없었다. 가까운 친구 이상의 무엇이라는 걸 어떻게 증명할 수가 있지? 그러니까 관계 증명을 위해서라도 섹스를 해야만 한다는 생각마저 들었다. 부부는 각방을 써도 부부라지만…… 우리가 섹스를 하지 않는다면 아주 친한 친구, 엄마가 마음 맞는 친구와 함께 사는 것도 나쁘지 않다고 말했을 때의 그런 친구와 다를 바가 없지 않나 하는 생각이었다. 하지만 다르지 않아야 할 이유는 또 무엇이며…… 성애 중심의 세상에서는 섹스를 하는 유일한(혹은 유일하다고 가정되어 있는) 사람과 법적 동반자 관계를 맺고 살아가는 게 마땅하지만 나는 그럴 수가 없었다. 동성결혼이 법제화되어 영지와 결혼을 한다고 해도(영지는 '우리가 이렇게 서로 사랑하는데 굳이 결혼까지 해야 할까?'라고 할지도 모르지만……) 섹스는 다른 사람과 해야 할 것이다. 마치 운동하듯, 테니스를 치는 것처럼. 실제로도 섹스는 운동 효과가 좋다지만……

"내가 계속 다른 사람을 만나도 괜찮아?"

영지는 괜찮다면서 손 잘 씻고 콘돔 잘 챙기라는 말만 했다. 지금 그게 할 소린가…… 괜찮지 않을 텐데, 괜찮을 리가 없을 텐데 생각했지만 그건 그저 내 생각이었다. 어떻게 괜찮지? 어떻게 괜찮을 수가 있지? 나를 사랑 안 하나? 하지만 영지는 정말 괜찮았고 나를 사랑했다. 영지는 나를 존중해주었다. 그렇게까지 할 필요는 없는데……라는 생각이 들 정도로 나를 존중해주었다.

어느 날에는 우리가 헤어지고 있는 중이라고 생각했다. 어떤 이유에서든 영지의 마음은 이미 떠났는데 무너질 나를 위해 유예 기간을 주는 거라고. 아니, 그것도 너무 이상했다. 영지는 사실 아무것도 욕망하지 않는 사람이 아닐까. 나를 좋아하지도 않으면서 혼자보다는 둘이 낫다는 일종의 정상성 수행을 위해 만만한 내 곁에 남기로 한 것이 아닐까. 나는 그런 생각까지 하기에 이르렀고 영지가 무척이나 원망스러웠고 다른 여자와도 종종 만나는 상태로 계속 영지를 사랑했다.

그사이 각방을 쓰던 엄마와 아빠가 이혼을 했다. 나는 그 이야기를 영호한테 들었다. 영호가 뜬금없이 자기 집에 놀러오라고 해서 미루고 미루다 갔더니 대뜸 그 이야기를 꺼냈다.

"엄마가 누나한테 말 안 했어?"

"왜 이혼했대?"

"모르지. 작년에 누나 집 나가고는 아예 따로 산 건 알아? 둘이 사이 안 좋았잖아. 잘됐어."

그래, 차라리 외로운 게 낫다 싶을 만큼 둘이 엄청 싸웠지.

"너는 딸 생기니까 좋아?"

"말도 마. 진짜 못 자. 나 말고 현영이가."

성은은 이제 막 돌을 지났다. 속도위반이었다. 낙태를 하니 마니 말이 많았는데 결혼을 택했다. 지금도 그때도 영호는 경제적으로 자리를 잡지 못했기에 아빠의 지원(집과 차, 양육비……)이 없었으면 불가능했을지도 모른다. 그런데도 영호는 아빠와 사이가 좋지 않았다. 사실 아빠는 누구와도 사이가 좋지 않았다. 그렇게 지갑을 열고 돌아다니는데도 가까워지는 건 무리였다. 현영은 밝고 싹싹한 사람이라 둘의 사이를 풀어주려고도 했던 것 같은데 그건 현영으로서도 불가능한 일이었고 이제는 나와 잘 지내보려는 듯했다.

"가까이 지내면 저희야 좋죠. 가끔 우리 성은이도 봐주고요."

가깝게 지내는 건 나쁘지 않다. 나쁘지 않은데…… 마음 한편에선 너는 어차피 애 못 낳으니까 그 애정은 조카한테나 쏟아라, 라는 뜻인가 하는 생각이 솟아났다. 하여튼 내가 배배 꼬인 사람이라 뭐든 꼬아 듣는 게 문제겠지만. 현영은 별생각이 없을 것이다. 하지만 현영처럼 반듯하게 잘 자란 사람과는 편하게 지내는 게 어렵다. 특별히 특별한 데가 있는 게 아닌 사람. 그냥 평범해 보이는 사람. 모두와 두루두루 원만하게 잘 지내는 사람. 대체로 좋은 사람. 이상하게 그런 사람들이 어렵다. 어쩌다 영호와 결혼을 하게 됐을까. 영호 같은 애가 어디가 좋았을까. 영호와 현영을 반반씩 닮았고, 어딘가 나를 닮은 구석도 있는 것 같은 성은은 현영의 품에서 졸고 있었다.

"성은아, 이리 와봐. 고모한테 와봐."

나는 성은을 들어 내 품에 안았다. 내 어정쩡한 포즈를 보고 현영이 웃으면서 자세를 바로잡아주었다.

"아기 안을 때는 이렇게 머리를 받쳐줘야 해요. 언니, 앞으로 많이 배워야겠어요."

"그렇죠…… 내가 모르는 게 너무 많아요. 영호는 집안일 좀 해요?"

"뭐 그런 걸 물어봐."

영호가 옆에서 투덜거렸다.

"뭐, 적당히 하는 편이에요."

현영은 어쩌면 달관한 사람 같기도 하고 체념한 사람 같기도 했다. 그 말을 들으니 사정이 뻔히 보였다.

"적당히라고 해봤자 흉내만 내는 거겠죠. 결혼하기 전에도 손 하나 까딱 안 했어요. 완전 한남이야."

말하고 나서 조금 후회했다. 그런 말은 하는 게 아니었나? 하지만 현영은 틀린 말이 아니라는 듯 전혀 개의치 않고 웃더니 말했다.

"그니깐요. 언닌 진짜 좋겠어요. 한남이랑 결혼할 일은 없잖아요. 최고로 부러워. 저도 여자나 만날 수 있었으면 했다니까요."

아닌가. 개의하는 건가. 남편이고 애아빤데 흉을 봐서 기분이상한 건가. 하지만 표정에 아무런 악의가 없었고 오히려 얘기가 잘 나왔다는 듯 영호의 만행을 하나둘 이르기 시작했다.

"영호 오빠보다 유튜브가 더 도움이 돼요. 자장가도 틀어주고 요리도 배우고 요즘은 사주도 배워요. 이십대 중반부터 내 팔자가 왜 이렇게 꼬이나 싶어서."

유튜브와 사주라니 이상한 조합이다 싶었는데 요즘은 유튜브에 없는 게 없다고 했다. 돈이 되니까.

"아, 손금 봐줄까요?"

현영이 덥석 내 손을 가져가서 한참 들여다봤다.

"언니, 손 진짜 예쁜데 너무 건조하다. 잠깐만요. 핸드크림 좀 줄게요."

현영은 내가 말릴 틈도 없이 벌떡 일어나 방에서 핸드크림을 들고 나왔다. 그러고는 내 손에 요리조리 핸드크림을 발라주었다. 달달한 복숭아향을 맡으면서, 내 손이 점점 매끈매끈해지는 것을 느끼면서, 나는 영지가 보고 싶어졌다. 빨리 이곳을 벗어나서 영지와 있고 싶었다.

괜찮다고 했는데도 영호가 차로 바래다주겠다고 했다. 말없이 한참 달리다 집에 거의 도착했을 때 영호가 입을 열었다.

"다음엔 누나 애인이랑 같이 봐."

"그래."

"나는 누나가 행복했으면 좋겠어."

"뭔 소리야, 갑자기."

"옛날엔 내가 너무 미안했어. 누나 커밍아웃하고 할머니가 너무 괴로워하니까 누나한테 못할 소릴 많이 한 것 같아. 현영이 말이 내가 다 잘못한 거래. 듣고 보니 그렇더라. 누나도 행복해질 권리가 있어. 나는 누나 편이야. 누나를 응원하고 지지해."

열심히 자신의 의견을 피력하는 영호의 이야기를 들으며 나는 그야말로 '안물안궁'의 기분이었지만 고개를 끄덕였다. 그러니까 나는 네가, 시스젠더 헤테로 남성인 네가, 자라는 내내 나와의 가정 내 이권 다툼에서 늘 교묘히 우위를 점하던 네가, 나와는 접점이 거의 없어 십 분 이상 대화를 이어나가는 게 무리인 네가 나에 대해 어떻게 생각하든…… 생각이란 걸 하든 말든, 이해를 하든가 말든가, 응원이고 나발이고 아무 관심이 없었지만, 정말 어쩌라고 싶었지만, 내 인생 하나 살기도 벅차다! 하고 외치고도 싶었지만 웃으며 고개를 끄덕였다. 당신이 보여준 하해와 같은 아량에 깊은 감사를 표합니다…… 같은 표정을 짓는 것 정도는 전혀 어렵지 않았다.

"고마워."

하지만 정말 고맙기도 했다. 고맙다는 말을 하고 나니 더욱 그랬다. 곱씹을수록 단맛이 배어나는 쌀알처럼 그 마음은 점점 진해졌다. 진심이라는 건 형식에 뒤따르기도 하는 법이니까. 고마운 마음이 뒤늦게 다시 밀려왔다.

"정말 고마워."

"아냐. 누난 나한테 고마워할 이유가 하나도 없어."

그 말도 고마웠다. 하지만 고마운 마음이 커지면 커질수록 묘하게 서글퍼졌다. 이 정도면 엄청 운이 좋은 편이지, 난 진짜 행운아야, 그런 생각이 이어져서 평소에 내가 얼마나 사람 취급을 못 받고 사는지 실감났기 때문이었다.

아빠와는 그다음 주에 만났다. 만나고 싶지 않았는데 아빠가 거절할 수 없는 제안을 해왔다. 아빠는 배우자운이나 자식운은 없었지만(다 본인이 자초한 결과였다) 재물운은 좋았다. 아빠가 사는 삼십 평대 아파트 말고도 부동산 재테크에 성공해서 구입한 오층짜리 원룸 건물이 세 채 있었고 할머니가 돌아가시면 물려받게 될 주택도 있었다. 나는 그 주택을 호시탐탐 노렸다. 어렸을 때 할머니는 늘 그 집을 내게 줄 거라고 말하곤 했다. 커밍아웃 후에 호적에서 파버리라고 했으니 이루어질 가망은 없겠지만, 그래도 내심 바랐다. 이미 집도 많은 아빠가 할머니에게 그 집을 물려받아 다시 나에게 주는 게 크게 이상한 일도 아니잖은가. 그건 내가 기댈 수 있는 거의 유일한 내 집 마련의 길이기도 했다. 우리 세대가 집 장만하는 길은 상속밖에 없어. 부모 세대가 다 죽어야 한단 말이야. 언젠가 삼겹살집에서 소주를 마시다가 옆 테이블 사람들이 그런 말을 하는 것을 들었다. 하지만 이젠 백 세 시대지. 일흔은 되어야 상속을 받을까 말까야.

"그거 원래 내 몫이잖아. 영호는 장가갈 때 아파트 사줬잖아."

"너도 시집갈 때……"

"몇 번을 말해. 안 간다고. 여자친구랑 산다고."

아무리 반복해도 그 말은 아빠 머리에 입력이 안 되는 것 같았다. 물론 아빠는 다른 말도 본인의 위신과 상관없으면 도무지 기억하는 법이 없어서 만날 때마다 두 번이고 세 번이고 계속 물어댔다. 그런 일이 되풀이되자 아빠와 연락을 끊었다. 앞으로 더는 만날 일이 없을지도 모른다는 생각도 했는데 아빠가 내게 전화를 해온 것이다. 엄마와 이혼하고 영호와도 왕래가 없다보니 심심해졌는지도 몰랐다.

"그래, 그 집 너 줄 테니까 한번 보자."

"할머니가 주라고 하겠어?"

"너 병문안 한번 가. 더 늦기 전에."

"할머니가 날 보고 싶어하겠냐고."

커밍아웃했을 때 할머니는 내게 저년 저 돌은 년, 미친년, 정신 나간 년, 나사 빠진 년, 하며 욕이란 욕은 다 했다. 평생 저렇게 이기적으로 살다가 나중에 다 돌려받을 거라고 했다. 길 가다 돌에 처맞아 죽지 않으면 다행일 거라고 했다. 어떻게든 살아남아봤자 결국 혼자서 외롭게 죽을 거라고도 했다. 어릴 때 누구보다도 나를 아껴주었기 때문에, 다른 사람은 몰라도 할머니는 내 편을 들어줄 거라 믿었기 때문에, 그때의 상처는 너무 컸다. 할머니가 너무 미친 사람처럼 날뛰어서인지 오히려 아빠의 반응은 덤덤한 편이었다. 더 일찍 알고 있었던 엄마는 그냥 이 일이 더 큰 문젯거리가 되지 않기만을 바라는 사람처럼 무반응으로 일관했다. 그때가 떠올라 집을 포기할까 싶었지만 그러기엔 그건 내게 너무 큰 돈이었다. 그걸 물려받으면 당장 집 걱정을 덜 수 있었다. 월세를 아끼면 자연히 다른 걱정들도 덜 수 있게 된다.

"너한테 할말도 있고."

"뭔데?"

"만나서 하자. 아빠 보고 싶지?"

"노노."

"딸이 돼가지고 아빠한테 말버릇이 그게 뭐야. 내 딸 맞니?"

"나야 모르지."

"뭐라고?"

"아, 나 가봐야 해. 그럼 그때 봐."

아빠는 한숨을 푹 쉬더니 주말에 꼭 보자고 하고 전화를 끊었다. 옆에서 듣고 있던 영지가 지금 아빠한테 잘 보여야 하는 상황이 아니냐고 물어서 나를 맥빠지게 했다.

"누구 편이야? 그동안 아빠가 나한테 한 거에 비하면 이 정돈 아주 양반이야. 근데 너도 같이 보자는데 괜찮겠어? 우리 아빠 헛소리 엄청 많이 할 텐데."

아빠가 무슨 말을 할지 대충 짐작이 가서 더 걱정이었다. 집을 줄 테니까 그 대신 너는…… 하고 그 뒤에 붙일 조건들.

"술로 발라버리자."

"아, 뭘 발라."

"찍소리도 못하게."

진지해야 하는 상황에서 되다 만 농담을 하는 것은 영지의 장점이자 단점이었지만 이번에는 덕분에 긴장이 좀 풀렸다. 아빠가 뭐라고 하든 신경쓸 것 없었다.

"그래! 발라버리자!"

아빠는 원래 체격이 크고 단단했었는데 그사이 혼자 살더니 근손실이 왔는지 조금 왜소해진 느낌이었다.

"영지씨죠? 얘기 많이 들었어요."

중식점의 룸을 예약해놓고 먼저 와서 기다리고 있던 아빠는 우리가 도착하자 자리에서 일어나더니 고개를 숙여 인사했다. 전에 본 적 없는 다정하고 상냥한 표정으로 인사를 건네는 모습을 보니 왠지 빈정이 상했다.

"뭔 얘기를 많이 들어. 얘기를 한 적이 없는데."

"이름 아는 게 어디야. 니가 언제 니 친구 이름이라도 말해준 적 있어? 이 정도면 많이 들은 거지."

영지는 사회생활을 하며 터득한 미소를 지으면서 아빠와 악수를 했다. 아빠는 영지를 칭찬하고 나를 깎아내리는 식으로 대화를 이어갔다. 여자가 IT업계에 자리를 잡았다니 쉽지 않았겠다는 이야기부터 어쩌다 은호 같은 애를 만나서 고생이냐는 말까지. 시간이 흐르면서 긴장이 풀린 때문인지 나는 마음이 편해졌다. 첫인사에서 약간 점잔을 떤 것만 빼면 아빠가 여느 때와 같은 모습이었기 때문인지도 몰랐다. 헛소리가 반이고 반은 본인 자랑이었다. 종종 이렇게 만나도 괜찮겠다는 생각을 할 뻔도 했지만 아빠가 "딸 하나 더 생긴 셈 치지 뭐"라고 했을 때 퍼뜩 정신을 차렸다.

우리집의 가족 역할극에서 딸은 의무만 잔뜩 부과된 배역이었다. 그러니까 아빠의 그 말은 자신에게 자주 연락을 하고 또 이렇게 가끔 밥도 같이 먹자는 뜻이었다. 이런저런 잡무가 생기면 나나 영지에게 처리를 부탁하겠다는 뜻이었다. 무보수 노동을 끊임없이 요구하겠다는 뜻이었다. 그것만이 아니었다. 아빠의 그 말은 인생의 기로에서 사사건건 간섭을 하겠다는 뜻이기도 했다. 그 간섭은 나의 바람이나 욕망과는 상관없이 아빠의 체면에 좌우되게 마련일 것이다. 집을 주는데 그 정도도 못하니? 싶지만 영호에게는 그런 걸 시키지 않고도 이것저것 다 퍼줬었다. 나는 더는 그렇게 살 생각이 없었다. 더군다나 감히 영지에게까지 그런 마음을 품고 그 마음을 입 밖으로 냈다는 데에 화가 났다. 지가 뭔데 영지를 딸로 삼아. 뭔데 이제 와서 다정한 척이야. 인간이 왜 이렇게 염치를 모르고 주제 파악을 못하지? 영지는 나의 단점으로 지나친 자기 객관화를 든 적이 있었다. 반면 나의 아빠는 그게 전혀 안 되는 사람이었다. 나는 내가 아빠의 영향 아래 자란 탓에 이 모양 이 꼴인 거라고 생각했다. 저렇게는 되지 말자고 수도 없이 다짐했기 때문이다.

내 속이 부글부글 끓어오르는 것을 아는지 모르는지 영지는 정말 아빠를 술로 발라버릴 작정인 듯 연거푸 고량주를 마셔대고 아빠에게도 따라주었다. 영지는 내가 아는 사람들 중에서 가장 술을 잘 마셨다. 소주 세 병을 마셔도 안색 하나 안 변하고 집으로 돌아가는 막차 안에서 멀쩡한 정신으로 스도쿠를 푸는 사람이었다. 결국 먼저 취한 아빠는 일장연설을 펼치기 시작했다. 나는 잠자코 들었다. 이런저런 열받는 발언을 들으면서도 계속 참았다. 일 년 만에 만났으니까. 게다가 아빠를 통해서 할머니에게 물려받아야 할 집이 있었다. 내 직계존속들에게서 다른 건 아무것도 물려받고 싶지 않았지만 그것만은 꼭 물려받고 싶었다.

"우리가 옛날에는 꽤 사이가 좋은 부녀였답니다. (아주 틀린 말은 아니었다.) 어릴 때도 주말이면 내가 딴 일 다 제쳐두고 애들이랑 놀아줬지요. 가족여행도 자주 갔고요. 얘하고 나하고 둘이서만 산에도 가고 테니스도 치러 가고 했어요. 물론 그게 다 얘가 동성연애 시작하기 전의 일이지만요…… (그때 나는 옆 테니스코트의 언니를 짝사랑해서 혼자서도 맨날 벽 치기를 하러 갔었다.) 근데! 나는 그거 다 이해해줍니다! (예예, 감사합니다.) 이놈의 대한민국에 나 같은 애비가 몇이나 되겠어요? 하지만 사회적으로는 시기상조다 이 말이지요. (그놈의 나중에!) 굳이 사귄다! 애인이다! 밝힐 것 없이 친한 친구라고 해도 같이 사는 데는 하등 지장이 없지 않냐 이 말이에요. (나와 영지의 최근 관계를 따지고 보면 그것도 아주 틀린 말은 아니었지만……) 꼭 동네방네 소문낼 필요는 없지 않겠어요? 하물며 결혼한 부부도 이혼을 하는 마당에(이혼할 결혼은 왜 하셨는지……) 둘이 앞으로 어떻게 될지도 모르고……(그니까 이혼할 결혼을 도대체 왜……)"

아빠가 헛소리를 쏟아내는 내내 영지는 고개를 끄덕였다. 그 헛소리들에 동의해서는 아니고 그냥 습관적으로 끄덕이는 것 같았다. 게다가 그때쯤에는 영지도 좀 많이 취해 있었다.

"아버님, 저는요……"

오기 전에 호칭을 뭐라고 해야 할지 잠깐 얘기했었다. 영지는 뭐라고 불러도 어색할 것 같다고 했다. (아저씨는 좀 그런가? 하긴 다 늙었는데 이제 아저씨도 아니지. 할아버님? 어르신? 영감님? 우리 아빠 이름 강형식인데 형식씨라고 부를래? 미제라면 껌

뻑 죽는 사람인데 미국식으로 하자 그러자……) 아버님은 고려 대상에 없던 호칭이었다.

“저는요, 소문내고 싶어요. 점심으로 맛있는 우동을 먹어도 소문내고 싶은 게 사람 마음이잖아요. 길 가다 귀여운 고양이를 만나도 소문을 내는 게 인지상정이라고요. 근데 우리 은호 좀 보세요. 얼마나 귀여워요. 아버님도 거기 앉아서 계속 본인 자랑만 하셨잖아요. 뭐 별 대단한 것도 아니었잖아요. 저도 동네방네 소문내고 자랑하고 싶어요. 동네 사람들 다 모아놓고 잔치라도 열었으면 한다고요. 다들 그렇게 하면서 살잖아요. 근데 저희가 남들은 다 하는 그 잔치 열겠다는 것도 아니고요, 어디 광고하겠다는 것도 아니에요. 그냥 거짓말 안 하고 살겠다는 거예요.”

나는 거짓말 안 하고 사는 정도로는 도저히 만족할 수 없었다. 진실되게 사는 대가로 감당해야 하는 것들이 부당하지 않기를 바랐다. 하지만 영지가 취한 상태에서도 나를 생각해서 아빠에게 예의를 갖추려는 게 느껴져 고마웠다(그럴 필요는 없었지만). 게다가 내가 귀엽다니. 그건 상상도 못했던 말이어서 마음 한편이 찌르르했다가도 한편으론 야, 넌 나랑 하지도 않으면서…… 하는 생각이 들어서 이 타이밍에도 그런 생각만 하다니 나는 도대체 뭐가 문제일까……에 대해서도 잠깐 고민해봤지만 딱히 문제랄 건 없지 않나? 그냥 지나치게 건강한 것뿐이야…… 하고 합리화했다.

“그럴수록 아가씨만 손해라니까. 아직 어려서 뭘 모르겠지만 지금 대한민국 사람들 정서상……”

"이제 그 무식한 인간들 눈치보면서 사는 것도 지긋지긋하고요. (옳소! 그게 다 지능 문제입니다!)"

아빠는 여전히 정신을 못 차리고 "그래도 사랑이란 게 말이야……" 하면서 또 헛소리를 시작했다. 그때 나는 더는 참지 못하고 폭발하고 말았다. 생각해보니 이번 식사시간 동안만 참은 게 아니라 아빠의 딸로 태어나서 사는 내내 참아왔다. 정말이지 계속 참았다. 화병에 안 걸린 게 신기할 정도로 참았다. 이 심리적인 응어리가 실체를 가진 덩어리가 된다고 해도 이상하지 않을 정도로 참았다. 이미 몸속에 그런 게 있을지도 모르지. 사리라든가, 요로결석이라든가.

"아빠가 사랑에 대해 뭘 알아?"

내가 따지듯 묻자 아빠는 눈을 동그랗게 떴다가 이내 크게 소리쳤다.

"내가…… 내가 왜 몰라!"

술에 취해 눈이 반쯤 풀린 모습이 정말 사랑에 대해 아무것도 모르는 표정이었다. 말을 더듬는 이유도 그걸 들켜서 뜨끔한 것이 분명했다.

"어떻게 알아? 엄마랑 중매로 만나서 딱 두 번 보고 결혼했으면서. 두 번 만에 조건 보고 결혼 결정했으면서. 아니, 만나기도 전에 결혼은 거의 내정하고 만난 거면서! 내가 육 년 만난 여자친구랑 같이 산다는데 왜 난리야. 뭘 얼마나 잘 안다고 간섭이야. 아빠는 나이 차는 대로 취직하고 결혼하고 애 낳고 남들 하는 거 따라 살았으면서 내가 죽도록 고민한 걸 왜 무시해. 나 진짜 죽으려고도 했어. 사는 거 너무 좆같아서. 근데 영지가 같이 살자고, 살아보자고 해서 살기로 한 거야. 난 진짜 죽을 둥 살 둥 사는데 아빠가 뭘 안다고 사랑에 대해 말해! 아빠가 엄마를 사랑했어? 사랑하는 사람한테 어떻게 그래! 그렇다고 자식들한테 잘하길 했어, 할머니한테 효도를 했어? 씨발 진짜 아빠가 사랑에 대해 아는 게 뭐가 있어! 도대체 할 줄 아는 게 뭐야. 그게 무슨 사랑이야!"

아빠는 내가 하는 말을 제대로 듣기나 한 건지 훌쩍거리기 시작했다.

"아빤 엄마 사랑했어……"

진짜 꼴사나웠다.

"뭘 잘했다고 울어!"

영지가 내 티셔츠를 잡아당겼다. 한참 전부터 잡아당기고 있었는데 흥분해서 눈치채지 못했던 것 같다. 돌아봤더니 영지가 눈썹을 찡긋거리며 왜 이렇게 오버야, 속삭였다. 그제야 분이 좀 가라앉았다. 왜 그렇게 오버했을까. 술에 취해서? 모르겠다. 난 그냥 매사 오버하는지도 모른다. 영지를 사랑하는 마음도 때로는 너무 과한 것 같다. 하지만 그렇지 않다면 나처럼 꼬박 십이 년을 개근하며 벌점을 받는 일도 한 번 없이 대한민국의 보수적인 정규교육 과정을 모범적으로 이수한 체제 순응형 인간이 이런 마음을 알아챘을 리가 없다. 적당한 남자를 찾아내서 진작 식을 올렸을 것이다.

누가 문을 두드리길래 너무 시끄러웠나 싶어 살짝 긴장했는데 종업원이 들어와 코스의 마지막 단계인 식사를 뭐로 하겠느냐고 물었다. 그는 훌쩍거리는 아빠를 보고 조금 의아해하는 것도 같았지만 할일을 했다.

"삼선짜장과 우동, 계란볶음밥 있습니다."

나는 입맛이 뚝 떨어졌는데 아빠는 우동을 달라고 했다. 그래서 우동 셋을 외치고 종업원을 빨리 내보냈다. 영지가 말없이 자신의 잔을 채우고 내게도 따라주었다. 우리 그만 마셔야 해. 이 영감탱이도 술이 장난 아니야. 술로 발라버리려던 계획 완전 실패야. 나는 눈빛으로 그런 얘기들을 영지에게 전했다. 아빠는 혼자서 또 홀짝홀짝 술을 마시더니 말했다.

"그래도 아빤 우리 딸 사랑해."

"아, 진짜! 지랄하지 좀 마!"

잔이 쓰러지며 식탁보 위로 술이 쏟아졌다. 붉은 천이 빠르게 물들어갔다. 진짜 사랑하는 것도 아니잖아. 사랑하는 사람한테 어떻게 죽은듯이 살라고 말할 수가 있냐고. 만나서 한다는 소리가 끝까지 입 닥치고 살라는 말뿐이잖아. 그냥 이도 저도 못하게 하려고 사랑한다고 말하는 거잖아. 널 사랑하는 사람한테 어떻게 그런 상처를 주냐는 식의 죄책감을 심으려고. 그게 왜 상처가 되는지에 대해서는 제대로 설명하지도 못하잖아.

우리는 결국 우동이 나오기 전에 계산을 하고 헤어졌다.

"너 진짜…… 패륜아 같았어."

영지는 전날의 만남을 그렇게 정리했다. 느지막이 잠에서 깨어 해장을 뭐로 해야 하나 고민하던 중이었다.

"뭔 소리야."

"강형식이 이놈! 이 사랑도 모르는 헤테로놈! 꼴에 남들처럼은 살고 싶어서 사랑 없는 결혼 하고 사랑 없는 섹스 하고! 지는 지 멋대로 다 살면서 군이 나까지 낳아놓고! 나는 내 맘대로 살지도 못하게 하고!"

영지가 과장되게 연기를 해서 나는 한참을 웃었다.

"뭐래, 내가 언제 그런 말을 했어."

"행간이 그랬어."

"그랬나."

"근데 있지."

"어."

"나도 사랑 같은 게 뭔지 잘 모르겠어."

그 말을 듣는데 가슴이 철렁 내려앉았다.

"그럼 너는, 너는 나한테 사랑한다고 말할 때마다 무슨 생각을 해?"

그렇게 묻는 순간 나는 영지를 사랑하는 내 마음을 너무나도 잘 알 것 같았다. 나는 영지가 없으면 안 돼. 그리고 영지의 입에서 나올 대답이 뭔지는 몰라도 내가 들으면 안 될 것만 같아서 얼른 영지의 입을 막았다.

"영지야, 나는…… 너 정말 사랑해."

영지는 나를 빤히 보다 웃으며 말했다.

"너 지금 말하는 거 너네 아빠랑 닮은 거 알지."

내가 아빠를 얼마나 싫어하는지 잘 알면서 어떻게 나한테 그런 말을 하나 싶으면서도, 왜 그렇게 말하는지도 다 알 것 같아서, 역시 핏줄은 어디 안 가나보다 하는 생각이 들어서, 기어이 그런 걸 물려받고야 말았구나 싶어서…… 나는 그만 울고 말았다. 당황한 영지는 왜 우느냐고 나를 달래주면서 아빠랑 닮았다는 농담 같은 건 다시는 하지 않겠다고 했지만 나는 울음을 그칠 수가 없었다. 안절부절못하는 영지 앞에서 계속 울었다. 우는 것까지도 아빠랑 똑 닮았다는 생각이 들어 멈추고 싶었지만 멈출 수가 없었다. 영지는 자기가 뭘 해주면 기분이 나아지겠느냐며 계속 나를 달랬다. 사랑한다고 말해줘 제발……이라는 생각이 드는 동시에 아니야, 절대 그 말만은 하지 마……라는 생각이 들었고, 아니야 해줘, 아니야 하지 마, 사이에서 그냥 눈물만 났다.

"나 너네 아빠한테 엄청 잘 보이고 싶었어. 그게 아무 의미 없다는 거 알면서도 그랬어."

나는 계속 울었다.

"은호야, 나는 너랑 같이 있고 싶어. 어떤 식으로든."

영지는 계속 내 곁에 있었다.

아주 어릴 때 내가 울면 할머니는 커다란 솜이불을 덮어주었다.

"그 안에서 실컷 울어라."

눈을 떠보면 어둡고 솜이불은 무거운데 그 어둠과 무게가 나를 달래주었다. 그동안 할머니는 나에게 먹일 달달한 음식을 마련해놓고 기다렸다. 냉동실에 얼려놓은 대봉시일 때가 많았다. 한참을 울다가 왜 울었는지도 잘 기억이 나지 않을 때쯤 머쓱해하며 이불을 걷어내고 쭈뼛쭈뼛 방밖으로 나가면 홍시가 딱 먹기 좋게 녹아 있었다. 나는 차가운 홍시를 파먹으면서 머리끝까지 차올랐던 열이 식는 걸 느꼈다. 할머니는 어리고 철없는 나를 사랑해주고 있었다. 나는 사랑받고 있었고 할머니의 사랑 안에서는 아무래도 안전하다는 기분에 안심이 됐다.

아빠는 내게 할머니를 만나러 가라고 했다. 집을 나에게 물려주기로 했다고. 그런 결정을 할머니가 내린 것 같지는 않았다. 할머니가 돌아가시면 집은 자연히 아빠에게 상속될 터였고 아빠는 그걸 내게 증여해주기로 결심한 듯했다. 아빠는 할머니의 병세가 심각하니 마음의 준비를 단단히 하라고 했다. 정말 마지막인가. 나는 긴가민가하며 할머니를 만나러 갔고 정말 마지막이라는 걸 알 수 있었다. 할머니는 나를 알아보지 못했다.

말을 안 했으면 어땠을까. 진짜 나에 대해서. 내가 간절히 바라는 삶에 대해서. 할머니가 이렇게 일찍 죽을 줄 알았다면 죽을 때까지 거짓말을 하며 예쁜 손녀로 남을 수도 있었다. 하지만 더는 내 이야기가 그런 식으로 흘러가버리도록 내버려두고 싶지 않았다. 할머니에게는 할머니 중심의 서사가, 나에게는 나 중심의 서사가 있다. 할머니의 서사가 발단, 전개, 위기, 절정을 거쳐 결말 부근에 이르렀을 때 내 서사는 전개 비슷한 것을 지나는 중이었다. 내 이야기는 어쩔 수 없이 할머니의 이야기에 영향을 받으면서, 할머니의 이야기를 부정하면서 전개된다. 나는 할머니가 내게 욕을 퍼붓고 저주를 퍼붓던 순간을 영영 잊지 못할 거야. 이 세상에서 나를 가장 사랑한다고 말했던 사람이 한순간에 돌변하던 순간을 어떻게 잊어. 할머니도 그 순간에 대해서는 영원히 후회해야만 해. 언 홍시를 내주던 할머니도 함께 기억하는 게 그나마 내가 할 수 있는 최대한의 용서야.

나는 늘 끝나는 순간에 대해 생각한다. 영지와 나의 관계가 끝나는 순간에 대해 생각할 때도 많다. 바라는 끝이 있어. 내 이야기는 이렇게 끝났으면 좋겠어, 하고 기대하는 장면들.

나는 아주아주 행복한 사람으로 죽을 거야. 아무도 그걸 못 막을 거야.

이혼 숙려 기간까지 끝마친 엄마는 큰이모가 있는 캐나다로 간다고 했다. 코로나19가 대유행하기 전이었지만 그래도 여기저기서 동양인 혐오를 표출하느라 바쁜데 지금 거기로 가는 게 맞는 걸까? 다들 우려했지만 엄마는 주변에서 왜 이혼했느냐고 들쑤셔대는 게 더 속 시끄럽다고 했다. 영호와 함께 공항까지 바래다주는 차에서 우리는 내내 별말이 없었다. 항공권을 발권하고 짐을 부치고 출국심사대를 통과하기 전에야 인사를 나누었다.

"영호, 현영이한테 잘하고."

영호는 또 잔소리냐는 듯 건성으로 네네, 했다. 이제 또 언제 볼지 모르는데 하여튼 정이라고는 없는 놈이었다.

"아빠도 한 번씩 들여다봐. 죽었나 살았나."

"이혼한 마당에 그런 걸 걱정하다니 참 징하다 징해."

"엄마랑은 이혼해서 이제 남남이지만 니들한텐 계속 아빠야.

핏줄은 어디 안 가니까."

"네네, 잘 알겠습니다."

나도 결국은 건성이 됐다. 영호와 나는 그뒤에도 아빠를 들여다보지 않았다. 아빠도 다 큰 어른이었고, 지나칠 정도로 큰 어른이었고, 혼자서도 알아서 잘 살아가야 하는 사람이었다.

"은호 너는…… 영어 공부 열심히 해. 한국서 못 살겠으면 엄마한테 와. 캐나다에 와서 살아."

내가 무슨 좋은 소리 듣겠다고 엄마한테 기어들어가 살겠어, 그런 생각이 드는 한편 엄마가 왜 그런 말을 한 건지 궁금해졌다. 동네방네 레즈비언이라고 소문이 다 났으니까 한국에서 살기에는 글렀다고 생각하는 걸까. 그런 상상의 나래를 펼칠 수 있는 사람이면서 왜 내 이야기를 못 들은 척했을까. 기댈 데도 별로 없었는데. 문득 캐나다에 가서 살고 싶다는 생각이 들었다. 엄마가 있는 나라여서가 아니라 그 나라에서 강제되는 법적인 것들이 나를 유혹했다. 하지만 막상 가보면 동양인에 레즈비언이라는 이중 조건으로 더 괴로워질지도 몰랐다. 나는 현실적인 사람이었고 지나치게 겁이 많은 사람이었다.

"내가 거길 어떻게 가. 가서 뭐 먹고 살라고."

"엄마 있는데 무슨 걱정이야. 큰이모도 있고."

"엄마가 제일 걱정이야."

엄마는 그 말이 마음에 안 드는지 인상을 팍 썼다. 그리고 말했다.

"아무튼 한국서 정 못 살겠으면 캐나다로 와. 은호야, 여자친구랑 같이 와서 살아."

엄마가 내 여자친구에 대해 말한 건 처음이었다. 늘 유령처럼, 없는 사람 취급했는데. 처음으로 여자친구를 언급하며 함께 캐나다에 와서 살라고 말한 것이다.

나는 내가 사랑하는 사람을 만난 것에 대해서 늘 다른 사람들의 축복을 받고 싶었다. 사랑하는 사람을 만나는 건 내게 쉽지 않은 일이었고 그래서 격려가 필요했다. 특히 가족들의 격려가. 이러니저러니해도 내게는 가족들이 가장 가깝고 오랫동안 의지한 사람들이기 때문이었다. 행복한 순간을 떠올려보라고 하면 떠오르는 장면들 중에는 가족들의 모습이 꼭 끼어 있었다. 다 옛날 일이지만 가족들과 행복했던 때가 많았다. 나는 그 사람들에게 사랑받았고 그 사람들을 사랑했다. 그건 아주 익숙한 일이었다. 그래서 더이상 그럴 수 없었을 때 더 괴로웠는지도 모른다. 가족들을 사랑하는 건 이미 주어진 일 같은 거였는데, 그 사랑을 이어가는 일, 계속해서 사랑하는 일은 쉽지가 않았다. 무조건적인 사랑 같은 건 없으니까. 내가 영지를 계속해서 사랑하는 일이 가능한 것은 우리가 합의한 일종의 공동선을 향해 함께 나아가고 있기 때문인지도 모른다. 우리는 매일 다른 사람이 되고 매일 사랑하는 일을 한다.

—영지야, 나랑 같이 캐나다에 안 갈래?

서울에 가까워지는 차 안에서 반쯤은 농담으로 장난스럽게 메시지를 보냈는데 영지는 잔뜩 진지해져서 그런 건 쉽게 결정할 수 있는 문제가 아니니 조금 생각해보겠다고 했다.

어느 날 아침 영지는 잠에서 깨자마자 내 귓가에 대고 나와 함께라면 어디든 가겠다고 속삭였다. "왜냐하면……" 하고 그 이유들도 함께 읊어주었다. 그 이유들에 취해서 나는 오랫동안 잠에서 깨어나지 못했다. 그건 마치 영원히 사랑한다는 말처럼 들렸기 때문이었다. 참다못해 눈을 떴을 때 거기에 영원 같은 건 없었고 내가 가장 좋아하는 사람이 내 눈썹을, 콧대를, 인중을 건드리며 오직 내가 눈을 뜨기만을 기다리고 있었다. 시간이…… 멈춰버렸으면 좋겠다고 생각했는데 당연히 시간은 내 마음 같은 건 아랑곳 않고 자기 할일을 했고 우리도 그저 우리 할일을 할 따름이었다.

| **작가노트** |

밀린 일

『언니밖에 없네』라는 앤솔러지에 「사랑하는 일」을 실으며 작가노트에 쓴 말이기도 하지만 정말이지 웃기는 이야기를 쓰고 싶었다. 은호와 영지를 둘러싼 쓸데없는 잡음들은 다 소거하고 두 사람이 잘 먹고 잘 사는 이야기를 쓰려고 했다. 하지만 그들을 향한 고난과 시련과 역경의 대사들이 계속 끼어들었다. 어쩔 수 없이 그것들을 받아쓰면서도 행복한 삶을 위해 애쓰는 방향을 유지했다. 그 편이 진짜 삶과도 유사한 것 같았다.

그런데 행복한 삶을 위해 애쓰려면 어떻게 해야 할까. 아니 그보다도 행복한 삶이라는 게 어떤 것일까. 행복하다는 것이 대체 무엇일까…… 나는 내가 생각하는 행복의 모양에 대해 여러 방식으로 그려보았다. 최근 내가 행복하다는 기분에 사로잡혔을 때는…… 밀린 일이 아무것도 없을 때였다.

근래 자주 하는 생각 중 하나가 사람들에게 행복이란 무엇일까? 하는 것이다. 개인마다 떠올리는 행복의 모양이 다를 것이고 그걸 추구하게 된 데에도 저마다의 사정이 있을 것이다. 행복하고 싶지 않은 인간도 있을까? 그건 잘 모르겠다. 우리는 모두 엉망진창인 세상을 살아가고 있지만 그 속에서도 어떤 식으로든 행복을 찾으려고 한다. 그건 한 명의 인간으로서 품을 수 있는 자연스러운 욕망이다. 그런데 왜 어떤 이들의 행복은 그들을 가장 보호해야 할 집단인 가족이나 국가로부터 방해를 받는 것일까? 오래 생각해본 끝에 그건 많은 사람들이 아직도 삶이 무엇인지 제대로 이해하지 못하기 때문이라고 결론을 내렸다. 삶을 조금이라도 이해하는 사람이라면, 자기 삶을 살아본 적 있는 사람이라면 타인의 행복을 방해할 리 없지 않을까?

대한민국의 헌법에도 삶에 대한 제대로 된 이해 없이, 이해하려는 노력조차 없이 기술된 조항들이 많다. 아무리 따져봐도 은호와 영지의 행복을 방해하는 것은 법뿐이다. 가족들이 하는 헛소리 같은 건 헌법이 제대로 되어 있다면 충분히 해결될 수 있는 문제다. 소설에도 썼지만 나는 형식이 진심에 우선할 수 있다고 믿는 사람이다(그렇다고 내가 내 소설의 모든 문장에 동의한다는 것은 아니다……). 그 밖의 문제들은 두 사람이 알아서 잘 해결해나갈 것이다. 다른 모든 연인들처럼.

이 소설의 밑바탕에는 현재를 살아가는 사람들의 삶을 제대로 이해하는 법이 필요하다는 마음이 있었다. 동성혼이 법제화되고 생활동반자법과 차별금지법이 제정될 날을 기다린다. 사회적 합의가 필요하다는 개소리는 집어치우고 밀린 일들을 해치워야만 한다. 이 소설의 많은 장면들이 어서 빨리 철 지난 이야기가 되기를 바란다.

| 해설 |

이 소설의 끝을 매일 써보려 해*

소유정

이토록 유쾌한 여성 퀴어 소설을 본 적이 있었나. 자신에게 사랑에 대해 일장연설을 하는 아빠를 향해 "아, 진짜! 지랄하지 좀 마!"(144쪽)라고 말하며 식사 자리를 엉망진창으로 만드는 '나', 그런 '나'의 거친 손길과 불안한 눈빛과 그걸 지켜보는 너…… 너는 '나'의 동성 연인이다. 그러니까 이 장면은 육 년째 연애중인 여자친구를 아빠에게 처음 소개(를 빌미로 부동산 증여를 확약받으려)하는 자리에서 일어난 일이다. 딸의 반박에 뒤이어 눈물을 흘리는 중년 남성과 씩씩대는 여자, 그를 말리는 또 한 명의 여자. 심각한 모습이지만 어쩐지 웃음이 터져나오려는 것을 꾹 참고 두 명의 여자에게로 시선을 돌려본다. '나'와 애인 영지의 관계

* 한동근, 〈이 소설의 끝을 다시 써보려 해〉.

는 성애 중심 사회에서의 그것과는 거리가 있다. 영지가 더이상 섹스를 원하지 않는다고 말하면서 그들의 관계가 오픈 릴레이션십으로 바뀌었기 때문이다. "우리가 이렇게 서로 사랑하는데 굳이…… 섹스까지 해야 할까?"(127쪽) 영지의 물음은 '나'에게 청천벽력과 다름없는 것이었지만, 관계를 재정립한 이후에도 둘의 사랑은 여전히 굳건했다. K-유교 걸로서는 납득하기 쉽지 않을 정도로, 이게 되네? 싶을 만큼.

이처럼 물음표 쓰고 느낌표 찍게 만드는 김지연의 소설은 지금까지 한국문학에서 볼 수 있었던 레즈비언 소설과는 조금 다르다. 그간의 레즈비언 서사를 지배하는 감정은 아무래도 불안이었다. 인물의 생물학적 성과 성소수자라는 조건 때문에, 인물이 사회적 약자임이 두드러져 더욱이 테두리 바깥으로 배제되었음을 실감하게 했던 것이다. 소설 안에서 아직 오지 않은 시간에 대한 전망 또한 비슷했다. 지금의 현실과 유리된 미래를 도무지 상상할 수 없어서, 짐작 가능한 미래조차도 현재와 크게 다르지 않기에 다시 한번 막막함을 맞닥뜨려야 했다. 지금-여기의 불안이 미래에도 여전할 것 같다는 감정은 소설 속 인물에게도 읽는 이에게도 남아 있는 것이라, 나는 늘 인물들의 불안에 통감하면서 그들의 미래는 지금보다 부디 더 나은 상태이기를 바라고 응원하는 마음으로 책장을 덮어왔다.

「사랑하는 일」은 기존 레즈비언 서사를 지배했던 불안을 적극적으로 소거한다. 현실과 동떨어져 있을 만큼 이상적이라는 뜻이 아니다. 이 소설의 인물들은 보이지 않는 미래를 불안해하기보다, 아직 거기에 닿지 않았기에 미래는 지금과 다를 수 있다고 확신한다. "나는 늘 끝나는 순간에 대해 생각한다. 영지와 나의 관계가 끝나는 순간에 대해 생각할 때도 많다. 바라는 끝이 있어. 내 이야기는 이렇게 끝났으면 좋겠어, 하고 기대하는 장면들./나는 아주아주 행복한 사람으로 죽을 거야. 아무도 그걸 못 막을 거야."(148쪽) 끝이 있다고 해도, 그 끝 또한 자신이 만들 거라고, 자신의 미래는 다른 누구도 아닌 스스로가 만들겠다고 외치는 이에게서 어떻게 불안을 느낄 수 있을까. 설령 그 안에 감춰진 불안이 있다고 하더라도 모른 척하고 싶은 마음이다. 영영 모르는 체로 그의 끝을, 미래를 믿어주며 그가 스스로 써내려갈 "나 중심의 서사"(147쪽)를 지켜보고 싶다.

그렇기에 오 년 전, '나'가 엄마에게 일 년 사귄 여자친구가 있다고 커밍아웃한 일은 '나' 중심의 서사를 전개하기 위해 꼭 필요한 선택이었다. '나'에게 그것은 거짓말하지 않고 '진실되게' 살겠다는 의지의 표명이었으나, 가족들에게는 가족 역할극 밖으로의 탈주와 다름없이 여겨진다. 동성애자라고 하여 누군가의 딸, 손녀, 누나라는 역할이 사라지는 것이 아닌데, 완전히 다른 사람이 되는 것이 아닌데, 가족들은 마치 내가 알던 네가 아니라는 듯 '나'를 대한다. 영지와 함께 만난 자리에서 '나'의 아빠가 "우리가 옛날에는 꽤 사이가 좋은 부녀였답니다"를 시작으로 딸과의 추억을 회상하다가, 곧 "물론 그게 다 얘가 동성연애 시작하기 전의 일이지만요……"(140쪽)라며 '나'가 딸의 역할을 수행하지 않은 시점을 동성애 이후로 판단하는 것처럼 말이다. 그런데 커밍아웃 이후 가족들이 '나'에게 하는 말과 행동, 주로 동성애와 이성애를 가르는 그것들은 두 연애의 차이를 예각화하기보다 오히려 두 연애가 다르지 않음을 선명하게 한다. 가령 "평생 혼자 사는 건 너무 외로운 일"이라고, "마음 맞는 친구라도 찾아서 같이 살"(125쪽)라던 엄마는 결국 아빠와 이혼하고 혼자 살기를 택하지 않았나. 할머니가 '나'에게 "어떻게든 살아남아봤자 결국 혼자서 외롭게 죽을 거라"(136쪽)며 저주처럼 퍼붓던 말은 이혼 후 혼자가 된 이성애자 부모에게도 동일하게 적용할 수 있지 않을까. 결국 같은 질문의 알고리즘에 두 가지 연애를 대입해보면, 현재 대한민국에서 동성애와 이성애를 가르는 기준은 두 사람이 법으로 결속되는 관계냐, 아니냐의 차이일 것이다. 하지만 오히려 법적으로 결속되는 관계가 아니라 "일종의 공동선"(150쪽)을 향해 나아가고 있다는 믿음을 바탕으로 하는 관계야말로 궁극적인 '사랑하는 일'에 좀더 가까운 것이 아닐까.

오 년이란 시간이 지나서일까. '나'는 여전히 가족들을 완전히 이해할 수는 없지만 그들과의 만남을 통해, 그들의 말로 인해 '사랑하는 일'에 대해 다시금 생각한다. "옛날엔 내가 너무 미안했"다며, "누나가 행복했으면 좋겠"(133쪽)다는 "시스젠더 헤테로 남성"인 동생의 말은 '나'에게 어색한 기분을 안겨주지만, 한편으로는 "정말 고맙기도"(134쪽) 한 것이었다. 이혼 후 캐나다로 떠나기 전 엄마는 "여자친구랑 같이 와서 살"(149~150쪽)라는 말을 남겼고, 기분좋은 자리는 아니었지만 아빠 역시도 "그래도 아빠 우리 딸 사랑해"(144쪽) 하며 눈물 섞인 마음을 전해왔다. 병세가 심각해져 이제는 자신을 알아보지 못하는 할머니가 자신을 사랑했던 방식을 되새기는 것도 조금 멀어져버린 가족을 다시금 '사랑하는 일'일 테다. '나'와 가족들은 서로를 영원히 이해할 수 없겠지만, 이해의 끝자락에 닿아보려는 노력이야말로 그들이 행할 수 있는 가장 최선의 '사랑하는 일'이다. "그 사랑을 이어가는 일, 계속해서 사랑하는 일"(150쪽)은 '나'와 가족들에게 그러한 방식으로 지속된다.

그리고 또 한 가지. 가족과 '사랑하는 일'을 톺아보는 여정의 끝에는 '나'와 영지가 있다. 두 사람에게 '사랑' 그 자체는 쉽게 정의 내리기 어려운 무엇이다. "사랑 같은 게 뭔지 잘 모르겠어"라는 영지의 말에, '나'는 아빠와 매우 닮은, 다소 '한남스러운' 면모를 보이며 "영지야, 나는…… 너 정말 사랑해"(145쪽)라고 먹먹하게 말할 뿐이다. 영지를 사랑한다고 말하는 '나'에게 '사랑'이 무엇인지 묻는다면 정확한 의미를 듣기란 힘들지 않을까? 하지만 '사랑하는 일'에 대해서라면 다르다. "영지야, 나는……"이라는 말에 붙은 말줄임표에 담긴 무수한 감정들이, 더이상 섹스를 하지 않지만 "친구 이상의 무엇"(129쪽)임을 증명하지 않아도 영지와 함께하는 것이 '나'에게는 곧 '사랑하는 일'이기 때문이다. 영지 또한 마찬가지다. 아직도 사랑이 뭔지는 잘 모르겠지만, '나'가 귀엽다고 소문내고 싶은 마음, "아무 의미 없다는 거 알면서도" "너네 아빠한테 엄청 잘 보이고 싶었"다는 마음을 가감 없이 보여주고, '사랑해'라고 말하는 것은 아니지만 "어떤 식으로든" "너랑 같이 있고 싶"(146쪽)다고 말하는 것이 곧 영지가 사랑을 말하는 방식이자, '사랑하는 일'에 다름 아니다.

그렇기에 "우리는 매일 다른 사람이 되고 매일 사랑하는 일을 한다"(150쪽)는 '나'의 말은 유독 뭉클하게 느껴진다. 그 말은 가족 역할극 안에서 '무보수 노동'을 감내해야 하는 "의무만 잔뜩 부과된 배역"(138쪽)으로서 "그냥 이도 저도 못하게 하려고 사랑한다고 말하는"(144쪽) 것이 아니라, 매일 다른 얼굴로—하지만 여전히 너를 사랑한다는 전제를 품은—사랑하는 일을 함께 수행하고 있음을 뜻하기 때문이다. 두 사람이 함께 만들어나가는 서사는 이제 위기를 지나 긴 절정을 맞이할 것 같다. 이야기의 순탄한 진행에 살짝 마음을 더해본다. 우리가 맞이할 더 나은 미래에서 '나'와 영지는 지금보다 더욱 편안한 얼굴로 여전히 서로를 사랑하는 일을 하고 있을 거라고. 아직 오지 않았지만 그 미래를 조금 더 빨리 맞이할 수 있을 거라는 걸, 이 소설로 인해 나는 확신한다.

소유정
2018년 조선일보 신춘문예를 통해 평론을 발표하기 시작했다.

김혜진

목화맨션

작가노트

집의 시간

해설 임정균

계약은 무엇으로 단련되는가

김혜진

2012년 동아일보 신춘문예를 통해 작품활동을 시작했다. 소설집 『어비』 『너라는 생활』, 장편소설 『중앙역』 『딸에 대하여』 『9번의 일』, 중편소설 『불과 나의 자서전』이 있다.

목화맨션

순미가 처음 전화를 걸어온 그 밤을 만옥은 기억하고 있었다.

종일 세차게 비가 퍼붓던 날이었다. 늦은 밤에 걸려오는 전화가 대개 어떤 소식을 전해주는지 모르지 않았으므로 만옥은 조마조마한 마음으로 전화를 받았고 한동안은 빗소리와 차 소리가 뒤엉킨 소음 속에서 상대방의 목소리를 찾아내려고 애썼다.

집 내놓으셨죠? 아직 안 나갔으면 좀 볼 수 있나요?

한참 만에 상대방의 까랑까랑한 목소리가 들렸다.

아직 안 나갔어요.

만옥이 답했고 곧장 또다른 질문이 돌아왔다.

그럼 지금 볼 수 있나요?

지금요?

밤 열시가 가까운 시각이었고 목화맨션은 걸어서 이십 분 거리에 있었다. 폭우가 쏟아지는 한밤에 옷이 다 젖을 각오를 하고 거기까지 걸어가는 일도 엄두가 나지 않았지만 벌써 한 달 넘게 비어 있는 그 집의 상태가 어떤지 가늠할 수 없었다. 창틀이나 벽면에서 물이 새고 있는지도 모르고, 까맣게 번져 있는 곰팡이를 발견하게 될지도 몰랐다. 낮에도 해가 잘 들지 않는 편이어서 비가 오는 한밤에 보는 집안이 어떤 분위기를 자아낼지 장담할 수도 없었다.

그럼에도 만옥은 옷을 챙겨 입고 집을 나섰다. 돌풍이 불 때마다 이리저리 흔들리는 우산을 힘껏 붙잡으며 점점 어둡고 가팔라지는 길로 접어들면서 만옥은 상황이 어지간히 급한가보다 짐작했고, 사정한다면 얼마간 가격을 조정해주겠다고 결심했고, 까다롭게 굴거나 미심쩍은 구석이 느껴지면 세를 놓지 않겠다고 다짐했다.

그러나 순미가 그 집의 세입자가 될 거라는 예감이 그날 만옥에게는 있었다. 이번엔 틀림없이 계약이 이뤄지리라는 이상한 확신이 들었다고, 오랜 시간이 흐른 뒤 순미에게 말한 적이 있었다.

보름 뒤 순미는 목화맨션 101호로 이사했다.

일 톤 트럭에 싣고 온 순미의 살림살이는 단출했고 이사는 금방 끝이 났다. 여느 때처럼 만옥은 몇 가지 당부만 하고 돌아설 생각이었다. 열 평이 안 되는 집이지만 거실과 방이 뚜렷하게 구분되어 있고, 해가 잘 들지 않는 대신 창이 큰 편이라 통풍은 잘된다고. 약속대로 도배를 새로 했고 세면기와 방충망을 교체했으니 사소한 것들은 알아서 수리를 하면서 지내라고. 계약기간이 끝나기 전에 나가게 되면 새로운 세입자를 직접 구해야 한다고. 하지만 만옥은 이삿짐센터 직원들이 떠난 뒤에도 계속 101호 앞을 기웃거렸다. 비좁은 거실에 아무렇게나 부려놓은 짐들이 눈길을 사로잡았고, 이러지도 저러지도 못한 채 그 짐들을 내려다보고 있는 순미의 모습이 발길을 붙들었다. 아니, 이삿날인데 도와주는 사람도 하나 없이 혼자인 순미의 처지에 마음이 쓰였다.

도와줄 사람 없어요? 아무나 하나 부르지. 이걸 혼자 어떻게 정리하려고 그래.

결국 만옥이 그렇게 중얼거리며 집안으로 들어섰다. 가만히 서 있어도 등줄기로 땀이 흐르는 무더운 날이었다. 만옥은 비닐에 싸인 선풍기를 꺼내 틀었다. 그런 다음 현관과 싱크대 주변을 정리하고, 쓰레기를 분리하고, 크기와 무게가 다른 짐들을 옮기며 조용하고 신속하게 움직였다.

혼자서도 할 수 있는데 도와주셔서 빨리 끝났어요. 요 앞 식당에서 시원한 거라도 한 그릇 드시고 가세요. 내가 사드릴게.

쓰레기봉투를 들고 집을 나서는 만옥을 따라 순미가 나왔고, 두 사람은 근처 식당에서 물냉면을 먹었다. 만옥은 당뇨가 있는 탓에 밖에서 음식을 사 먹지 않는 편이었지만 그날은 국물까지 모두 비울 정도로 맛있게 냉면을 먹었다. 순미도 마찬가지였다.

그해 순미는 마흔다섯이었다. 사 남매 중 셋째로 태어나 고등학교를 졸업하자마자 바다를 면한 작은 고향 마을을 떠나왔다고 했다. 기숙사가 있는 공장에서 삼 년간 2교대로 일했고 이후 일본으로 건너가 사 년을 살았다고 했다. 그곳에서 무엇을 하고 어떻게 지냈는지 구체적으로 언급하지는 않았다. 다만 한국으로 돌아오고 나서 병원 신세를 오래 졌고, 악착같이 사는 대신 적당히 사는 법을 배웠다고 했다. 이만큼 사는 것도 다행이라고 생각하면 뭐든 나쁠 게 없다고 했다. 이십대 후반에 결혼할 기회가 있었고 삼십대 중반에 선을 본 남자와 결혼을 결심했으나 결과적으로 둘 다 잘 안 되었다고, 지금은 혼자 지내는 것이 익숙하고 편해서 누군가를 만날 엄두가 나지 않는다고도 했다.

만옥은 그 모든 이야기를 그날 그 식당에서 들었다.

테이블이 서너 개뿐인 식당 안은 후텁지근했고, 허기가 가신 뒤 찾아온 포만감 탓에 졸음이 밀려왔다. 그럼에도 순미가 한 말들은 만옥의 기억 속에 오래 남았다. 고작 냉면 한 그릇을 함께 먹었을 뿐인데, 왜 이토록 내밀하고 사적인 이야기를 털어놓는지 의아한 기분이 들었으나 이유를 묻진 않았다. 다만 그 시간들이 순미에게 얼마간 힘겹고 고단했을 거라고 짐작했을 뿐이었다.

희한하지. 냉면을 좋아하지도 않는데 그날 냉면은 그렇게 달았어.

이따금씩 그날 이야기를 할 때면 만옥은 늘 그렇게 말하곤 했다.

그지, 언니. 냉면 전문점도 아니었는데 뭐가 그렇게 맛있었을까? 둘 다 너무 배가 고팠던 거야.

그러면 순미도 그렇게 맞장구를 쳤다. 둘은 한번 더 가자, 언제 또 가자, 버릇처럼 말했지만 다짐은 지켜지지 못했다. 그 식당은 이 년 후 문을 닫았다. 어느 날 보니 오늘부로 영업을 종료한다는 메모가 붙어 있었다.

처음에 순미는 이런저런 일로 자주 연락을 해왔다. 공동관리비를 어떻게 납부해야 하는지, 지하창고와 옥상을 사용해도 되는지 물을 때도 있었고, 깨진 변기와 망가진 전등을 수리해달라고 분명하게 요구할 때도 있었다. 그때마다 만옥은 건물이 지어진 지 이미 삼십 년이 넘었고 그래서 시세보다 저렴한 거라고, 사소한 문제들은 직접 알아보고 해결하며 살라고 답했다.

이봐요, 집주인이라고 하지만 나도 빚내서 겨우 그 집 샀어요. 나라고 왜 안 고쳐주고 싶겠어. 뭐든 척척 고쳐주면 내 마음도 편하고 좋지. 근데 정말 그럴 형편이 안 돼요. 지난주에 우리 아저씨가 쓰러져서 지금은 병원비 대는 것도 힘들어.

어느 날 만옥은 그렇게 하소연했다. 남편 승석이 입원한 병원의 육 인실에서였다. 만옥은 휴대전화를 든 채 병실을 나와 복도 끝까지 걸어간 뒤 한마디 더 했다.

다들 금방 재개발이 된다길래 나도 덜컥 그 집을 산 거예요. 아니면 뭐하러 다 쓰러져가는 그런 집을 사겠어. 몇 년 안에는 틀림없이 된다더니 이제는 다들 모르겠다는 소리나 하고. 사람들이 왜 이렇게 무책임하대요? 있는 돈 없는 돈 다 긁어모아서 빚까지 냈는데. 팔고 나면 다들 나 몰라라지. 개발이고 뭐고 이제는 진짜 신물이 나요. 평생 그 말 쫓아다니다가 나도 우리 아저씨도 다 굶어죽게 생겼어.

순미가 말이 없었으므로 만옥은 그대로 전화를 끊으려고 했다. 엉뚱한 사람에게 괜한 소리를 했다는 후회가 들어서였다.

혹시 묵 좋아하세요? 직접 쑨 묵이 있는데 한번 드셔보시겠어요?

순미가 차분한 목소리로 물었다.

만옥이 거듭 사양했지만 순미는 그날 저녁 병원으로 찾아왔다. 순미가 꺼내놓은 건 미지근한 묵 두 모였다. 이렇다 할 식욕을 느끼지 못했음에도 만옥은 묵 한 조각을 맛보았다. 가져온 사람의 성의를 생각해서였고 몇 조각만 집어먹을 작정이었지만 만옥은 앉은자리에서 묵 한 모를 해치웠다.

쫄깃한 식감, 떫으면서도 담백한 뒷맛, 향긋하고 새콤한 양념장의 맛.

자신의 허기를 깨운 것이 다만 그런 것만이 아님을 만옥은 모르지 않았다. 만옥은 지난 사흘간 병원을 찾아온 사람이 아무도 없었다고 말하지 않았다. 잠든 승석을 내려다볼 때면 불안한 예감이 무섭게 떠오른다는 말도, 병실 한쪽에서 정신없이 묵을 삼키는 자신의 모습이 처량하고 서글프다는 말도 참았다.

고마워요. 조심해서 가요.

엘리베이터 앞에서 만옥은 짧게 인사했다.

입맛 없어도 밥은 꼭 챙겨 드세요. 밥 잘 챙겨 드시라고요. 그거면 돼요.

순미는 엘리베이터 문이 닫히기 직전에 그렇게 당부했다.

한 주가 더 지나고 승석은 편측마비 진단을 받았다. 운동과 재활치료를 통해 호전될 수는 있겠지만 지금으로선 큰 기대를 하기 어렵다고 의사는 잘라 말했다. 뭔가 희망을 걸 만한 다음 말을 기다렸지만 의사의 입에서는 아무런 얘기도 나오지 않았다. 승석을 데리고 진료실에서 나온 만옥은 한쪽 팔과 다리를 들어 옮기듯 걷는 승석을 부축하며 큰소리를 냈다.

뭐든 남들보다 천천히 한다고 생각하면 돼. 아무 문제 없어요. 밥 잘 먹으면 그걸로 된 거야. 걱정할 거 없어.

그것이 순미가 자신에게 했던 말이라는 것은 나중에 알았다. 단순하고 시시해서 싱겁게까지 여겨지는 그 말이 왜 항상 일렁이는 마음을 단번에 진정시키는지도.

순미와의 임대차계약이 만료될 무렵, 목화맨션 일대엔 다시 재개발에 관한 말들이 떠돌기 시작했다. 재개발로 들썩거리는 집에 들어오겠다는 세입자는 없을 거였다. 순미에게 당장 보증금을 내줄 형편도 아니었다. 여러모로 만옥에게 불리한 상황이었다.

언니, 난 그냥 요 근처에 다른 집을 알아볼까봐. 언제 나가야 될지도 모르는 집에 불안해서 어떻게 살아? 집 구하는 것도 다 때가 있는데 꾸물거리면 집세만 더 오르지. 그렇잖아.

만옥이 처음 재계약 이야기를 꺼냈을 때 순미는 그렇게 대꾸했고, 재차 설득해도 마음을 바꾸려고 하지 않았다.

며칠 후 만옥은 순미를 직접 찾아갔다.

금방이라도 비가 쏟아질 것처럼 흐린 날이었다. 수박 한 통을 들고 목화맨션 101호에 도착했을 땐 날이 저물어 있었다. 한동안 만옥은 몰라보게 달라진 집안을 살피며 말을 고르기만 했다. 어둑어둑하고 칙칙했던 실내는 환한 톤의 아기자기한 살림살이 덕에 밝아 보였다. 집안에 고여 있던 탁하고 습한 냄새도, 묘하게 음침하던 분위기도 사라져서 제법 살 만한 집처럼 느껴지기까지

했다.

그것이 만옥을 두렵게 했다.

금방 허물어질 거라고 생각했던 이 집이 지금껏 이렇게 건재하다는 사실. 재개발을 기다리며 허비한 시간이 오 년에 달한다는 사실. 자꾸만 되살아나고 번듯해지는 이 집과의 싸움이 얼마나 지속될지 모른다는 사실. 다시금 실패할지도 모른다는 사실.

만옥은 몰려오는 생각을 물리치듯, 싱크대 앞에 서서 수박을 자르는 순미의 뒷모습을 올려다보았다. 어떻게든 이 집을 바꿔보려고 노력했을 순미의 시간과 수고를 떠올렸고, 그러자 그럴듯해 보이던 집안의 풍경이 다시금 말할 수 없이 초라하게 느껴졌다. 만옥이 고개를 돌릴 때마다 집안의 모습은 자꾸 달라지고 바뀌는 듯했다.

재계약하자고 수박까지 사들고 와놓고선 왜 말이 없어?

순미가 그렇게 채근한 후에야 만옥은 천천히 입을 열었다. 재개발 얘기가 도는 탓에 세입자를 구하는 일이 쉽지 않고, 세입자를 구하지 못하면 보증금을 내주기가 어렵다고. 재개발이 된다 하더라도 이 집에서 이 년을 더 거주하는 데에는 문제가 없을 거라고. 계약기간 내에 이사를 하게 되면 조합에서 지급하는 이주비 외에 따로 이사비를 챙겨주겠다는 말까지 했을 때 순미가 물었다.

이사비를? 진짜? 얼마나 주려고?

까짓것 재개발만 된다면야 이사비가 대수야. 이사비야 얼마든지 주고도 남지.

계약서에 이사비 지급을 구체적으로 명시하는 조건으로 두 사람은 재계약에 합의했다. 재개발로 인해 계약기간이 끝나기 전에 이사해야 하는 경우 만옥이 백만원의 이사 비용을 지급한다는 내용이었다. 물론 순미가 단순히 이사비 때문에 재계약에 동의한 것이 아님을 만옥은 모르지 않았다.

만옥이 사온 수박은 형편없었다. 빨갛게 익어야 할 속은 전체적으로 허옇고 군데군데 구멍이 나 있었다.

보기엔 이래도 또 맛은 있을지 몰라. 가만있어봐.

순미는 식칼을 요리조리 움직여서 허연 속을 도려냈고, 잘 익은 부분을 만옥에게 건네주었다. 그러고는 심각한 얼굴로 수박을 내려다보는 만옥을 달래듯 이렇게 얘기했다.

그러지 말고 언니, 여기 개발돼서 아파트 들어가면 나 작은 방 하나 월세 줘. 나도 언니 덕에 번듯한 집에서 한번 살아보게.

만옥은 그러자고 했다. 그 말을 듣는 순간엔 덜 익은 수박을 제값 주고 샀다는 억울함과 속상함은 말끔히 사라지고 없었다. 아니, 그런 건 중요하지도 않았다. 그러니까 재개발이 확정되고, 공사가 시작되고, 계획한 일이 순조롭게 이뤄지기만 한다면, 그렇게만 된다면, 뭐든 할 수 있을 거라는 확신이 만옥에겐 있었다.

순미가 그 집에서 육 년을 더 살게 될 거라고는 예상하지 못했다.

이듬해 봄에 순미는 결혼했다.

누구? 택시 한다는 그 사람? 좋으면 연애만 하면 되지, 뭐하러 결혼을 해.

처음 순미가 결혼하겠다고 말했을 때 만옥은 만류했다. 순미가 일하는 구내식당에 자주 온다는 택시기사의 이야기를 몇 번 들은 적이 있어서였다. 평범하고 수더분한 사람 같았으나 어딘가 깔끔하지 못하다는 인상을 지울 수가 없었다. 한 번 결혼한 적이 있는 것도, 택시회사에서 일한 지 고작 일 년 남짓 되었다는 것도 미덥지 않긴 마찬가지였다.

그래도 하나보단 둘이 낫다고 한 게 누구야? 이거저거 재지 말고 누구든 만나라고 할 땐 언제고. 결혼하면 청승맞게 혼자 이사할 일도 없고 좋지 뭐.

순미는 고집을 꺾지 않았고 봄이 지나기 전에 식을 올렸다. 식이랄 것도 없었다. 근처 중국집에서 가까운 사람들과 간단히 저녁을 겸하는 자리였다. 만옥도 승석과 그곳에 갔다. 꼭 참석해달라는 순미의 거듭된 부탁 때문이었다.

순미씨한테 이야기 많이 들었습니다. 이것저것 많이 도와주신다고요.

신랑 찬호는 만옥이 상상한 것과 달랐다. 탈모가 시작된 듯 훤하게 드러난 이마 탓에 실제보다 훨씬 나이가 많아 보였고, 이리저리 눈을 굴리는 모습도 자신 없고 소심해 보였다. 몹시 긴장한 듯 얼굴에 흐르는 땀을 닦아낼 때마다 울 것 같은 표정이 되었는데, 이상하게도 그 모습이 만옥에게는 선하고 진실하게 느껴졌다.

내가 도와준 게 뭐 있나요. 순미가 워낙 야무진 애라 뭐든 알아서 잘하지.

만옥은 찬호의 시선을 붙잡듯 눈을 똑바로 맞추고 준비한 봉투를 내밀었다. 삼십만원이었다. 과하지도 모자라지도 않은 금액이라고 생각했으나 훗날 만옥은 그 일을 두고두고 후회했다. 약속한 이사비를 주는 셈 치고 그때 백만원을 주었더라면, 오래도록 남은 마음의 부채감을 덜 수 있었을 거라는 생각 때문이었다.

울긋불긋한 중국집 내부는 환한 조명 탓에 눈이 부실 정도였고, 음식은 짜거나 기름져서 좀처럼 손이 가지 않았다.

의자 괜찮아? 다른 거 가져다줘? 과일 좀 먹어봐요. 화장실에 가고 싶으면 참지 말고 바로 말해요.

몸이 불편한 승석을 챙기느라 만옥은 순미가 하는 말도 찬호가 하는 말도 제대로 듣지 못했다. 두 사람이 어떤 표정을 짓고 있었는지, 열 명 남짓한 하객들이 어떤 사람들이었는지도 살피지 못했다.

하객들이 순서대로 축하를 건넬 때 만옥도 자리에서 일어나서 짤막하게 한마디했다. 누구나 할 법한 말이었지만 괜한 자리에 왔다는 후회, 주제넘은 말을 할지도 모른다는 걱정 탓에 자신이 무슨 말을 했는지 금방 잊고 말았다. 식사 자리는 밤 아홉시가 넘어서 끝이 났다. 찬호의 택시로 데려다주겠다는 순미의 제안을 물리치고 만옥은 승석을 재촉하며 식당을 가장 먼저 빠져나왔다.

기, 기다렸다가 가, 같이 가면 좋지. 왜 고, 고집이야.

힘겹게 한 발을 떼고 또 한 발을 떼며 승석이 느릿느릿 말했다.

신경써야 할 사람도 많은데 우리가 계속 기다리고 있으면 부담스럽기나 하지. 좋긴 뭐가 좋아, 얼른 가주는 게 좋지. 조심해요,

미끄러워요.

그때 멀리서 순미의 목소리가 들렸다.

언니, 나 언니 말 듣길 잘했네. 이사 안 가길 잘했다고. 이 집에서 내가 결혼할 줄 누가 알았겠어? 다음주에 우리가,

오토바이 한 대가 지나가는 바람에 순미의 다음 말은 들리지 않았다. 만옥은 가볍게 손을 흔들었다. 조명이 꺼질 듯 깜빡이는 간판 아래서 사람들을 배웅하는 순미와 찬호의 모습이 조그마하게 보였다. 그날 밤에 관해서라면 이상할 정도로 기억나는 게 없었지만, 어둑어둑한 가게 앞에 나란히 서 있던 두 사람의 실루엣만은 오래도록 기억에 남았다.

이후 순미는 오전 열시부터 오후 다섯시까지 일하던 구내식당 조리사 일을 그만두고, 늦은 밤까지 일하는 식당에 나갔다. 낮 동안 택시 운전을 하는 찬호도 밤에 대리기사 일을 하는 모양이었다. 만옥이 전화를 해도 순미는 받지 않을 때가 많았고, 메시지를 남기면 몇 시간 후에 답이 오곤 했다. 내일 전화한다거나 주말에 연락하겠다는 순미의 약속도 지켜지지 않을 때가 많았다.

한번은 순미 부부가 만옥의 집을 찾아온 적이 있었다.

추석을 며칠 앞둔 오후였다. 현관문 두드리는 소리에 만옥이 나가보니 순미와 찬호가 기다란 테이블을 들고 서 있었다. 사층까지 올라오느라 힘들었는지 두 사람 모두 얼굴이 상기된 모습이었다.

연락도 없이 어쩐 일이야?

만옥이 물었고 찬호가 대답했다.

이거 저희 사무실에서 쓰던 건데 거의 새거예요. 식탁으로 쓰세요.

순미에게 집에 있는 식탁이 작고 무겁다고 불평했던 것을 만옥도 기억하고 있었다. 그러나 심각한 수준은 아니었고, 엉망으로 어질러진 집안을 보여주는 것도 내키지 않았으나 만옥은 현관문을 활짝 열었다. 테이블은 세 사람이 달라붙어 비스듬히 기울이고 나서야 간신히 현관문을 통과했다. 몸이 불편한 승석이 멀찌감치 서서 이리로 저리로 방향을 일러주고 난 다음이었다.

식 올리고 인사도 제대로 못했잖아. 선물이라고 생각해요. 바퀴가 있어서 엄청 편해.

순미가 테이블을 밀어 보이자 하얀 테이블이 부드럽게 움직였다. 네 사람은 그 식탁에서 이른 저녁을 먹었다. 누군가 찾아왔다는 사실에 들뜬 승석의 표정과 여유롭게 느껴지는 순미 부부의 모습, 베란다 창으로 들어오는 선선한 바람과 북적거리는 분위기가 만옥의 기억 속에 사진처럼 남았다.

내년에 이사할 때 우리도 이 정도 크기로 알아보자. 방이 두 개는 있어야지. 둘이 지내기엔 집이 너무 좁아. 마을버스도 빨리 끊기고. 아니다, 아예 중고차를 하나 살까? 다른 건 몰라도 냉장고는 진짜 새로 살 거야. 안 쓰는 것도 싹 갖다 버리고.

식사가 끝날 즈음 순미가 찬호에게 소곤거렸다. 찬호는 조심스럽게 사방을 살피며 말이 없었고, 대답을 한 건 만옥이었다.

이보다 더 넓은 집으로 가야지. 둘이 버는데 뭐가 걱정이야. 그러지 말고 적당한 집을 사. 자꾸 세 살면서 옮겨다니지 말고.

그 무렵엔 목화맨션 일대의 재개발계획이 다시 주춤했으므로 만옥은 새로운 세입자를 충분히 구할 수 있다고 생각했고, 순미 부부가 더 나은 집으로 옮겨가길 진심으로 바랐다.

그러나 이듬해 계약갱신을 요구한 건 순미였다.

그해 여름엔 비가 잦았다. 6월부터 뜨겁고 가문 날이 계속되더니 7월이 되고부터는 거의 하루도 거르지 않고 비가 왔다. 그리고 어느 날 새벽, 순미가 연락을 했다. 맨션 일대가 침수되었다는 소식이었다. 함께 가겠다고 고집을 부리는 승석을 떼어놓고 만옥은 곧장 목화맨션으로 갔다. 멀리 맨션 건물이 보일 무렵엔 푸르스름하게 날이 개고 있었다.

하필이면 찬호씨가 택시를 골목에 세워뒀대.

골목 앞에 모여 선 사람들 틈에서 순미가 알은체를 했다. 차들이 무질서하게 주차된 골목은 이미 무릎까지 물이 차오른 상태였다. 망가진 선풍기, 빈 플라스틱병, 어디서 떨어져나왔는지 모를 나무 창틀과 쓰레기봉투 등이 어지럽게 떠다니고 있었다.

왜 이러고 섰어? 찬호씬 어디 갔어?

만옥이 목소리를 높였다.

대리 갔잖아. 지금 오는 길이래. 좀전에 버스 탔다니까 한 시간은 더 있어야 올 텐데, 차 키도 없고 뭘 어떻게 해야 할지 모르겠어.

만옥은 젖은 바지 밑단을 걷어올리고 순미의 팔을 잡아끌었다. 이리저리 오가는 사람들을 피해 걸으면서 어떻게든 택시를 끌어내오자고, 사람들에게 도움을 청해보자고 소리쳤고 정말 그럴 생각이었다. 그러나 한참 만에 찾아낸 택시는 어지럽게 주차된 다른 차들 탓에 가까이 접근하는 것조차 어려웠다. 다시금 빗줄기가 굵어지기 시작했으므로 누군가에게 도움을 청할 상황도 아니었다. 만옥은 순미와 곁에 선 다른 사람들처럼 멍하니 하늘을 올려다볼 수밖에 없었다.

그 일이 뉴스에 보도되었다는 건 나중에 알았다. 주택 노후화와 기반시설 부족, 관리 인력의 부재 등이 주민의 삶과 생명을 위협하고 있다는 짤막한 기사였고, 금세 다른 소식들에 밀려나버렸다.

얼마 후 찬호는 택시회사를 그만두었다. 찬호의 잘못이 아니었으나 책임을 지지 않을 수 없었고 얼마간 손해를 분담해야 했다. 그 손해를 순미가 함께 떠안아야 한다는 사실을 만옥이 모를 리 없었다. 그래서 순미가 재계약 이야기를 꺼냈을 때 만옥은 그러자고 했다.

이후 이 년은 만옥에게도 쉽지 않은 시간이었다.

물난리 탓에 목화맨션의 고질적인 문제들이 본격적으로 불거졌고 문제가 생길 때마다 매번 집주인들이 갹출하여 수리비를 감당해야 했다. 물난리 덕분에 재개발사업이 앞당겨질 수도 있다고 여겼던 기대는 완전히 빗나간 셈이었다. 더디지만 호전되는 것처럼 보이던 승석의 상태가 나빠졌고 은행 두 곳이 파산하면서 담보대출 이자가 가파르게 상승하기 시작했다. 만옥은 적금을 깨고, 자신의 연금보험을 해지하고, 살고 있는 집의 전세를 월세로 전환하며 급한 일들을 해결했다.

그리고 만옥은 순미와 세번째 계약갱신을 했다.

이번에는 얼마라도 전세금을 올리고 싶었으나 그렇게 하지 않았다. 순미가 늦어도 몇 달 안에는 임대주택을 얻을 거라고 확신했고, 혹시나 그러지 못해 또다시 계약을 갱신하게 된다면 그땐 틀림없이 전세금을 올려주겠다고 사정한 때문이었다.

그 무렵 순미는 대학 구내식당의 조리사로 취직했고 찬호도 구청 녹지과에서 기간제근로자로 일했다. 자세한 사정을 모르는 사람의 눈에도 순미 부부의 생활은 안정을 찾은 것처럼 보였다. 무엇보다 눈에 띄게 밝아진 두 사람의 표정이 만옥에게 어떤 믿음을 주었다.

그래서였을 것이다.

이듬해 재개발사업이 완전히 무산되었다는 소식을 들은 뒤 목화맨션을 팔아야겠다는 결심을 했을 때 만옥은 순미에 대한 걱정은 하지 않았다. 기존의 세입자를 내보내는 조건으로 집을 사겠다는 사람이 나타났을 때도 오래 망설이거나 고민하지 않았다.

만옥이 순미를 찾아간 건 다음해 봄이었다.

3월 초순이었고 아주 화창한 날이었다. 날이 흐려질 기미는 조금도 발견할 수 없었으므로 만옥은 거듭 마음을 다잡았다. 그 집에서 순미가 팔 년 가까이 거주할 수 있었던 건 집주인인 자신의 배려와 노력 덕분이라고. 순미를 수시로 들고 나는 세입자 중 하나로 여겼다면 이미 오래전에 내보냈을 거라고. 누가 뭐라든 지금껏 자신은 정말 최선을 다했고, 누구도 이렇게까지는 할 수 없었을 거라고. 그러니 오늘은 기필코 이 일을 마무리짓고 말겠다고.

그러나 막상 순미와 마주앉고 나서 만옥은 순미가 하는 말을 듣고만 있었다.

순미는 노란 조끼를 입고 공원과 도로변에 꽃을 심으러 다니는 찬호의 안부를 짤막하게 전하고는 조만간 자신도 구내식당의 정규 직원이 될지도 모른다고 말했다. 좋은 소식이었고 기쁜 일이었으나 순미의 얼굴은 어두워 보였다. 그건 만옥의 착각인지도 몰랐다. 그럼에도 조마조마한 마음을 억누를 수가 없었다.

이 집을 떠나는 게 왜 이렇게 힘들까, 언니.

고개를 들고 집안을 둘러보던 순미가 불쑥 말했다. 그런 후엔 이 년 전, 사 년 전 기억들을 끄집어냈다. 듣고 있던 만옥이 엉뚱한 이야기를 꺼냈다. 오래전 목화맨션 101호를 구입할 때 만났던 전 주인에 관한 이야기였다.

돈 주고 산다고 다 자기 집이 되나요? 감당할 능력이 있어야지. 능력이 있는지 없는지는 살아봐야 알아요. 안 살아보고는 절대로 몰라.

끈질기게 가격을 흥정하고, 계약 날짜를 몇 차례 변경할 때에도 이렇다 할 불평이 없던 전 주인은 계약 당일 만옥에게 그렇게 한마디했다. 그는 체구가 작은 여자였고 만옥보다 네댓 살 많아 보였다.

왜요, 사모님. 그 집에서 좋은 일도 많으셨잖아.

두 사람의 신분증을 나란히 올려두고 계약서를 작성하던 중개인이 달래듯 말했지만 전 주인은 만옥의 눈을 보며 한마디 더 했다.

좋은 일인지 아닌지도 살아봐야 알지. 좋은지 나쁜지 뭐든 당장 알 수 있으면 얼마나 좋겠어요.

만옥은 아무런 대꾸도 하지 않았다. 당시엔 헐값에 집을 팔게 된 것이 어지간히 속상한 모양이라고 짐작했고, 금세 그 일을 잊었다. 대수롭지 않게 여겼던 그날의 일이 왜 지금 이토록 생생하게 떠오르는 것인지 알 수 없었다. 아니, 생각 없이 지나친 그런 일들이 비로소 어떤 경고처럼 여겨졌고, 그렇게 생각하자 예전과 다를 바 없는 이 집의 풍경이 말할 수 없이 야속했다.

만옥은 자리에서 일어났다.

왜? 가려고? 왜 벌써 가?

현관 앞에서 신발을 찾아 신는 만옥에게 순미가 비닐봉지를 건넸다. 직접 만든 인절미라고 했다.

쑥이 많이 들어가서 약이나 다름없어. 언니, 소화 잘 안 되잖아. 아저씨는 좀 어떠셔? 그래도 식사는 잘하시지?

만옥이 거듭 사양하는데도 순미는 기어이 그것을 만옥의 손에 쥐여주었다. 인절미가 담긴 비닐봉지가 따뜻했다. 만옥은 봉지를 받아들고 이렇다 할 인사도 없이 그곳을 나왔다. 좁은 골목길을 빠져나오는 동안 어쩌자고 서로의 사정을 이렇게 속속들이 알아버렸을까 생각했고, 그게 뭐든 차라리 몰랐으면 나았을 거라고 중얼거렸다. 그러니까 지난 시간 동안 저 낡은 집이 자신에게 선사한 좋은 일이란 고작 이런 것이고, 이제 이것마저 지킬 수 없게 되었다는 것을, 이 집을 팔면서 자신이 각오해야 하는 것이 무엇인지 분명히 알게 된 셈이었다.

며칠 후 만옥은 순미에게 전화를 걸어 해야 할 말을 했다. 조만간 목화맨션 101호를 팔 생각이고, 가능한 한 빨리 집을 비워줬으면 좋겠다고. 계약기간이 몇 달 남았지만 사정이 어려운 탓이니 이해하라고. 언제까지 집을 비울 수 있는지 알려달라고.

언니, 집을 팔려고? 그러지 말고 조금만 더 기다려봐요. 지금껏 기다린 거 아깝지도 않아?

처음에 순미는 만옥을 설득하려고 했다. 그러나 만옥이 이미 집을 내놓았고, 집을 사겠다는 사람과 구체적인 사항을 의논한 사실을 알고 나서는 계약기간까지 살겠다고 말을 바꿨다. 집을 사겠다는 사람과 통화하겠다고 말했고, 한마디 말도 없이 이럴 수 있느냐고 따져 물었다.

만옥도 계속 기다릴 수 없는 형편이었다.

그 무렵 승석은 다시 입원했다. 이번에는 심각했고 만옥도 의사에게 더는 희망적인 말을 기대할 수 없었다. 사는 집의 계약 만료일이 다가오고 있었고, 사층 계단을 오르내려야 하는 그 집에 더 머물 자신도 없었다. 순미와 통화할 때마다 만옥은 누가 더 불행한지 겨루는 사람처럼 자신의 처지를 설명하기 바빴고, 전화를 끊고 나면 돌이킬 수 없는 잘못을 저지른 것 같은 기분이 들었다.

순미는 두 달 뒤 목화맨션을 떠났다.

이사 당일, 만옥은 집의 상태를 확인하고 보증금을 돌려주기 위해 잠시 그곳에 들렀다. 아침부터 비가 올 것처럼 흐린 날이었다. 현관에서 신발을 정리하고 있던 찬호가 알은체를 했고, 순미는 화장실에서 나머지 짐들을 챙기고 있었다. 가구와 큰 짐들이 빠져나간 집안은 휑했고, 거뭇거뭇한 곰팡이와 얼룩이 도드라져 보였다.

아침부터 고생 많네. 이삿짐센터는 안 불렀어?

만옥이 물었지만 순미는 말이 없었고 찬호가 대신 답했다.

어차피 다 버릴 거라서 짐도 별로 없어요. 아저씨 둘은 식사하고 오시라고 했어요. 그래도 밥은 먹고 출발해야죠.

만옥은 대충 집안을 훑어본 뒤 순미의 계좌로 보증금을 이체했다. 무슨 말이든 하고 싶었으나 무슨 말을 하고 싶은지, 무슨 말을 할 수 있을지 알 수 없었다. 약간 야윈 듯한 순미의 얼굴이 낯설어서 자신이 어떤 표정을 짓고 있는지조차 알 수 없었다. 보증금이 제대로 입금됐다는 순미의 대답을 들은 뒤 만옥이 그곳을 나오려는데 순미가 물었다.

언니, 점심은 먹었어?

만옥과 순미, 찬호 세 사람이 간 곳은 근처 국숫집이었다. 만옥이 시킨 잔치국수는 너무 뜨거웠고 국물을 몇 번 떠먹고 나자 더 먹고 싶은 마음이 생기지 않았다. 찬호는 땀을 흘리며 순식간에 비빔국수 한 그릇을 깨끗하게 비웠고 순미는 살얼음이 뜬 냉국수를 반쯤 남겼다. 이따금 찬호가 이런저런 질문을 던졌지만 만옥은 이렇다 할 대답을 하지 못했다.

만옥은 순미와 처음 냉면을 먹었던 그날을 떠올리고 있었다. 그때가 아주 오래전 일처럼 느껴졌고, 새삼 좋았다고 생각되었다. 아니, 불행과 비극 속에 있는 것이 틀림없다고 여겼던 그 시간들이야말로 정말 좋았다고 확신할 수 있었다.

그러나 그에 관해서는 한마디도 꺼내지 않았다.

실랑이 끝에 만옥이 계산을 하고 가게를 나왔을 땐 환하게 날이 개어 있었다. 세 사람은 목화맨션까지 함께 걸었다. 점심식사를 마친 이삿짐 직원들이 돌아와 있었고 나머지 짐을 싣는 일도 금방 마무리됐다. 트럭이 출발하기 직전 만옥은 이사비에 보태쓰라며 조수석에 앉은 찬호에게 봉투를 건넸다. 그러자 운전사와 찬호 사이에 끼어 앉아 있던 순미가 고개를 빼고 소리쳤다.

언니, 우리는 괜찮아. 우리 신경쓰지 말고 언니나 잘 살아. 밥 잘 챙겨 먹고.

그게 마지막이었다. 이후로도 순미는 종종 안부를 전해왔지만 연락이 점점 뜸해지더니 곧 소식이 끊겼다. 승석은 입원과 퇴원을 반복하다가 요양원에 들어갔다. 그 무렵에는 만옥의 건강도 좋지 않았으므로 다른 대안이 없었다.

그로부터 얼마 더 지나 만옥은 목화맨션 일대가 철거된다는 뉴스를 보았다. 일주일에 한 번, 승석을 살피러 들른 요양원 로비에서였다. 비교적 정신이 또렷한 노인 서넛이 소파에 앉아 텔레비전을 보는 중이었고, 화면으로 목화맨션 일대의 모습이 지나가고 있었다.

만옥은 그 자리에 멈춰 서서 잠시 텔레비전을 바라보았다. 창으로 쏟아져 들어오는 햇살 탓에 화면은 반쯤 지워진 상태였다. 그럼에도 눈에 익은 어떤 풍경들은 정확하게 알아볼 수 있었다. 그러자 다 잊었다고 생각했던 어떤 시간들이 또렷하게 되살아났다. 아쉽다거나 억울하다거나 후회된다거나 하는 마음은 조금도 들지 않았다.

만옥은 짤막한 그 뉴스가 끝난 뒤 정신을 차린 듯 접수대를 지나 병실 쪽으로 걷기 시작했다. 그리고 이상하리만치 고요한 복도를 걷는 그 순간 확신할 수 있었다. 부서지고 무너지고 허물어지는 것이 다만 눈에 보이는 저 낡은 주택들만은 아닐 거라고 말이다.

| 작가노트 |

집의 시간

지난해 여름, 이 소설을 쓸 무렵엔 비가 자주, 오래 내렸다.

코로나19 바이러스로 인해 모두가 집밖을 자유롭게 나다닐 수 없는 형편이었고, 이전까지는 알지 못했고 궁금하지도 않았던 이웃의 사정을 어쩔 수 없이 알게 되는 시기이기도 했다. 뭐랄까, 끈질긴 장마와 바이러스가 벽과 문 너머 누군가의 형편과 처지를 무차별적으로 폭로한다는 생각마저 들 정도였다.

그런 특수한 상황이 소설을 쓰는 데에 얼마간 영향을 주었을까.

그렇다고 하더라도 이 소설은 내가 처음 구상했던 이야기와는 많이 다른, 예상하지 못한 결과물임이 틀림없다. 쓴다는 것은 대체로 예측을 비켜나면서 가능해지는 일이기도 하니까.

당시 내가 어떤 이야기를 쓰고 싶었는지 구체적으로 떠오르지는 않는다.

교정을 위해 몇 차례 이 소설을 다시 읽는 동안에도 소설과는 무관한 그때의 날씨와 기분, 일상의 어떤 사건들만이 또렷하게 생각나는 건 참 이상한 일이다. 그러나 소설과 무관해 보이는 그런 사소한 것들이 이 소설을 완성하게 했다는 점 또한 분명하다.

집을 채우는 것은 가구와 가전, 온갖 물건들이 전부인 것 같지만 실은 눈에 보이지 않는 한 사람의 시간이 더해져서 비로소 집이 되는 게 아닐까 하는 생각을 해본다. 그러면 당시 나는 누구와도 나눌 수 없고 돌이킬 수도 없는, 집과 나만이 공유했던 어떤 순간들에 대해 말하고 싶었던 게 아닐까 하는 생각도 하게 된다.

지난가을에 나는 이 소설을 썼던 집을 떠나 새로운 집으로 이사했다.

소설 속 만옥이 그랬던 것처럼 시간이 더 흐르면 나 역시 그곳에 두고 온 것이 다만 집만은 아니라는 사실을 거듭 실감하게 될 것이다.

| **해설** |

계약은 무엇으로 단련되는가

임정균

김혜진의 인물들은 주로 여성, 청년, 노동자, 퀴어 등의 이름으로 불리는 사회적 약자와 소수자들이다. 이 이름은 흩어진 이들이 일련의 동질성을 구심점 삼아 결집하고 연대할 수 있는 기치가 되기도 하지만, 한편으로는 이들을 특정 정체성으로 규정하고 대상화하는 한낱 기표가 되기도 한다. 한동안 김혜진은 이러한 인물들을 저 무거운 이름들 대신 '너'라는 이인칭으로 호명하는 소설을 써왔다. 그렇게 함으로써 사회적 범주의 무게에 짓눌려 있던 나와 같으면서도 다른 너, 너와 같지만 다른 나, 이 근원적 관계를 응시해낸다. 너를 부르는 목소리에는 타자를 마주한 나의 존재가 전제되므로 너를 응시하는 나의 눈은 결국 나 자신을 향할 수밖에. 그러므로 김혜진은 늘 타자와 관계 맺고 있는 '나'에 관해 써온 셈이다. 두 인물의 관계에 관한 이야기라는 점에서 「목화맨션」에도 김혜진의 인장이 새겨져 있다.

만옥과 순미는 오래된 맨션의 임대인과 임차인으로 만났다. 그러므로 두 사람의 관계는 임대차계약서에 표기된 갑과 을로서 그에 따른 책임과 의무와 권리를 명시한 조항들로 규정된다. 이들의 관계가 지속되기 위해서는 시간의 흐름에 따라 바뀐 상황들을 고려해 서로의 이해관계와 약속을 다시금 조율하는 과정이 필요하다. 그 과정에 가장 큰 영향을 주는 요인은 물론 목화맨션의 재개발 가능성이다. 두 사람이 처음 계약한 이후 세 차례 계약이 갱신되는 동안 추가된 조항들을 살피며 이 소설을 읽는다면, 십 년 가까운 시간이 응축된 이 단편은 두 사람의 관계 변화를 기록한 연대기처럼 보이기도 한다.

만일 이 연대기가 내밀한 속사정이 말소된 등기부의 몇 줄 안 되는 기록처럼 그려졌다면 어땠을까. 이를테면 첫 재계약 때 추가된 "재개발로 인해 계약기간이 끝나기 전에 이사해야 하는 경우 만옥이 백만원의 이사 비용을 지급한다"(171쪽)라는 조건이나, 마지막 재계약 때의 "또다시 계약을 갱신하게 된다면 그땐 틀림없이 전세금을 올려주겠다"(178쪽)라는 약속에 초점을 맞춘다면. 너와 나의 관계가 그리고 그 관계의 사회적 연장이 약속에 기반한다면, 그 관계가 신뢰와 믿음으로 지속된다는 것은 누구나 아는 사실이다. 하지만 약속이 무엇을 위한 것이고 신뢰와 믿음이 무엇에 근거하는가는 전혀 다른 문제다. 요컨대 저 약속들은 '재개발이 된다면' 혹은 '재계약을 하게 된다면'과 같이 '미래의 무엇'을 담보로 한 조건부 약속이다. 그러므로 그 미래가 요원해

보일 때 믿음이 약해지는 것은 당연한 일이다.

만옥이 재개발을 향한 지난한 기다림과 점차 나빠지는 상황을 견디지 못하고 집을 팔기로 하면서 두 사람의 계약은 결국 파기되고 만다. 두 사람이 한 계약상의 약속들이 하나도 지켜지지 않았다는 사실은 둘의 관계가 얼마나 나약한 신뢰의 끈으로 묶여 있었던가를 말해준다. 그뒤 순미와의 연락이 끊어진 어느 날 만옥이 목화맨션 일대가 마침내 철거된다는 뉴스를 보며 "부서지고 무너지고 허물어지는 것이 다만 눈에 보이는 저 낡은 주택들만은 아닐 거라고"(184쪽) 다소 비관적으로 생각하는 마지막 대목은 끝내 불가해한 것으로 남는다. 대체 허물어지는 것은 무엇인가. 아니, 무엇이 만옥과 순미의 관계를 허물었나. "항상 처음 맺은 약속으로 돌아가야 한다"[1]라는 루소의 명법(命法)을 문자 그대로 따라본다면 이를 이해하는 데 조금 도움이 될지도 모르겠다. 그러니까 계약 이전에 '예감'이 있었다.

다시, 만옥과 순미는 임대인과 임차인으로 만났다. 그러므로 교환경제의 논리를 따르자면 두 사람의 관계는 서로가 필요로 하는 것을 맞바꾸기 위해 만난 파트너다. 한편으로 둘 사이에는 집주인과 세입자라는 엄연한 격차가 존재한다. 이 기울어진 관계를 평형으로 맞춰주는 것은 임대차보호법 같은 제도가 아니라, 만옥이 느낀 막연한 "예감"(164쪽)이다. 만옥은 순미가 처음 집을 보

1) 장 자크 루소, 『인간불평등기원론/사회계약론』, 최석기 옮김, 동서문화사, 2009, 167쪽.

러 왔던 날 아무런 근거도 없이 "틀림없이 계약이 이뤄지리라는 이상한 확신"(같은 쪽)을 가진다. 그런데 만옥에게는 어떻게든 계약을 성사시켜야 할 이유가 있었다. 만옥은 재개발에 대한 기대와 편안한 노후를 희망하며 빚을 내 목화맨션 101호를 샀지만, 재개발이 진행되지 않는데다 세입자마저 몇 달째 들지 않는 상황을 보내고 있었다. 폭우가 내리는 늦은 밤에 전화를 걸어와 다짜고짜 지금 당장 집을 보러 오겠다는 순미에게 화가 날 법도 한데 만옥은 오히려 그녀에게 말 못할 딱한 사정이 있을 거라고 짐작하며 "사정한다면 얼마간 가격을 조정해주겠다고 결심"(같은 쪽)까지 했으니, 막연하고 근거 없는 예감을 현실로 만든 것은 만옥 자신이다. 그렇게 두 사람의 관계가 시작된다.

만옥은 이삿날 혼자서 짐을 푸는 순미의 처지에 "마음이 쓰"(165쪽)여 짐 정리를 도와준다. 순미는 그런 만옥에게 냉면을 대접하고, 냉면을 먹는 길지 않은 시간 동안 "내밀하고 사적인 이야기"(166쪽)를 털어놓는다. 만옥은 잘 알지도 못하는 타인이 자신의 이야기를 쏟아내는 것에 약간의 당혹감을 느끼면서도 "힘겹고 고단했을"(같은 쪽) 그 시간을 가만히 짐작한다. 물론 이 일로 두 사람의 관계가 크게 바뀌는 것은 아니다. 가까운 사람에게는 하지 못하는 내밀한 이야기를 낯선 사람에게 털어놓게 되는 경우는 더러 있으니까. 어쩌면 순미도 그리 대수롭지 않게 그런 이야기들을 늘어놓았을지도 모른다. 보통의 임대인과 임차인은 그만큼의 거리가 있다.

좀 삭막한 사실이지만 그 거리가 각자가 필요한 것을 상대에게 무람없이 요구하기엔 유리하다는 것을 우리는 알고 있다. 가령 만옥은 "약속대로 도배를 새로 했고 세면기와 방충망을 교체"(164쪽)해주는 등 집주인의 의무를 다했으니 "계약기간이 끝나기 전에 나가게 되면 새로운 세입자를 직접 구해야 한다"(164~165쪽)며 본인에게 유리한 조건을 제시한다. 순미 역시 "깨진 변기와 망가진 전등을 수리해달라고" 세입자로서의 권리를 "분명하게 요구"(167쪽)한다. 그런 상황에서 만옥의 남편이 쓰러져 병원에 입원하게 된다. 만옥은 가뜩이나 힘에 부치는 와중에 순미의 요구가 거듭되자 왈칵 속마음을 쏟아낸다. 집주인이라면 으레 할 법한 앓는 소리지만 순미 역시 가만히 들어준다. 그렇게 두 사람은 서로의 사정을 한 번씩 교환한다.

속사정을 나누는 일 역시 교환경제의 논리를 따라 등가의 교환만을 허락했다면 두 사람의 관계는 좀 달라졌을지도 모른다. 그랬다면 이로써 두 사람의 교환은 완결되고 둘의 관계는 대부분의 집주인과 세입자처럼 적당히 거리를 둔 채 유지됐을 것이다. 하지만 타인의 속사정을 알게 되는 일은 "마음의 부채감"(173쪽)을 남긴다. 그건 '마음을 쓰는 일'이 언제나 '마음이 쓰이는 일'에 뒤따르는 까닭이고, 이 '마음 쓰임'은 이미 주고받은 '마음 씀'을 상쇄하는 잔여물을 남기기 때문이다. 요컨대 마음 쓰임의 여러 양태인 기쁨과 슬픔과 사랑, 분노, 연민과 동정 등의 감정은 나 이외의 다른 대상으로부터 받은 어떤 영향의 결과이자, 뒤따르는 마음 씀의 원인이다. 그러므로 저 잔여물은 나로 하여금 마음을 쓰도록 촉발한 무언가가 남긴 마음 쓰임의 실재적이고도 물리적인 흔적이 아니겠는가.[2] 해서 순미는 만옥의 사정을 알게 된 그날 병원으로 찾아와 만옥에게 "미지근한 묵 두 모"(168쪽)를 건넬 수밖에 없다. "밥 잘 챙겨 드시라고요. 그거면 돼요"(같은 쪽)라는 위로를 전하는 것과 함께. 만옥은 자신이 받은 것이 단순히 묵만이 아님을 조용히 깨닫는다.

이렇게 둘 사이에는 미약하지만 분명한 온기가 움튼다, 라고 적으며 두 중년 여성의 우정에 관해서만, 따스한 온정에 관해서만 말할 수 있다면 얼마나 좋았을까. 그리하여 저들의 마음이 훼손되지 않은 채로 남을 수 있었다면. 하지만 그랬다면 우리는 만옥과 순미의 이야기를, 이 소설을 금세 잊었을 것이다. 그러나 우리는 예감한다. 서로의 속사정을 알게 되는 이 대목이 보다 치명적인 이별을 위한 준비 단계임을. 결국 이별이 지난한 시간에 걸쳐 이어지리라는 것을, 그러는 동안 저 선한 마음들이 그와 꼭 닮은 위선적인 마음에 의해 훼손되고 말리라는 것을.

이후 두 사람의 관계는 끝내 계약이 파기되기에 이르기까지 다시 평형을 잃고 한쪽으로 기울어진다. 그때마다 두 사람의 계약에는 새로운 약속들이 무게 추처럼 놓인다. 그 시간들을 일일이 거론할 필요는 없을 것이다. 그건 너무나도 지난해서, 그런 이유

---

2) 이 '마음 씀'과 '마음 쓰임'의 차이는 스피노자의 정동(affect) 개념에서 빌려왔다(스피노자, 『에티카』, 강영계 옮김, 서광사, 2007, 제3부 「정서의 기원과 본성에 대하여」 참고). 이 글에서 정동이라는 말을 쓰지 않은 것은 이 인물들에게는 마음이라는 말이 더 잘 어울리기 때문이다. 「목화맨션」에 여러 번 나오는 '마음'이라는 말의 여러 용례를 살펴보는 것은 이 소설을 읽는 또하나의 즐거움이자 마음 쓰임일 것이다.

로 현실과 꼭 닮아 있어서 당장 고개만 들면 볼 수 있는 광경인 까닭이다. 무엇보다 그것들에 마음이 쓰이고 마는 까닭이다. 만옥과 순미가 서로의 속사정을 '가만히' 들어주었듯이 우리도 그저 그 속내와 민낯을 가만히 들여다보는 것으로 충분하다. 다만, 순미가 준 것은 단순히 냉면과 묵과 인절미만이 아니었고 만옥이 준 것은 한낱 수박과 국수에 그쳤다는 사실과, 삼인칭으로 쓰인 이 소설이 순미가 아닌 만옥을 초점으로 쓰인 것에 관해서는 좀 더 설명이 필요한 듯하다. 마지막 장면에서 무너지는 것에 관해 생각하는 만옥의 다소 비관적인 자기 응시는 결국 "그 집에서 순미가 팔 년 가까이 거주할 수 있었던 건 집주인인 자신의 배려와 노력 덕분이라고"(178쪽) 생각했던 위선적인 마음이 자신의 그릇된 믿음에서 비롯됐음을 알게 되면서 느낀 환멸이 아닐까. 몇 차례의 곡절을 겪은 끝에 결혼을 하고 점차 안정을 찾아가는 순미에게 목화맨션을 떠나는 일이 다시 불안정한 생활로 내몰리는 일임을 만옥도 모르지 않았을 것이다. 그럼에도 집을 팔기로 결정한 뒤 순미가 앞으로도 안정된 삶을 살리라 생각한 만옥의 믿음은 자기기만인 셈이다.

하지만 만옥의 위선을 나무라거나, 이 소설의 마지막이 비관적이라고 낙담할 건 없다. 만옥은 비관이 비관으로 끝나지 않으리라는 것을, 때론 그것이 현실의 부조리를 응시하고 문제를 제기하는 에너지가 되기도 한다는 것을 이제 깨달은 듯 보이기 때문이다. 그렇게 만옥은 이 이야기를 읽는 우리보다 앞서 무언가를 배웠다. 그리고 우리 역시 이 소설로부터 마음 쓰임을 받아들이는 방식을, 마음 씀과 마음 쓰임의 차이를 배운다. 이상주의자들은 나로부터 출발하는 마음 씀을 더 중요하게 여길지도 모르지만, 순수하게 자발적이고 능동적이며 이타적인 마음 씀이 과연 가능할까. 물론 거기에 다가가려고 노력해볼 수는 있을 것이다. 하지만 그전에 마음 쓰임이 없다면 어떻게 그로부터 받은 것이 무엇인지 알 수 있겠는가.

어쩌면 우리는 "인간을 인간으로서, 세계에 대한 인간의 관계를 인간적 관계라고 전제한다면 그대는 사랑을 사랑과만, 신뢰를 신뢰와만 교환할 수 있다"[3]라는 오래된 증여의 원리를 망각한 채 살고 있는 것인지도 모른다. 이 소설은 물질적 교환의 경제에서 인간적인 것의 교환을 가능케 하는 것이 무엇인가를 정확히 알려준다. 마음 씀에 대한 대가로 상대에게 물질적 가치를 기대한다면, 돌아오는 것은 오해와 실망뿐이다. 그 반대도 마찬가지다. 우리의 사회가 하나의 약속으로부터 시작되었다면, 그리고 그 약속이 모든 개인의 이익과 평등을 보장하는 사회를 위한 합의였다면, 그러한 미래를 가능하게 하는 것이 무엇인지는 분명하다. 그러니까 계약 이전에 예감이 있었고, 또한 누군가에 대한 마음 쓰임과 누군가를 향한 마음 씀이 있었다.

3) 카를 마르크스, 『경제학-철학 수고』, 강유원 옮김, 이론과실천, 2006, 181쪽. 번역은 일부 수정함.

임정균
2019년 창비신인문학상을 수상하며 평론을 발표하기 시작했다.

박서련

당신 엄마가 당신보다 잘하는 게임

작가노트

「당신 엄마가 당신보다 잘하는 게임」 공략집

해설 김건형

당신도 잘 아는 그 게임의 룰

박서련

2015년 『실천문학』 신인상을 수상하며 작품활동을 시작했다. 소설집 『호르몬이 그랬어』, 장편소설 『체공녀 강주룡』 『마르타의 일』 『더 셜리 클럽』, 짧은소설 『코믹 헤븐에 어서 오세요』가 있다. 한겨레문학상을 수상했다. 문학 플랫폼 던전(www.d5nz5n.com)의 운영진이다.

당신 엄마가 당신보다 잘하는 게임

나 학교 안 가.

돌아오자마자 아이는 책가방을 소파에 내던진다. 쿵쿵거리는 아이 발소리에 이미 놀란 채로 마중을 나왔던 당신은, 아이의 선언에 다시 한번 철렁 내려앉은 가슴을 부여잡고 가방을 챙겨 아이의 뒤를 쫓는다.

왜 그래 또? 이번엔 또 뭐 때문이야, 응?

내 방에 막 들어오지 말라고 했잖아!

지승아, 엄마 아직 안 들어갔어. 봐.

당신은 문지방에 올라갔던 한쪽 발을 슬며시 뒤로 뺀다. 침대에 벌렁 자빠졌다가 다시 몸을 일으키는 아이를 문틀이 액자처럼 둘러싸고 있다. 아이는 분을 못 이겨 씨근거리면서 당신을 노려본다.

나 가방 필요 없어. 내일부터 학교 안 갈 거야.

그게 무슨 소리야. 사람이 학교를 다녀야지. 왜 그러는데, 응?

채 다 자라지 못했기에 아직 좁디좁은 아이의 어깨가 씨근대는 숨소리를 따라 오르내린다. 아이의 가슴이 부풀었다 꺼질 때마다 당신은 조금씩 졸아든다. 뜻대로 안 풀리는 일이 생기면 그만두겠다고 악을 쓰는 것은 아이의 못된 버릇이다. 겨우 초등학교 5학년인데 뭐가 그렇게 힘들까. 아니야, 이해심 많은 엄마는 이런 생각 하는 게 아니지. 당신은 아이가 원망스러워지려 할 때마다 아이 대신 자기의 부족함을 탓했다. 아이의 현재에는 당신이 열두 살이던 시절의 세계에는 없던 것들이 아주 많고, 그것들은 대부분 당신이 그때 알던 것들보다 중요하다. 당신은 자신이 그 사실을 이해하는 엄마라는 점을 뿌듯하게 여기고 있다.

애들이 나 왕따시키려고 해.

또?

아이는 3학년 때 이미 따돌림을 당한 적이 있다. 뚱뚱하다는 이유에서였다. 키 크는 한약을 지어 먹인 것이 원인이었다. 가리는 음식이 많던 아이는 냄새가 나는 한약을 물론 좋아하지 않았지만, 매일 두 번씩 한 달 반 동안 총 백 포의 약을 끝까지 잘 먹으면 새로 스마트워치를 사주겠다는 아빠의 공약에 군말 없이 따라주었다. 점차 식욕이 좋아지고 질색하던 게맛살과 대파와 브로콜리도 가리지 않고 먹게 된 것까지는 좋았지만, 크라는 키는 안 크고 살만 오른 것이 문제였다.

요만할 때 찐 살은 다 키로 가. 괜찮아.

시부모님도, 남편도, 당신의 친구들도 그렇게 말했고 당신도 그 사실을 의심하지 않았다. 하지만 아이의 친구들은 아이가 앞으로 얼마나 클지에 대해서는 관심이 없었다. 바로 지금 눈앞에 있는 아이가 돼지라는 사실에만 주목했다.

학교에 찾아가 따돌림을 주도하는 가해 학생의 부모를 만나고, 아무리 초등학생들이라지만 인권 교육에 힘을 좀 써달라고 담임 교사에게 간곡히 이야기하고, 성장 약을 처방해준 한방병원에서 새로 체질개선 한약을 지어왔다. 글루텐 프리, 하프 칼로리 재료들로 손수 만든 간식만을 먹이고 아이를 키즈 피트니스 클래스에 등록시켰다. 무엇 하나 쉬운 일이 없었다. 가해 학생 부모는 그들 자식이 당신 아이를 따돌린다는 사실을 죽어도 인정하지 않으면서 지승이가 좀 우람하긴 하잖아요? 같은 소리나 해댔고, 담임교사는 새 지갑에 백화점상품권을 가득 채워 선물하기 전까지는 아무 조치도 취해주지 않았다. 아이는 학교에도 가기 싫고 운동도 가기 싫다며 울고불고 난리였다.

이런저런 노력 끝에 가해 학생 부모에게 사과를 받고 다른 학생들이 아이를 못살게 구는 것은 멈출 수 있었지만 아이에게 친구를 만들어주지는 못했다. 오히려 사과를 받은 이후부터 따돌림 시즌 투가 시작되었다. 그전에는 아이를 놀리려고 최소한 말은 걸던 아이들이, 이후로는 아이를 투명인간처럼 못 본 척했다. 학교에 항의를 해봤지만 그럴수록 역효과가 났다. 아이는 나이답지 않게 우울해했고 학교에 가는 걸 심하게 싫어해서 당신은 아침마다 전쟁에 임하는 심정으로 등교 준비를 시켜야 했다. 와중에 입맛은 좋아서 끼니를 거르지 않는 건 예쁘고 기특했지만, 아이가 왜 따돌림을 당했는지 자꾸 상기되어 괴롭기도 했다.

그 나이 때는 친구가 다인데, 지금 또래하고 어울리는 법을 못 배워두면 앞으로 얼마나 힘들겠어.

당신은 하도 속상해서 지금이라도 둘째를 낳아야 하는 게 아닌지 남편과 진지하게 상의했고 물리적으로도 시도해보았지만 유의미한 결과는 없었다. 아이가 새로 친구를 사귀어 집에 데려오기까지는 일 년이 넘게 걸렸다. 그사이에 아이는 이십 센티 넘게 자랐고 체중은 사 킬로밖에 늘지 않았다.

그러니까 그 일이 해결된 것은 당신의 노력보다는 마침내 약효가 나타났기 때문인 것 같아서, 당신은 늘 아이에게 미안한 마음을 품고 있었다. 따돌림을 당한 것은 당신 때문, 따돌림에서 벗어난 것은 아이 스스로의 힘 덕분이었다. 어떻게든 아이한테 보상해야 할 일이었다.

이번엔 뭐 때문이야? 엄마가 가서 한마디해줄까?

아이는 물기가 고인 눈을 떨군 채 침대 하부 프레임을 발뒤꿈치로 통통 걷어찬다.

애들이 나한테 게임 존나 못한대. 나랑 못 놀겠대.

순간 당신의 말문이 막힌다. 또 피시방에 갔었느냐고 꾸중부터 해야 하는데 그럴 분위기는 아무래도 아니다. '존나' 같은 말은 어디서 누구에게 배웠느냐고도 해야겠는데 그것도 일단은 미뤄둬야 한다. 가장 이해하기 어려운 것은 아이들이 공부를 못해서도, 운동을 못해서도 아니고 게임을 못해서 사람을 따돌린다는 점이다.

좀 못하면 어때, 못할 수도 있지. 게임이 그거 하나만 있는 것도 아니잖아? 너 잘하는 거 많잖아. 네가 잘하는 거 하고 놀자고 해봐. 애들 초대해서 다 같이 거실에서 놀래? 엄마가 맛있는 것도 해줄게.

당신의 남편은 일본에 본사를 둔 게임회사의 한국 지사에서 일하고 있다. 다른 아이들이라면 갖고 싶어서 손톱을 물어뜯을 만한 게임 콘솔과 소프트웨어들이 당신의 집에는 얼마든지 있다. 그것들을 구경하고 집에 돌아가면, 아이들은 자기 부모를 원망하게 될 것이다. 부모가 원망스러운 만큼이나 당신 아이를 부러워하게 될 것이다.

그러나 아이는 서러운 울음을 터뜨린다.

애들이 한 판 하고선, 나랑은 아무도 팀 안 하려고 하고, 경헌이랑 팀 한다고, 걔는, 잘하니까.

아이가 울면서 하는 말이 당신은 이해가 될 듯도 하고 안 될 듯도 해서 눈물이 나려 한다.

알지도 못하면서, 엄마는, 엄마는 알지도 못하면서.

당신은 얼른 아이에게 다가가 아이를 와락 끌어안는다.

몰라서 미안해. 엄마가 알아서 해볼게. 응?

안긴 채로 아이는 엉엉 소리 내 울고, 당신은 어느덧 당신 덩치를 따라잡은 아이가 이렇게 서러울 때만이라도 곁을 내준다는 사실이 어쩐지 고맙다는 생각을 하고, 한편으로는 곧 영어 과외교사가 올 텐데 언제 달래고 언제 씻겨 책상 앞에 앉혀놓을지를 고민하면서, 엄마가 알아서 할게, 라는 말을 주워섬긴다.

할 수 있는 것은 다 했다. 앞으로도 그럴 것이다. 할 수 없는 것도 웬만하면 해보려고 한다. 아이에 대한 당신의 태도는 그렇다.

당신 아이는 특별하다. 과장도 농담도 아니다. 다양한 분야에서 두루 재능을 보이고 여느 아이들보다 끈기도 있다. 다만 소통능력이 조금 떨어지는 편인데, 당신 나름대로 내린 진단에 따르면 그건 아이의 탓이 아니라 다른 아이들과 수준을 맞추기 어려워서 그런 것이다. 당신의 아이는 나이답게 순진한 면도 있지만 나이보다 어른스러운 면도 있다. 홈스쿨링을 시켜야 하나. 남편에게 해외발령 신청이라도 하라고 해야 할까. 아니면 남편이 기러기아빠가 되더라도 아이와 함께 외국에 가는 게 좋을까. 아이가 한창 따돌림을 당할 즈음 하던 고민은 답을 내리지 못한 채 보류중이었다. 그래도 지독한 따돌림을 당한 후 아이에게는 친구가 생겼고 새로 사귄 친구들은 아이를 좋아해주었다. 그래, 사람 사귀는 건 지금 실컷 배워놔야지. 외국 갈 땐 가더라도 모국어 쓰는 친구들은 많이 만들어두는 게 좋고말고. 정서지능도 지능이라잖아. 이것도 때가 있는 거야. 우리 애는 잘할 거야.

아이는 부족함 없이 자랐다. 전공을 시킬 생각은 없지만 악기 두 개 가르치고 미술학원 보내고, 공부는 학원보다는 과외가 나을 것 같아 일단 영수 과외를 붙여두고. 덕분에 아이는 성적도 전교권에 들고 운동신경도 특별히 나쁘지 않다. 아이가 배우고 싶다고 해서 케이팝 댄스학원에 두어 달 보냈을 때는 습득 속도가 워낙 빨라 청소년반에 들어가도 되겠다는 칭찬을 들었다. 노래는 아빠를 닮아 잘하고 얼굴은 엄마를 닮아 준수하다. 엄마 아빠 둘 다 그리 크지 않아서 걱정이었던 키도 이제는 반에서 두번째로 크다. 한두 해 사이 너무 빨리 커서 오히려 문제가 생긴 게 아닌가 겁을 먹기도 했지만, 성장 클리닉에서는 앞으로도 지속적으로 관리만 해주면 걱정없다고 했다.

어느 오후 아이가,

그런데 오늘 우리 반에서 어떤 애가 어떤 애보고 너네 엄마 돼지라고 해서 걔 울었어.

라고 한 다음날부터 당신은 피부과에 다시 다니기 시작했다. 아이들이 엄마 외모까지 평가한다는 걸 안 이상 가만히 있을 수는 없었기 때문에. 고등학교 때까지 한국무용 전공을 지망하던 당신은 여전히 곧고 탄탄한 골격에 살이 별로 붙지 않은 몸매를 유지하고 있지만 머리숱이 남들보다 조금 적고 성인 아토피의 증상이 있었다.

결혼했다고 긴장 푸는 여자들하고 달라서 당신이 좋아.

언젠가 남편이 했던 평가와 아이가 그날 전해준 이야기가 완벽하게 포개진다고 생각하면서 당신은 헤어숍 원장이 추천한 오가닉 블랙빈 탈모 방지 제품을 라인별로 주문했다. 탈모가 걱정되어서가 아니라 아이가 당신 때문에 놀림을 당하는 일을 예방하기 위해서.

솔직히 말해서 당신은 가끔 당신 아이가 되고 싶다.

아이의 반에 당신이 사는 아파트보다 좋은 집에 사는 아이는 없다. 당신의 남편보다 좋은 차를 타는 아버지는 없다. 당신 어머니는 당신이 자라면서 겪어야 했던 일들에 책임 있게 나서준 적이 없었고, 아버지의 경우는 굳이 떠올리고 싶지도 않지만 쥐어짜려야 쥐어짜낼 기억조차 없다. 따라서, 당신이 아이를 위해 하는 모든 일은, 어쩌면 아이를 위하는 그 이상으로 당신 자신을 위하는 길이기도 했다. 열두 살짜리 아이를 키우는 지금 여기의 당신이 아니라, 타인에게서는 보상받을 수 없는 어린 시절의 당신을 위한 것. 당신은 그 사실을 정확하게 의식하며 아이를 사랑한다. 그렇기에 할 수 있는 일은 다 하면서, 동시에, 할 수 없는 일은 없다고 믿는 것이다.

그런데 게임이라니. 그런 건 도대체 어떻게 해결해야 해?

아이가 방금 털어놓은 이야기는 당신이 거의 처음 맞닥뜨린, 당신의 노력으로는 해결할 수 없는 숙제 같다. 그러나 당신은 아이가 따돌림을 당한다는 사실을 최초로 고백했을 때에도 그렇게 생각했다. 답이 없다고 느껴지는 일에 도전한 전적이 이미 있다. 그때는 백 퍼센트 당신의 뜻대로 하지 못했지만, 이번에는 다를 것이다. 무엇이든 예방이 중요한 법이다. 당신은 아이가 또다시 따돌림을 당하게 내버려두지 않을 것이다.

과외지 뭐.

영어 과외교사를 아이방 안에 들여보내고 친구와 나누던 메신저 대화에서 당신은 답을 찾는다. 등잔 밑이 어둡달까, 마침 아이가 과외를 받는 시간이어서 더 새삼스러운 답이다. 왜 그 생각을 못했지? 반려견 미용법 과외도 받는 시대인데 게임 과외라고 못

받을 거 없잖아.

근데 과외까지 받아야겠어? 게임 좀 못한다고 왕따시키는 건 걔네가 이상한 것 같은데. 그냥 지나가지 않을까.

애 안 키워봤으면 말을 말아. 금방 까먹을 것 같아도 집요한 게 요 나이 때 애들이야. 지승이도 그래. 지금 못해준 거 평생 기억했다 언젠가 써먹을 거야.

당신은 아이가 했던 말을 되새긴다. 그 게임을 잘한다는 경헌이라는 아이는 여러 분야에서 당신 아이와 엎치락뒤치락 경쟁을 벌이고 있었다. 가정환경은 당신 아이만 못하지만 그렇다고 눈에 띄게 처지는 편은 아니고, 키 하나는 5학년 중에 최고로 크다. 성적은 과목마다 당신 아이보다 하나씩 덜 맞거나 더 맞거나 했고, 5학년이 된 지 얼마 안 돼 여자친구를 세 명이나 사귄 인기인이다. 당신 아이는 그애를 무척 동경하고 한편 질시한다. 아이는 경헌의 소식을, 특히나 새 여자친구 소식을 꼬박꼬박 당신에게 전해주었다. 당신은 아이의 그런 모습이 귀엽다고 생각했다. 해본 적도 없는 사랑놀이 따위 시시하고 지긋지긋한 체를 하지만, 허공의 신 포도를 향해 침을 뱉는 듯한 태도를 숨기는 요령을 아직 모를 나이다. 아이가 당신더러 세상에서 엄마가 제일 예쁘다던, 커서 엄마와 결혼할 거라고 말하던 시절이 전혀 그립지 않다면 거짓말이겠지만, 아이가 자연스럽게 이성에게 관심을 보이고 있음을 확인하는 것도 나름대로 기쁜 일이었다. 과보호 속에서 자란 도회적인 애들이 저희들의 엄마와 병적인 애착 관계를 맺는 것을 당신은 늘 징그럽게 여겼다. 당신 남편과 시모의 사이가 그렇듯이. 다만 아이에게 인위적으로 친구를 만들어줄 수 없었던 것처럼, 아이의 짝꿍도 당신 마음대로 정해줄 수 없다는 사실이 아쉬울 따름이었다.

게임 과외라는 말을 듣고 당신이 떠올린 첫번째 아이디어는 경헌을 잘 구슬려 아이한테 게임을 가르쳐주도록 하는 것이었다. 떠올리자마자 고개를 절레절레 저은 생각이기도 했다. 이미 중학교 2학년 수준의 영어 과외를 받고 있는 당신 아이가 경헌에게 뭘 배울 이유는 없다. 고양이를 그리려면 호랑이를 목표로 하라는 말이 있지. 경헌이 게임을 얼마나 잘하는지는 몰라도, 배우려면 진짜 전문가에게 배우는 게 나을 것이다.

당신은 수년 전 프랑스 자수를 배울 때 잠깐 써본 과외교사 검색 앱을 다운받는다. 어느 카테고리로 들어가야 아이가 말한 게임을 가르쳐줄 선생을 구할 수 있을까. IT, 이색, 취미, 기타? 취미 카테고리 상단에 게임이 있다. 이게 진짜 있구나. 내가 게임 과외 선생을 구하는 최초의 구매자도 아니구나. 당신은 호들갑을 떨며 친구에게 이 소식을 전한다.

당연히 있지. 요새 프로게이머 학원도 있는 거 몰라?

당신은 나름 신세대라 자부하면서도 여태 게임을 전문적인 일로 생각지 못했다는 사실에 묘한 부끄러움을 느낀다. 당신 남편의 일처럼 게임을 만들거나 유통하는 일만 직업이 되는 줄 알았다. 어디 보자. 리그 오브 레전드, 오버워치, 배틀그라운드…… 아이가 말한 게임의 타이틀이 기타 카테고리 바로 위에 있다. 연령과 지역, 희망 과외 요일과 시간을 입력하고 등록 버튼을 누른다.

간식으로 과일을 깎아 방에 갖다주고 앱을 확인해보니 벌써 오퍼가 세 건 들어와 있다. 연이어 들어오는 오퍼에는 강사의 스펙이 상세히 적혀 있다. 어머, S대, K대 다니는 사람도 게임 과외를 하는구나. 하긴 요새 게임 잘하는 사람은 머리도 좋다지. 이 일이 혹시 아이에게 악영향을 미치지는 않을까 염려하던 마음이 아주 조금 걷힌다.

아이의 과외수업이 끝날 때까지 들어온 레슨 오퍼는 총 일곱 건이다. 당신은 강사들의 스펙을 하나하나 살피고 인터넷으로 '챌린저 리그'가 무슨 뜻인지 검색해본다. 챌린저, 다이아, 플래티넘, 골드 순으로 승률이 높다는 의미인 것을 확인하고 한 명을 골라 연락을 넣는다.

지승이 너는 좋겠다. 나 같은 사람이 네 엄마라서.

과외 선생을 돌려보내자마자 게임을 켠 아이의 뒷모습을 바라보면서 당신은 회심의 미소를 짓는다. 걱정할 거 없어. 너는 그 게임을 반드시 잘하게 될 거야. 왜냐하면 내가 너의 엄마니까.

자녀분이 프로게이머를 지망하나요?

당신이 고른 선생은 K대학에 재학하며 챌린저 리그 아이디를 보유한 인재다. 대학생 리그에서 수상한 경력도 있다.

아이가 학교에서 돌아오려면 한참 멀었지만 면접을 보고 아이를 대할 때의 주의사항도 알려주려고 선생을 일찍 집으로 불렀다. 당신은 아이의 품위를 손상하지 않으면서 문제를 정확하게 표현하기 위해 말을 고른다.

그런 건 아닌데, 아이가 게임 실력이 별로라 학교에서 인기가 없나봐요.

K대생은 측은하다는 듯한 표정을 짓는다.

요즘 남자애가 게임 못하면 아무래도 또래 집단에서 발언권이 약해지죠. 남자애들은 서열이 중요한 거 아시죠? 그런데 요새 애들은 치고받고 하지 않아요. 게임 실력이 서열을 결정하죠. 솔직히 페이커가 연예인급 인기를 누리는 이유가 연예인처럼 잘생겨서는 아니잖아요. 근데 요새 대한민국 십대 이십대 남자들은 다 페이커를 숭배한단 말이에요. 왜냐, 단순해요. 게임을 잘하니까. 그게 다예요. 연봉 높지, 여자들한테도 인기 많지. 무엇보다 퍼포먼스 자체에 뭐라 표현하기 힘든 매력이 있어요. 그런 면에선 스포츠 선수랑도 비슷하죠. 괜히 게임을 이-스포츠라고 부르는 게 아니에요.

내가 사람을 잘 고른 것 같아. 당신은 뿌듯해하며 K대생의 말에 연신 맞장구를 친다. 페이커가 사람 이름이라는 걸 이제야 알았지만 이 사람의 지도를 따르면 당신의 아이도 그처럼 카리스마를 갖출 수 있으리라는 확신이 든다. 당신은 티 테이블 위에 놓인 찻잔과 K대생의 학생증을 번갈아 보며 미소를 짓는다. K대는 남편의 출신 대학이기도 하다. 남편의 동문이라는 점이 든든하기도 하거니와, 어쩌면 이 사람으로부터 좋은 자극을 받아 아이도 명문대에 진학하게 될지도 모른다는, 근거가 희박한 희망이 피어오른다. 아무래도 아빠보다는 자신과 연령대가 조금이라도 가까운 사람한테서 좀더 인스파이어드 될 테니까. 그건 하면 할수록 흐

못한 상상이다. 어디 내놔도 빠지지 않는 게임 실력을 갖추고 아빠처럼 명문대에 진학하는 당신의 아이. 그러고 보면 게임을 잘한다는 건, 게임만 잘하는 것처럼 보이지 않는다는 점에서 대단한 스펙이 될 수 있다. 명문대생에게 게임 과외를 받는 것을 명문대 진학과 연결 짓는 건 김칫국이라고 쳐도, 자신감 하나는 확실하게 배울 수 있을 것이다. 돈 주고 살 수 있는 것 가운데 가장 중요한 것이 자신감이라고 당신은 믿고 있다.

사모님은 해보셨어요?

제가요? 제가 뭐하러요.

손사래를 치는 당신에게 K대생은 조금 화난 듯한 표정을 지어 보인다.

아이한테 그렇게 중요한 일인데 무시하시면 안 되죠. 자녀분이 영어 단어 물어보는데 엄마는 영어 못해, 그러시나요? 그거랑 이거랑 뭐가 다르죠?

정곡을 찔렸다. 당신은 아이가 모르는 것을 물어볼 때 모른다고 하는 엄마가 되고 싶지 않아 따로 영어 공부를 해왔다. 아이의 물음에 우물쭈물하는 엄마들을 내심 한심하게 여겨온 것도 사실이다. 아이가 실제로 당신에게 영어 문제의 답을 물어보는 일은 지금껏 없었지만, 당신은 당신의 노력이 영 헛일이 되지는 않을 거라고 믿고 있다. 고입이나 대입쯤 아이를 데리고 유럽이나 미국을 여행하는 상상이 당신에게 끝없는 동기를 부여해주었다.

그렇지만 저 같은 아줌마가 게임 배워서 어쩐다고……

뭐가 아줌마예요. 저랑 나이 차이도 별로 안 나시는 것 같은데.

K대생은 언제 얼굴을 찌푸렸었냐는 듯 이를 드러내며 웃는다. 당신은 기세에 못 이겨 아이방으로 그를 안내하고 컴퓨터를 켠다. 컴퓨터에는 로그온 비밀번호가 걸려 있지만 당신은 그게 무엇인지 안다. 당신이 비밀번호를 안다는 사실을 아이는 모른다.

계정부터 만들어주시고요.

당신은 메일 주소와 휴대전화 번호를 입력하고 인증 절차를 진행한다. 안내 메시지가 뜬다. '이미 가입한 정보가 있습니다. 새 계정을 만들까요?' 당신은 아이가 당신의 개인정보를 바탕으로 계정을 만들었다는 사실을 알아채고 살짝 놀란다.

괜찮아요. 계정은 여러 개 만들 수 있으니까.

K대생은 마우스를 쥔 당신의 오른손 위에 자기 손을 포갠다. 능숙하게 가입을 마무리하고 튜토리얼 단계로 당신을 안내한다.

자, 이게 게임 방식을 가르쳐주는 튜토리얼이에요.

튜토리얼에서 선택할 수 있는 챔피언은 몇 개 안 돼요. 그냥 아무거나 해보세요. 감을 익힌다는 느낌으로.

튜토리얼이 진행되는 동안 K대생은 계속 당신 옆에 붙어 마우스를, 그 위에 얹은 당신의 손을 조작한다.

우 클릭으로 이동. 우 클릭, 우 클릭, 우 클릭. 네, 잘하시잖아요.

어쩐지 껄끄럽다 생각하면서도 당신은 K대생의 손을 뿌리치지 못한다. K대생은 왼손을 당신 등뒤로 넘겨 키보드 위에 올린다. 마치 당신을 뒤에서 감싸안은 듯한 모양새다. 여전히 당신은 당신이 뭔가 착각하는 것인지 아니면 원래 이런 식으로 이루어지는 일인지를 의심하며 튜토리얼 스테이지를 진행한다. 괜히 쳐다봤다가 코끝이라도 스칠까봐 걱정될 만큼 K대생과 당신이 가까이에 있기도 했으므로.

이런 식으로 하시면 거북목 와요. 배 집어넣으시고.

K대생이 키보드를 조작하던 왼팔을 구부려 당신의 배에 손을 얹었을 때 당신은 자리에서 벌떡 일어난다.

왜 그러세요?

K대생은 능글능글 웃으며 도리어 당신에게 묻는다. 이상행동을 보이는 쪽은 자기가 아니라 당신이라는 듯이. 당신은 당장 따질 말이 떠오르지 않아 도로 자리에 앉는다. K대생이 당신의 몸을 감싸듯 뒤로 넘겼던 왼팔을 앞으로 넘겨 키보드에 올린다. 당신이 튜토리얼 스테이지 두번째를 시작하려는데 K대생이 왼 팔꿈치를 부자연스럽게 움직이며 당신의 가슴을 건드린다.

지금 뭐하시는, 뭐하는 거예요?

당신은 떨리는 목소리로 묻는다. K대생은 양손을 들고 어깨를 으쓱하며 웃어 보인다. 운동선수들이 파울을 저지르지 않았다고 주장할 때 짓는 표정이다. 그 얼굴이 가증스럽다. 당신의 눈에는 그의 속내가 훤히 보인다. 너는 내가, 세상이 만만하겠지. 네가 그런 표정으로 무고를 주장할 때마다 사람들이 다 믿어주고 상대 여자가 나쁜 사람이 되곤 했겠지. 그러니 세상 물정 모르는 듯이 보이는 가정주부도 네 마음대로 주무를 수 있다고 생각하겠지. 그렇지만 당신은 그보다 나이가 훨씬 많다. 그에게 겁을 먹거나 말려들기에는 당신이 너무 어른이다.

이만 가주세요.

네? 아직 가르쳐드릴 게 많은데요.

K대생은 분위기를 파악하지 못하고 계속 싱글댄다.

너한테 배울 거 없으니까 나가라고.

K대생은 또다시 파울을 저지르고는 아닌 척하는 운동선수처럼 손을 번쩍 든 채, 그러나 웃음기가 가신 얼굴로 물러난다.

만약 당신이 과외를 받을 아이의 부모가 아니라 과외생이었다면, 만약 당신이 지금 십대였다면 당신은 뭔가 크게 착각하고 있다고 생각했을 것이다. 어찌할 바를 몰라 어떤 대응도 하지 못하고, 그 점을 후회한 나머지 아무 일 없었던 거라고 스스로를 설득하려 노력했을 것이다. 이미 당신이 성장하면서 겪어온 과정이었다. 당신은 당신이 착각하거나 오판한 것이 아니라 상대방이 잘못했다는 것을 알고 있다. 당신은 상대에게 멈추라고 말할 수 있다. 바로 방금처럼 당신은 당신이 그렇게 할 수 있다는 것을 증명했다. 어쩌면 운이 좋았는지도 모른다. 당신은 이제 결혼까지 한 여성이고 상대는 겉으로 봤을 때는 인기가 전혀 없을 것 같은 왜소한 체격인데다 잃을 것이 많은 명문대생이다. 당신이 그를 제지하는 데 성공했다는 사실에는 변함이 없다. 그러나 또한, 한 번의 승리로 그간 당신이 겪은 상황들이 극복되지는 않는다.

K대생이 떠나고 한 시간 뒤에 돌아온 아이는 또다시 울상이다. 아이방에 그대로 주저앉아 있던 당신은 그럴 기운이 없으면서도 아이를 먼저 달랜다. 아이가 간식을 요구해 당신은 그제야 거실에 나왔다가 티 테이블 위에 놓여 있는 K대생의 학생증을 발견한다. 당신은 화투 패를 내던지듯 그것을 쓰레기통에 꽂아 넣는다.

이번에는 여자 선생을 알아봐야겠어.

낮에 있었던 일을 남편에게 공유하지 못한 채 당신은 다시 한 번 과외 앱을 켠다. 그 일을 생각하면 게임이고 과외고 다 집어치우고 싶은 심정이지만 아이가 또 울먹이며 돌아온 모습을 본 이상은 가만히 있을 수 없다. 더구나 당신은 가을에 아이를 전교 어린이 회장 선거에 출마시킬 생각이다. 친구가 좀 적어도 상관없는 것은 보통 애들이나 그렇고, 회장이 되어야 하는 당신 아이는 인기 관리가 필수다. 더욱이 아이가 내심 라이벌 겸 아이돌로 여기는 경헌도 출마를 고려하고 있다고 해서 신경이 쓰인다. 아이가 경헌을 제치려면 그애가 자신 있어하는 분야에서 압도하는 것이 무엇보다 효과적일 터이다.

게임 실력이 조금 떨어져도 여자인 게 나아.

당신은 전날 들어온 오퍼 일곱 개 중 두 개가 여자 선생의 것이었음을 상기한다. 챌린저 리그 아이디는 없었지만 누굴 가르칠 만한 실력은 충분히 되는 사람들 같았다.

앱을 켠 당신은 전날에 이어 총 열 개의 오퍼가 들어와 있는 것을 확인하고, 이어 K대생이 남긴 강사 후기를 보고 기함한다. 몸이 조금 스쳤다고 자기를 성추행범으로 몰았다며 이 집에 레슨을 가면 안 된다는 내용이다. 당신은 욕이라도 하고 싶은 것을 간신히 참고 K대생의 강사 후기를 고객센터에 신고한다.

새로 구한 강사는 다이아 리그 계정을 보유한 S대생 여자다. 학벌은 전날의 파렴치범보다 낫지만 게임 실력은 조금 떨어지는 셈이다. 당신은 전날과 같은 시간에 S대생에게 문을 열어주면서 속으로 그 여자의 구부정한 어깨와 잡티가 많은 피부와 짙은 눈 밑 그늘에 점수를 매긴다. 행여나 이 사람이 내 아이의 첫사랑이 될 일은 없겠다. 당신은 그런 생각까지 했는데, 그 점이 차라리 마음에 들었다. 무엇보다 마음이 놓이는 점은 전날 같은 일을 일으킬 자지가 여자에게는 없다는 것이다.

아이가 따돌림을 당하게 된 사정을 간단히 설명하고 아이에 대해 소개하자 여자는 당신의 말허리를 자르며 끼어든다.

저는 선생님께 게임을 가르치는 일인 줄 알고 왔는데요.

제가요? 제가 왜……

여자는 생긴 것처럼 대화에도 별로 협조적이지 않다. 당신은 티 테이블에 놓인 S대 학생증과 여자를 번갈아 보면서도 영 신뢰를 품지 못한다.

게임이 애들 일이라고 생각하셨으면 어른 강사를 왜 구하세요.

그렇지만 제게 필요한 일이 아니고 저희 애한테 필요한 일인데요.

당신은 애써 웃음 지으며 말했지만 여자는 뜻을 굽히지 않는다.

무슨 말씀이신지는 충분히 알았어요. 그런데 저는 일단 선생님께서 게임을 이해하셔야 아이를 이해하실 수 있다고 생각해요. 아이한테 게임을 가르치고 싶으시면 선생님께서 저에게 배우신 다음에 아이한테 가르쳐주시는 게 낫다고 봐요. 시간은 좀 걸리겠지만 아이 생각하면 그게 훨씬 나을 거예요. 아이가 부모님이 모르는 게임을 더 잘하게 돼봤자 부모님하고 거리감만 생기거든요.

저는 게임 같은 건 소질도 없는데요.

당신은 게임을 가르치러 온 선생이 도리어 당신을 선생님이라고 부르는 것을 이상하게 생각하면서 손사래를 친다. 그렇지만 게임 실력과 부모와 아이의 관계를 들먹이는 것을 보아 게임을 가르쳐본 경험이 풍부한 듯하고, 여자의 설명에 수긍이 가기도 해서 그 제안에 마음이 기운다.

일단 한번 배워보세요. 오늘은 면접 겸 시범 과외라 페이도 안 받을 거예요. 정 마음에 안 드시면 다음부턴 자녀분하고 제가 직접 만나면 되죠.

여자의 말이 완벽하게 납득되지는 않지만 시험삼아 해보는 셈 치고 당신은 아이방으로 여자를 안내한다. 여자는 과외교사용 의자를 귀신같이 찾아 들고 와서 당신 옆에 앉는다.

튜토리얼 스테이지를 마치고 처음 플레이한 일반 대전 게임에서 당신은 승리를 거둔다. 선생이 가라는 데로 가고 공격하라는 것을 공격하고 불러주는 대로 아이템을 사들인 결과다. 당신은 얼떨떨해하며 묻는다.

이렇게 하는 게 맞아요?

네, 예상한 것보다 훨씬 잘하시는데요.

여자는 아첨하는 기색 하나 없이 당신을 칭찬한다. 당신은 얼굴이 달아오르는 것을 느낀다. 그건 당신이 아주 오랜만에 듣는 당신에 대한 칭찬이기 때문이다. 원래 피부가 이렇게 좋으세요? 연예인보다 더 모공이 쫀쫀하신 것 같아요. 손 모델 하셔도 되겠어요. 손가락도 이쁘시고 네일 바디가 잘 잡혀 있어서. 피부과나

네일 숍에서 듣는 칭찬과 달리 방금 들은 칭찬은 당신의 몸이 아니라 당신이 실제로 해낸 일에 대한 것이다.

이런 게임을 AOS라고 해요. 롤이나 도타나 히오스 같은 게임.

그게 뭔데요?

선생은 간첩이라도 본 듯한 표정으로 당신을 본다.

히오스나 도타는 그렇다 치고 롤도 안 해보셨어요? 리그 오브 레전드. 2010년대 초반부터 작년까지 쭉 국내 점유율 일위인 게임이잖아요.

남편은 해봤을 수도 있겠네요.

뭐 안 해보셨어도 상관없어요. 정리하자면 이 게임은 캐릭터를 하나 골라서 다른 플레이어와 팀을 이룬 다음 미니 맵 안에서 경험치나 금화 등의 보상을 쌓아서 캐릭터를 강화한 후에 상대방의 기지를 파괴하면 돼요. 해보셨으니까 이해가 되시죠? 선생님은 기본적인 동체시력이나 반사신경이 좋아서 크게 가르칠 것도 없을 것 같아요. 미니 맵 보고 게임 흐름 판단하는 법을 익히고 아이템 트리만 외우면 금방 느시겠어요.

학습이 빠르다는 칭찬은 아주 오래전에도 들은 적이 있다. 무용을 전공할 줄 알았던 시절. 아직 내게 그 가락이 남아 있는 걸까. 당신은 설레는 마음을 가누며 여자에게 묻는다.

제가 저희 애보다 이 게임을 잘할 수 있을까요?

이런 게임은요, 얼마나 오래했느냐가 그렇게 중요하지 않아요. 공부랑 비슷해요. 책상에 오래 앉아 있었다고 다 명문대 가는 거 아니잖아요. 어떻게 하면 잘하게 되는지를 최대한 빨리 습득하는 게 중요하죠. 선생님은 조금만 더 하시면 금방 이 동네에서 제일 잘하게 되실 거예요.

여자가 다녀간 날 당신은 아이에게 피자를 시켜주었다. 막 여드름이 생기기도 했고 재작년의 소아비만 사태 때문에 한동안 피자는 금지였다. 먹고 싶다고 떼를 쓰면 글루텐 프리 호밀가루와 락토 프리 치즈로 당신이 직접 구운 피자만 먹여왔기에, 아이는 손가락을 빨면서 피자 한 판을 혼자 다 해치웠다. 당신은 아이가 마지막 남은 피자 조각을 먹고 방으로 들어가는 것을 확인한 다음 당신의 할일을 했다. 서재 컴퓨터에 게임을 설치해 게임을 한 것이다.

당신은 자정 무렵 남편이 들어오는 소리를 듣고서야 컴퓨터에서 시선을 뗐다.

당신 뭐해?

어, 뭐 공부할 게 있어서.

당신은 게임 화면을 최소화하고 상기된 얼굴로 남편을 돌아보았다. 나쁜 짓을 한 것도 아닌데 괜히 부끄러웠다. 남편은 더 묻지 않고 안방으로 갔다. 딱 한 판만 더 하고 자자. 당신은 다짐했다. 한 판만 더 해서 이기고 이긴 기분으로 자자. 그렇게 다짐했는데 그만 져버렸다. 모르긴 몰라도 당신 탓이 아니라 같은 팀 플레이어 하나가 상대편에게 자꾸 물린 탓인 것 같았다. 두 판을 더 하고서야 승리를 거뒀다. 팀 운이 좋아 쉽게 이긴 것은 좋았는데 평균 플레이 타임에 못 미치는 십오 분 만에 이겨버려서 그런지 이기고도 영 개운치가 않았다. 그래서 한 판 더 했다. 이 판 역시 이기긴 했는데 갈증이 났다.

결국 컴퓨터를 끈 것은 눈이 뻑뻑해서 잘 감기지도 잘 떠지지도 않을 즈음이었다. 베란다에서 푸르스름한 빛이 새어들어오고 있었다. 게임을 끄고도 눈앞에서 당신의 챔피언이 오락가락해서 당신은 자주 눈을 비볐다.

벌써 경쟁전 참가 경험치를 다 쌓으셨네요. 하루에 몇 시간씩 플레이하셨어요?

며칠 뒤 찾아온 여자는 당신의 계정 정보를 열어보며 감탄한다. 그렇게 마다해놓고 이렇게 열심히 게임을 했다는 사실을 멋쩍게 여기던 당신은 여자의 말이 칭찬처럼 느껴져 배시시 웃는다.

애 학교 가 있는 동안 한 서너 시간 하고 애 재우고 두 시간 정도씩 했나봐요.

하루 여섯 시간씩 했는데 벌써 경험치가 이 정도면 많이 이기신 것 같네요. 음, 그러네, 승률도 꽤 잘 나왔네.

당신은 숙제를 참 열심히 잘했다는 말을 들은 아이처럼 의기양양해진다.

오늘은 저랑 한번 같이 해보실래요?

네? 제가 선생님하고 어떻게 대결을 해요.

아직 대결은 안 되죠. 대결 말고 저랑 팀으로 한판 해보자고요.

그럼 제가 서재로 가서……

아뇨, 그럼 제가 오더를 제대로 못 드리잖아요. 이 동네 피시방이 어디 있는지 아세요?

당신은 결혼 후 쭉 이 동네에서 살아왔지만 피시방이 어디에 있는지는 모른다. 지도 앱으로 가까운 피시방을 찾아낸 사람은 여자 쪽이다. 당신은 멀뚱멀뚱 눈을 끔벅거리며 여자를 따라 피시방에 들어선다. 학원 빌딩 지하에 자리한 피시방은 고사양 게임용 컴퓨터가 뿜어내는 네온 조명과 게임 효과음으로 요란스럽고, 라면과 구운 오징어와 저질 소시지 냄새를 풍긴다. 흡연실에서 있는 덩치 큰 남자들이 당신을 노려보는 것 같아서 당신은 고개를 숙이고 여자를 따라 자리에 앉는다. 여자는 일부러 최하위 리그에 점수를 맞춰둔 계정으로 당신과 팀을 이룬다.

당신과 여자는 무적이다. 여자는 다양한 캐릭터를 플레이하며 당신과 짝을 맞춰주고, 당신도 여자가 추천해주는 캐릭터들을 차례로 플레이하며 당신에게 가장 잘 맞는 캐릭터를 찾는다. 여자는 선생답게 자기가 맡은 라인에 걸린 현상금을 하나도 놓치지 않고 당신의 라인에 걸린 현상금까지 체크해주며, 당신 앞에 현상금이 쌓일 때마다 당신이 최종적으로 선택한 캐릭터인 드래곤 걸에게 필요한 아이템을 말해준다. 당신의 드래곤 걸은 여자와 함께 5연승을 거둔다. 연승 빅토리 메시지가 화면에 뜨자 여자는 당신에게 하이파이브를 청한다.

진짜로 처음 해보시는 거 맞아요?

하이파이브를 한 손을 맞잡으며 여자가 묻는다. 당신은 경험해본 적 없는 고양감을 느끼며 고개를 끄덕인다. 여자가 섹시해 보인다. K대생이 당신에게 게임을 잘하는 남자가 매력적이라고 열변을 토했던 기억이 난다. 여자의 눈 밑 깊은 그늘에 피시방 특유의 조명이 고이며 네온블루에서 네온핑크로, 네온핑크에서 네온그린으로 색이 변하는 모습이 신비롭고 아름답다. 드래곤 걸처럼.

그런데 혜지가 누구예요?

당신은 게임을 하던 중에 상대가 부른 이름에 대해 묻는다. 생기가 돌던 여자의 얼굴이 딱딱해진다.

그거 안 좋은 말이에요.

사람 이름이 어떻게 안 좋은 말이 될 수 있어요?

당신은 중학교 때 같은 반이었던 이혜지라는 친구를 떠올린다. 당신과 이웃해 살며 당신의 아이와 같은 키즈 피트니스 센터에 다니는 김혜지라는 아이도 떠오른다. 플레이어들 중 한 명의 이름이 실제로 혜지일 가능성에 대해서도 생각한다. 아는 사람이어서 이름을 부른 게 아니었을까? 하지만 그런 것치고 모욕적인 뉘앙스로 여겨지기는 했다.

운전 못하는 사람한테 김여사라고 하잖아요. 혜지도 그런 말이에요. 게임 못하는 사람한테 너 여자냐?라고 묻는 대신에 그냥 여자라고 단정하고 흔한 여자 이름으로 부르는 거죠. 여자는 게임을 못한다고 생각하니까. 상대방이 남자여도 상관없어요. 여자처럼 못한다는 말이니까 모욕감이 배가되죠.

당신은 여자들이 남자들보다 게임을 못하는 건 맞지 않느냐고 생각한다. 실제로 지금 당신을 가르치는 여자도 K대생보다 낮은 리그에 속해 있으니까.

저, 챌린저 리그하고 다이아 리그는 차이가 얼마나 나요?

당신은 K대생과 여자를 비교하고 있다는 사실을 들키지 않기를 바라며 조심스레 묻는다. 친구로 등록되지 않은 플레이어가 당신에게 대화를 걸지 못하도록 설정을 바꿔주던 여자는 대수롭지 않은 투로 대꾸한다.

별 차이 없어요. 그거 그냥 줄 서기예요. 다이아 리그가 상위 0.1프로에 드는 플레이언데 그중에서 오백 등까지가 챌린저에 해당돼요. 승률 0.0001프로 정도 차이로 챌린저랑 다이아가 왔다갔다해요. 저도 혼자 컴퍼티션 돌리면 하루에도 몇 번씩 승급됐다 강등됐다 하고요.

여자는 다음 게임의 대기 버튼을 누르고는 덧붙인다.

저는 이 게임 입문하고서는 저보다 잘하는 사람을 만나본 적이 없어요. 게임중에 누가 혜지 소리를 꺼내면 그게 저한테 하는 말이 아니라는 걸 아는데, 너무 화가 나요. 그럼 나도 나보다 게임 못하는 사람한테 아무 남자 이름을 붙여서 놀려도 되나? 남자들이 나보다 게임 못하는 건 당연하니까?

다음 판에서도 여자는 게임을 말 그대로 찢어버린다. 전 판과 달리 대화창에 혜지라는 이름도, 어떤 욕설도 뜨지 않는 상황에서 당신도 나름대로 활약을 펼친다.

처음 참여한 경쟁전에서 이기면서 당신은 골드 리그 플레이어가 된다. 상위 사십 프로에 해당하는 승률을 따냈다는 의미다. 이제 막 게임에 입문한 사람치고는 대단한 점수다. 여자와 함께해서 그런 것이라고 생각하는 당신에게 여자는 무엇보다 당신의 재능과 실력 덕이라고 말해준다. 아이는 브론즈 리그에 속해 있고,

아이가 그토록 부러워하는 경험은 당신과 같은 골드 리그 플레이어라는 사실을 당신은 떠올린다.

선생님처럼 다이아 리그로 올라가려면 어떻게 해야 해요?

선생은 씩 웃는다.

계속 이렇게만 하세요.

드래곤 걸 균형 템트리: 초급 마도서. 장미불꽃 인장. 흡혈마외투. 하이노움 신발. 초급 마도서 팔고 기묘한 고블릿. 참마반월도. 드래곤 걸 폭딜 템트리: 초급 마도서. 군단장의 일갈. 200골드 내고 초급 마도서 중급 마도서로 업그레이드. 검은 마도사의 발걸음. 우리야의 분노. 피의 승전보.

당신은 레시피를 외우듯 아이템 트리를 외운다. 아이템을 사는 몇 초 사이에도 게임의 승패가 갈릴 수 있다는 점에서 템트리를 숙지하는 건 기본이다. 당신이 주로 선택하는 캐릭터인 드래곤 걸을 다른 플레이어에게 빼앗겼을 때나 원하는 라인으로 가지 못하게 되었을 때의 대비책까지 자다 일어나도 읊을 수 있도록 암기한다.

한 달이 지나자 당신의 실력은 팀 운이 그리 따라주지 않아도 당신 자신의 힘으로 승리를 거머쥘 수 있는 정도가 된다. 이런 것을 캐리라고 한다고 여자가 일러주었다. 당신은 캐리력이 있는 플레이어다. 그것을 아이에게 알려주고 싶다. 여자는 몇 번의 수업 이후 더이상 당신에게 돈을 받지 않고 당신과 함께 이 게임을 한다. 여자의 아이디는 당신의 계정에 친구로 등록되어 있다.

나 회장 선거 안 나가.

9월 말 회장 후보 등록 기간에 아이는 폭탄선언을 한다. 예의 못된 버릇대로 가방을 거실 바닥에 패대기치면서.

이번엔 또 뭐 때문이야?

어차피 나가도 뽑아주지도 않을 텐데 뭐하러 나가.

왜 네가 안 뽑힌다는 거야. 엄마라면 지승이 찍을 거야. 착하고 이쁘고 공부 잘하고 춤도 잘 추잖아.

경헌이가 나오는데 애들이 왜 날 뽑아. 내가 잘하는 건 경헌이도 다 잘해. 경헌이는 내가 못하는 것도 잘해. 몇 번이나 말했는데 왜 엄마는 이해를 못해?

왜 해보지도 않고 안 나간다는 거야. 선거 나가는 것도 좋은 경험이야.

당신은 좋은 엄마라면 이럴 때 아이에게 그래, 안 나가도 괜찮아, 라고 해야 하는지 포기하지 말라고 다그쳐야 하는지 헷갈린다. 원래 아이는 회장 선거에 관심이 있었다. 왕년의 왕따가 회장으로 선출된다는 것이 어떤 의미인지를 아이도 알고 있기 때문에.

경헌이가 나오지 말라고 했어.

경헌이가 그랬어? 엄마가 경헌이네 엄마한테 전화해줄까?

아이는 와앙 하고 울음을 터뜨린다.

걔가, 회장 걸고, 게임하자고, 해서, 안 한다고 했어.

당신은 우는 아이 앞에서 웃음을 터뜨리지 않으려고 안간힘을 쓴다.

그냥 해도, 자기가 이길 건데. 원래 자기가, 이기는 걸로, 그러니까, 치사하잖아. 씨발.

우는 아이를 당신은 한동안 내버려둔다. 엄마 앞에서 씨발 같은 소리를 하는 버르장머리는 어디서 배웠냐고도 해야겠고, 경헌이 그런 걸로 승부를 걸어왔다면 그애도 너한테 질까봐 두려운 거라고도 해줘야겠는데, 당신은 한참 동안 울음을 그치지 못하는 아이에게 이렇게 말한다.

그럼 지승이 대신 엄마가 게임해줄게.

아이는 무슨 소리냐는 듯 당신을 물끄러미 보다가 더 큰 소리로 운다.

엄마가 경헌이를 어떻게 이겨!

엄마 그 게임 잘해. 엄마가 경헌이보다 잘할걸. 회장 걸고 하자고 해. 엄마가 대신 이겨줄게.

당신은 아이를 데리고 피시방에 간다.

일단 엄마랑 한판 해보자.

당신은 아이와 친구를 맺고 인공지능 플레이어로 짝을 맞추어 아이와 일대일 대전을 치른다. 제대로 손도 써보지 못하고 당신에게 진 아이는 한동안 놀란 눈으로 당신을 바라본다. 그러나 고집을 거두지도 않는다.

그래도 경헌이가 엄마보다 잘해.

아이의 말에 당신은 피식 웃음을 터뜨린다. 아이는 경헌을 미워하면서도 동경하기 때문에 경헌이 제 엄마에게 지지 않기를 바라는 것이다. 가장 가까운 어른인 부모를 이겨먹고 싶기도 하고 또래에게는 더욱더 감정이입을 할 때니까, 경헌이 지는 것을 자기가 엄마에게 지는 것으로 느끼는 것일 테다. 그렇지만 아이에게는 경헌을 꺾는, 직접 꺾지는 못하더라도 최소한 경헌이 꺾이는 모습을 목격하는 경험이 필요하다. 당신이 이기면 아이는 경헌이 아니라 당신이 자기편이라는 사실을 금세 깨달을 것이다.

그래, 그러니까 경헌이한테 한판 해보자고 전해. 엄마가 지승이 아이디로 대신 해줄게. 엄마도 경헌이가 엄마보다 잘하는지 궁금해.

아이는 그제야 경헌에게 당신이 불러주는 대로 메시지를 보낸다. 회장 출마 자격을 두고 게임하는 거 찬성이라고. 곧 아이 계정에 친구로 등록되어 있는 경헌의 아이디에 푸른 불이 들어온다. 로그인했다는 신호다. 당신은 경헌이 쾌재를 부르는 광경을 상상하며 괘씸해한다. 시험 성적 대결도 아니고 댄스 배틀도 아니고, 자기가 유리한 걸로 싸우자고 하다니 어디서 못된 것만 배워가지고. 본때를 보여줄 거야 내가 아주. 당신은 아이와 자리를 바꿔 앉는다.

결심대로 당신은 경헌을 완전히 발라버린다. 첫판은 당신의 주특기 캐릭터인 드래곤 걸로, 두번째 판은 여자가 가끔 시범을 보였던 하이노프 검사로. 당신은 경헌의 캐릭터를 집요하게 따라다니며 라인 현상금을 한푼도 먹지 못하게 방해하고 무참하게 처치한다. 당신이 느끼기에 경헌은 그 게임을 전혀 잘하지 못한다. 당신의 아이와 큰 차이를 보이지 않는다. 그런 경헌이 당신과 같은 골드 리그에 속해 있는 것은 순전히 운이거나 경헌 역시 누군가의 도움을 받았다는 의미다.

당신의 예상대로 아이는 당신의 승리를 자신의 승리로 받아들이며 언제 이렇게 게임을 잘하게 되었느냐고 묻는다. 당신은 아이의 등을 쓰다듬으며 네게 가르쳐주려고 열심히 연습했다고 말해준다. 아이는 너무 좋아서 못 참겠다는 듯이 당신의 목을 감싸 안는다.

두 판까지는 나름대로 신사적인 태도를 유지하던 경헌은 세번째로 도전을 신청하면서 대화창에 도발을 걸어온다.

야 돼지승
너 대리 쓰냐? ㅋㅋㅅㅂ

아직도 애들이 너한테 돼지승이라고 하니?

당신이 기막혀하며 묻자 아이는 고개를 끄덕인다. 경헌이라는 애, 그렇게 안 봤는데 아주 못돼먹었구나. 당신은 짐짓 여유로운 체 대화창에 메시지를 쓴다.

대리는 돈 받고 게임 대신 해주는 사람 말하는 거지?
나는 돈 안 받는데?ㅋㅋ
나는 지승이 XX거든
왜 이러지? XX

당신은 분명히 엄마라고 쳤는데 화면에는 자꾸 그 단어가 지워져서 올라간다.

이거 왜 이러지?

당신의 말에 아이는 그것도 모르냐는 투로 대꾸한다.

채팅창에 욕 치면 블라인드 처리되잖아.

그건 엄마도 아는데, 엄마가 욕이니?

욕으로 쓰이니까 블라인드 되지.

생각지도 못한 일에 부아가 치민 당신은 경헌의 캐릭터를 확실하게 처치한다. 아이 또래에게 화풀이를 하고 있다는 것을 자각하고 당신은 조금 부끄러움을 느낀다.

부활한 지 일 분도 되지 않은 캐릭터가 순식간에 죽어버리자 경헌은 또다시 메시지를 보내온다.

혜지승 주제에

혜지승 돼지승

NGUM~

엔지유엠? 이건 무슨 뜻이니?

아이는 조금 망설이다가 그 말의 뜻을 알려준다. 느검. 느그 어미. 경헌은 대화창에 그 말을 무수히 복사해 올린다.

NGUM NGUM NGUM NGUM NGUM NGUM NGUM

너희들 정말로 엄마를 욕으로 쓰니?

당신의 아이디는 여자가 설정해준 그대로 친구가 아닌 플레이어와의 채팅을 차단해두었기 때문에, 당신은 당신의 상태가 욕으로 쓰인다는 것을 알 길이 없었다. 혜지나 돼지는 괜찮고 엄마는 욕이라고? 허탈해진 당신은 다시 대화 입력창을 연다.

열받으면 너도 너네 XX한테 게임해달라고 해

너네 XX는 이런 거 못하지?

경헌은 게임을 포기했는지 아이의 휴대전화로 전화를 걸어온다. 아이는 겁을 집어먹은 표정으로 휴대전화와 당신을 번갈아 본다. 당신은 계속해서 대화창에 엄마를 입력한다. ××. ××. ××. ××. 아이가 당신의 손목을 붙잡는다.

엄마, 엄마라고 그만해. 계속 욕 쓰면 아이디 정지 먹어.

엄마가 왜 욕이야? 내가 네 엄만데.

당신은 마음을 가다듬고 적진으로 들어가 상대의 마지막 수호석을 파괴한다. 아이가 간신히 내뱉은 말이 당신의 귓전을 윙윙 돈다. ××, 울어? ××, 괜찮아? 모니터에는 승리를 알리는 메시지가 뜨지만 당신은 더이상 승자의 기분을 느끼지 못한다.

| 작가노트 |

「당신 엄마가 당신보다 잘하는 게임」 공략집

한번은 온라인 FPS 게임인 '오버워치'에서, 플레이어의 등급을 결정짓는 '경쟁전'을 플레이하던 도중 음성 채팅을 켰다가 밑도 끝도 없는 비난을 들었다. 전반전 승, 후반전 패, 그러고 연장전을 앞둔 상황이어서 한껏 예민한 상태였으나, 공정하게 말하자면 내용 자체는 크게 충격적이지 않았는데("힐러를 하고 싶으면 메르시로 겐지나 따라오든가 아나 해서 뽕이나 줄 것이지, 이도저도 아닌 모이라 한다고 나댄다"), 그럼에도 가슴이 쿵쿵 뛸 만큼 동요했던 까닭은 그 목소리의 주인이 잘해봐야 초등학교 고학년쯤 된 듯한 남자아이여서였다. 순간 내가 할 수 있는 몇 가지 대응(어휘력으로나 연륜으로나 내가 저쪽을 압도할 게 확실하니 똑같이 마이크를 켜고 부드럽게 타이르거나 쌍시옷이 안 들어간 욕설을 퍼부어주거나)들이 머리를 스치고 지나갔는데, 실제로 내가 취한 행동은, "겐지 님, 그렇게 말하면 기분이 풀리나요?"라고 채팅으로 묻는 것이었다.

게임이 끝났을 때 내가 플레이 평가 지수 다섯 가지 중 세 가지에서 일등을 차지한 것을 그 플레이어가 어떻게 생각할지 궁금했는데 그는 이미 방에서 나간 다음이었다.

한동안 그날의 일이 머릿속에서 끊임없이 재생되었다…… 그때 내가 하고 싶었던 말을 음성 채팅으로 얘기했다면 어떻게 되었을까, 하는 상상을 여러 번 했다.

그러니 어떤 면에서 이 소설은, 그때 내가 하고 싶었지만 하지 못했던 말에 대한 이야기라고도 할 수 있을 것이다.

제목만 보아도 알 수 있겠지만 이 소설은 엄마와 게임에 대한 이야기이다. 나는 두 가지 모두를 아주 좋아한다. 좋아하는 것—한 가지도 아니고 무려 두 가지—에 대해 쓰면 행복할 줄 알았는데 그렇지 않았다. 왜 행복하지 않았는지를 굳이 설명할 필요는 없겠지……

어릴 때 내가 제일 좋아했던 게임은 '프린세스 메이커 2'다. 게임 좀 한다는 남자애들한테 무시받기 싫어서 '영웅전설' 시리즈를 제일 좋아한다고 말하곤 했고, 그 말이 거짓은 아니었지만, 이제 와서야 인정하는바…… '프린세스 메이커 2'만큼은 아니었다. 매일 여덟 시간씩 투자해서 딸을 한 명씩 키워냈다. 게임 설정상 내 역할은 엄마가 아니라 아빠였고, 내 딸의 목표는 왕자비나 왕비가 되는 게 아니라 왕국을 통치하는 유어 매저스티(Your

Majesty)가 되는 것이었으며, 아무리 완벽한 여자를 키워도 도저히 벗어날 수 없는 한계가 있었지만…… 그 게임을 정말 좋아했다. 나를 실제로 낳고 기른 엄마가 그 게임이 그렇게 좋으냐고 물어서 "당연히 엄청 재미있지…… 엄마는 나 키우는 거 재미없어?"라고 되물었다가 혼꾸멍이 난 적도 있다. 그때 왜 혼났는지 이해될 것도 같고 안 될 것도 같다. 재미로 하는 일은 아니어도 충분히 재미있을 수 있는 일이 있는 법이니까……라는 의견이다.

좋아하는 것 두 가지에 대해 말하는 김에 내가 잘하는 것도 두 가지 있다고 말하고 싶지만 두 가지나 떠올리기는 영 힘들어서, 대신에 잘 못하는 것을 털어놓으려 한다. 나는 의사소통을, 특히 사회적 말하기를 힘들어하는 편이고 따라서 친구를 잘 사귀지 못한다(이렇게 쓰기 전에 몇 안 되는 친밀한 사람에게 "내가 못하는 게 뭐라고 생각해?"라고 물었더니 "게임 못하잖아, 솔직히"라는 답이 돌아와서 상처를 받았다). 그러니 아마도 이 소설에서 보다 나와 닮은 사람은 보호자인 '당신'이 아니라 피보호자인 당신의 아이일 것이다. 실제 나는 누구의 보호자도 되어본 적이 없으니까.

'심즈' 시리즈를 플레이할 때, 플레이어는 시간의 흐름을 거스를 수 없다는 점을 제외하면 신적인 전능함을 가지고 한없이 인간에 가까운 캐릭터들을 돌보게 된다. 이러한 게임의 방식이 육아와 얼마나 유사한가를 종종 따져보곤 한다. 내버려두면 아무때나 자고 아무거나 주워먹고 쉽게 병들고 너무 자주 부정적인 감정 상태에 빠지며, 시키지 않으면 생산적인 활동이라곤 생각도 하지 않는 무능한 인격체를 섬세하게 조종해 뭔가를 해내도록 하는 일……

다소의 비약을 감수하자면 '심즈' 시리즈뿐 아니라 캐릭터를 '키우는' 모든 게임이 육아를 은유하고 있지 않은가 하는 생각도 든다. 캐릭터는 플레이어의 분신이며 플레이어의 의지대로 움직이지만 플레이어와 완벽하게 동기화되지는 않는다. 플레이어인 내가 주입하지 않은 자기만의 의지와 욕구가 캐릭터에게 있다는 것을 감지할 때의 공포를 상상한다. 진짜 재미는 거기에 있다고도 믿지만, 한편으로는.

당신도 잘 아는 그 게임의 룰

김건형

'당신'은 승자가 될 수 없다. 이 패배는 당신의 계획을 무너뜨리는 아들의 미숙함 때문일까. 아니면 아들을 나약하게 키운 당신의 지나친 교육열 때문일까. 하지만 당신은 어쨌든 승리하지 않았던가? 당신은 최선의 아이템 트리를 세웠고 전장에서 충분한 경험치를 쌓았다. 당신은 마땅한 승리를 거두었다. 그런데도 패배감을 느낀다는 아이러니. 소설은 이 역전된 구조를 통해 당신을 게임의 원점으로 다시 불러들인다.

당신은 어렴풋하나마 그 원인을 이미 알고 있다. 아이는 "가장 가까운 어른인 부모를 이겨먹고 싶기도 하고 또래에게는 더욱더 감정이입을 할 때니까"(226~227쪽). 청소년에게는 자신의 시공간을 관리하고 통제하려는 어른으로부터 자신을 분리하고 그러한 권위에 도전하는 과정이 필연적일 수 있다. 청소년은 어른이 떠먹여주는 대로 수동적으로 자라지 않으니까. 그러나 당신은 남성 청소년의 주체화가 젠더적 위계화와 엄마인 당신을 직접 겨누는 여성혐오를 동반한다는 것까지는 미처 예상하지 못했다. 영리한 아들들은 권위에 저항하기 위한 자원으로 자신의 젠더 권력이 유용하다는 것을 알아차렸다. 남성 주체가 되면 적어도 여성인 성인에게는 맞설 수 있다는 위계를 배운 것이다. 정체성을 형성하는 청소년기에 유독 여성/퀴어 혐오가 거세지는 것은, 그 시기가 자신의 지위를 높이기 위해서는 그 아래에 다른 사람을 배치하면 된다는 간단한 원리를 터득하는 때이기 때문이기도 하다.[1)]

그런데 상위 랭크에 오르려는 그 진취적이고 자신감 있는 태도야말로 당신이 아이에게 애써 가르치고 싶었던 바로 그것이 아닌가. 아이는 당신의 의도대로 게임의 룰을 충실히 습득하고 가용 가능한 모든 자원을 동원해 경쟁 구조 속에서 성실히 레벨을 올리고 있는 것이다. 숙달된 선배인 K대생이 명쾌하게 짚어주었던

---

1) 청소년 문학/독서의 젠더적 현황을 다룬 좌담 「독서들로부터—페미니즘과 청소년 독서 교육 현장」(『문학동네』 2021년 봄호)을 참고했다. 청소년이 선별된 교육 환경에 놓여 있는 동안 사회문화적 혐오를 경험할 일이 적다는 지적도 주목할 만하다. 교과 교육이 기성 사회의 젠더적 위계에 대한 정보를 누락하고, 그 사회를 평등한 경쟁의 세계로 제시하기에 생기는 간극이다. 이는 가장 중립적이고 보편적인 교과서의 서술이 실은 가장 중립적이지 않음을 드러낸다. 이러한 상황에서 남성 청소년이 상대적으로 안온한 성장에 힘쓰는 동안 여성 청소년은 자신의 젠더를 가능한 한 중화시키고, 퀴어와 장애인, 이주민 등의 소수자 청소년은 침묵과 인내를 내면화하는 것이 아닐까. 그렇다면 성년이 된다고 해서 이들이 서로를 동료 시민으로서 대하는 법을 터득하긴 어려울 수밖에 없을 것이다.

그 기초 원리를 따라서.

> 남자애가 게임 못하면 아무래도 또래 집단에서 발언권이 약해지죠. 남자애들은 서열이 중요한 거 아시죠? (……) 요새 대한민국 십대 이십대 남자들은 다 페이커를 숭배한단 말이에요. 왜냐, 단순해요. 게임을 잘하니까. 그게 다예요. 연봉 높지, 여자들한테도 인기 많지.(210쪽)

'서열'과 '여자'를 얻기 위한 퀘스트. 집단 내의 서열로 '성공' 여부를 판별하는 남성의 생애 서사. 그렇게 상위 랭크에 오른 남자애들이 '보상'으로 무엇을 상상하는지를, K대생은 당신을 성추행함으로써 직접 보여주기까지 한다.

K대생과 같은 학교 출신인 당신의 남편 역시 상위 랭크에 올라 있다. 물론 연륜이 있는 남편은 좀더 노련하게 '보상'을 다룬다는 차이가 있다. "결혼했다고 긴장 푸는 여자들하고 달라서 당신이 좋아."(205쪽) 아이의 체형만큼이나 엄마의 외모도 아이의 교우 관계와 평판에 큰 영향을 끼치기 때문에 당신은 '자발적으로' 피부과에 간다. 이렇게 아내에 대한 칭찬과 엄마에 대한 평가는 서로 연결된다. 여성의 신체는 남편의 위신을 높여주거나 자녀의 자신감을 올려주는 장치로 전환되는 것이다. 연령을 막론하고 또래 집단에서 '발언권'은 이렇게 생성된다. 그러니 "남편이 했던 평가와 아이가 그날 전해준 이야기가 완벽하게 포개진다"(같은 쪽).

당신은 그에 대해 인정받을 때마다 기묘한 보람과 불안을 동시에 느껴왔다. 평가가 계속될수록 당신은 더욱 철저해진다. 그런데 아이에게 공부, 음식, 체중, 키, 운동, 교우관계, 취미, 학생회 활동 등 다방면의 자기계발을 요구하는 최신 입시제도는 왜 당신의 몫인 걸까. 이뿐만이 아니다. 언젠가부터 감정, 인성, 소통과 같은 학제 밖의 영역마저 개인의 '경쟁력'으로 간주되고, 이에 대한 책임 역시 여성 보호자인 당신에게 부과된다. 교육이 계급 재생산을 위한 투자 수단으로 바뀌는 과정은, 그것이 이미 젠더적으로 분업된 재생산 노동의 일부로 편입되면서 자연스러워진다. 거주지 이름을 붙여 만드는 '××맘'이라는 명명은 (중요한 생활공동체/공론장이면서도) '마이크로매니징'을 상호부조하는 엄마들의 지역적, 계급적, 젠더적 동질감을 만드는 한편 엄마들로 하여금 죄책감을 느끼도록 부추긴다. "이해심 많은 엄마"가 되어야 한다는 자기검열은 스스로 감당해야 하는 과제를 자꾸 미루는 "아이 대신 자기의 부족함을 탓"(200쪽)하게 만든다. "몰라서 미안해. 엄마가 알아서 해볼게."(203쪽) 다른 가족원들이 아이의 문제를 거의 신경쓰지 않는 동안 당신은 아이의 모든 것을 관리하면서도 문제가 해결된 이유를 "당신의 노력보다는 마침내 약효가 나타"(202쪽)난 덕분이라고 생각한다. "왜냐하면 내가 너의 엄마니까."(209쪽)

당신이 죄책감을 느끼면서까지 아들을 관리하는 것은, 아이와 여성으로서 인권이 침해되었던 당신의 야만적인 과거와 단절하려는 투쟁이기도 하다. 당신 자신이 꿈꾸었던 미래를, 현재의 아이를 통해 이루려는 노력인 것이다. 당신은 "타인에게서는 보상

받을 수 없는 어린 시절의 당신을 위한"(206쪽)다는 점을 정확하게 의식하며 "당신 아이가 되고 싶"(205쪽)어질 만큼 아이에게 최선을 다한다. 당신은 아무리 시대가 변해도 성장과 경쟁의 기본 원리는 동일하리라고 여겼기에 자원만 충분히 투입하면 아이를 성장시키고 경쟁에서 이기게 할 수 있다고 믿는다. 다만, 젠더가 큰 변수라는 점을 고려하지 못했던 것이다.

성장 이데올로기와 발전 신화의 중핵이면서도 표층적으로는 누락되어왔던 젠더라는 항목을 기입하자마자 불협화음이 들려온다. 이는 우리가 최선을 다해 익혀온 룰 자체의 괴물성에서 기인한다. 갑자기 낯선 무언가가 끼어든 것이 아니라 착실하게 게임의 룰을 따르며 성장해온 과정의 자연스러운 귀결인 것이다. 이제껏 한국사회는 '지금 공부하면 미래의 아내의 얼굴이 바뀌고 남편의 직업이 바뀐다'는 식의 보상 체계를 주입시켜왔다. 경쟁에서 이기면 젠더적 주체화에 성공하고 중산층 이성애 가족에 편입될 수 있다고. 아이들은 그러한 가르침을 따랐을 뿐이다. 열심히 공부해 승자가 된 K대생이 자신의 권리인 양 여성을 원하는 대로 다룰 수 있다고 여겼듯이. 당신 역시 아이에게 모범적으로 플레이하면 상위 랭크로 올라갈 수 있다는 룰을 가르치려고 애써왔지만 이제 게임 자체가 당신에게 공허한 것으로 변했다. 그 게임 속에 여성이자 엄마로서의 당신의 자리는 없기 때문이다. 소설은 이렇게 모성적 희생과 투자의 윤리가 배신당하는 순간을 날카롭게 짚어낸다. 이 역설적인 구조 속에서 당신은 피해자인 동시에 공모자다. 누구라도 이 이중적인 위치에 서지 않을 수 없도록 거

대한 게임의 룰이 플레이어들을 기다리는 것이다.

당신은 여자 선생이라면 파렴치한 K대생과는 다를 거라는 판단 아래 다른 강사를 새로 구한다. 당신은 강사를 보자마자 강사가 아들에게 성적 매력이 있을지 무심코 외모를 평가한 반면, 강사는 "당신의 몸이 아니라 당신이 실제로 해낸 일"(218쪽)을 칭찬한다. 당신을 '사모님'이 아닌 '선생님'이라 부르면서, 아이나 남편의 욕구가 아닌 당신의 갈증을 채워주는 강사 덕분에 당신은 오랜만에 죄책감과 불안감이 아니라 효능감과 고양감을 느낀다.

하지만 강사와 함께 게임을 하며 연승을 거두던 중 '혜지'라는 단어를 접하면서 분위기가 달라진다.[2)] "게임 못하는 사람한테 너 여자냐? 라고 묻는 대신에 그냥 여자라고 단정하고 흔한 여자 이름으로 부르는"(222쪽) 이러한 혐오 표현은 실력으로 여성이 '남성적 권위'에 맞서는 것을 원천적으로 막는다. 충격을 받은 당신

---

2) 현실의 젠더/섹슈얼리티 조건을 마음대로 넘나들 수 있는 판타지 세계에서조차 상대를 직접 공격하는 '딜러'와 상대를 몸으로 막는 '탱커' 역할은 암묵적으로 남성 플레이어로 간주되는 반면, 이들을 돕거나 치료하는 '서포터' 역할은 '혜지'라는 여성혐오적 멸칭으로 불리는 경우가 많다. 이는 여성은 진정한 노동을 하지 않고 무임승차한다는 인식과 관계가 깊다. 많은 게임에서 레벨이 오를수록 남성(적) 캐릭터는 갑옷을 껴입지만 여성(적) 캐릭터는 옷을 벗는다는 점도 여성을 '노동'과는 분리된 '관조'의 대상으로 재현한다. 이러한 재현이 그저 이성애자 남성의 '자연스러운' 취향이나 일시적이고 무해한 유희로 간주되는 상황에서 이 소설은 게임을 하게 된 여성 양육자를 통해 일상적 노동과 관계 맺음, 자기 재현의 젠더적 위계가 어떻게 새로운 매체로 이어지고, 그것이 어떤 식으로 다시 현실의 질서를 강화하는지에 대한 문화정치의 단면을 보여준다.

에게 강사는 “이 게임 입문하고서는 저보다 잘하는 사람을 만나본 적이 없”고, “남자들이 나보다 게임 못하는 건 당연”(223쪽)하다고 화를 낸다. 당신은 “여자들이 남자들보다 게임을 못하는 건 맞지 않느냐고”(222쪽) 생각하지만, 강사는 그런 말을 하는 상대를 확실하게 차단해버리거나 아니면 압도적인 실력을 갖추자고 한다. 재능 있는 여성들의 연대로 세계를 헤쳐나갈 수 있음을 증명하는, 젊고 유능한 새로운 세대처럼 보이는 강사가 믿음직스럽다. 당신은 강사를 본받아 서로를 이끌어주는 실력인 ‘캐리력’을 쌓아간다. 그런데 함께 실력을 쌓아서 유리 천장을 넘는 통쾌한 ‘사이다’ 서사로 나아갈 수 있는 그 지점에서 소설은 전복을 거부한다. 대신 게임에서 이기기 위해 성실히 노력해온 당신이 배신당하게 한다. 그로써 중산층 기혼 여성 보호자로서 당신이 서 있는 여러 위치를 드러낸다.

당신은 전교 회장 출마를 두고 경헌과 내기한 아들을 대신해 경헌을 이겨주겠다고 약속했다. 승리의 경험을 통해 아이가 자신감을 배우길, 특히 엄마와의 유대감을 키우고 당신을 본받길 바란 것이다. 당연히 경헌은 당신의 실력을 넘을 수 없다. 그런데도 경헌은 결과에 순순히 승복하지 않고 아이에게 ‘돼지승’이라는 외모 비하 메시지를 보내 승리의 경험을 가로챈다. 그리고 이 승리는 뒤이어 ‘혜지승’과 ‘NGUM(느그 어미)’이라는 여성혐오 메시지를 보냄으로써 완성된다. 지금의 남성적 성장이란 무언가를 얼마나 잘하느냐가 아니라 혐오와 대상화의 언어로 여성과 ‘약한’ 남성을 얼마나 잘 배제하느냐에 달린 것이다. 그러니 게임의 승패와 무관하게 혐오 발화를 가장 잘 사용하는 경헌이 승자가 된다. 아이와 당신이 경헌을 이기기 위해서는 그 혐오 경제를 익혀야 했던 것이다. 채팅창에서 '엄마'라는 단어가 욕설로 여겨져 블라인드 처리되고 여성이라는 명명 자체가 모욕으로 간주되는 세계에서 당신은 끝내 승자의 기분을 느낄 수 없다. 당신은 아이가 회장 선거에 나가는 것조차 민주주의의 공적 발언(권)의 수행이 아니라 자기 극복의 퀘스트와 보상의 문제로 가르쳐왔다. 그 결과 아이는 당신이나 다른 친구들을 위해 어떤 말을 해야 한다는 책임에 대해서는 배우지 못했다. 당신의 치밀한 교육도, 실력 있는 여성과의 연대도 그 룰 자체를 향해 있지 않기에 핵심을 끝끝내 비켜갔다.

물론 당신만의 책임은 아니다. 당신은 아이가 따돌림을 당했을 때 가해 학생의 부모도 만나고 담임교사에게도 얘기해보았지만, 아이가 몸담고 있는 세계의 법칙을 거스르면서 아이를 보호할 수는 없었기에 주어진 조건하에서 최선을 다하기로 했다. 한국형 성장 모델에서는 타인과 관계를 맺는 일마저 배워야 하는 지식/기술처럼 간주된다. 그래서 아들이 친구와 관계를 어떻게 맺어야 하는지 물어왔을 때 당신은 이기면 된다고 알려주었다. 아이가 외모로 인해 따돌림을 당하고 스스로를 비하할 때 당신은 아이가 놀림의 과녁에서 벗어나도록 아이의 몸을 교정했다. "지금 또래하고 어울리는 법을"(202쪽) 배워두어야 앞으로 편하니까. 이는 아이로 하여금 투자와 관리가 아닌 다른 방식으로 스스로의 몸을 인식하거나, 경쟁이 아닌 다른 방식으로 친구들과 관계 맺는 법을 상상하지 못하게 만들었다. 그 결과 아이는 모든 (정서적/지성적) 자원을 자기계발의 경험치를 올리는 데 투입해야 했다. 그러려면 젠더와 섹슈얼리티, 신체와 장애, 인종과 출신 지역, 교육 경험을 비롯한 각자의 차이를 가능한 한 무화시키고 최적화된 아이템 트리를 암기해야만 했다. 그 아이템 트리가 누구의 것인지 묻지 않은 채.

그러니 아이와 경헌이 동료 시민으로서 서로 대화하는 법은 어디서 배울 수 있을까. 타인의 욕망을 비추는 것이 아니라 자기가 원하는 자신이 되는 방법은? 질투와 모방의 대상으로서가 아니라 상대를 온전히 보는 마음은? 모든 사람이 그렇듯 아이도 혼자 노력한다고 해서 통제할 수 없는 관계망 속에서 자란다. 우리는 그렇게 우연히 마주치는 다른 플레이어와의 네트워크 속에서 자신을 만들어나갈 수밖에 없다. 우리는 모두 아이에게 강제되는 룰을 만든 공모자이지만 그렇기에 서로에게 다른 게임의 룰을 줄 수도 있다. 우리는 서로에게 더 나은 사회적 관계망을 제공하는 개발자가 될 수 있다.

소설이 호명하는 '당신'은 물론 '엄마'다. 그런데 지금 제목을 다시 본다면 이 '당신'이 다른 사람임을 알게 될 것이다. 게임을 잘하게 된 당신의 아들일까. 아니면 혹시 이 책을 읽고 있는 당신을 의미하는 것은 아닐까. 책 밖에서 매일 그런 게임을 하고 있는 당신 말이다. 박서련은 이 작은 틈새로 게임을 재부팅시킨다. 이제 독자 당신이 거대하고 일상적인 이 게임의 플레이어다. 그러니 묻자. 당신이 매일 접속하고 있는 바로 그 게임의 룰은 어떠한가? 당신은 승자의 기분을 느낄 수 있는가?

김건형
2018년 문학동네신인상을 수상하며 평론을 발표하기 시작했다.

서이제

0%를 향하여

작가노트

우연한 만남을 꿈꾸며

해설 선우은실

어디선가 잘 해내고 있을 ○○에게 보내는 마음들

서이제

2018년 『문학과사회』 신인문학상을 수상하며 작품활동을 시작했다. 소설집 『0%를 향하여』가 있다. 오늘의 작가상을 수상했다. km/s 동인으로 활동중이다.

0%를 향하여

100

한국영화 100주년이었다. 그게 나랑 무슨 상관인가 싶었다. 봉준호 감독은 칸영화제에서 〈기생충〉으로 황금종려상을 수상했고, 그게 나랑 무슨 상관인가 싶었지만, 아무런 상관이 없다고 말하기에는 어느 정도 상관이 있는 것 같기도 하고 아닌 것 같기도 하고 그랬다. 한편 영화진흥위원회는 한국영화 100주년을 맞이하여, 한국 영화감독 100명이 100초 영화 100편을 제작하는 프로젝트를 진행했다. 대한민국역사박물관에서는 한국영화 100주년 기념 특별 전시가 열렸고, 국립아시아문화전당에서는 과거 검열제도에 의해 탄압받았던 영화들을 상영했으며, 서울아트시네마는 합동영화사와 함께 특별전을 기획했다. 3대 멀티플렉스가 국내 영화 시장의 97퍼센트를 점유하고 있었고, 한 해 동안 천만 관객 영화가 다섯 편이나 나왔으며, 블록버스터 영화의 스크린 독과점 문제로 스크린 상한제 도입이 논의되었다. 한국 독립·예술영화의 관객 점유율은 1퍼센트대 초반에 불과했다. 여전히 근로계약을 맺지 못한 채 일하는 영화인들이 있었고, 나는 한국영화 100주년을 맞이하여 영화를 그만두고 싶었다.

*

강릉에서 물회를 먹었다. 강릉에 한번 놀러오라는 석우 말만 믿고 무작정 강릉에 왔는데, 석우 말을 듣길 잘했다는 생각이 들었다. 작년까지만 해도 상업영화 현장에서 촬영팀으로 일하던 석우는 불현듯 영화를 그만두겠다며 고향으로 내려갔다. 강릉에 사진 스튜디오를 차릴 예정이니, 나중에 너희들도 결혼이라는 걸 하게 되면 연락하라고 했다. 도와주겠다고. 그때 나는 내가 정말 나중에 결혼이라는 걸 하게 될까, 결혼이라는 걸 하게 되어 얘한테 연락할 일이 생기기나 할까, 그런 걱정을 했다. 석우조차 결혼할 생각이 별로 없어 보여서 나는 내심 스튜디오의 미래를 걱정하면서도, 그의 선택을 응원해줄 수밖에 없었다. 누군가 영화를 그만둘 거라고 말해도, 보통 그런 말을 하는 애들은 그런 말을 하고도 그만두지 않았기 때문에, 나는 그래 너 어디 한번 그만둬보라고 했는데, 그러다가 정말로 그애가 영화를 그만두면 왠지 모르게 마음이 아팠다. 석우가 영화를 그만두겠다고 했을 때, 석우에게 왜 그만두냐고 물은 사람은 아무도 없었다. 그래, 스튜디오는 할 만하니? 내가 묻자, 석우는 뭘 해도 영화보다는 할 만하지 않겠냐고 했다. 그래도 요즘 상업은 근로계약서도 쓰고 많이 나아졌잖아. 일주일에 오십이 시간 이상 촬영도 안 하고. 일 분만 지나도 촬영감독이 얼마나 화내는지 아냐. 근데 독립은 답 없지. 내가 말하니, 석우는 독립영화판에 답이 있었던 적이 있기나 했냐고 되물었다. 그래, 다 아는 얘기 계속하는 거야. 계속 답이 없으니까. 그냥 그렇게 버티다가 하나둘 떠나는 거지 뭐. 별수 있나. 말을 하다보니까 말을 멈출 수가 없었다. 그런데 어떻게 이렇게까지 노답일 수가 있지. 아, 열받네 진짜. 말을 하다보니까 갑자기 열이 받았다. 말을 하다보면 열이 났고, 열이 나니까 말을 하지 말아야 했지만. 아우씨, 열이 났다. 야, 열 내지 말고 밥이나 먹어. 석우는 이내 그릇을 다 비우고는 말했다. 그런데 누구나 하고 싶은 것만 하고 살 수는 없잖아. 결국에는 돈을 벌어야 사니까. 그리고 생각해보면, 연출하고 싶어하는 사람이 너무 많아. 석우가 틀린 말을 한 건 아니었다. 그런데 맞는 말을 한 것도 아닌 것 같았다. 나는 석우가 틀린 말도 아니고 맞는 말도 아닌 말을 해서 짜증이 조금 났지만, 물회를 사줘서 참았다. 그래, 네 말도 다 맞아. 무슨 말인지 알아. 물회가 너무 매워서 열이 올라오네. 그런 말들을 하면, 우리 모두 다 맞는 말을 하고 있는 것 같기도 하고 모두 다 틀린 말을 하고 있는 것 같기도 해서, 뭐가 맞는지 뭐가 틀리는지 도통 알 수가 없는 상태가 되어버렸다. 아 참, 지금 딱 정동진독립영화제 하고 있는데, 이따가 해 지면 거기 갈래? 경포도립공원 쪽으로 드라이브 한 바퀴 돌고 가면 시간 딱 맞을 것 같은데. 석우가 제안했고, 나는 좋다고 했다.

*

3·1운동이 있던 해, 종로구에 위치한 상설영화관 단성사에서 김도산의 〈의리적 구토〉(1919)가 상영되었다. 키노드라마 형식으로 된 이 작품은 한국 최초의 영화로 알려져 있다. 하지만 해방 이후 한국전쟁을 겪으면서 대부분의 한국영화 필름이 유실되었기 때문에 지금 살아 있는 사람 중 이 영화를 실제로 본 사람은 아무도 없을 것이다. 현재 이 영화는 문서 기록으로만 남아 있다. 기록에 따르면 이 영화는 주인공 송산이 아버지의 재산을 탐하는 계모를 물리치고 가문의 체면을 지키는 이야기인데, 여기서 계모는 조선을 약탈하려는 일본을 상징하는 인물이라고 한다. 그러니까 이 영화는 독립에 대한 열망이 담겼다고 할 수도 있을 텐데, 지금 보면 뭔가 이상한 이야기이다. 어찌되었건 이후 젊은 영화감독 나운규가 대규모 자본과 엑스트라를 동원해 최초의 민족영화 〈아리랑〉(1926)을 만들었고, 큰 호응을 얻었다. 하지만 그럼에도 불구하고 당시 조선인들에게 영화는 이미 '우리의 것'이 아니었다. 국내에서 제작되는 영화는 극히 적었고, 1920년대 이후로는 할리우드 영화들이 쏟아져 들어왔기 때문에 조선인들이 극장에서 주로 접한 영화는 외국영화일 수밖에 없었다. 영화에 대한 동경은 곧 할리우드 영화에 대한 동경을 의미했다. 사람들은 '조선

영화는 지루해서 돈 주고 보기 아까울 정도'라고 평가하며 할리우드 영화에 열광했다.

> 대관절 계림영화협회 〈산채왕〉은 언제나 완성이 되는지 알고 싶다. 이래서는 조선의 영화계는 언제든지 비관 상태를 면하지 못할 것이다.(청주서 석돌이)*

이상이 카페를 차렸다가 망하고, 구보가 종로 일대를 걸으며 하루를 보내고 있을 무렵, 신문에는 영화에 대한 단평들이 실렸고, 이구가 '하소'라는 필명으로 영화비평을 썼다. '영화에 대해 말하기' 시작한 것이다.

*

정동진독립영화제는 매년 여름 정동초등학교 운동장에서 열렸다. 사람들이 삼삼오오 운동장에 돗자리를 깔고 앉아 있는 게 보였다. 운동장에 설치된 대형 스크린과 스피커. 두근거렸다. 장이머우의 영화에서 본 한 장면 같았다. 제목이 '영화 보는 날'**이었나. 시골 마을에서 영화 상영하는 영화 있잖아. 내가 말하자, 석우는 고개를 저었다. 강릉은 시골이 아니야. 아차 싶었다. 그래, 맞

---

* 김승구, 『식민지 조선의 또다른 이름, 시네마 천국』, 책과함께, 2012, 153쪽.

** 칸영화제 60주년을 기념하여 제작된 옴니버스영화 〈그들 각자의 영화관〉(2007) 중의 한 에피소드.

아. 우리 대학 왔을 때 서울 사는 애들이 그런 얘기 많이 했잖아. 거기 CGV 있어? 롯데시네마 있어? 마치 시골 사는 애들이 어떻게 영화를 보고 영화과에 왔냐는 듯이. 지방에는 영화관도 없는 줄 알아. 시내 가면 다 있다고 하니까, 애들이 놀라면서 그럼 너는 시외에 사냐고 했지. 그것도 벌써 십 년 전 일이네. 십 년 전에도 멀티플렉스는 어디에나 있었어. 석우는 운동장에 돗자리를 깔았다. 나 어릴 때, 여기 진짜 매년 왔어. 같은 반 애들이랑 피자 먹으면서 영화 보고 그랬다고. 진짜 귀여워. 석우는 자신을 귀여워하며 맥주 캔을 땄다. 나 사실 그때 내가 세련된 줄 알았다? 영화나 예술에 대해 많이 안다고 생각했으니까. 에이, 촌스러운 새끼. 그래도 나 지금 많이 멋있어졌지? 나 노력 많이 했다. 석우는 자기 자신을 귀여워하다가, 갑자기 자신을 한심해하다가, 갑자기 자기가 멋있어졌다고 했는데, 그래서인지 조금 미친놈 같아 보였다. 뭐래. 왜 이러는 거야. 그때 스크린이 밝아지며 영화가 시작되었다. 종종 친구들과 함께 석우네 집에 모여 영화를 보던 게 생각났다.

*

석우는 맥주를 마시면 공부가 더 잘될 것 같다고 했다. 오, 좋은 생각. 우리는 석우가 천재인 줄 알았다. 우리는 각자 마시고 싶은 맥주를 사서 석우가 사는 집으로 갔는데, 우리가 왜 그곳으로 갔냐면, 그곳은 원래 그런 곳이기 때문이었다. 석우도 잘 알고 있었을 것이다. 빔 프로젝터를 구입한 이후 석우네 집은 더이상 석우만을 위한 공간이 아니게 되었다는 걸. 모든 건 빔 프로젝터 탓이었다. 우리는 석우네 집에 가자마자, 손님답게 석우에게 토런트 불법 다운로드를 요구했다. 석우는 자신의 집에 찾아온 고객에게 서비스를 제공하기 위해 토런트 불법 다운로드를 시도했고, 그리하여 우리는 십 분도 지나지 않아 국내 미개봉 영화를 손에 넣게 되었다. 우영은 이제 곧 한국에서도 넷플릭스와 같은 스트리밍 서비스를 이용하게 될 거라고 했다. 우리는 우영의 말을 시작으로, 앞으로 오컬트 장르가 유행할 것이라는 이야기, 이미지를 어떻게 믿을 것인가에 대한 이야기, 세월호 참사 이후 한국영화들에 대한 이야기, 검열제도 이야기, 문화계 블랙리스트에 대한 이야기, 광화문광장에 다녀온 이야기를 했다. 그러다가 다시 영화 이야기, 대한민국 영화계의 미래에 대한 이야기, 졸업 이후 우리에게 닥칠 미래에 대한 이야기, 졸업한 선배들이 어떻게 살고 있는지에 대한 이야기를 했다. 상업영화 현장에서 스크립터로 일하는 선배가 자신을 성희롱한 조감독과 치고받고 싸웠다는 이야기. 촬영팀에서 일하는 선배가 감독에게 뺨을 맞고도 그냥 계속 거기서 일했다는 이야기. 그래도 그 감독이 만든 영화가 계속 흥행을 하니까 제작자들도 함부로 뭐라고 못한대. 요즘은 흥행만 하면 뭐든 다 된대. 흥행이 곧 권력이라는 이야기. 돈만 벌면 장땡이라는 이야기를 했지만, 그럼에도 불구하고 매년 꾸준히 혼자 독립영화를 찍는 선배가 있다는 이야기도 했다. 선배 그거, 건설현장에서 일해서 번 돈으로 매년 찍는 거야. 선배가 예전에 나한테 그랬어. 돈 벌어서 영화를 꾸준히 만들어야 한다고. 그래야만 겨우 자기 자신을 영화감독이라고 믿을 수 있다고. 이때 나는 내게 다가올 미래를 약간 외면하고 싶었는데, 다들 그랬는지 모두 별말 없이 맥주만 들이켰다. 그래도 경환 선배 촬영팀으로 참여한 영화 잘됐잖아. 천만 넘었는데, 돈 엄청 받지 않았을까. 아니야, 보너스 한푼도 안 줬대. 우리는 돈이 너무 좋지만 돈이 너무 싫다는 이야기를 하다가, 돈이 너무 좋아서 돈이 무섭다는 이야기도 하다가, 현금 없는 사회에 대해 이야기를 했는데, 방금 전까지 영화 이야기를 하다가 왜 갑자기 현금 없는 사회에 대한 이야기를 하게 되었는지는 알 수 없었다. 이제 우리 그만 떠들고 영화 좀 보자. 어느새 맥주 캔이 비어 있었다. 우리는 맥주를 더 마시려고 맥주를 더 사왔고, 더 마셨고, 맥주를 더 마시기 위해, 밤새 영화 세 편을 연속으로 봤다. 해가 뜰 무렵, 우리는 약속이라도 한 것처럼 한 명 두 명 바닥에 드러누웠다. 나는 눈을 감았다. 방바닥이 따뜻했다. 다들 너무 졸려서인지 말을 이어가진 않았다. 그대로 잠이 들었다.

*

청주 시내에 가면 쥬네쓰(jeunesse)시네마가 있었다. 나의 첫 극장. 극장에서 처음 본 영화는 공룡이 나오는 영화였다. 나는 초등학생이었고, 엄마 손을 잡고 있었다. 사람들이 극장 안으로 들어가기 위해 줄을 서 있던 모습이 기억난다. 그 장면이 종종 생각난다. 팝콘과 버터구이 오징어. 냄새. 좁은 계단. 줄 서 있던 사람들의 모습. 기억나지만, 그들의 얼굴은 기억나지 않는다. 어른들. 종종 보이던 내 또래 아이들. 어쩌면 우리는 같은 학교에 다녔을 수도 있고, 같은 학교에 다니게 되었을 수도 있을 것이다. 시내로 가는 버스 안에서 다시 마주쳤거나, 집으로 가는 버스 안에서 다시 마주쳤을 것이다. 그것도 아니라면, 언젠가 극장 안에서 또 다시 마주쳤을지도 모른다. 그런 일이 또 일어날 수 있을까 싶지만, 또 일어나지 말라는 법은 없기 때문에 또 일어났을지도 모른다. 하지만, 그런 일이 또 일어나더라도 우리는 우리의 얼굴을 알아보지 못할 것이다. 우리는 우리가 함께였는지도 모른 채, 함께 있다가 헤어질 것이다. 극장엔 사람들이 많았는데, 그들의 얼굴도 기억나지 않는다. 기억나는 건 사람들의 얼굴이 아니라, 벽, 천장, 복도, 의자와 같은 것들. 벽에 달린 스피커와 영사기에서 나는 소리. 영사기에서 뿜어져 나오는 빛. 빛을 뚫고 유영하는 먼지. 먼지. 먼지가 공중에서 꿈틀거리는 게 보였다. 그것을 보며, 팝콘을 먹었고 오징어를 먹었다. 스크린 속. 공룡이 달려가는 모습. 사람들 웃음소리. 잡담 소리. 소곤소곤. 뭉개지는 소리. 팝콘 씹는 소리. 뒤섞이는 소리. 말소리. 어떤 애가 엄마에게 혼났다. 어떤 애는 자꾸 일어났다. 어떤 애는 내 뒷좌석에 앉아 의자를 발로 찼다. 나는 여기가 도대체 무얼 하는 공간인지 궁금했고, 그걸 알기 위해 두리번거렸다. 나는 다른 사람들처럼 행동했고, 행동하려고 했고, 행동하기 위해 의자를 발로 찼다. 엄마에게 혼났다. 내가 스무 살이 되던 해, 쥬네쓰시네마는 사라졌다.

*

종로3가역 출구로 나가면, 영화로부터 도망칠 출구가 없었다. 종로3가역에서 14번 출구로 나가면 서울극장과 서울아트시네마와 인디스페이스가 나왔고, 2-1번 출구로 나가면 CGV피카디리 1958이 나왔으며, 9번 출구로 나가면 단성사가 있었던 자리가 나왔다. 내가 처음 실제로 단성사를 봤을 때, 단성사는 이미 폐허가 되어 있었다. 한국전쟁에서도 살아남았는데, 부도를 맞았다고 했다.

*

늦을까봐 허겁지겁 뛰었다. 겨우 시간에 맞춰 극장에 들어갔는데, 상영관을 잘못 찾아들어온 줄 알았다. 상영관이 텅 비어 있었기 때문이었다. 그러나 상영관을 잘못 찾아들어왔다고 하기에는 말이 안 되었다. 서울아트시네마의 상영관은 하나뿐이었기 때문에 상영관을 잘못 들어오는 일은 벌어질 수 없었다. 나는 자리에 앉아 영화가 상영되길 기다렸다. 아니, 누군가 오길 기다렸는지도 모른다. 내가 아는 사람이든, 모르는 사람이든. 그러니까 나는 함께 영화를 볼 사람들이 오길 기다렸다. 기다리니까 사람들이 왔다. 한 명, 두 명, 세 명. 상영관 안으로 들어온 관객은 열 명이 채 되지 않았다. 이만희 감독의 영화였다.

알려진 바와 같이 김태용의 〈만추〉(2010)가 있었고, 그전에는 김수용의 〈만추〉(1981)가 있었으며, 그보다 훨씬 이전에는 이만희의 〈만추〉(1966)가 있었다. 소문에 의하면 이만희의 〈만추〉 원본 필름은 북한에 있다고 하는데, 그게 왜 거기에 있는지는 모르겠지만, 그게 그렇게 명작이라고 했다. 그 영화는 전설로만 남아 있었다. 그 당시 이만희 감독은 천재로 살면서 어처구니없는 일들을 많이 경험했는데, 그 일화들을 듣고 있자면 어처구니가 없었다. 1960년대 검열 당국은 이만희 감독의 〈휴일〉(1968) 시나리오를 두고, "주체성과 예술성이 없"기 때문에 이런 영화는 만들어지면 안 된다고 했다가, 다시 "주체성은 있으나 예술성이 없"기 때문에 이런 영화는 만들어지면 안 된다고 했다가, 마지막에는 "되도록" 이런 영화는 "안 만드는" 게 좋다는, 무슨 말인지 하나도 알아먹을 수 없는 말을 했다.* 뿐만 아니라 이만희 감독은 〈7인의 여포로〉(1965)에서 국군을 허약하게 묘사했다는 등의 이유로 입건되기도 했다. 이 일로 촬영이 잠시 중단되었다가 출소 후 겨우 완성한 영화가 바로 〈흑룡강〉(1965)이었다.

그리고 나는 지금 극장에서 그 영화를 보고 있었다. 처음 만난 몇 명의 사람들과 함께. 이번 상영은 불완전판 상영이었는데, 나는 영화를 보는 내내, 어떻게 겨우, 간신히, 힘겹게, 완성한 영화가 다시 불완전판이 될 수 있었는지에 대해 생각했다. 결국 이 영화는 불완전판으로 존재할 수밖에 없는 운명이었던 걸까. 그런 생각을 할 때, 영화가 갑작스럽게 끝났다. 만족스러웠다. 극장에

* 박재환, 「[한국영화 100년 더 클래식 ③휴일] 한국적 리얼리즘의 걸작(이만희 감독, 1968)」, KBS미디어, 2019. 10. 30.

서 불완전판을 볼 수 있는 기회는 그리 흔치 않았으니까.

고개를 돌려 주변을 둘러보았다. 띄엄띄엄 자리에 앉아 있는 사람들이 보였다. 프로그래머가 스크린 앞에 나오자마자 울분을 토했다. 한국영화 100주년이었다. 울분을 토했다. 그는 자신이 한국영화 100주년에 이렇게 울분을 토하게 될 줄은 몰랐을 것이다. 한국영화 100주년 특별전은 좋게 말해 너무도 '우리들만의 소소한 잔치'가 되어버렸으므로, 우리는 우리끼리 신날 수도 있었지만, 소소해도 너무 소소한 잔치가 되어버려서 전혀 신이 나지 않았다. 프로그래머는 여기에 남아 있는 관객을 위로하고 싶어했고, 나는 프로그래머를 위로하고 싶었다.

*

시네 토크가 끝나고 상영관을 나오는데, 할머니 한 분이 내게 말을 걸었다. 옛날 생각 나네요. 이거 나 젊었을 때 봤던 영화인데. 말을 걸어주셔서 감사했다. 이 영화를 젊었을 때 극장에서 보셨다고요? 할머니는 해방 전에 태어나, 어린 나이에 한국전쟁을 겪었다고 했다. 요즘에는 노인복지센터에서 영화제작을 배우고 있고, 파이널 컷 프로도 다룰 수 있다고 했다. 태어나서 배운 것들 중에 제일 재미가 있다고 했다. 어릴 때부터 영화 보는 걸 좋아했는데, 단성사가 사라지기 전에는 단성사에 자주 갔다고 했다. 저는 말로만 들어봤어요. 어렸을 때 지방에서 살아서 단성사에 가본 적이 없거든요. 대학로 동숭시네마텍도 못 가봤어요. 나는 할머니에게 나를 소개했다. 영화 일을 하다가 지금은 백수로 지내고 있어요.

*

극장에 있던 사람들은 어느새 극장 앞에 있는 사람이 되었다. 어쩌다보니 그렇게 되었다. 사람이 진짜 없네요. 왜 이렇게 안 왔을까요. 평소보다 사람이 더 없네요. 우리는 극장 앞에 서서 짧게 대화를 나눴다. 어떤 분은 광화문 쪽에 살면서 회사를 다닌다고 했고, 종종 여기로 영화를 보러 온다고 했다. 어떤 분은 이제 곧 카페를 차릴 예정이라고 했다. 어떤 아이는 현재 안산에서 고등학교에 다니고 있다고 했다. 영화제작 동아리에서 사적 다큐멘터리를 찍고 있으며 영화감독이 되고 싶다고 했다. 그 나이 또래 학생이 한 명 더 있었는데, 그 아이는 이만희 영화를 보러 충주에서부터 시외버스를 타고 왔다고 했다. 부모님한테 독서실 간다고 거짓말을 했기 때문에 빨리 가야 한다고 했다. 그 아이는 가방을 메고 있음에도 불구하고 구태여 보여주기식으로 옆구리에 영화비평집을 끼고 있었는데, 눈빛부터 예사롭지 않았다. 안녕하세요. 저는 윤성호라고 합니다. 윤성호씨는 요즘 아무것도 안 하는데, 계속 아무것도 안 하고 싶지만, 아무것도 안 할 수 없는 위기에 처해 있다고 했다. 윤성호? 내가 고개를 갸우뚱하자, 그는 내가 왜 저런 반응을 보이는지 다 안다는 듯이 입을 열었다. 그 윤성호 아니에요.

*

'당신은 말의 진심을, 사랑의 진심을, 영화의 진심을 믿습니까?'
영화는 신자유주의, 제국주의, 영화, 사랑 등을 그 자체로는 텅 빈 기표로 반복 사용하며 무언가 남겨짐을 거부하고 지속적으로 유보하고 있다. '담론을 패션(fashion)으로 만듦으로써 발언이 되게 하기'와 '담론을 또하나의 매혹적인 상품으로 소비하고 말기' 사이에서 이 재기발랄한 영화는 위태롭게 스스로를 시험하고 있는 것처럼 보인다.*

『씨네21』을 통해 윤성호 감독의 첫 독립 장편 〈은하해방전선〉이 개봉한다는 소식을 접하게 되었는데, 그때까지만 해도 나는 독립영화가 무엇인지 몰랐다. 제작 은하해방전선제작위원회, 청년필름. 배급 인디스토리. 내가 아는 배우가 단 한 명도 출연하지 않는 영화. 예고편을 찾아봤는데 재미있을 것 같았다. 예고편을 수십 번씩 돌려봤다.

군인 두 명이 대낮에 지하철에서 대화를 나눈다. 선임이 후임에게 말한다. "영화가 개인의 예술이라고 생각해? 민중은 생각 안 해?"

* 남다은, 「영화의 진심을 믿습니까? 〈은하해방전선〉」, 『씨네21』, 2007. 11. 28.

도대체 대낮부터 왜 저러고 있는 거지. 궁금했다. 하루빨리 보고 싶었다. 나는 기다렸다. 곧 영화가 개봉한다고 해서 기다렸는데, 아무리 기다려도 개봉하지 않았다. 그때 나는 처음으로 독립영화를 보려면 독립예술영화관에 가야 한다는 걸 알게 되었다. 인터넷으로 찾아보니, 대전에 가면 대전아트시네마라는 곳이 있다고 했다. 그곳에 가면 그 영화를 볼 수 있다고 했는데, 그곳은 내가 사는 곳에서 아주 멀리 있었다. 혼자서 청주 밖으로 나가본 적이 없었다. 내가 혼자서 대전까지 갈 수 있을까. 생각했지만, 가보고 싶었다. 보고 싶었다. 나는 누군지도 모르는 감독의 첫 장편영화를 보기 위해 내 하루를 다 쓰기로 마음먹었는데, 내가 왜 그런 마음을 먹었는지는 알 수가 없었다. 주말에 대전으로 갈 계획을 짰다. 무엇이, 어떤 힘이, 도대체, 왜, 나를 낯선 곳까지 이르게 만들었는지 알 수 없었다.

*

막상 대전아트시네마 건물 앞에 도착하니, 안으로 들어가기가 망설여졌다. 그곳은 지금껏 내가 다녔던 영화관들과는 전혀 다른 외관을 지니고 있었다. 여기가 영화관 맞나, 들어가도 되나, 수많은 의문이 들었다. 낡은 계단을 걸어올라갔다. 문을 열어보니, 테이블과 의자가 있었다. 영화관이라기보다는 오래된 카페 같았지만, 벽에 빼곡하게 붙어 있는 영화 포스터들을 보니 영화관이 맞았다. 그곳에는 유니폼을 차려입고 나를 반기는 미소지기도, 진한 팝콘 냄새도 없었다. 매표소. 매표소랄 것도 없지만 카운터에 앉아 있는 사람은 나를 그냥 내버려뒀다. 그분은 나에게 관심이 있는 것 같기도 하고 없는 것 같기도 하고, 나를 손님으로 맞이해주는 것 같기도 하고 아닌 것 같기도 했는데, 그분의 그런 태도에 왠지 모르게 마음이 편안해졌다. 자유가 있었다. 표를 끊으니, 그분이 티켓과 함께 담요를 주셨다. 영화를 보다보면 추울 거라고 했다. 나는 이미 영화를 보기 전부터 추웠다. 극장 안으로 들어가 의자에 앉았는데 의자가 삐거덕거렸다. 재미있었다. 나는 이미 영화를 보기 전부터 재미있었다. 극장에는 나 혼자였고, 계속 나 혼자였다. 영화 상영 직전에야 누군가 들어왔다. 누군지도 모르는 사람과 함께, 누군지도 모르는 감독의 영화를 봤다. 실어증에 걸린 영화감독이 사랑하는 사람과 소통하기 위해 고군분투하는 이야기였다. 누군지도 모르는 배우가 나왔다. 그리고 나는 곧 그들이 누군지 알게 되었다. 영화를 다 보고 극장을 나왔는데, 마음이 이상했다. 좋은 것도 아니고 좋지 않은 것도 아닌데, 그저 그런 것도 아니었다. 나조차도 내 마음을 모르게 만들어버리는 영화였다. 지금까지 봤던 영화와는 뭔가 다른 영화인 것 같기도 하고 아닌 것 같기도 하고, 뭐 그랬는데, 그래도 이 영화를 잊고 싶지 않았다.

*

인디스페이스 관객석이 꽉 차 있는 모습을 살아생전 볼 수 있을까. 인디스페이스는 2007년에 정부 지원으로 세워진 국내 최초의 독립영화 전용관인데, 2009년 말부터 잠정 휴관 상태였다가, 민간 독립영화 전용관 설립 추진 모임에 의해 2012년에 재개관했다. 나는 소위 '인디스페이스 광화문 시대', 그러니까 인디스페이스가 광화문으로 이전해 재개관했을 때부터 이곳에서 영화를 봤다. 독립영화에 대한 엄청난 애정이 있었다기보다는 그냥 어쩌다 보니 어쩌다가 자주 오게 되었다. 동기의 영화를 보러, 선배나 후배의 영화를 보러, 다른 대학 친구들의 영화를 보러, 일하다가 알게 된 지인이나 어쩌다가 알게 된 지인의 영화를 보러, 건너 알게 된 사람의 영화를 보러. 누군가는 '자기들끼리' 찍고 '자기들끼리' 보고 '자기들끼리' 해먹는다고 했다. 맞는 말이었다. '자기들끼리'라도 안 보면, 정말로 독립영화를 봐줄 사람이 없었다.

*

비가 왔다. 미장센단편영화제에 오는 날마다 비가 내리는 것 같았다. 그래서인지 분위기도 대체로 우중충했다. 다들 아닌 척하고 있지만. 상진이는 영화제에서 애들 으스대는 꼴을 보면 역겨워질 정도라고 했는데, 그러면서도 매년 영화제에 왔다. 상진이의 영화가 상영된 적도 있었다. 솔직히 여기 오는 애들 다 영화과 아니냐. 자기들끼리 찍고 자기들끼리 보는 거지. 영화과 친목도모 영화제야. 그들만의 리그야. 또 아는 애들 마주칠까봐 싫어. 상진이는 그렇게 말했지만, 매년 영화제에서 아는 애들을 마주쳤고, 인사했고, 욕했다. 욕을 하기 위해 여기에 오는 것 같았다.

한때 미장센단편영화제는 상업영화 등용문이었다. 영화제에서 수상을 하면, 얼마 지나지 않아 상업영화 감독으로 데뷔할 수 있었다. 제작자가 와서 장편 시나리오가 있냐고 물었을 때 장편 시나리오가 있으면 됐다. 하지만 이제는 영화제에서 수상하더라도 그런 일은 쉽게 일어나지 않았다. 수상을 '계속'하더라도 마찬가지였다. 상업영화 제작 예산은 점점 더 커졌고, 예산이 크면 흥행에 참패했을 때 손해도 컸기 때문에 흥행이 보장된 영화감독들이 계속 영화를 만들 수밖에 없었다. 그럼에도 불구하고, 다들 여전히 자신의 영화가 영화제에서 상영되길 바랐다. 성과가 가시적이기 때문이었다. 비록 관객이 다 영화과 학생들이더라도 관객석이 꽉 채워졌으니까.

우리는 관객석에 앉아 영화가 시작되길 기다렸다. 상진이가 조금도 쉴 새 없이 계속 떠들었다. 물론, 내가 잘해야겠지. 물론, 내가 영화를 잘 만들어야 하겠지만. 실력도 없으면서 징징거리면 안 되지만. 상진이는 말을 하다가 가끔 끝까지 말을 이어가지 못했다. 그냥 이런 경쟁이 지친다는 거야. 이제는 영화 만드는 게 재미없게 느껴지기까지 해. 결국에 모든 독립 단편영화는 상업영화 포트폴리오 아니냐. 날도 우중충한데, 상진이가 자꾸 우중충한 이야기나 하고 앉아 있어서 내 기분도 더 우중충해졌다. 다 아는 얘기 그만해. 우산으로 한 대 맞고 싶냐. 궁상 좀 그만 떨어. 나는 상진이에게 말했지만, 종종 그렇게 말했지만, 그렇게 말할 때마다 마음이 편하지 않았다. 그런데 너는 왜 매년 오냐. 상진이가 내게 물었고, 나는 의무감에 온다고 했다. 좋든 싫든 그냥 봐야 할 것 같은 느낌이랄까. 좋은 영화를 보게 될 수도 있잖아. 그냥 매년 왔으니까 매년 오는 거야. 내가 말하고도 이유 같지 않은 이유라고 생각했다. 보다 더 제대로 된 이유가 필요할 것 같았다. 아니, 나 사실 미장센 헤어 에센스 받으러 오는 거야. 나는 영화제에서 일 년 치 헤어 에센스를 받아왔다. 가끔 이벤트에 당첨되면 샴푸 린스 세트도 받았다. 그걸 쓰면서, 영화에 대해 생각하진 않았다.

*

상업영화 현장에 가야 했지만 가고 싶지 않았다. 현장에 가면 그래도 돈을 벌 수 있었지만, 글을 쓸 수 없었고, 글을 쓰지 못하면 내 작품을 만들 수 없었다. 내 작품을 만들지 못하면 감독이 될 수 없었다. 모순적이게도, 영화를 만들기 위해서는 영화를 하면 안 되었다. 그리고 내 작품을 만들기 위해서는 돈과 시간이 필요했는데, 돈과 시간을 확보하는 데에는 과외만한 것이 없었다. 물론, 돈을 벌 수 있는 일이야 많았지만 돈을 버는 일을 하면 시간이 없었다. 돈을 벌 때, 나는 종종 내 노동력을 파는 게 아니라 내 시간을 팔고 있다는 생각이 들었다.

*

한때 프랑스문화원에서 자막도 없는 영화를 보며 공부하던 사람들이 있었다. 영화감독을 꿈꾸며 미국이나 프랑스로 유학을 간 사람들은 대학교수가 되었고, 대학교에서 그들에게 영화를 배운 학생들은 영화과 입시 과외 선생이 되었다. 유학파들 중 누군가는 쉰 살이 넘을 때까지 교수 월급으로 빚을 갚고 있었고, 그들에게 영화를 배운 학생들 중 누군가는 서른 살이 넘을 때까지 입시 학원 임금으로 학자금대출 빚을 갚고 있었다. 나도 학자금대출 빚을 갚고 있었고, 과외를 하고 있었다. 고백하자면, 처음 과외를 시작했을 때 마음이 편하지 않았다. 내가 잘 가르치지 못할까봐. 애를 대학에 못 보낼까봐. 그래서 어린애 인생을 망칠까봐. 그런 걱정들로 가득했으니까. 그러나 정작 더 큰 문제는 다른 데 있었다. 모순. 내가 학생에게 모순적인 말들만 하고 있었기 때문이었다. 영화를 통해 네가 하고 싶은 말을 전해야 한다고 말하면서, 사람들이 좋아할 만한 재미있는 시나리오를 쓰라고 말했기 때문이었다. 생각해보면 말 같지도 않은 말이었다. 내가 하고 싶은 말과 사람들이 듣고 싶어하는 말은 다를 수 있기 때문이었다. 때때로 내가 하고 싶은 말은 재미없는 말일 수 있었고, 내가 해야만 하는 말도 재미없는 말일 수 있었다. 이래서 사람들이 좋아하겠어? 이래서 잘 팔리겠어? 이래서 투자받겠어? 그래서 주제가 뭐야? 지금껏 수도 없이 들었던 말들이 떠올랐다. 그런데 이때 '사람들'이란 도대체 누구를 말하는 걸까. 나는 너무 많은 사람들의 얼굴을 한꺼번에 떠올릴 수 없었다. 그럴 수 없었다. 나에게는 그럴 능력이 없었다.

*

로그라인. 영화의 주제와 줄거리는 한마디로 요약될 수 있어야 한다고 했다. 나는 그런 말을 들을 때마다, "내가 말로 할 수 있었다면 말로 했지, 구태여 영화로 말하려고 하지 않았겠죠. 한마디로 될 일이었으면 그냥 한마디로 말하면 되잖아요"라고 말하고 싶었으나, 늘 그렇게 말하지 못했다. 내가 진정으로 하고 싶은 말은 한마디로 요약되기를 거부하는 말이었고, 내가 쓰고 싶은 이야기는 어째서 이야기를 그렇게 써야 하냐고 반문하는 이야기였는데. 그러나 나는 거부할 수도 반문할 수도 없었다. 나는 학생에게 전통적인 플롯에 대해, 극적 개연성에 대해, 명확한 주제에 대해 이야기했다. 파토스와 카타르시스. 주인공을 불행하게 만들고, 주인공에게서 가장 소중한 것을 빼앗으라고 했다. 주인공을 죽고 싶게 만들고, 죽을 수 없게 하라고 했다. 뭐든 이유가 있어야 한다고 했다. 주인공은 옆집 애를 구하러 갈 때도 이유가 있어야 했다. 이유가 없으면 옆집 애를 구할 수 없었다. 주인공에게는 애를 잃은 경험이 있어야 했다. 그래서 애가 또 죽어야 했다. 이야기 속에서 사람을 죽일 때는 생각을 하고 죽여. 나는 그런 말을 했고, 그런 말을 했지만, 그런 말을 하고도 그게 도대체 무슨 말인지 알 수 없었다. 생각을 하고 사람을 죽이면 무죄인가. 나는 정말 또라이인가, 사이코패스인가. 나는 내가 제정신인가 싶었지만, 그래도 그렇게 써야 한다고 했다. 왜? 그게 영화라고 배웠으니까. 주제를 한 줄로 요약하라고 했다. 그때마다 학생은 자기도 무슨 말을 하고 싶은지 잘 모르겠다고 했다. 그래서 글을 못 쓰겠다고 했다. 하고 싶은 말이 있어서 글을 쓸 수도 있지만, 글을 쓰는 과정을 통해 네가 하고 싶은 말을 찾아갈 수도 있는 거야. 영화도 마찬가지야. 영화를 만드는 과정을 통해 네가 하고 싶은 말을 찾아갈 수도 있는 거야. 그렇게 말하고 싶었지만, 말할 수 없었다. 그냥 주제를 한 줄로 요약하라고 했다. 그냥 시키는 대로 하라고 했다. 그런 말을 하고 싶지 않았지만 자꾸만 그렇게 말하게 되었다. 나 자신이 싫었다. 점점 더 그렇게 되어갔다. 나조차도 내가 싫은데, 얘는 내가 얼마나 싫을까. 선생님이 싫어요. 입시 하기 싫어요. 어른들이 하라고 하는 대로 하기 싫어요. 그런 말은 듣고 싶지 않았다. 결국 나도 대학에 갔기 때문에, 나도 제도권 교육을 받았기 때문에, 어느새 나도 어른이 되었기 때문에, 돈을 벌어야 했기 때문에, 돈을 벌어서 내 작품을 만들어야 했기 때문에, 그런 말은 듣고 싶지 않았다. 나는 내가 하고자 하는 말을 하기 위해, 아이들이 하고자 하는 말을 막는 사람이 되어가고 있었다. 정작 나조차도 불편한 이야기, 지루한 이야기, 공감되지 않는 이야기를 마주하는 연습이 부족했던 건 아닐까. 선생님, 가르쳐주셔서 감사합니다. 가끔 그런 말을 들을 때마다 어디론가 숨어버리고 싶었다.

*

선생님, 제가 진짜 좋아하는 형이 있어요. 예전에 영화관 아르바이트하다가 만난 형인데, 영화 찍는다고 그랬어요. 약간 허세가 있었죠. 그런데 이상하게도 그 형 허세는 귀여웠어요. 아르바이트 끝나면 둘이 영화도 보고 그랬는데, 제가 아르바이트를 그만둔 후로는 오랫동안 못 봤어요. 근데 진짜 오랜만에 연락이 왔어요. 영화 찍었는데 보러 와달라고 하더라고요. 보러 오라는 게 아니라, 보러 와달라고. 그래서 갔는데 되게 작은 극장이었고, 관객이 저 포함해서 세 명이었어요. 그 형, 세 명을 그곳에 모이게 하기 위해서 도대체 얼마나 많은 사람들한테 연락을 돌렸을까요. 얼마나 거절을 당했으면 저한테까지 연락을 했을까요. 그날 집으로 돌아오면서 나도 영화를 해보고 싶다고 생각했어요. 학생이 하는 말을 듣고, 조금 이상한 전개라고 생각했다. 도대체 왜. 그런 형을 보고, 왜 영화가 하고 싶어진 걸까. 설득력이 하나도 없었다. 그애가 봤을, 텅 빈 극장. 역시나 영화 같은 건 하지 말아야 할 이유가 더 많았다. 그러나 이상하게도, 그 이유를 알아도 계속 영화를 하게 되었다. 그 형이랑 연락 계속하니? 너 대학 가는 데 도움을 줄 수도 있잖아. 이것저것 알려주고. 내가 물었더니, 그애는 고개를 저었다. 연락 안 한 지 오래되었어요. 그 형, 그래도 어디선가 잘 해내고 있겠죠?

*

대한극장은 1958년 충무로에 세워진 극장이었다. 미국의 20세기폭스에서 설계했다고 알려진 이 극장은 오픈할 당시 최고의 시설을 갖추고 있었다. 나는 영화 티켓을 끊고 매표소 앞 의자에 잠시 앉아 있었다. 한편에서 할머니 할아버지들이 삼삼오오 모여 이야기를 나누고 있었다. 너는 그걸 왜 못해. 아우, 나는 못하겠더라. 내가 뭐 좀 누르려고 하는데 화면이 그냥 사라지더라고. 짜증이 나서. 네가 엉뚱한 거 눌렀나보지. 그거 안 배우면 늙는 거야. 이미 늙었어. 늙는 게 뭐 어때서. 그거 못하면 햄버거 가게 가서 주문도 못한다 너. 우리 딸이 맨날 나한테 햄버거 먹지 말라고 그러더라. 그래서 안 먹어? 아니, 먹지. 딸이 못 먹게 해서, 이렇게 밖에 나오면 더 먹지. 콜라도 먹고. 먹지 말라는 게 제일 맛있어. 연자는 요즘 뭐한대? 그, 그, 뭐더라, 연자 아들 작년에 결혼했잖아. 애기 낳았어. 카톡에서 봤어. 퇴직하고 영화만 보러 다니는 거 같네. 할인도 되고 좋지. 예순다섯 넘어서 좋은 건 그거밖에 없어. 얘는 원래 영화 좋아했어. 어쨌든 너 그거 배워, 키오스크. 네가 잘 눌러야지. 알았어. 이따가 영화 끝나고 여기 스타벅스에서 커피나 한 잔씩 하자고. 야, 가자. 시간 됐어. 시간이 다 됐고, 나도 자리에서 일어났다. 영화를 보기 위해 그분들과 같은 방향으로 걸어갔다.

*

선아 촬영장에 가보니…… 좋게 표현해서 조촐했다. 배우 한 명, 스크립터 한 명, 촬영감독 한 명, 촬영부 한 명, 조명감독 없음, 음향 한 명. 그냥 뭐든 하는 한 명. 좋게 말해 자율적인 포지션. 나도 그때그때 할 수 있는 일을 했다. 현장 진행을 했고, 슬레이트를 쳤고, 때때로 식사 준비를 했고, 장비를 옮겼고, 붐 마이크를 들었다. 어떻게 이 스태프로 장편을 찍나 싶었지만, 어떻게든 현장이 굴러가긴 했다. 선아는 위기감이 몰려올 때마다 독립은 못할 게 없다고 말했다. 독립은 원래 이렇게 찍는 거야. 독립은 다 하는 거야. 혼자서 로케이션과 배우와 스태프를 구하는 데 시간을 다 써서인지, 선아는 연출적인 부분에는 거의 신경쓰지 못한 것 같았다. 촬영 첫째 날, 선아는 하루 전에 급조한 것 같은 콘티를 가져왔다. 촬영 둘째 날, 선아는 콘티를 가져오지 않았다. 한 컷 한 컷 찍을 때마다 바로 그 자리에서 어떻게 찍을지를 결정했다. 힘들어 보였다. 셋째 날, 선아는 줄콘티를 만들어왔다. 하루하루가 지날수록 선아는 반쯤 폐인이 되어갔다. 동공에 힘이 하나도 없어서, 가끔 얘가 어딜 보고 있는 건지도 알 수 없었다. 언제부턴가 선아는 줄콘티도 아예 가지고 오지 않았다. 자기는 천재라서 괜찮다고 했다. 머릿속에 컷이 다 있다고 했다. 우리는 박수를 쳤다. 선의의 박수였다. 언젠가 한번은 선아가 다음 컷을 알려주겠다고 잠깐만 기다리라고 하더니, 나를 계속 기다리게 했다. 선아는 손톱을 자꾸 깨물었다. 야, 너 괜찮아? 머리 아프면 잠깐 쉴래? 선아는 고개를 저었다. 홍상수도 콘티 없이 찍고, 고다르는 시나리오도 없이 찍는데 뭘. 나도 할 수 있어. 선아에게는 미안하지만, 선아는 할 수 없을 것 같았다. 그래, 못할 게 뭐야. 너도 할 수 있어! 마음에 없는 소리를 했는데, 미안했다.

*

나는 내가 영화감독인지, 과외 선생님인지, 아르바이트생인지, 그냥 백수인지 뭔지 모르겠어. 지혜는 만나기만 하면 그런 말을 했다. 너는 프리랜서지. 지혜는 잘 모르겠다고 했다. 그냥 자기 자신을 백수라고 생각하는 게 이제는 습관이 되어버린 것 같다고 했다. 그래도 너는 직업이 많네. 영화감독이고, 과외 선생이고, 아르바이트생이고, 백수는 직업이라고 해도 될지 모르겠지만, 어쨌든 너는 뭘 많이 하고 있는 거야. 우리 맨날 바쁘잖아. 돈도 안 되는 일 하느라 매일 바쁜 게 우리 삶이었다. 그런데 내가 과외하다가 느낀 건데, 요즘 애들은 다 영화 찍어봤다? 우리 학교 입학할 때는 영화 찍어본 애들 거의 없었잖아. 근데 신기한 건, 요즘 애들은 영화를 안 봐. 그런 말을 하는 걸 보니 이제 우리도 꼰대가 되어버린 것 같았다. 별수없이. 문득, 중학교에서 방과후 선생님으로 일하고 있는 규현이가 생각났다. 그거 오규현이 애들한테 영화 가르쳐서 그래. 걔네가 커서 고등학교에 가면 너한테 과외를 받는 거지. 오규현한테 연락해서 애들 영화 좀 보게 하라고 해. 내가 말하니, 지혜가 깜짝 놀라며 말했다. 나혜도 지금 그거 해. 나혜는 초등학생들 가르친다고 했나. 나는 이 정도면 우리가 영화과가 아니라 영화교육과를 졸업한 게 아니냐고 했다. 아, 그런데 나혜는 작년에 미쟝센영화제에서 봤는데. 나 걔 영화 봤어. 상도 받았잖아. 장편 준비하고 있는 거 아니었어? 내가 물으니, 지혜가 얼굴을 찡그리며 말했다. 다들 그렇게 살지 뭐. 요즘은 예전같이 영화제 가서 상 받는다고 다 데뷔하는 것도 아니니까. 영화 찍으면서 애들 가르치는 거지. 근데 뭐 안 그런 게 어디 있어. 지혜의 말처럼, 정말로 이건 영화만의 일도 아니었다. 대학교에서 예술을 배운 사람들 중 꽤 많은 사람들이 과외를 하거나 학원에서 일을 했다. 문학을 전공했든, 음악을 전공했든, 무용을 전공했든, 미술을 전공했든, 연기를 전공했든. 내 동기들도 때에 따라 과외를 했고 학원에서 일을 했다. 때에 따라 상업 현장에서 일을 하기도 했고, 때에 따라 독립영화를 만들기도 했다. 때에 따라 사는 사람들이었다. 그래, 이제 세상 모든 예술학교는 사범대지. 내가 말했고, 지혜는 이럴 줄 알았으면 영화 만드는 법만 배우지 말고 영화 가르치는 법도 배울 걸 그랬다고 했다. 만드는 거랑 가르치는 건 다른 일인 것 같아. 애들 가르치면서 어떻게 가르치는 건지 배우고 있어. 나는 영화 만드는 사람인데 영화 가르치는 사람이고, 영화 가르치는 사람인데 영화를 어떻게 가르치는지 배우고 있는 사람이기도 하며, 영화를 배우는 사람이기도 해. 너무 많은 정체성이 있어서 정체성이 없어. 나는 고개를 끄덕였다. 나도 그랬기 때문이었다. 어쨌든 오규현한테 연락해서 욕하자. 애들 영화 좀 보게 하라고 하자. 지혜는 그런 말을 하다가, 그러지 말자고 했다. 아니다. 오규현도 살기 힘들 텐데. 걔 그렇게 돈 벌어서 영화 찍을 거 아니야. 지혜는 갑자기 아무런 말도 없이 테이블 위만 바라봤다. 테이블 위에는 커피잔밖에 없었다. 아휴, 사는 게 왜 이 모양인지. 우리 부모님은 왜 이혼을 해가지고 나를 동생이랑 집에 둘이 있게 했지. 지혜는 부모님이 없을 때 동생이랑 매일 비디오를 빌려 봐서 지금의 자신이 이렇게 된 거라고 했다. 내 동생도 영화하잖아. 그래도 걔는 나보다 나아. CG회사 다니잖아. 지금 전쟁영화 피난민 복사 붙여넣기 하고 있을걸. 오십만 명 만들어야 된대. 복, 붙, 복, 붙. 지혜처럼, 나도 그랬다. 나도 집에 혼자 있었다. 복, 붙, 복, 붙. 부모님이 맞벌이를 해서 집에 거의 혼자 있었는데, 그때 영화를 많이 봤다. 또는 부모님이 돈 때문에 이혼해서 집에 거의 혼자 있었는데, 그때 영화를 많이 봤다. 또는 그냥 영화를 많이 봤다. 필연적으로 영화를 많이 본 애들이 영화과에 진학했는데, 영화를 많이 보게 된 이유는 대체로 비슷했다. 복, 붙, 복, 붙. 요즘 애들이 영화과에 가고 싶어하는 건 오규현 때문이야. 걔가 방과후 수업에서 영화 제작하는 법 알려주고 있어서 그래. 솔직히 영화 찍는 거 좀 재미있냐. 애들 영화 찍어보면 이게 내가 찾던 일이구나 싶지. 안 그래? 오늘 지혜는 이상한 방식으로 부모탓을 하고, 이상한 방식으로 오규현 탓을 했다. 그래도 지혜가 자기 탓을 안 해서 다행이라고 생각했다. 나는 지혜가 자기 자신을 탓하지 않길 바랐다. 몇 달 전에 지혜를 만났을 때 지혜가 그랬다. 너무 화가 나는데, 자기가 할 수 있는 게 아무것도 없다고. 자기가 부족한 탓인지도 모르겠다고. 지혜가 울었고, 그걸 보고 있자니 갑자기 화가 났다. 시팔, 갑자기 왜 울어. 내가 지혜에게 그랬다. 그런 말을 했었다. 지혜야, 나중에 애들은 오규현을 탓할지도 몰라. 그때 선생님이 영화 찍는 법만 가르쳐주지 않았어도 내가 영화에 대한 꿈을 가지지 않았을 텐데. 그렇게 생각할지도 몰라. 나는 말했고, 지혜는 이 정도면 오규현 불러야 되는 거 아니냐고 했다. 오규현도 없는데 오규현 얘기를 이렇게까지 해도 되냐고 했다. 영화 보러 들어가면 극장에 오규현이 앉아 있을 것 같다고 했다. 나는 극장에 들어갔는데 오규현이 앉아 있으면 그건 호러 아니냐고 했다. 세상에 그런 억지 개연성이 어디 있어. 지혜는 고개를 저으며, 방금 전에 우리가 오규현 얘기를 많이 했으니 이건 극적 암시이고, 이제 팝콘 쏟는 사람이 등장하며 긴장감을 더해준 후, 극장 안에서 오규현만 만나면 된다고 했다. 시나리오 잘 쓰고 있는 거야. 걱정 마. 지혜의 어깨 너머로, 매점에서 팝콘을 사려고 줄을 선 사람들이 보였다. 우리는 CGV강변에 있었다.

*

CGV강변은 1998년에 세워진 국내 최초의 멀티플렉스였다. IMF 외환위기 이후 모든 산업에 위기가 닥쳤지만 영화산업은 아니었다. 영화는 가장 값싸게 즐길 수 있는 문화생활이었고, 영화관은 현실을 잊기 딱 좋은 공간이었다. 멀티플렉스 시대가 열렸고, 정신없이 웃고 즐길 수 있는 영화들이 유행했다. 영화는 외환위기로 무너진 가부장적 질서를 회복하기 위해 조폭 문화를 필요로 했고, 가정을 지키기 위해 자신을 희생하는 가족구성원을 필요로 했으며, 그 어떤 위기가 와도 가정을 지키는 아내와 어머니가 필요했고, 그 밖의 여성은 별로 필요하지 않았고, 경제위기를 인정하지 않기 위해 가난한 북한을 필요로 했다. 영화 속에는 멋지고 유쾌한 조폭이 나왔고, 가족을 위해 자신을 희생하는 가족

구성원이 나왔고, 가정을 지키려는 아내와 어머니가 나왔고, 가난한 북한이 나왔다. 영화는 관객이 필요로 하는 모든 걸 보여줬다. 최고의 서비스였다. 관객 수가 증가했고, 멀티플렉스가 늘어났다. 멀티플렉스가 늘어나니까 관객 수도 더 늘어났다. 관객 수가 더 늘어나니까 멀티플렉스도 더 늘어났다. 더 많은 영화, 더 많은 투자 비용, 더 많은 관객들. 그 덕분에 기술력도 좋아졌다. 이제 한국 영화산업은 한 해 평균 전체 관객 수 이억 명 이상을 확보한 시장이 되었다. 그리고 거기에서 그쳤다. 내수시장 포화. 흥행영화의 스크린 수를 아무리 늘려도, 한 해 평균 전체 관객 수는 더 이상 늘지 않았다. 특정 영화의 스크린 수만 늘어갔다.

*

그런데 내년에 몇백억짜리 영화가 쏟아져나온다고 하더라. 우영이, 지금 거기 있잖아. 이거 진짜 말장난이지만, 그 돈이면 독립 장편 백 편 넘게 찍겠다. 킥킥. 지혜가 마시던 커피를 질질 흘리며 웃었다. 몇백억을 투자받은 이상 감독은 흥행 결과에 목숨을 걸 수밖에 없었다. 대박이냐, 쪽박이냐. 감독은 대박 쪽박 인생의 기로에서 도망칠 수 없었다. 영화가 흥행하지 못하면 감독은 인생을 접어야 하기 때문이다. 단 한 번의 실패도 용납되지 않았다. 도박이었다. 근데 오늘 보는 영화 천만 되는 거 아니겠지? 지혜가 물었고, 나는 다음주에 천만 넘을 거 같다고 말했다. 에이 시팔, 나 천만 영화 불매운동중이었는데 실패다. 지혜가 입가에 묻은 커피를 닦으며 말했다. 불매운동 하면 안 돼. 스태프들이 무슨 죄냐고. 내가 말하자, 지혜가 짜증을 내며 말했다. 야, 그냥 나 혼자 하는 거야. 내버려둬. 내가 안 봐도 어차피 천만 넘잖아. 근데 나는 존나 유령인가봐. 존재하지도 않아. 나 하나 없어도 그만이야. 지혜는 어처구니없다는 듯 웃었다. 아. 그러다 갑자기 시나리오가 생각났다며 폰으로 메모를 하기 시작했다. 유. 령. 관. 객. 극장에 들어가면 다 죽어 없어지는 거야. 나는 호러 영화냐고 물었다. 아니, 코미디 영화인데? 나는 아무래도 그 영화는 창작지원금을 못 받을 것 같다고 말했다. 그래도 지혜는 열심히 메모했다.

*

저기. 석우는 한참 뜸을 들였다. 뭐야, 갑자기 전화해서 왜 이래. 나는 석우에게 무슨 일이라도 생긴 건 아닐까, 내심 걱정이 되었다. 저기, 그러니까, 내 영화를 대구에서 상영한다고 하던데. 석우가 나지막이 말했다. 석우, 뭐라고? 너 영화 찍었어? 언제? 영화 그만둔다고 고향으로 간 석우가 고향에 가서 영화를 찍었다고 했다. 아주 작은 영화. 돈이 거의 들지 않은 영화. 아무도 없는 스튜디오에서 찍었다고 했다. 배우도 없고, 그저 텅 빈 스튜디오만 있는 영화라고 했다. 그렇지만 자기 목소리가 나온다고 했다. 어떤 영화인지는 모르겠지만, 듣기만 해도 노잼일 거 같은데. 나는 말했고, 석우는 자기가 생각해도 그렇다고 말했다. 너 시간 되면 영화 보러 올래? 아니다, 너 요즘 놀아서 시간 많잖아. 석우 말이다 맞는 말이었는데, 아무리 그래도 대구까지 가는 건 쉬운 일이 아니었다. 너 지금 나한테 대구로 오라는 거야? 아니, 대구로 가자는 거야. 내가 왜? 내 이름이 엔딩 크레디트에 있다고 했다. 오오극장에서 만나자. 그런데 도대체 왜 혼자 찍은 영화에 내 이름을 넣은 걸까. 오오극장은 오십오 석의 좌석을 갖춘 작은 극장이었고, 매년 여름이 되면 그곳에서 대구단편영화제가 열렸다. 석우 때문에, 그러니까 석우의 영화 때문에 나는 버스를 타고 대구로 갔다.

*

도착했다. 나는 오오극장 앞에서 익숙한 얼굴과 마주했는데, 혹시 내가 아는 사람인가 했지만 누구인지 생각나지 않았다. 노란 꽃다발을 안고 있는 할머니. 할머니가 나를 보고 고개를 갸우뚱했다. 눈을 마주치니, 생각났다. 할머니? 몇 달 전에 서울아트시네마에서 만났던 그 할머니였다. 내가 할머니에게 왜 여기 계시냐고 물었더니, 할머니는 선생님 영화를 보러 왔다고 했다. 영화 만드는 수업 듣는다고 했잖아요. 할머니는 영화제 팸플릿을 보여주며, 이분이 선생님이라고 했다. 김권서영. 이름이 꽤 알려진 독립영화 감독이었다. 〈종로 가는 길〉, 이 영화에 나도 잠깐 나와요. 할머니는 자랑을 했다. 선생님이 우리 가르치는 이야기거든. 다큐멘터리인데, 내가 연기해서 페이크 다큐가 되어버렸지. 근데 아마 내가 연기한 줄 선생님은 모를 거야. 나는 할머니가 나오는 영화를 얼른 보고 싶었다. 팸플릿을 자세히 보니, 석우의 이름도 있었다. 이석우, 〈내가 없는 곳에서〉. 아무도 없는 곳에서 혼자 영화를 찍었을 석우가 생각났다. 아무도 없는 곳에서. 내가 없는 곳에서. 그런 생각을 이어갈 때, 할머니가 내게 말했다. 아 참, 연말에 내 영화 보러 올래요? 별건 없지만, 와줬으면 좋겠어.

*

스물한 살 때 중앙극장에서 봤어. 전쟁으로 혼자가 된 여자가 젊은 청년하고 사랑에 빠지는 이야기였지. 내가 젊었을 때 영화를 진짜 좋아했거든. 극장에서 영화를 보고 돌아가는 길에 그 영화 뒷이야기를 항상 상상하고 그랬다고. 영화는 끝났지만, 나한테는 끝난 게 아니었어. 망상이 들끓어서 글을 배워볼까 소설을 읽고 쓰고 그랬지. 그리고 그냥 시집가서 살았어. 그래도 애 낳고 잘 살았다고. 남편이랑 같이 영화도 보러 다니고 그랬지. 그러다가 텔레비전 뉴스를 보는데 그 영화가 나오는 거야. 중앙극장에서 봤던 그 영화. 세상에, 박남옥이라는 여자가 찍은 영화라는 거야. 그 사람이 그 영화 찍으려고 친언니랑 지인들한테 제작비 빌리고, 스태프랑 배우도 직접 구하고, 촬영장에서 사람들 밥도 먹이고, 애를 업고 그걸 다 했다는 거야. 그런데 그 여자가 세상을 떠났다고 하더라. 지금껏 나는 왜 감독이 될 생각을 못했을까. 어째서 나는 그런 생각을 한 번도 못한 거야. 야, 이거, 나 언제 죽을지도 모르는데 죽기 전에 영화 한번 찍어봐야겠다 했지. 그래서 나 영화 찍었고, 지금 편집중이야. 내가 우리 반에서 제일 우수생이야.

*

영화제에서 자기 영화 보면서 웃고 있던 독립영화 감독. 자기 영화 상영할 때 앞자리에 앉아 크게 박수치면서 관객 호응 유도하던 독립영화 감독. 나는 종종 극장에서 자기 영화를 보고 있는 독립영화 감독들을 봤다. 기록에 따르면, 한국 최초의 여성 영화감독 박남옥 감독은 애를 업고 하루에 두 번씩 극장으로 가서 자기 영화를 보는 관객들을 봤다고 했다. 애가 갑자기 울까봐 조마조마해하면서. 〈미망인〉(1955)은 극장 개봉 삼 일 만에 막을 내렸다. 박남옥 감독은 자서전에 '영화가 아무리 좋고 중요하다 해도 이렇게까지 목숨건 용사처럼 투쟁해야 하나'*라고 썼다. 그는 살아생전 딱 한 편의 영화를 찍었다.

*

지혜가 재미있는 일화가 하나 있다고 했다. 학생이 '왜. 독. 디'** 를 보고 와서 나한테 묻는 거야. 선생님 독립영화가 뭐예요? 그

* 박남옥, 『박남옥: 한국 첫 여성 영화감독』, 마음산책, 2017.

** 구교환, 〈왜 독립영화 감독들은 DVD를 주지 않는가?〉(2013).

래서 자본으로부터 독립한 영화라고 했어. 그랬더니 그애가 다시 묻더라. 그럼 왜 자본으로부터 독립하냐고. 창작자의 자유를 보장받기 위해서. 다양성을 확보하기 위해서. 상업에서 다룰 수 없는 주제를 다루기 위해서. 때때로 사적인 이야기를 하기 위해서. 좋은 실패가 가능하고, 실패해도 다시 시작할 수 있도록 하기 위해서. 돈이 많으면 많은 걸 할 수 있지만, 돈 때문에 할 수 없는 일도 분명 있으니까. 내가 그렇게 말했더니, 학생이 이해가 안 된다는 듯이 고개를 갸우뚱하더라. 수업 내용이 너무 어렵다는 거야. 그래서 내가 그애한테 독립영화 감독들에 대한 독립영화 몇 편*을 추천해줬어. 그애가 그다음 주에 영화를 다 찾아보고 와서 이렇게 묻더라. 선생님, 독립영화 감독 되면 정말 그렇게 다 불행해요? 그래서 내가 그랬어. 응, 불행하지 그럼. 근데 감독이 못 되어도 불행해. 지혜는 그렇게 말하고, 웃는 것도 아니고 우는 것도 아닌 표정을 지어 보였다. 너 뭐야, 그 표정. 지혜는 메소드라고 했다. 다음날 그애 과외 그만뒀잖아.

*

〈바버라 루빈과 뉴욕 언더그라운드〉(2018) 상영 후, GV에서 외국 감독에게 소설가 김승옥을 소개한 학생. 데이비드 린치의

---

* 가스 제닝스, 〈나의 판타스틱 데뷔작〉(2007); 유지영·정가영·김태진, 〈너와 극장에서〉(2017); 이승주, 〈시체들의 아침〉(2018).

다큐멘터리를 보면서 데이비드 린치 얼굴만 나오면 혼자 킥킥 웃던 사람. 아트나인 영화 상영중에 들어와서 스크린에 자신의 실루엣을 투사시킨 관객. 지아장커의 〈24 시티〉(2008) 상영 때 극장에서 나와 함께 잠들었던 관객들. 부산국제영화제에서 〈트리 오브 라이프〉(2011) 상영할 때 우주 탄생 시퀀스를 견디지 못하고 잠이 든 관객들. (……) 이와이 슌지 회고전에서 영화가 끝난 후에도 자리에서 일어나지 못하고 계속 울던 분. 〈기생충〉이 끝나자마자 '봉준호 천재'를 외치던 학생. 무비 올나잇 보고 아침에 좀비가 되어 극장을 나오던 사람들. (……) 앉은키로 자막 다 가리던 군인. 나 지금 영화 보는 중이야, 어, 이따가 거기서 만나, 아니 영화관이라니까, 라고 영화 상영중에 전화통화 했던 분. 나와 함께 영화를 봤던 분. 얼굴은 기억나지 않지만, 기억나는 사람들. 나와 한 공간에 있다가 두 번 다시 못 만나게 된 사람들. 또 만났지만 또 만나더라도 서로를 알아볼 수 없는 사람들. 몸짓들. 오직, 잔상으로만 기억될 얼굴들.

*

극장에 사람이 한 명도 없어서 내가 극장을 돈 주고 빌린 줄 알았다. 평일 아침, 나 혼자서 영화를 봤는데 영화가 너무 좋아서 마음이 별로 안 좋았다. 이 좋은 걸 나 혼자 보다니. 아침이라서 그런가. 출근 안 하는 백수들만 보라는 건가. 수업 결석하고 와서 보라는 건가. 사직서 내고 보라는 건가. 나는 지금껏 우리 동네 롯데

시네마 아르떼 관에 관객이 반 이상 찬 걸 본 적이 없었다. 무비꼴라쥬, 그러니까 CGV아트하우스에 갈 때도 마찬가지였다. 텅, 텅. 극장이 이렇게 텅 비어 있는데, 텅 비어 있는 극장을 보기 전에는 극장이 텅 비어 있다는 사실을 모를 것이다. 이렇게 사람이 없는데, 이렇게 사람이 안 오는데, 극장에서도 당연히 독립영화를 틀고 싶지 않겠지. 그런 생각을 하면, 대형 영화제작사의 입장을 이해할 수 있을 것 같았다. 어쨌든 그들은 수입을 창출해야 했으니까. 이름들. 엔딩 크레디트가 올라가고 있었다. 텅 빈 극장에서 나는 혼자 그 이름들을 바라보았다.

*

술자리에서 만난 한 영화제작자가 내게 말했다. 너는 독립영화가 될 거라고 생각하냐. 그는 내게 대답할 기회도 주지 않고 계속 말했다. 하여튼 이래서 독립영화 하는 애들은 안 돼. 현실을 너무 몰라. 내가 속이 다 터져. 독립영화를 누가 본다고 그걸 만들어. 우물 안 개구리라니까. 나는 독립영화계의 미래가 어찌될지 예측할 수 없었으나, 적어도 그가 무슨 말을 할지는 알고 있었다. 그는 계속 내가 예상한 대로 말했고, 그게 그의 한계였다. 관객들 생각은 하지도 않으면서 예술 뽕만 차올라서 그러지. 안타까워. 나는 그거 이기적인 거라고 본다. 너 설마 예술할 거 아니지? 그가 하는 말을 듣고 있자니 나도 한마디하고 싶었다. 한마디를 하지 못하면, 테이블이라도 뒤집어 술판을 깨고 싶었다. 그렇지만 나는 말하지도, 행동하지도 못했다. 내 목소리를 내고 싶어서 영화를 시작했는데, 이제는 영화만 생각하면 숨이 턱턱 막혔다. 누구는 마약도 하는데, 저는 왜 예술 뽕도 못 맞아요? 왜 저는 그것도 하면 안 돼요? 그럼 저는 뭘 할 수 있죠? 말하고 싶었는데, 말하지 못했다. 내가 아무런 말 없이 가만히 있으니까 불쌍해 보였는지 갑자기 그가 나를 위로하기 시작했다. 힘내, 정신 차리고. 정말 너만 보면 내 마음이 아파. 나 어릴 때를 보는 것 같아. 그 열정 알겠어. 그렇지만 순진한 생각 그만둬. 안 되는 건 안 되는 거야. 그 사람 말이 맞았다. 안 되는 건 안 되는 게 맞았다. 그래, 안 되는 건 안 되는 게 맞는데, 순진한 건 왜 안 되는 걸까. 그는 이번에 몇백억짜리 대작을 만들 거라고 했다. 나는 술을 더 마셨다. 울분. 토하지 않고는 견딜 수가 없었다.

*

독립영화 답 없지. 독립영화는 미래가 없어. 독립영화 망했어. 그런데 우리가 독립영화의 미래를 본 적이나 있었나. 언제나 독립영화의 미래는 상업영화였다. 그게 우리가 본 전부였다. 독립영화로 유명해지면 어느새 상업영화 감독이 되어 있었다. 이제는 독립을 위해 독립영화를 찍는 사람이 거의 없었다. 거의 없어진 것 같았다. 있더라도 주목받지 못했다. 그 누구도 이곳에 머무를 수 없었다. 유명해지면 유명해져서 머물 수 없었고, 유명하지 않으면 유명하지 않아서 머무를 수 없었다. 독립영화판은 유지될 수 없는 판이었다. 관객을 조금이라도 더 불러들이기 위해서 이제는 독립영화에도 유명한 배우가 나와야 했다. 유명한 배우들은 소속사가 있었고, 소속사가 있으면 감독은 소속사의 영향을 받아야만 했다. 또다른 의미에서의 스타 시스템이었다. 누군가는 독립영화를 저예산영화쯤으로 생각했다. 누군가는 독립영화가 이윤 창출을 목표로 하지 않기 때문에 이윤 창출을 할 수 없을 거라고 생각했다. 또는 이윤 창출을 하면 안 된다고 생각했다. 누군가는 독립영화를 습작이라고 생각했다. 시대에 따라 독립영화가 가지는 의미는 조금씩 확장되거나 달라졌지만, 이제 독립영화는 그 말의 의미를 완전히 상실한 것 같았다. 그저 텅 빈 말이었다. 그저 텅 빈 공간이었다. 독립영화는 아무리 잘 만들어져도 독립영화라서 상영관이 없었다. 독립은 그냥 독립이라서 안 됐다. 최소한의 자유를 보장받는 일. 그게 그렇게 어려운 일이었다. 정치권력으로부터의 독립을, 자본으로부터의 독립을 주장하고 싶지만, 내가 생각해도 독립영화는 안 될 것 같았다. 거의 모든 부분에서 독립영화는 가망이 없어 보였다. 제작비가 부족하니 노동 착취도 더 쉽게 빈번히 일어났다. 자본 논리로 돌아가는 게 당연한 거야. 흐름이 그래. 맞아. 독립영화인들도 독립영화는 안 된다고 하잖아. 미래가 없다고 하잖아. 미래를 본 적도 없으면서 미래가 없다고 했다. 미래를 본 적이 없어서, 미래가 없다고 했다. 망했어. 성공한 적도 없으면서 망했다고 했다. 독립영화 감독들에게 독립영화에 대해 물으면 대개는 혼자 말하다가 혼자 화를 냈다. 시팔, 죽어도 독립은 하지 마. 도망쳐. 어차피 독립영화는 안 돼. 독립영화

는 안 돼. 독립영화는 안 돼. 그런 식으로 되고 있었다. 어차피 독립영화는 안 된다니까. 그렇게 되었고, 그렇게 되고 있었다. 한국영화 100주년에 서울독립영화제*는 44주년이 되었고, 한국독립영화협회는 창립 21주년이 되었다.

*

이태원 극장판이 영업을 종료했다. 나는 극장에서 내가 보고 싶은 영화들을 하나둘 잃어갔는데, 이제는 극장마저도 잃어가고 있었다. 사라지고 있었다. 누군가는 딱 한 편의 독립영화를 찍고 사라졌다. 누군가는 독립영화를 만들다가 상업영화 감독으로 데뷔한 뒤 딱 한 편의 영화를 찍고 사라졌다. 이러나저러나 독립영화 감독은 사라졌다. 그 사람들, 어디서 뭘 하고 살고 있을까. 언젠가 짜잔 하고 다시 나타나줬으면 좋겠는데. 나는 그들의 다음 영화가 보고 싶었다. 내가 그들의 영화를 보기 위해 얼마나 먼 길을 갔는지, 가는 길이 멀어 얼마나 힘들었는지, 그래도 얼마나 최선을 다해 갔는지, 늦을까봐 조마조마해하면서 갔는지. 내가 내 마음을 어떤 방식으로든 전했다면 무언가 달라졌을까. 연말에 내 영화 보러 올래요? 별건 없지만, 와줬으면 좋겠어. 대구단편영화제에서 만났던 할머니가 생각났다. 고작 두 번 본 나에게 그런 부탁을 하다니. 할머니는 얼마나 많은 사람들에게 그 말을 했을까.

* 1975년 '한국청소년영화제'로 시작하여 2002년 '서울독립영화제'로 명칭 변경.

텅 빈 극장. 아무도 없는 그곳이 생각났다.

*

내가 어렸을 때, 엄마는 아빠랑 싸우면 나를 데리고 집을 나갔다. 한번 나가면 엄마랑 나랑 둘이서 일주일씩 집에 안 들어가곤 했는데, 나는 그게 좋아서, 엄마 아빠가 싸우는 소리만 들리면 집을 나가려고 여행 가방에 짐을 챙겼다. 엄마랑 집을 나가면 드라이브를 실컷 했다. 서울도 가고 부산도 가고 대구도 가고 강릉도 가고 그랬다. 우리는 어디든 갈 수 있었다. 나는 자동차 안에서 창밖을 바라보는 걸 좋아했고. 거리를 걷는 사람들. 벤치에 앉은 사람과 정류장에서 버스를 기다리는 사람들. 포장마차. 간판들. 한글. 나무가 지나가고, 새가 날아갔다. 구름. 하늘의 빛과 색. 풍경이 지나가고. 그것들을 보는 게 즐거웠다. 신호등 불빛. 교차로. 쉴새없는 움직임. 자동차 안에 음악 울려퍼지고, 음악 흐르고. 리듬에 맞춰 풍경 지나가고. 봐도, 봐도 질리지가 않았다. 엄마, 해가 나를 따라와.

*

석우 차를 타고, 소나무가 늘어선 좁은 도로를 달렸다. 고개를 돌려 옆을 보면 푸른 바다가 펼쳐졌다. 여름이었고, 해수욕을 즐기는 사람들이 보였다. 여기가 송정해수욕장이고, 이대로 쭉 가면 경포도립공원이야. 다시 고개를 돌려 앞을 보면 도로에 소나무 그림자가 흔들렸다. 하늘. 뜨거운 햇빛. 소나무 그림자. 빛, 빛, 그림자. 빛과 그림자를 뚫고 앞으로. 우리는 자동차를 타고 달리고 있었다. 문득, 지난 현장에서 처음 만났던 언니가 떠올랐다. 석우, 내가 무서운 얘기 하나 해줄까. 도시 괴담 같은 거 아니고, 진짜 무서운 이야기야. 들어보고 괜찮으면 말해줘. 나 이번 상업에서도 십 년 넘게 연출부만 했다는 언니를 만났어. 연출부가 좀 그렇잖아. 그 언니가 나이가 마흔 정도 됐거든? 내 미래 같기도 하고, 모두의 미래 같기도 하고. 근데 진짜 무서운 건 뭔지 알아? 그 언니, 십 년 후에도 어디에선가 계속 연출부 하고 있을 것 같아. 이제 시나리오 쓰는 법도 기억이 안 난대. 웃자고 한 소리인데, 이거 진짜 호러 아니냐? 석우가 아무런 말이 없어서, 잠시 차 안이 조용했다. 나 지금껏 모아둔 돈으로 반년만 쉬려고. 그냥 좀 쉬면서, 영화 말고 내가 하고 싶은 일이 또 있는지, 내가 할 수 있는 일이 혹시나 있는지 찾아보려고. 나 영화 그만둘지도 몰라. 나는 말했고, 석우는 고개를 끄덕였다. 그래, 너는 분명 좋은 선택을 할 거야. 슬슬 하늘이 붉어지고 있었다. 바다 건너, 멀리, 아주 멀리, 해가 보였다. 정동진에서 해가 지는 걸 다 보네. 얼핏, 해가 뜨고 있는 것처럼 보이기도 했다.

*

두 시간 가까이 지하철을 탔다. 역에서 내려 한참을 걸었다. 그러고 보니 나는 할머니의 이름을 몰랐다. 그러니까 나는 지금 이름도 모르는 할머니를 만나러 가고 있는 것이다. 이름도 모르는 할머니가 나를 초대했고, 이름도 모르는 할머니가 만든 영화를 보러 가고 있었다. 처음으로 독립영화를 보러 가던 날. 영화를 보고 돌아오니 늦은 밤이었다. 거리가 텅 비어 있었다. 텅 빈 버스정류장. 이미 시내버스도 보이지 않고. 아무것도 없음. 한참을 기다렸다가 택시를 잡아탔다. 기사님은 내게 어디 다녀오는 길이냐고 물었고, 나는 대전에서 영화를 보고 오는 길이라고 했다. 기사님이 무슨 영화를 대전까지 보러 가냐고 해서, 나는 독립영화라는 게 있는데 그걸 보려면 멀리까지 가야 한다고 했다. 멀리, 아주 멀리. 십 년도 더 된 일인데, 아직도 나는 그때처럼 가고 있었다.

0

작은 카페 안. 불이 꺼졌다. 빔 프로젝터에서 빛이 뿜어져 나오고. 할머니의 첫 영화. 어쩌면 처음이자 마지막이 될 수도 있는, 할머니의 영화가 시작되고. 검은 화면에 떠오르는 할머니의 이름, 제목.

감독 최정희, 〈영화라고 하기에는 뭐하지만〉

사람들이 웃는다. 화면 점점 밝아지고, 밝아지면, 스크린에 할머니가 나온다. 안녕하세요. 저는 사과를 먹습니다. 사과를 깎아요. 그냥 이렇게 하면 되는 건가. 에이. 할머니는 혼자서 사과를 깎아먹으며 아무런 말이나 한다. 사람들이 웃는다. 이후, 이어지는 장면들. 할머니가 직접 촬영한 숏들. 흔들리는 카메라. 할머니가 바라본 거실. 할머니가 바라본 주방, 식탁, 도마와 식칼, 침대, 이불, 안마기, 책, 구겨진 신문, 가족사진, 담배, 안경, 시계, 칫솔, 슬리퍼, 사과 반쪽. 할머니가 바라본 거울 속 할머니. 나는 이제 혼자 살고 있어요. 아무런 맥락 없이, 영화 속에서 할머니는 하고 싶은 말을 한다. 도무지 할머니의 연출 의도를 모르겠다. 할머니는 그저 보고 싶은 것을 보고, 하고 싶은 말을 한다.

빔 프로젝터에서 빛이 뿜어져 나오고.
빛, 어둠, 빛, 어둠.
나는 고개를 돌려 사람들을 본다.
영화를 보는 사람들의 얼굴이 보인다.
잘 보였다가, 잘 안 보였다가.
몇 명의 사람들.

내가 지금껏 극장에서 만났던 사람들은 몇 명쯤 될까. 나는 헤아려지지 않는 얼굴들을 머릿속에 그려보고. 빛이 있고 어둠이 있다. 어둠이 있고 빛이 있다. 빛, 빛, 어둠, 빛과 그림자가 벽에 부딪힌다. 영화. 아무래도 영화 같은 건, 그만두는 게 좋을 것이다. 독립 같은 건 꿈도 꾸지 않는 게 좋을 것이다. 미래가 없고 (……) 미래가 없고 (……) 미래가 없다. 나는 언제까지 이 생각을 지속시킬 수 있을까. 지속시킬 수 있을까. 고개를 돌려보니, 할머니가 보인다. 빛. 어둠. 빛. 어둠. 연말이었고, 그렇게 밤이 지나고 있었다. 계속. 밤은 지나고 있었다.

참고자료
김소영·백해린·임대근, 『한국영화의 역사와 미래』, 컨텐츠하우스, 2019.
변성찬·지승호·남다은, 『감독, 독립영화를 말하다』, 수다, 2010.
서울독립영화제 엮음, 『21세기의 독립영화』, 한국독립영화협회, 2014.
유지형, 『영화감독 이만희』, 다빈치, 2005.
이준식, 『일제강점기 사회와 문화』, 역사비평사, 2014.
이하영, 『영화 배급과 흥행』, 아모르문디, 2019.
조성진, 『멀티플렉스 레볼루션』, 이알북스, 2018.
한국독립영화협회 비평분과, 『독립영화』 48호, 한국독립영화협회, 2019.
이 밖에 『씨네21』의 여러 기사를 참고함.

| 작가노트 |

우연한 만남을 꿈꾸며

이십대를 정리하며 내게 의미 있는 소설을 쓰고 싶었다.
첫 소설집에는 반드시 독립영화에 대한 소설을 수록하고 싶었다.
한국영화 100주년이었다.

우연의 일치

주류는 수식어를 필요로 하지 않는다. 어쩌면 이제 영화는 '다양성'이라는 말 없이, '독립'이라는 말 없이, 그 의미와 가치를 지킬 수 없게 되어버린 게 아닐까. 물론 영화를 지칭하는 수많은 말은 분류를 위한 것이다. 그렇지만 나는 영화 앞에 붙는 말들에서 사랑을 느낀다. 그 말들에는 분명 우리가 간절히 지키고 싶은 가치가 담겨 있다고.

독립영화는 무엇인가? 이 난처하고 진부한 질문을 다시 시작하는 건 시대에 따라 독립영화의 겉모습이 변하더라도 그 밑바닥 정신만은 이어지고 지켜져야 하기 때문이다. (……) 한 사람의 인권, 소수의 자유를 지키기 위해 우린 권력으로부터 독립을 선언한다. 우리는 독립이 삶과 영화의 진실을 동시에 추구하기 위한 필요조건이라 믿는다.

나는 종종 한국독립영화협회 홈페이지에 들어가 창립 선언문을 읽는데, 나도 내가 이걸 왜 자꾸 읽는지 모르겠지만 주기적으로 다시 읽고 싶어질 때가 있고, 읽고 나면 삶에 대한 굳은 의지와 용기가 생긴다. '그 밑바닥 정신, 한 사람의 인권, 소수의 자유.' 나는 이것이 결코 영화만을 위한 말이 아니라고 생각한다. 나는 말로 소중한 가치를 지켜낼 수 있다고 믿는다. 0은 없음을 의미하는 것이 아니라 0이 있음을 의미하니까. 그것은 더이상 사라질 수조차 없으니까. 나는 그것이 언어가 작동하는 방식이자 언어의 기능이라고 믿는다. 나는 언어를 통해 소중한 가치를 지킬 수 있다고 믿는다.

처음에는 독립예술영화관에 대한 소설을 쓰려고 했다. 언젠가 그곳이 모조리 사라져버릴 것 같았기 때문이다. 전국에 있는 독립예술영화관을 모두 담고 싶었지만, 그런 방식으로는 계속 쓸 수 없었다. 두 번 다시 영화 이야기를 쓰지 않을 각오로 시작했는데, 이게 마지막이라고 생각하니 도무지 이 이야기를 끝낼 수 없었다. 결국 소설의 구성을 바꾸게 되었다. 지금 이 순간에도 영화가 상영되고 있을 극장과 그 외의 물리적인 공간을 긍정하고, 앞으로 세워질 독립예술영화관에 대한 가능성까지 열어두는 것이 중요하다고 판단했다. 그렇게 쓰다보니, 무슨 일이 있어도 '그곳'은 절대 사라지지 않을 거라는 확신이 들었다. 어릴 적 내 꿈은 지방에 독립예술영화관을 많이 만드는 것이었다. 능력이 없어서 많이 만들지 못하면 하나라도 만들자고 다짐했는데, 이제는 그조차 꿈꿀 수 없는 어른이 되었다. 그렇지만 지금이라도 늦지 않았다면, 작고 소중한 공간을 지키는 사람이 될 순 있겠지. 언제까지나 그곳으로 향하는 사람이 될 순 있겠지. 작은 극장에서 영화를 보는 할머니 할아버지를 보며, 그게 내 미래가 되면 좋겠다고 생각했다.

작고 소중한 영화를 만들어준 분들에게, 작고 소중한 공간을 지켜준 분들에게, 그곳을 사랑으로 채워준 사람들에게, 감사하다는 말을 늘 전하고 싶었다. 작고 소중한 영화가 상영되는 극장은 내 인생에서 가장 중요한 교육이 이뤄진 공간이다. 각자의 영역을 지키면서도 서로 함께할 수 있다는 것을 배울 수 있었다. 사랑하면 사랑할수록 더 사랑하게 된다는 것을, 더 먼 길을 갈 수 있다는 걸 알게 되었다. 그리고 나는 그곳에서 불가능한 일을 해내고 있는 사람들을 보았다. 사랑에 빠진 사람들이었는데, 나는 그들을 사랑할 수밖에 없었다. 더불어, 화려한 조명을 받지 못하는 곳에서도 꾸준히 자기 작업을 하는 사람들. 나는 그들의 작업을 신뢰한다. 응원한다. 나는 그들이 보여준 삶의 태도를 잊지 못할 것이다.

소설의 분량과 흐름을 고려하다보니 소설 안에 담지 못한 소중한 공간들이 너무 많다. 그렇지만 나는 분명히 기억하고 있다. 누구에게나 기억 속에 소중한 '그곳'이 있을 것이다. 언젠가 우리가 그곳에서 조우할 수 있기를 바란다. 작은 극장과 작은 책방과 작은 공연장과 소극장이 사라지지 않기를, 그곳에서 우리가 조우하는 일이 벌어지기를, 그런 행운이 우리에게 있기를 바란다. 언젠가 반드시 문화예술 체험의 불평등이 해소되어, 그 누구도 빠짐없이 예술을 향유할 수 있는 세상이 오기를 바란다.

어디선가 잘 해내고 있을 ○○에게 보내는 마음들

선우은실

쓸쓸한 마음

동료들은 모두 어디로 갔을까? 같은 것을 좋아하던 사람들이 더는 없다는 사실을 문득 깨닫게 될 때가 있다. 예술계에 국한된 이야기만은 아니다. 어떤 분야든 누군가는 떠난다. 떠나는 이들 앞에서—특히 그가 그 일에 몹시 애정을 보였던 이라면 더욱—우리가 할 수 있는 것은 별로 없다. 내심 아쉬워하면서도 그 선택을 응원하고 존중하며 고개를 끄덕이는 정도다. 갖은 이유로 영화를 그만두거나 영화를 하면서 괴로워하는 친구들을 바라보는 소설 속 '나'처럼.

「0%를 향하여」의 '나'는 한국영화 100주년을 축하하는 현장의 한가운데 서서 영화를 그만두고 싶다고 생각하고 석우는 영화를 그만두고 강릉에 내려가 사진 스튜디오를 차린다. 지혜는 영화를 할 돈을 벌기 위해 과외를 하고, 나혜와 규현은 방과후 교사로 일하며, 상진은 영화제가 '자기들끼리'의 친목 도모나 다름없다고 욕한다. 선아는 독립영화를 찍기 위해 몸을 혹사시킨다.

언뜻 현실과 이상의 괴리를 보여주는 것 같은 이 소설은 사실 '좋아하는 마음을 지키려는 사람들의 이야기'다. 석우를 만나러 강릉에 간 '나'는 석우와 함께 정동진독립영화제를 보러 가고 지혜는 투덜거리면서도 영화를 계속한다. 상진은 욕하면서도 매년 영화제에 참석하고 선아는 열악한 상황에서도 영화를 찍으려 노력한다. 그리고 이들의 옆에는 '나'가 있다. 옆에서 친구들을 응원하는 '나'의 마음은 실로 복잡하다. 그들이 하는 모든 것이 ('나'가 그렇듯) 영화를 소중하게 생각하고 좋아하는 마음을 잃어버리거나 훼손하지 않고자 선택한 것이기 때문이다. 그러니 씁쓸함은 자기 몫으로 남겨둘지언정 영화를 좋아하는 그들의 마음을 다만 응원할 수밖에 없다.

시작하는 마음

그들은 영화를 왜 이다지도 좋아하게 되었나. '나'의 영화 입문기를 따라가며 그 이유를 헤아려보자.

청주 시내에 가면 쥬네쓰(jeunesse)시네마가 있었다. 나의 첫 극장. 극장에서 처음 본 영화는 공룡이 나오는 영화였다. 나는 초등학생이었고, 엄마 손을 잡고 있었다. (……) 기억나는 건 사람들의 얼굴이 아니라, 벽, 천장, 복도, 의자와 같은 것들. 벽에 달린 스피커와 영사기에서 나는 소리. 영사기에서 뿜어져 나오는 빛. 빛을 뚫고 유영하는 먼지. (……) 나는 여기가 도대체 무얼 하는 공간인지 궁금했고, 그걸 알기 위해 두리번거렸다. 나는 다른 사람들처럼 행동했고, 행동하려고 했고, 행동하기 위해 의자를 발로 찼다. 엄마에게 혼났다. 내가 스무 살이 되던 해, 쥬네쓰시네마는 사라졌다.(254~255쪽, 이하 강조는 인용자)

곧 영화가 개봉한다고 해서 기다렸는데, 아무리 기다려도 개봉하지 않았다. 그때 나는 처음으로 독립영화를 보려면 독립예술영화관에 가야 한다는 걸 알게 되었다. (……) 나는 누군지도 모르는 감독의 첫 장편영화를 보기 위해 내 하루를 다 쓰기로 마음먹었는데, 내가 왜 그런 마음을 먹었는지는 알 수가 없었다. 주말에 대전으로 갈 계획을 짰다. 무엇이, 어떤 힘이, 도대체, 왜, 나를 낯선 곳까지 이르게 만들었는지 알 수 없었다.(261쪽)

'나'의 첫 극장 방문기와 첫 독립영화 관람기의 공통점은 '나'가 그것들에 대해 '모른다'는 것이다. 어린 '나'에게 극장은 뭘 하는 데인지는 몰라도 뭔가 '행동하는 곳'이다(그래서인지 '나'는 영화를 '하는' 사람이 된 것 같다). '나'에게 영화는 도대체 무엇을 왜 해야 하는지 잘 모르는데도 '하게 되는' 어떤 것이다. 이것을 무어라 부르면 좋을까. 모르는데도 이끌리고 이끌리는 대로 하게 되는 것. 누구나 한 번쯤은 불가항력처럼 어떤 것에 끌려서 그것을 따라본 적이 있을 텐데 이는 '그것'이 아주 좋은 것이어서가 아니라 '어떤 것을 좋아하는 마음'을 계속 지니려고 하는 것과 관계되어 있다.

무엇을 처음으로 좋아할 때의 그 감각은 알아가려 하면 할수록 '잘 모르겠다'고 느껴지는 것이어서, 그 감각을 더 자세히 들여다보고 싶다는 생각에서라도 '좋아하는 감각'을 지속하게 만든다. '나'가 처음 독립영화를 보러 갈 때 그 영화나 그 여정에 어떤 의미가 있음을 알았다거나 의미를 찾기 위해서가 아니라 아무것도 '모른 채'로 영화를 보러 가는 것과 마찬가지다. 돌이켜보니 이것이 자신의 영화 인생의 시작이었음을 알게 되지만 당시에는 자신이 그것에 왜 끌리는지 영문도 모른 채 모르는 길을 가보는 것. 그 행동의 원동력이 좋아하는 마음에 있음을 알기까지는 생각보다 오랜 시간이 걸리는 법이다.

미래를 보는 마음 1

좋아하는 마음에서 어떤 일을 시작했다고 해서 그 일 주위에 도사리고 있는 수많은 함정까지 모조리 사랑할 수는 없다. '나'를 비롯해 소설 속 인물들이 가려는 길 곳곳에는 암울한 구멍도 파여 있다. 독립영화를 하려는 '나'에게 관객의 요구를 충족시키지 못하는 독립영화의 (비)시장성과 자멸의 수순에 대해 열을 올리며 말하면서 '예술하는' 것은 이기적인 행동이라 조언하는 영화제작자나, 마흔이 가까워질 동안 "십 년 넘게 연출부"(288쪽)만 했다는 언니는 '나'와 친구들로 하여금 '저것이 내 미래인가' 하는 회의감에 젖게 한다. 그리고 이 감정은 무시하고 말 것이 아니다. 선배들의 모습이 영화 하는 삶의 전부는 아닐지라도 분명 하나의 전망이자 미래상이기 때문이다. 그렇다면 '나'와 친구들이 영화에 삶을 저당잡힌 채 과외나 방과후 교사 일을 하면서 기어코 가고자 하는 길이 독립영화를 하지 못하는 미래일 뿐인 걸까. "한국전쟁에서도 살아남았는데, 부도를 맞"(256쪽)아서 폐허가 된 '단성사'나 결국에는 사라지고 만 '이태원 극장판'은 독립영화를 하는 삶의 미래를 암시하고야 마는 것일까.

여기서 한 가지 고려해야 할 것은 비록 미래가 어두워 보일지라도 그것이 개인이 자초한 일이 아니라는 점이다. 소설에서도 언급하듯 제작자에 대한 처우 및 영화산업의 구조적 문제를 함께 고려하지 않고 이 삶을 그저 '나쁜 미래'로 단순화할 수 없다. 가령 미쟝센단편영화제는 "상업영화 제작 예산은 점점 더 커졌고, 예산이 크면 흥행에 참패했을 때 손해도 컸기 때문에 흥행이 보장된 영화감독들이 계속 영화를 만들 수밖에"(264쪽) 없게 되면서 더이상 상업영화 등용문으로 기능하지 못한다. 게다가 "몇백억을 투자받은 이상 감독은 흥행 결과에 목숨을 걸 수밖에 없"(276쪽)는 구조적 문제에 의해 감독은 물론이고 그 영화와 관련된 스태프들의 삶의 성패가 결정된다. 영화 시장의 규모는 점점 커지지만 그 수익이 영화판에 골고루 분배되지 않는데다 '한탕주의'가 되어버린 환경, 그러한 구조를 비판하기 위해 독립영화를 지향하는 것, 그러나 "제작비가 부족하니 노동 착취도 더 쉽게 빈번히 일어"(285쪽)나는 독립영화 촬영장. '나'는 이런 사정을 잘 알고 있기에 영화를 그만두거나, 상업영화에 뛰어들어 독립영화에는 미래가 없다는 말을 해대는 사람을 덮어놓고 미워할 수 없다. 아마 그들 중 독립영화의 몰락을 바라는 사람은 아무도 없을 것이다. 독립영화는 결국 그렇게 될 수밖에 없다고 냉소는 할지언정.

미래를 보는 마음 2

'나'가 보는 또다른 미래의 장면은 '나'와 친구들이 바라는 미래로서, 영화 보는/하는 노인에 관한 것이다. 어느 날 '나'는 세워진 지 반세기가 넘은 대한극장에 갔다가 영화를 보러 온 "할머니 할아버지들이 삼삼오오"(270쪽) 모여 있는 것을 본다. 노인들은 나이가 들어 키오스크를 사용하는 게 어렵다든가 퇴직하고 영화만 보러 다닌다는 이야기를 나누다가 시간이 되자 영화를 보기 위해 일어서고 '나' 역시 그들과 같은 "영화를 보기 위해 그분들과 같은 방향으로 걸어"(같은 쪽)간다. 지어진 지 오십 년이 넘은 극장이 여전히 존재해 그곳으로 영화를 보러 가는 노년의 삶은 '나'가 꿈꾸는 미래 중 하나다. '나'의 눈앞에는 혼자만의 힘으로는 넘어서기 어려워 보이는 우울한 미래가 있지만 다른 한편에는 한줄기 빛처럼 '영화를 보는 삶'으로 이끄는 미래 역시 존재한다.

소설에는 최정희라는 또다른 할머니가 등장한다. 그 할머니는 한국영화 100주년 기념 상영관에서 '나'와 함께 영화를 본 몇 안 되는 사람 중 한 명으로, "어릴 때부터 영화 보는 걸 좋아했"(258쪽)으며 현재는 영화 제작을 배우고 있다. '나'는 대구의 오오극장에 갔다가 그녀와 다시 한번 마주치게 되고 그녀는 '나'를 자신의 영화제에 초대한다.

할머니는 자신이 젊었을 때 본 영화의 감독 박남옥—한국영화 최초의 여성감독—이 열악한 환경 속에서도 영화를 찍었다는 사실을 우연히 알게 되면서 "지금껏 나는 왜 감독이 될 생각을 못했을까"(279쪽) 싶어졌고, 그것을 계기로 영화를 배우게 된 인물이다. 그녀가 영화를 시작한 이유는 '나'와 친구들의 이유—어렸을 때 이런저런 사정으로 영화를 많이 봐서 영화과에 진학하게 됐다는—와 그다지 다르지 않다. 영화에 입문하는 시기가 언제든, 그 계기가 대단하든 사소하든 그와 상관없이 영화를 하는 삶은 시작될 수 있다. 영화를 한번 찍어봐야겠다는 마음의 두근거림으로 '나'와 친구들과 할머니의 영화 인생이 시작됐다. '나'가 할머니를 통해 보는 미래란 이렇듯 어느 날 문득 영화를 해야겠다는 생각이 들면 그것을 하는 사람이 되는 것이다. 늙어서도 계속 영화를 하는 삶이야말로 '나'가 바라 마지않는 미래의 모습이다.

미래가 되는 마음

'나'가 누군가를 통해 빛과 어둠이 교차하는 미래를 보는 것과 마찬가지로 '나' 또한 누군가에게는 '어떤 미래'다. '나'는 과외를 하면서 타인의 삶에 영향력을 행사한다는 것만으로도 압박감을 느낀다. 또한 학생에게 영화의 독립성을 설파하면서도 대중에 영합하는 스토리를 쓰기를 요구하는 자신을 보며 "학생에게 모순적인 말들만 하고 있"(266쪽)다는 생각에 괴로워한다. 과외를 하는 것도 실은 영화를 하기 위함인데 정작 하고자 하는 것을 가르치지 못하는 겹겹의 모순 속에서 '나'는 타인뿐만 아니라 자신에게도 죄책감을 느낀다.

그렇게 모순 속에서 허우적거리는 '나'에게 학생은 자기가 영화를 시작한 계기가 되어준 '진짜 좋아하는 형'에 대해 이야기한다.

> 선생님, 제가 진짜 좋아하는 형이 있어요. 예전에 영화관 아르바이트하다가 만난 형인데, 영화 찍는다고 그랬어요. (……) 제가 아르바이트를 그만둔 후로는 오랫동안 못 봤어요. 근데 진짜 오랜만에 연락이 왔어요. 영화 찍었는데 보러 와달라고 하더라고요. (……) 얼마나 거절을 당했으면 저한테까지 연락을 했을까요. 그날 집으로 돌아오면서 나도 영화를 해보고 싶다고 생각했어요. (……) 그 형, 그래도 어디선가 잘 해내고 있겠죠?(268~269쪽)

'나'는 형의 영화를 보러 갔다가 극장이 거의 텅 비어 있는 것을 보고 나서 영화를 하고 싶어졌다는 학생의 말이 "조금 이상한 전개라고 생각"(269쪽)한다. "설득력이 하나도 없"고 "역시나 영화 같은 건 하지 말아야 할 이유가 더 많"(같은 쪽)다고 재차 느낀다. 그러나 애당초 영화를 해야 하는 필연적인 이유는 없는 것일지도 모른다. '나'나 최정희 할머니가 영화를 하는 데에 그다지 납득될 만한 근거가 있는 것은 아니듯 말이다. 그런데도 이들이 영화를 하려는 이유는 무엇일까. 자신이 다른 누군가에게는 하나의 '되고 싶은 미래'가 되었듯, 자기 또한 스스로에게 '되고 싶은 미래'가 되기를 바라는 마음 때문이지는 않을까. 누군가가 영화를 좋아하는 마음을 잃어버리지 않고 "어디선가 잘 해내고" 있으리라 생각하면, 또 반드시 그런 사람을 발견할 수 있으리라 믿는다면, '그런 사람'의 자리에 타인뿐만 아니라 자신의 모습도 담아볼 수 있을 것이다. 즉 '어디선가 잘 해내고 있을 사람'을 생각하며 영화를 하는 삶이란, '어디선가 잘 해내고 있을 자신'을 발견하려는 다짐이며, 그런 미래를 만들어보겠다는 뜻이기도 하다. 그러니 이들은 변변찮은 현실을 보고도 "계속 영화를 하게 되"(같은 쪽)는 것일 테다. 그렇다면 소설의 제목 '0%를 향하여'는 무언가 가득차 있던 것이 줄어들어 비어감을 의미하는 게 아니라 삶의 어느 시점에서든 0이 있기만 하다면 언제고 '다시 하는' 삶을 시작할 수 있음을 의미하는 게 아닐까.

0%에서 다시 시작하는 마음

두 시간 가까이 지하철을 탔다. 역에서 내려 한참을 걸었다. 그러고 보니 나는 할머니의 이름을 몰랐다. (……) 이름도 모르는 할머니가 나를 초대했고, 이름도 모르는 할머니가 만든 영화를 보러 가고 있었다. 처음으로 독립영화를 보러 가던 날. 영화를 보고 돌아오니 늦은 밤이었다. 거리가 텅 비어 있었다. (……) 아무것도 없음. 한참을 기다렸다가 택시를 잡아탔다. (……) 기사님이 무슨 영화를 대전까지 보러 가냐고 해서, 나는 독립영화라는 게 있는데 그걸 보려면 멀리까지 가야 한다고 했다. 멀리, 아주 멀리. 십 년도 더 된 일인데, 아직도 나는 그때처럼 가고 있었다.(288~289쪽)

'나'는 (나중에 최정희라는 이름을 알게 되지만 당시에는) 이름도 모르는 할머니의 영화를 보러 먼 곳으로 향한다. '나'는 그곳으로 가면서 자신이 처음 독립영화를 보러 가며 느꼈던 것과 비슷한 감각을 다시 느낀다. 아무것도 모르는 채로 모르는 사람의 모르는 영화를 보기 위해 모르는 길을 가는 것. 그 길은 십 년이 지난 지금도 여전히 그렇게 '멀리' 가는 일이다. 우리가 삶에서 정말로 발견하고 싶은 장면은 당장은 가까이에 없는 것처럼 보일지도 모른다. 그러나 그 장면은 아직 발견되지 않은 것일 뿐이다. 밥벌이를 위해 과외를 하는 '나'가 한 학생에게는 '어디선가 잘 하고 있을' 사람을 떠올리게 하는 하나의 미래가 되는 것처럼, 학생과 할머니가 '나'에게 '시작하는 마음이 있음'을 발견하려는 각오를 확인시켜주는 것처럼.

소설을 읽는 모두가 뭔가를 '처음' 했을 때 가졌던 그 이상한 마음을 다시 떠올려보는 것, 이 소설을 읽는 지금이 바로 그 감각을 떠올릴 때다.

선우은실
2016년 경향신문 신춘문예를 통해 평론을 발표하기 시작했다.

한정현

우리의 소원은 과학 소년

작가노트

나는 낙관할 것이다, 사랑의 지속을.
그렇게 우리는 더 많은 사랑과 아름다움을.

해설 이소

한 편의 소설에 대해 말해야 할까,
하나의 세계에 대해 말해야 할까

한정현

2015년 동아일보 신춘문예를 통해 작품활동을 시작했다. 소설집 『소녀 연예인 이보나』, 장편소설 『줄리아나 도쿄』가 있다. 오늘의 작가상을 수상했다.

우리의 소원은 과학 소년

옛날이야기 해줄까.

좋아. 혹시 공주랑 마녀랑 왕자가 나오는 이야기야? 왕자님이 공주님 구해주는?

아니, 공주도 없고 마녀도 없는 이야기야. 왕자는 더 없는 이야기.

그럼 누가 나와?

여자 얼굴 반, 남자 얼굴 반인 사람.

응?

이 이야기를 메리에게 처음 해준 사람은 윤선영. 선영이 미국에 온 건 1985년이었죠. 존하고는 서울 용산의 한 보육원에서 만났어요. 주한미군으로서 봉사활동을 하던 존은 보육원 교사인 선영을 보자마자 사랑에 빠졌지만 오래 고심했어요. 미국에 두고 온 어린 딸이 있었거든요. 하지만 막상 존이 청혼하자 선영은 거절하지 않았어요. 다만 이렇게 물었죠.

"저는 이혼한 경력이 있어요. 당신은 내가 괜찮나요?"

존은 무엇이 괜찮은지 묻지 않았어요. 왜냐하면 존이 생각하기에 선영은 자기에게 정말 과분한 사람이었거든요. 선영은 한국 최고의 여자대학교 생물학과를 수석으로 졸업했죠. 존은 선영에게 남편의 폭력으로 결혼이 끝난 이후에 어째서 공부를 다시 하지 않았는지도 묻지 않았대요. 솔직히 말하자면 존은 그것에 별 관심이 없었어요. 다만 선영이 좋았지요. 특히 아이들을 사랑하는 모습이요. 아마 자신의 아이도 좋아해줄 거라 여겼나봐요. 가끔 생각해요. 존은 그때 선영을 사랑한 걸까, 아니면 자신의 아이를 잘 돌봐줄 사람을 구한 걸까, 하고요.

선영은 미국에 오자마자 존의 딸을 만났어요. 바로 메리였죠. 메리는 그즈음 막 걸음마를 하던 아이였어요. 선영은 아직 말을 하지 못하는 메리에게 이렇게 얘기했어요.

"내 이름은 선영, 언젠가 너도 네 이름을 말해주렴."

메리는 유난히 큰 체격 탓에 남자아이들의 놀림을 받는 아이였어요. 메리는 자신이 여성이 아닌 남성의 몸을 원한다는 것과 자신이 여성을 사랑한다는 사실을 아주 어린 시절부터 알고 있었다고 해요. 그러나 그걸 깨닫기 전부터 놀림을 받았던 거죠. 시간이 갈수록 메리는 학교에 가는 게 점점 더 끔찍해졌는데, 집도 편안하지만은 않았어요. 존은 메리가 왜 여자아이처럼 옷을 입지 않는지, 어째서 남자아이들이 놀린다고 치고받고 같이 싸우는지 이해하지 못했거든요. 메리는 존이 그런 이유로 훈계를 할 때마다 제 방에 틀어박혔죠. 그날도 방문을 걸어 잠그려는데 거실에서 선영이 존에게 말했어요.

"사람을 사랑한다는 것은 있는 그대로의 그 사람 전체를 사랑하는 것이지, 그 사람이 이렇게 돼주었으면 하는 것은 아니야."

네, 『안나 카레니나』의 문장이에요. 메리는 존이 침실로 들어간 후 거실로 나가 선영의 무릎을 베고 잠들었습니다. 메리는 그날 선영이 자신에게 한 말을 기억합니다.

"너는 너일 뿐이야, 누구의 딸도 아들도 아닌 너. 내가 너의 엄마인 것처럼 말이지."

또래 여자아이들이 인형을 선물받을 때 메리는 선영에게서 생명 도감 같은 책을 선물받기 시작했습니다. 가끔 존이 집을 비우면 피자를 포장해 야구장에도 함께 갔어요.

"선영은 남자를 사랑해? 아니면 여자를 사랑해?"

어느 날 메리가 물었죠. 메리는 왜 선영과 존이 서로 사랑한다고 생각하지 않았던 걸까요. 선영은 메리가 물을 때면 옛날이야기를 하나 해주겠다고 했죠. 네, 아까 그 이야기입니다.

"그런 만화가 있었다, 〈마징가 Z〉. 거기에 나와. 여자 얼굴 반, 남자 얼굴 반을 가진 한 사람."

"사람?"

"음, 아주 예전에는 말이야, 남자와 여자, 그리고 남자와 여자가 합쳐진 사람이 모두 함께했대. 그런데 신이 질투를 해서 남자와 여자의 얼굴이 함께인 그이를 없애버렸다지."

"그래서 그 사람이 악마가 된 거야?"

"그러게. 그런데 왜 하필 악당으로 나왔을까. 그 사람은 그저 자신의 얼굴을 만들어준 사람을 위해 싸웠을 뿐인데."

"그 얼굴을 만들어준 사람을 사랑한 거야?"

"글쎄. 그 얼굴을 만들어준 사람만이 자신을 믿어줬거든."

"그랬구나. 그럼 그 얼굴을 가진 사람의 이름은?"

어딘가에 있을 나의 반쪽, 너는 나를 사랑해줄까.*

"나, 아가씨 아니야."

"네? 무슨 소리세요, 아가씨?"

"나, 아가씨 아니야. 나 이름 있어."

"이름이요?"

"응, 경준. 윤경준. 네 이름은 뭐야?"

제중원 간호원 복장을 한 여인이 자신을 경준이라 소개한 이를 빤히 본다. 처음엔 그저 껑충한 남자 옷을 걸친 여성이라고 생각했었다. 더이상 남성에게 의지해 살아가지 않겠다고 선언한 뒤 남자 옷을 입고 남학교서 공부했던 기녀 강향란처럼, 학업을 중단시키고 혼사를 추진한 부모에 대한 반발로 남장을 했던 황육진처럼. 그런 경준을 유심히 보는 그이의 이름은 안나 서. 세브란스 의

---

* 미네쿠라 카즈야, 『최유기』(학산문화사, 2004) 중 팔계의 대사.

료원 의사 서윤식의 수양딸 서화련이 아닌, 이화학당 졸업생이자 제중원 간호원인 안나 서. 제중원 초대 간호원 안나 제이콥슨의 정신을 받아 가져온 이름, 이게 바로 안나가 지은 자신의 이름이다. 안나는 자신을 소개할 때 누구의 딸이라고 하지 않았다. 나는 어디선가 왔어, 라고 했을 뿐이다. 안나는 그럼 어디서 온 거지?

안나의 어머니의 어머니의 어머니는 약방기생이라 천대받던 조선 왕실의 의녀였고 그 어머니의 어머니 또한 부모가 누군지 모른 채 기미 상궁에게 길러진 의녀였다고 한다. 그럼 안나의 어머니의 어머니는 대체 누구야? 자, 다시. 그저 많은 어머니 사이에서 살아온 안나의 어머니의 어머니는 여귀의 제사를 주관하는 여제였다. 조선 중기 무렵, 천연두가 조선을 뒤덮고 마을엔 죽은 이들의 시신이 쌓여가니 자식이 부모를 버리고 부모가 자식을 버리기 시작했단다. 이때 환자를 돌보게 된 이들이란 식모, 하녀, 기녀, 산파 들. 남녀가 유별한 시기에 다른 이들의 몸을 만지라는 명을 받은 여성의 신분이란 이러했다. 많은 여인이 죽어갔으나 기록에 남지 못했다, 그들은 이름이 없었기에. 훗날 조선시대의 전염병으로 인한 사망률을 조사했을 때 여성의 비율은 매우 낮았다. 조선은 여성이 살기에 참 좋았나보구나, 처음 조선의 사망률을 조사하던 이들은 그런 말을 할 뻔했다 한다. 여성의 죽음은 기록이 되지 못했기 때문에 없는 것처럼 보였을 뿐인데. 천연두가 물러갔을 때 조선의 왕은 식모와 하녀와 기녀와 산파 들이 귀신이 되어 돌아올까 겁이 났단다. 여귀들이 건강한 사내의 간을 뽑아 먹는다는 소문이 사대문 안에 파다했으니까. 왕은 곧 무녀들을 모았고 이들에게 여제라 이름 붙여 그 영혼을 달래주라 명했다. 여제의 운명은 왕이 바뀔 때마다 뒤바뀌었다. 그러나 하나 바뀔 수 없는 것, 세상이 존재하는 한 여제는 사라질 수 없었다. 무수한 여자들이 죽었기에, 이름도 없이. 그러나 안나의 어머니가 갓 네 살이 되었을 무렵, 안나의 어머니의 어머니는 자신이 모시던 왕이 죽자 자결한다. 정말 죽고 싶었을까. 그것은 모른다. 다만 홀로 남은 안나의 어머니가 단돈 사원에 팔렸다는 건 안다. 안나의 어머니를 사원에 데려간 사람은 동경까지 가서 공부한 지식인이었으나 어린 수동무가 둘이었고 안나의 어머니를 민며느리로 두고 감시했다. 안나의 어머니는 열한 살이 되던 해에 그의 등에 칼을 꽂았다. 밤마다 그에게 시달리던 수동무들을 풀어주고 그뒤 공장에 들어가 매일 열두 시간씩 쉬지 않고 일을 했다. 죽을 것 같아서, 또 살고 싶어서 다시 도망쳤고 그렇게 경성으로 흘러들어 어느 주점의 천기가 되었다. 안나는 선교사들이 운영하던 동대문 산부인과 병원에서 태어났다. 안나의 어머니는 안나를 낳고 한 시간이 채 안 되어 과다 출혈로 사망했다. 남긴 말은 이것이었다.

이 아이에게 이름을 주세요. 이름을 불러주세요.

"저기 그런데요."

"응."

"그런데 사내면 사내지 대체 왜 처음 보는 사람에게 반말이죠?"

전단지를 움켜쥐고 있는 안나의 손이 미세하게 떨렸다. 경준은 곧 손을 들어 보였다.

"미안. 아니, 미안해요."

경준의 사과에도 안나는 곧장 뒤돌아 걷기 시작했다. 안나는 사내들이 썩 반갑지 않았다. 얼마 전엔 기차에서 부인들의 옷을 칼로 찢고 도망가던 청년이 잡히기도 했고 키스를 거부했다며 여종업원의 혀를 물어뜯은 남학생에 대한 기사가 나기도 했다. 그런가 하면 여성이 남성 옷을 입었다고 길에서 정강이를 걷어찬 사내도 있었다. 언젠가는 주점에서 병원으로 다급한 연락이 와 나가봤더니 어린 기생이 손님에게 폭행당해 죽어갈 판이었다. 신고하자는 안나의 말에 주인은 울면서도 펄쩍 뛰었다. 사내를 어찌 당합니까? 우리 같은 기생들이요, 하면서.

"손에 든 건 뭐예요?"

안나를 따라잡느라 그런 건지 추운 날씨에 번져 나오는 입김 때문인지 경준은 조금 다급하게 숨을 몰아쉬는 것처럼 보였다. 안나는 그제야 자신이 경준에게 전단지를 나누어주려 했었다는 걸 깨달았다. 안나는 헛기침을 한 번 한 후 경준에게 전단지 한 장을 내밀었다.

'조선 여성에게 빛을, 서대문 여성 의원 새롭게 개원.'

경준은 한동안 전단지에 적힌 문장을 바라보기만 했다. 이번엔 안나가 고개를 갸웃했다. 일본인 가정에 입양되어 읽을 줄 아는 글자가 일본어밖에 없는 조선인들이 부지기수인 터라 경준도 혹 그런 경우가 아닌가 싶었던 것이다. 안나는 영어를 곧잘 했지만 일본어는 서툰 편이었다. 그건 안나가 선교사들이 세운 학교인 이화학당을 졸업하고 제중원 간호원으로 일하기 때문이기도 했다. 안나는 어린 시절부터 의사가 되고 싶었다. 그래서 학교를 졸업하고 의술을 배울 수 있다는 제중원에 들어간 것이었다. 물론 조선의 여성이 공부해서 의사가 된다는 건 어려운 일이었다. 그래도 안나는 제중원에 들어간 덕분에 영어를 배울 수 있었던 걸 행운이라 여겼다. 언젠가는 김점동처럼 여자도 의사가 될 수 있다는 미국 대학에 갈 수 있지 않을까. 안나는 가끔 그런 생각을 했지만 이내 고개를 저었다. 어째서냐면, 아버지 서윤식이 정해놓은 혼처가 있었으니까. 애당초 서윤식은 안나가 제중원에 들어가는 걸 허락하는 조건으로 두 가지를 반드시 지키라고 했다. 안나가 자신의 수양딸임을 죽을 때까지 발설하지 않을 것, 스물한 살이 되면 어떤 일이 있어도 혼인할 것.

"사람에게 소젖을 먹여도 괜찮은 거예요?"

경준의 말에 안나는 퍼뜩 전단지로 되돌아왔다. 한강도 얼어붙었다는 추위에 산비탈을 오르면서까지 안나가 나눠주던 전단지는 서대문에 개원하는 여성 의원을 홍보하는 것이었다. 선교사 마이어스는 1921년에 태화여자관을 설립하며 '어두운 조선 여자 사회를 위하여 새로운 빛을 주고자'라는 목표를 내세웠다. 하지만 병이 돌면 독한 약물이 든 공장폐수로 몸을 씻거나 심지어 동물과 성교를 해야 한다는 풍문이 떠도는 곳이 경성이었다. 제중원에서는 월요일과 목요일 오후 두시부터 대대적인 무료 아동 진찰을 실시하고 아이 잘 씻기는 법과 같은 공개강좌를 열었지만 낮에 시간을 내기 힘든 여공이나 여사원, 가난한 여인들을 위해서는 간호원들이 직접 돌아다니며 홍보하는 게 좋겠다고 결론 내린 거였다. 안나는 경준에게 1920년대 어머니들 앞에서 선보였던 '우유급식' 사진과 한 여성이 '토요 모자 복지 클럽'에 기증한 난소낭종 모형 사진을 꺼내 보였다. 안나는 사실 경준에게 이렇게까지 시간을 할애할 마음이 없었다. 처음에는 그저 경준이 거들먹거리는 사내를 흉내내고 있다고 여겼으니까. 하지만 경준은 전단지를 받자마자 길거리에 버리는 많은 사람과 달리 골똘히 전단지를 읽고 진지한 표정으로 안나에게 질문을 던졌다. 안나는 그런 경준에게 자신이 아는 것을 최대한 말하고 싶어졌다. 얼마나 많은 조선 여성들이 과도한 임신과 출산 후유증으로 죽어갔는가에 대해 설명하기 시작했다. 앞에 사람을 세워두고 너무 많은 이야기를 떠들었구나 싶었는데 경준의 얼굴엔 미소가 떠올라 있었다.

"의사인가요?"

안나는 하마터면 그렇다고 고개를 끄덕일 뻔했다. 안나가 가만히 고개를 젓는데 경준이 고개를 끄덕이며 말했다.

"언젠가 저도 당신에게 진료를 받고 싶어요."

안나는 경준이 어째서 자신을 진찰해달라고 했는지 시간이 좀 더 흘러서야 알게 되었다. 다만 안나는 그날 그런 생각을 했다. 전단지를 골똘히 보는 경준이야말로 어쩐지 경준 같다는 생각. 그저 남성의 옷을 입고 거들먹거리는 게 아니라 누군가 정성스레 준비한 전단지를 열심히 읽어주고 얘기를 들어주는 사람, 그렇기에 언젠가 자신이 정한 이름을 말해도 전혀 부끄럽지 않을 그런 사람. 그러나 이것은 기이한 이야기. 안나는 그날 경준을 처음 보았으니까. 게다가 안나가 진짜 경준에 대해 알게 된 것은 그것과는 다른 방식을 통해서였다. 꽤나 시간이 흘렀다는 생각에 경준과 헤어져 비탈길을 막 내려오던 참이었다. 한 사내가 고개를 갸웃하며 안나에게 다가와 말했다.

"저이는 윤경아가 아니요?"

"경아요? 경준이 아니고요?"

안나의 대답에 사내는 무슨 말이냐는 듯 저 사람은 윤경아라고, 사사로운 연애소설로 여학생들의 지지를 얻는 여인이라고 설명했다.

"여인이 되어가지고 여학생들의 연애사나 시시콜콜 써서 인기를 얻더니 이제 남장까지 하고 다니나보군요. 순사에게 걸려 호되게 혼이 나봐야지. 어디 여자가 남자 행세를 하고는."

경준이 아니라 경아라고 알려준 사내는 당시 안나에게 열렬히 구애를 하던 이로서 경성에서 이름이 알려질 대로 알려진 탐정소설가이기도 했다. 당시 경성 최고의 인기라면 역시 위생 박람회와 탐정소설이었다. 질병을 없애 제국에 맞는 국민을 만든다는 목표 아래 개최된 위생 박람회와, 과학으로 사건을 해결하여 나라다운 나라의 발전을 꾀한다는 탐정 수사와 소설은 모두 동경에서 시작되었다. 이 동경발 '과학'은 경성에서도 대대적인 인기를 얻었다. 『별건곤』에 웰스라는 서양 소설가의 과학소설이 실려 잡지가 동이 나기도 했다. 하지만 안나는 탐정소설에 별 흥미가 없었다. 그도 그럴 것이 경성에서의 과학수사라는 건 범인 한 명을 잡기 위해 칠십 명을 잡아두는 식이었다. 붙잡아들이는 대상도 대부분 부랑자나 남장 여자, 여장 남자, 노동자, 여공 같은 이들이었다. 신분이 불명확하다는 이유였는데 그래놓고 정작 진범으로 밝혀진 강간 살인마에게는 고작 징역 육 개월의 판결을 내릴 뿐이었다. 그런데도 소설 속에서 사건을 해결하고 나라와 공주, 소녀와 아가씨를 구하는 과학 소년은 항상 멋있게 그려지기만 했다. 하지만 그날만은 사내의 소설 타령이 마냥 지루하지 않았다. 경준과 연애소설을 비꼬듯 말하던 사내가 내뱉은 마지막 말 때문이었다.

"저 사람 소설에는 과학 소녀가 나온다니…… 아주 현실을 무시할 작정인가, 아니면 제대로 된 문학 교육을 못 받아서 생긴 괴이쩍은 생각인가."

그 말을 들은 안나는 새로 생긴 동경식 주점에서 오뎅을 먹자는 사내의 청을 거절하고 곧장 종로로 향했다. 그러고는 종로에서 가장 유명한 서점인 덕흥서림에 가서 윤경아라는 이름이 적힌 책을 찾았다. 하지만 아무리 찾아도 경준의 책을 찾지 못했다. 대신 안나는 경준의 이름이 쓰인 소설집을 가질 수 있었다. 무슨 말이냐면, 그날 경준을 다시 만났다는 뜻이다.

안나와 경준이 몇 시간 만에 재회한 곳은 서점도 병원도 아니었다. 그곳은 바로 경찰서였다. 안나는 서점에서 집으로 돌아가다 장충단공원의 수풀에서 키스를 하는 연인을 보았다. 그즈음 경성은 '키스 금지령'이 내려진 상태였다. 형사들은 불법 키스를 단속하기 위해 종종 공원이나 술집 근처에 잠복해 있곤 했다. 하지만 그 법에 걸리는 이는 동성 연인들이나 남장 여자, 여장 남자

커플이었다. 소문에 의하면 고위관료의 자제는 그래도 쉽게 풀려난다고 했다. '신분이 명확하다'는 이유로. 안나는 수풀 속 연인이 걱정스럽긴 했지만 나설 생각은 없었다. 그런데 자세히 보니 그 연인은 간호보조원으로 일하는 친구 수성과 그의 연인 류스케였다. 류스케는 일본 고위관료의 아들이므로 문제가 아니었다. 그러므로 경찰서에 가게 된 사람은 경성에 연고가 없는 수성과 수성의 신분을 증명하겠다며 따라나선 안나였다. 경찰은 우선 수성의 여장을 문제삼았다. 언제든 전장에 나갈 준비를 해야 하는 남성이 여장이라니? 두번째는 국민 등록을 하지 않았다는 점이었다. 제국의 국민으로서 제국을 위한 군대에 안 갈 셈인가? 경찰의 집요한 물음에도 수성은 팔짱을 낀 채 입을 다물었다. 오히려 안나가 초조해했다. 수성이 간호보조원으로 채용될 수 있도록 도와준 사람은 안나였다. 안나가 수성을 처음 만난 건 수성이 일하던 카페에서 남자 손님에게 심하게 얻어맞은 직후였다. 그때도 수성은 여장을 하고 있었기에 병원에 갈 수 없었다. 카페에 있었던 안나가 응급처치를 해주고 수성의 사연을 들은 뒤 마침 일손이 부족한 간호보조원 일을 소개해주었던 것이다. 안나는 경찰에게 제중원 간호원증과 국민증을 내밀어 보였지만 경찰은 꿈쩍도 하지 않았다. 그날 수성이 풀려나도록 도와준 이는 간호원인 안나가 아니라 남자 옷을 입고 나타난 경준이었다.

"거, 사내끼리니까 믿고 처분합니다. 요즘 저런 변태성욕자들 때문에 미치겠어요."

경준은 경찰과 어깨동무까지 해가며 친밀감을 과시했다. 안나는 그날 여러모로 고개를 젓다 말다 했는데, 수성은 또 수성대로 연애소설가인 경준을 알아보고 온갖 호들갑을 떨며 사인까지 받았던 것이다.

"이 기집애야, 저 사람이 요즘 배화여고며 이화여전이며 여학생들 사이에서 그 일본 소설가 요시야 노부코보다도 인기야. 너, 몰라? 『S 언니의 로맨스』?"

"S 언니? 그게 뭔데?"

안나의 얼굴이 조금 붉어졌다. 수성은 눈을 가늘게 뜨더니 이렇게 말했다.

"음흉하긴. 그거 말고 스페이스, 우주."

물론 S 언니란 당시 여학생들 사이에서 동성애를 가리키는 은어였다. 경준의 소설에선 그걸 한번 더 뒤집은 거였다. 우주, 과학 소녀, 안나는 이렇게 중얼거리면서 책에 서명하는 경준을 물끄러미 바라봤다.

"아까 왜 그렇게 봤어요?"

다 함께 국밥을 먹고 또다른 연인을 만나러 가야 한다는 수성을 보낸 뒤였다. 경준은 안나의 걸음에 맞춰 천천히 걸으며 이런 저런 질문을 했다. 그러더니 품안에서 자신의 소설집을 꺼내 내밀었다.

"안나 씨에게도 주려고 가지고 왔어요."

알고 보니 경준은 안나가 근무하는 병원이 어딘지 묻고자 안나를 수소문했다고 한다. 뒤늦게 안나의 간호원복을 떠올리고는 제중원을 찾아갔지만 퇴근했다는 사실에 낙담하여 돌아가다가, 그즈음 키스 금지 논란으로 유명했던 장충단공원에 대한 호기심에 그쪽으로 발길을 돌린 거였다. 그러다 안나와 수성을 본 것이었다. 안나는 경준의 손에 들린 소설집을 가만히 보다 이렇게 답했다.

"그럼 저는 윤경준이라고 써주세요."

경준은 그렇게 말하는 안나를 잠시 바라보았다. 이 세상 유일의 책이네요, 윤경준의 책, 이라고 대꾸하며 웃던 경준은 아마 윤경아의 책을 서점에서 구하기는 힘들었을 거라고 덧붙였다. 여학생들의 연애를 부추기는 책이라는 것도 이유였지만 여성이 단독으로 소설집을 내는 것 또한 어려웠고 게다가 자신은 정식 등단을 한 소설가도 아닌데다 대학에서 문학을 전공하지도 않았다는 거였다. 안나는 등단이 뭔지 몰랐지만 한 가지는 알 수 있었다. 경준은 국민증에 여성으로 등록돼 있을 테니 책을 내기 힘들었겠다는 것. 그즈음 연애소설의 독자들은 신문광고에 적힌 바다 건너의 주소로 편지를 보내 소설을 구입하곤 했으니까.

"전 안나예요. 안나 서."

안나 카레니나? 라고 조그맣게 중얼거리던 경준은 그게 뭐냐는 듯한 안나의 표정에 아무것도 아니라는 듯 손을 들어 저어 보였고, 이내 중절모를 벗은 뒤 깊게 고개를 숙여 인사했다. 그러더니 별안간 볼을 부풀려 숨을 크게 한 번 내쉬고는 무언가를 가리켰다. 입김이었다.

"겨울 좋아해요. 입김이 보이니까요."

안나가 고개를 갸웃하자 경준이 씩 웃더니 이렇게 덧붙였다.

"공기는 존재하지 않는 것처럼 보이지만 존재하고, 입김은 그걸 알게 해주잖아요."

안나는 겨울이 싫었다. 겨울엔 춥고 질병에 노출되기 쉬운데도 가난한 사람들은 바깥으로 나가 일을 해야만 하고 그러면 병에 걸릴 수밖에 없으니까. 그럼에도 따뜻한 음식이나 방은 다른 사람들에게 돌아가는 몫 같았으니까. 안나는 안나대로 손이 시리다못해 아픈 추위에도 전단지를 나눠주기 위해 비탈길을 오르는 게 힘겨웠다. 하지만 경준의 말을 들은 뒤로는 어쩐지 입김이 있으니까 조금은 괜찮을지도 몰라 하는 마음 정도는 담아두게 되었다. 그래도 뭐, 그저 그뿐이라고 생각했는데, 본격적인 것은 그뒤에 일어났다.

안나는 자신이 유독 퇴근시간에 경준을 자주 마주친다고 생각했다. 그렇게 마주치면 경준은 그저 지나가던 길이라며 저녁이나 같이 먹자고 했다. 몇 번 그렇게 저녁을 먹은 후에는 같이 위생 박람회에 다녀오기도 했고 서점 구경을 가기도 했다. 어떤 날엔 경준이 열렬히 좋아한다는 소녀 연예인의 레뷰 무대를 보러 가기도 했고 또다른 날엔 안나가 관심 있는 창경궁 식물원에 다녀오기도 했다. 한참 후에 안나는 이 모든 것이 자신을 종일 기다린 경준이 만든 우연이라는 사실을 알게 되었다.

"저는 동성애에 흥미가 없습니다. 그건 여학생들이나 하는 거죠."

당시 남성 지식인들은 『신여성』과 같은 잡지에 여성들의 동성애를 권장하는 글을 쓰기도 했다. 여성들의 동성애는 서로 성교를 하지 않으니 순결을 지키는 데는 그만이라는 이유였다. 안나는 동성애에 관심이 없기도 했지만 무엇보다 서윤식의 눈 밖에 났다가 바로 혼인이라도 하게 될까봐 무서웠다. 물론 안나는 그 말을 내뱉자마자 자신이 실수했음을 깨닫고 손으로 입을 막았다. 그러나 경준의 대답은 경쾌했다.

"좋아요, 안나 씨. 그럼 우리 친구해요."

"네?"

"응, 그리고요, 우리 전생 연인 해요."

그러면서 경준은 친구 된 기념으로 악수나 하자며 손을 내밀었다. 저 손 씻었습니다, 손발의 청결은 타인을 위해서도 매우 중요하죠, 라는 말과 함께. 안나는 그런 경준의 손을 보며 미안함과 고마움을 동시에 느꼈다. 안나는 경준이 누구보다 남성으로 살아가고 싶어하는 사람이라는 걸 잘 알고 있었고 어느 순간부터는 그런 경준을 마음으로 응원하고 있었다. 그런데 자신도 모르게 경준과 자신의 관계를 동성이라고 말해버린 것이었다. 경준의 아무렇지 않아하는 태도가 아니었다면 분명 안나는 그 말을 한 자신을 자책했을 것이다. 안나는 경준을 보며 심각하지 않으면서 진지한 사람이란 얼마나 편안한가를 생각하게 되었다.

그날 경준과 안나는 현생 친구가 된 기념으로 영화를 한 편 보기로 했다. 경준이 예매한 영화는 공포영화 〈M〉이었다. '치밀한 탐정 수사'로 연일 매진이라는데 안나는 결말을 보기도 전에 하품이 나왔다. 난데없이 여자를 공포에 빠뜨리고 죽이는 것도 어리둥절한데 영화에서 다루는 과학수사의 수준 또한 그저 남자 주인공인 탐정의 예리함을 부각하기 위한 도구 같았다. 제중원에서

하는 의학서 읽기 모임에 나가고 있는 안나에겐 그저 억지스럽고 지루할 뿐이었다. 그래도 경준이 무안할까 하품을 참으며 고개를 돌렸는데 안나는 자신이 그럴 필요가 없었다는 걸 깨달았다. 경준은 눈을 질끈 감고 있었기 때문이었다. 그렇지, 경준은 역시 로맨스를 사랑해.

경준의 그런 모습을 볼 때마다 안나는 그와 현생 친구, 전생 연인 말고 전생 친구, 현생 연인이 되고 싶다고 생각했다. 하지만 어쨌거나 안나는 경준과 친구가 되었다. 왜냐하면 친구가 되어야 경준이 오래 살 수 있을 것 같아서였다. 1920년대부터 경성에서는 동성 연인들의 자살 소식이 끊이지 않았다. 연인과의 월미도 여행 후 자살한 작부부터 변산반도에서 개성까지 놀러갔다 자살한 여공들까지, 붉은 실로 서로의 몸을 묶고 종로나 일대의 유명 요릿집을 찾아 비싼 음식을 먹은 후 동반자살하는 사건들이 기사로 나곤 했다. 그로부터 이 년이 흐른 후에는 안나와 경준 또한 별로 조심할 필요가 없었다. 더이상 제중원 간호원 명부에서 안나서의 이름을 찾을 수 없었다. 물론 안나는 경준과 붉은 실로 서로의 몸을 묶고 바다에 뛰어들지도 않았고 유명한 요릿집에서 식사를 하지도 않았다. 그렇다면 그사이 안나는 대체 어디서 무엇을 했는가?

안나는 그사이 화련으로 살았다. 안나는 서윤식의 적극적인 주선으로 혼인을 했던 것이다. 동성 연인들의 자살 소식만큼 잡지에 빈번하게 실리는 기사가 이른바 고등교육을 받은 신여성들이 혼인 시기를 놓쳐 눈물을 흘린다는 내용이었다. 짧은 머리의 여성이 책이 가득 쌓인 책상 앞에 앉아 눈물을 흘리는 잡지 그림이 서윤식의 마음을 언짢게 했던 것일까. 정작 안나는 그 그림에 신경쓴 적이 없었다. 왜냐하면 안나의 선배인 박인덕이 어느 글에서 밝힌바, 대부분의 이화학당 졸업생들은 미국이나 일본 유학길에 오르기 위해 공부를 이어가거나 선교활동을 하며 자발적인 독신으로 살아가고 있었기 때문이다. 물론 이화여전이나 배화여고와는 사정이 달랐지만 적어도 안나의 동료 중에 결혼을 못해 안달난 이는 없었다. 그러나 이름 있는 가문에서는 이화학당에 딸을 보내는 것 자체를 꺼림칙하게 여겼다. 초창기 제중원 간호원들을 기녀 가운데서 선발했던 것도 어쩌면 그러한 연유였을 것이다. 그러나 서윤식은 안나와는 생각이 달랐다. 서윤식은 세상을 떠들썩하게 했던 김용주와 홍옥임의 자살 사건을 떠올린 모양이었다. 그들 모두 배운 여성들이지 않았는가. 그들처럼 안나가 가정주부와 어머니의 역할을 거부하고 기찻길에 뛰어들어 신문에 나기라도 하면? 그 여자가 자신의 딸이라는 사실이 밝혀지기라도 하면? 서윤식은 상상만으로 머리가 지끈거렸을 것이다.

그해 눈이 많이 내리던 날, 안나는 동경으로 가는 배에 올랐다. 안나는 현해탄 바다에 닿기도 전에 녹아 사라지는 눈을 보고 입김을 여러 번 뿜어보았다. 확실히 경준은 똑똑하구나, 생각하면서. 역시 그의 말대로 공기에 유일하게 흔적을 남기는 건 입김인 것 같았다. 그날 안나는 여러 번 숨을 내쉬었다. 안나의 결혼에 대해 알려진 것은 별로 없다. 결혼한 상대가 교토대학 공과대학을 나온 재사라는 것, 미쓰비시 군수공장에서 연구원으로 일했다는 것 정도다. 인구 증강 정책을 위해 생명공학에 심혈을 기울이고 제국민의 통치를 위해 탐정 수사를 받아들인 나라에서 과학이란 하나의 권력이었으므로 그는 최고의 신랑감이었다. 훗날 안나는 서윤식이 그에게서 결혼지참금 명목으로 병원 한 채 값을 받은 것을 알게 되었다. 안나는 그 사실에 오히려 마음이 편안해졌다. 더이상 남편으로부터 도망갈 궁리를 하지 않아도 되니까, 자신에겐 그걸 갚을 돈이 없으므로 그저 그와 함께 있는 동경이 세상의 전부라 믿으며 살면 되니까. 그러나 그런 생각에도 안나는 도저히 결혼생활을 견딜 수 없었다. 그건 서윤식의 수양딸이라는 사실이 밝혀져 남편의 태도가 돌변했기 때문이기도 했지만, 남편의 사디즘적인 성향 때문이기도 했다. 안나는 자신이 어떤 일을 겪었는지 그에 관해선 전혀 말하지 않았으므로 이 또한 알 수가 없다. 다만 남편과 시아버지의 사디즘적인 성향 때문에 온몸이 피투성이가 된 여인이 기찻길에 투신한 사건이 조선 신문에도 실렸다는 것, 그 여인의 남편과 시아버지가 동경에서 넘어온 성과학 잡지를 본 적이 있었다는 것, 그러니 그 여인과 안나에겐 죽음과 같았던 일이 어쩌면 그들에겐 단순한 유행이었는지도 모른다는 것 정도를 짐작할 뿐이다.

이혼은 안나가 요구한 게 아니었다. 안나에게 이혼을 요구하며 남편이 사유서에 적은 내용은 이러했다.

'애교도 없이, 신분도 없이, 돈도 없이 너는 뭐하러 시집을 왔어?'

그는 어째 경준은 의심하지 않았던 걸까. 그런 말을 들으면 안나는 크게 웃었다. 경준은 경아로 불릴 수밖에 없었기 때문에 남편은 오히려 경준에 대해선 한 번도 의심한 적이 없었다면서. 왜냐, 안나와 경준이 함께한 경성에서 경준은 경아로 등록되어 있었고, 그렇기에 그들은 그저 여성이었으므로. 우습게도 그 남자는 그것에 대해선 안심하여 묻질 않았단다. 안나는 그러면 오히려 경준에 대해 말하고 싶어졌다. 숨을 내쉴 때마다 입김을 보았으니 사실상 매일 경준과 함께한 것이나 다름없다고, 날마다 윤경아의 이름을 찾아 신문 하단을 훑으며 온갖 소설을 주문해 받았다고. 그래, 그것도 맞다. 그러나 안나가 경준에 대해 말하고 싶은 것은 그저 이런 것. 언젠가 경준과 얼음과자를 먹으러 양과자점에 들어갔을 때의 일이었다. 그즈음 양과자점에서는 위스키를 팔곤 했는데 둘 다 호기심이 동했다. 마침 그날은 경준이 새로운 연애소설 원고를 넘겨 돈을 받은 날이기도 했고 안나의 월급날이기도 했다. 안나와 경준은 얼음을 넣어 마셔야 하는 줄도 모르고 위스키의 양이 적다며 투덜댔다.

"어머, 얘들은 무슨 위스키를 막걸리마냥 들이켜?"

그렇다. 한때 경성 카페의 스타였던 수성이 오고 나서야 안나와 경준은 위스키가 얼음을 넣어 조금씩 음미해야 하는 술이라는 걸 알았다. 그러나 이미 그때는 위스키 몇 잔을 막걸리처럼 들이부은 후였다. 양과자점에서 나와 비틀거리면서도 전차를 타기 위해 뛰던 안나가 의학서를 떨어뜨렸고 때마침 마지막 전차가 들어왔다. 전차와 의학서 사이에서 갈팡질팡하던 안나는 경준에게 손을 흔들고 전차에 올랐으나 이윽고는 그저 경준을 향해 한참 손을 뺏을 수밖에 없었다. 경준이 안나의 의학서를 들고 전차를 따라 뛰었기 때문이었다. 결국 전차에서 내린 안나에게 경준이 한 말은 이러했다.

"안나 씨가 가장 아끼는 거잖아요."

그때의 이야기를 하면서 안나는 그저 웃었다. 그 웃음 속에 경준과의 시간이 있었다. 말로는 다 할 수 없는 경준과의 시간이 거기에 모두 다 있었다. 말이 비껴간 곳에 남아 있는 기억들이 그 웃음 속에 고스란히 있었다.

이혼 후 다시 경성 땅을 밟은 안나의 눈에 들어온 건 호외였다. 호외 전면에는 우량아 선발대회에 대한 기사가 실려 있었다. 안나는 건강한 아이를 안고 있는 제중원 간호원들을 바라보며 미소를 지었다. 다음 장에는 간호원으로 일하다 사회운동에 헌신하게 된 정종명의 이야기가 있었다. 그 밑에 달린 한 남성 지식인의 글에서 정종명은 남자가 되고 싶어 안달이 난, 정신이 이상한 여자로 묘사되어 있었다. 안나는 고개를 저으며 시선을 옮겼다. 거기에는 탑골공원의 유명 한식집인 소동원에서 키스를 하다 걸렸다는 수동무들의 이야기가 빼곡했고, 한 사회학자가 혀를 차는 어조로 남성 간의 사랑에 대해 훈계하는 글이 이어졌다. '아직도 남성끼리 사랑하는 조선 말의 미개한 풍습 이어져'라는 제목의 그 글, 제국을 위해 전쟁터에 나가야 하는 늠름한 남성으로서 한시바삐 계몽되어야 한다는 그 글을 읽으면서 안나는 자신도 모르게 신음 같은 한숨 소리를 내었다. 맨 밑의 광고란은 여전히 가장 화려했다. 미국에서 곧장 상륙해왔다는 홍보 문구를 달고 있는 극장 명치좌의 호러 영화 소식, 아메리카 순회공연을 마치고 경성에 온다는 스즈란자의 경쾌한 군무를 전면에 내세운 사진들. 동경발 에로틱, 그로테스크, 난센스는 이제 경성에 완전히 안착한 것 같았다. 그리고 잠시 후 안나는 숨을 멈춘 듯 하나의 이름에서 시선을 떼지 못했다. 윤경아. 조선 최고의 연애소설가, 윤경아. 그 이름은 여전히 서점이 아닌 오락거리를 다루는 신문 하단에 있었다. 안나는 윤경아라는 글자에 손가락을 가져다대보았다. 그리고 가만히 마지막 글자를 손가락으로 가리곤 중얼거렸다. 윤경, 준.

안나는 그때 경준의 이름을 손가락으로 짚으며 자신을 낳아준 이를 떠올렸다. 왜 그랬을까. 다만 안나는 그때를 떠올릴 때마다 이런 말을 했다.

민며느리였다가, 여공이었다가, 미혼의 임신부가 된 그이는,

그이는?

강한 사람이야.

어째서?

언제든지 변화할 수 있는 그런 사람이었으니까. 그저 눈에 보이는 세상이 전부라고 믿고 주저앉지 않았던 강한 사람.

손과 발을 청결히 할 것, 활기차게 생활할 것, 환자에게 친절할 것, 간호원이라는 인식을 가질 것, 협동할 것, 환자의 험담을 하지 말 것, 이름을 기억할 것, 조선 여성으로서의 자부심을 가질 것, 그리고 낙관할 것.

경성으로 돌아온 안나는 자신의 스승이 간호원들에게 늘 당부했던 저 말들을 되새겼다. 그리고 수성을 찾아갔다. 이혼을 당한 안나는 애당초 서윤식의 집으로 돌아갈 수 없었다. 그런 안나가 기댈 사람은 수성뿐이었다. 안나와 수성에겐 그런 우정이 있었다. 그러니까 안나는 경준을 찾아가지도, 자신을 낳아준 이를 수소문하지도 않았다. 수성은 안나가 떠난 후 간호보조원 일을 그만두고 새로 생긴 양과자점에 취직했다가 어느 일본인 사업가의 눈에 띄어 주점을 열었다고 했다. 만나자마자 그 일본인 사업가와의 일을 자랑하듯 늘어놓는 수성은 어쩐지 허공에 대고 이야기하는 사람 같았다. 안나는 수성에게 그 사람을 사랑하는지 묻지 않았다. 다만 이렇게 말했을 뿐이다.

"낙관하자."

이제 돈을 모아 시카고로 가서 재즈를 배우고 흑인 남자와 아주 들척지근한 연애를 할 거라며 떠들어대던 수성은 잠시 안나를 넘겨보았다. 그러고는 실크 장갑을 벗어 안나의 팔을 툭 친 후에 이렇게 말했다.

"넌 역시 동경이 아니라 뉴욕 정도는 가줘야 돼. 아메리카."

"아메리카는 어떻게 안 거야?"

"어떤 고매한 사랑 이야기지."

"응?"

"잡지에서 봤어. 남성인 스승을 사랑해서 고뇌하던 그 얼굴."

"그게 아메리카랑 대체 무슨 상관일까?"

먼산을 바라보며 우수에 젖어 있던 수성은 촉촉한 눈빛으로 안나를 한 번 쳐다봤다. 실린 지 한참이나 된 그 글을 수성이 어떻게 읽게 된 건지는 모르겠으나, 오래전 오산인이라는 자가 『창조』에 그런 글을 썼었다. 그는 남성 간의 사랑을 부인하는 사람들에 대해 이렇게 평했던 것이다.

"인생의 대서양 저편에 아메리카 대륙이 있는 줄도 모르는 치들."

안나는 수성의 표정에 웃음을 터뜨리면서도 애틋한 마음에 수성의 등을 한 번 쓸어주었다. 어쨌거나 어떤 것들은 또 여전했다. 그러나 하나의 물음이나 대답만으로는 완성될 수 없는 게 또한 세상인 까닭에 어떤 것은 그토록 변하지 않아서 안심되기도 했다.

안나는 그날 수성에게 빌린 돈으로 서대문 근처에 작은 집을 얻어 조산소를 차렸다. 그러면서 내건 광고는 이러했다.

'산부인과를 갈 수 없는 부인들에게 삶을.'

돈이 없어 차디찬 방에서 소독도 안 된 가위로 탯줄을 자르다 죽는 여인들이 부지기수인데, 그러고도 딸을 낳으면 밥 한 그릇 얻어먹기 힘든 사람들을 위한 시설. 원래 기방으로 쓰이던 그곳을 수성과 둘이 치우던 날 안나는 오랜만에 배가 아플 정도로 웃었다. 벽장을 열었더니 기녀들이 입었던 고운 한복이 가득해 수성은 박수까지 치며 좋아했다. 그 옷들을 한 벌씩 입어보며 안나와 수성은 오후 내내 깔깔댔다. 그 옆방에서도 기둥서방의 옷인지 남자 한복이 가득 나와 안나가 남자 한복을 입고 에헴, 소리를 내보기도 하고 서로 남녀 혼례복을 입고 맞절을 하다 머리를 부딪히기도 했다. 우리 결혼한 거야? 라는 안나의 말에 수성이, 어며 이 요물, 벌써 두번째 남자를 만났네, 하고 대답하여 둘은 배를 잡고 뒹굴며 웃었다. 그렇게 조산소를 차린 뒤 안나는 결혼으로 더이상 간호원 일을 하지 못하는 동료들을 수소문하여 도와줄 것을 간청했다. 조산소에서는 아이를 낳은 부인들에게 건강 상담을 해주었고 무료 우유 급식소도 안내했다. 부인들의 난소 건강에 대한 강좌를 열기도 했다. 그곳에서 많은 아이가 건강하게 태어났다.

그러면 그 아이들은 다 잘 자랐을까, 하면, 그건 모르겠다.

어째서?

제국이 군대로 끌고 가곤 했으니까. 여성이든 남성이든. 그리고 그때부터 본격적으로 남성의 옷을 입은 여성과 여성의 옷을 입은 남성을 골라내기 시작했으니까. 징집 통지서를 받은 남자들이 국밥집에서 술을 마시고 하소연하는 소리를 들을 때마다 안나는 경준을 떠올렸다. 어린 시절부터 남장을 하고 스스로도 자신을 분명한 남자라 여겼으며 그가 나고 자란 마을에서는 주변 누구도 그가 여자일 거라고 의심치 않았던 어느 여인이 제국의 경찰로부터 남장을 금지당하고 변태성욕자라 명명되는 사건이 터진 즈음이었다. 사실 제국의 식민 통치가 시작되기 이전 조선땅엔 여성의 옷을 입고 여성이라 믿고 살았던 남성들과 남성의 옷을 입고 남성만이 할 수 있다고 여겨지던 일을 하던 여성들이 많았다. 한양에서 경성이 되고서도 한동안은 기차역 앞에서 손을 잡은 채 조금만 더 놀자고 하는 남성 커플들을 흔히 볼 수 있었다. 하지만 전쟁이 심각해지자 그들은 모두 군대를 위한 관리의 대상이 되었다. 남자들은 군대에 가야 하는 존재들이었으므로, 그런 존재 이유를 위협하는 것들은 모두 제거되는 듯했다. 안나는 혹 경준이 제국의 경찰에게 잡혀 변태성욕자로 낙인찍힐까봐 날마다 신문 가판대 앞에서 서성였다.

그래서 안나는 신문에서 경준의 이름을 찾았을까. 안나가 경준을 다시 만난 건 신문을 통해서가 아니었다. 이전처럼 경찰서도 아니었다. 그곳은 바로 여성 노동자들이 처우개선을 요구하며 시위를 하던 현장이었다.

3·1운동이 광범위하게 시작되었던 그때, 여성과 노동자를 중심으로 한 시위대는 한밤에 불을 붙였다. 낮시간의 시위가 학생 중심이라면 밤시간은 여성과 노동자가 중심이었다. 당시 세브란스 의원에선 외국인 의사들이 모르는 척 책상 위에 3·1운동 선언서를 쌓아두고 사람들에게 나누어주었다. 간호원들은 현장에 직접 나가 시위대에 부상이 생기면 언제든 뛰어갈 대비를 했다. 그 이후 시위는 제국의 심각한 감시 때문에 해외로 근거지가 옮겨지는 듯했으나 여성과 노동자 시위는 오히려 활발해지고 있었다. 그만큼 여성 노동자들의 임금은 바닥을 쳤고 근무환경은 열악했다. 1930년엔 평양 고무공장에서 일하던 한 여성 노동자가 을밀대의 지붕 위에 올라가 근무환경 개선을 외쳤다. 그럼에도 여성 노동자의 임금과 형편은 나아지지 않았기에 시위는 계속되었다. 안나는 더이상 간호원은 아니었으나 응급치료 가방을 들고 경성의 밤거리를 뛰어다녔다. 시위를 하고 싶지는 않았어? 누군가 물

었을 때 안나는, 앞에 서는 사람이 있으면 뒤에서 지켜보고 보살펴주는 사람도 필요할 것 같아, 라고 말했다. 그때 안나의 표정에는 어떤 결의나 자부심 같은 것이 있었다. 그러나 경준을 만난 그날 안나의 얼굴에는 어떤 결의도 자부심도 없었다. 안나는 사람들 사이에서 그의 이름을 중얼거렸다.

"경준, 경준아."

그러고는 이윽고 경준 앞에 다가섰다. 누군가 밀어버린 듯 함부로 깎인 머리에 어색하게 치마저고리를 입고 있는, 경준이 아닌 경아 앞에 안나는 소리조차 내지 않고 주저앉았다. 주저앉고 나서야 부풀어올라 있는 경준의 치마가 눈에 들어왔다. 그즈음 동경의 공장에 취직시켜준다는 명목으로, 동경을 통해 미국에 갈 수 있다는 명목으로 여성들을 모집한다는 이야기를 안나도 들은 적이 있었다. 그것이 사실 군 '위안부' 모집이라는 것은 속아서 끌려간 이후에 알게 되었다는 것 또한. 안나는 여태 자신이 경준을 찾지 않으면, 둘이 함께하지 않으면 세상이 경준과 자신을 내버려둘 거라 생각했다. 경준이 사내가 될 수 없는 것이 세상의 법이고, 그 법 때문에 경준과 자신이 함께할 수 없는 거라면, 그렇다면 그저 법을 따른다면 자신들을 그냥 살게 둘 줄 알았다. 안나가 가만히 경준의 손을 잡자 그제야 경준이 눈동자를 굴려 안나를 바라보았다. 안나는 경준을 보고 웃었으나 경준은 그런 안나를 잠시 내려다보다 이내 시선을 돌렸다. 경준은 평소엔 매사 씩씩했지만 자신의 몸에 누군가 닿는 것을 두려워했다. 그렇기에 출퇴근시간의 전차 앞에서는 어김없이 무너지곤 했었다. 경준은 누군가 갑자기 자신의 옷을 찢어 몸을 훑어본 뒤 그길로 경찰서로 끌고 갈까 두렵다고 말했다. 남성이 되어도 연애소설을 계속 쓰고 싶다고도 했다. 여성들이 심약하여 연애소설이나 읽는 게 아니라는 걸 말하고 싶다고 했다. 안나는 그래서 신문 하단에서 더이상 경준의 이름이 보이지 않게 되었을 때, 경준이 말했던 『안나 카레니나』라는 소설을 떠올리며 미국이 아니면 노서아에라도 갔겠지 생각했다. 이제 정말 경준이라는 이름으로 살겠구나, 안심까지 했었다. 그런데 경준은 이곳에서 경아가 되어 있었다. 안나가 아닌 화련으로 살았던 시절에도 어떻게든 경준의 소설을 사들이고 경준을 떠올리며 버텼는데, 분명 입김은 어디에나 늘 있었는데, 그런데 경준은 표정이라곤 아무것도 없는 백지의 경아가 되어 산 채로 죽어 있었다.

그날, 경준과 함께 조산소로 걸어가며 안나는 다시 한번 자신을 낳았다는 이를 떠올렸다. *이름을 불러주세요*, 아직 눈도 뜨지 못한 자신을 보며 했다는 말. 살기 위해 인생의 매 순간을 기꺼이 받아들였던 사람, 그러고도 이름도 없이 사라져버린 사람. 이 생각은 경준을 처음 만났을 때로 이어졌다. 그때 경준은 이름이 뭐냐고 물어봤었다. 그러고 얼마 뒤 자신이 일하던 병원 대기실로 찾아왔다.

"사랑 때문에 망하는 게 뭐 어때요?"

탐정소설을 쓰는 남자들은 연애소설을 읽는 여학생들을 무시했지만 경준은 그렇게 말했다. 돈과 권력 때문에 망하는 사내보다 낫지 않나요, 라는 말과 함께. 안나는 여전히 아무런 표정이 없는 채 그저 앞으로 걷기만 하는 경준의 손을 꽉 쥐었다.

"그이도 너도 모두 강한 사람들이야."

그로부터 한 달 후 안나는 수성이 건넨 미국행 배의 티켓을 가만히 만지작거리고 있었다. 이윽고 안나가 수성에게 손을 내밀자 수성은 안나의 손을 뒤집듯 툭 치더니 보따리 몇 개를 내놓았다. 안나가 고개를 갸웃하자 수성은 그중 하나를 풀어 보였다. 그 안엔 안나가 입었던 간호원복과 경준의 소설집, 서화련의 국민증이 들어 있었다. 동성 연인의 자살 사건이 끊이지 않았을 때, 안나는 만약을 대비해서 자신의 국민증을 수성에게 맡겼었다. 혹시 자신이나 경준이 자살을 하면 경준의 옷에 서화련의 국민증을 넣어달라고. 계급이 낮은 여성이나 남장을 한 여성, 모던 걸이라고 불리던 여성 들은 죽고 나서도 언론의 뭇매를 맞곤 했으므로 안나는 남장을 한 경준이 죽어서도 고초를 치를까 겁이 났던 것이다. 수성이 여태 그것을 소중히 간직하고 있었다는 사실에 안나는 잠시 눈물을 삼켰다. 그러고 보따리에 다른 게 더 있는 것 같아 물건들을 들추었는데 그 밑에 돈이 있었다. 안나가 고개를 젓자 수성이 이번엔 안나의 팔을 찰싹 때렸다.

"이 순진한 것아. 동경이나 아메리카나 돈 없으면 말짱 다 꽝이야."

안나는 수성이 이 돈을 어떻게 모았는지 알고 있었다. 수성은 자신이 성공했다 말했지만 일본인 사업가는 수성에게 술만 마시면 허리띠를 풀어 어린 사내애들을 때린다는 신문사 소유주의 접대를 시키기도 했고, 어린 소녀들을 불러 키스를 해달라고 한 뒤 혀를 물어뜯는다는 어느 문인의 술시중을 들게도 했다. 그런 일들을 해가며 모은 돈이었다. 그저 시카고의 어느 클럽에 취직해서 좋아하는 춤과 노래를 배운 뒤 레뷰 무대에서 갈채를 받고 싶어서, 성별을 정정하고 사랑하는 남자와 어디서든 진하게 키스하며 살고 싶어서, 그러니까 낙관하자는 안나의 말에 그래, 세상은 정말 낙관적이야, 라고 대답하고 싶어서. 안나는 수성이 그런 삶을 원한다는 걸 알고 있었다. 더구나 수성은 여기 남아 있으면 곧 군대에 끌려갈지도 몰랐다. 안나는 이를 악물고 다시 한번 고개를 저었다. 그러자 수성이 안나를 가만히 껴안았다. 눈물이 흘러내리는 수성의 얼굴 위로 화장이 지워졌다.

"저기 배운 사람들은 남자랑 여자가 사랑하는 게, 아이를 낳고 국가가 정한 법을 벗어나지 않는 게 진정한 사랑이라고 하지만 안나 너는 알지? 이 수성이가 너를 생각하는 마음도, 이 우정도 사랑이라는 것을."

안나는 고개를 끄덕였다. 잡지며 신문이며 모든 곳에서 저주처럼 그런 글들이 쏟아졌다. 변태성욕자. 서로 사랑을 나누는 여성과 남성을, 남성의 옷을 입은 여성을, 여성의 옷을 입은 남성을 변태성욕자라고 했다. 아내의 몸에 칼로 문신을 새기고 머리채를 잡아 기찻길로 미는 남성들에게나 붙는 말, 여자를 던져 죽이지 않고서는 남성들은 절대 들을 일 없는 그 말은 그러나 안나와 경준과 수성과 같은 사람들에겐 너무나 자주 달라붙었다. 그 말엔 힘이 있는 것 같아 보였지만 그건 그저 세상의 모든 것이 하나라고 보는, '대서양 저편에 무언가가 있는 줄도 모르는 이들'이나 하는 말일 뿐이었다. 수성은 경준의 아이를 자신이 키우겠다고 했다. 아이를 지우기엔 경준의 몸이 위험한 상태였기에 낳을 수밖에 없었다. 수성은 그 아이가 자신의 아이임을 첫눈에 알아봤다고 했다. 왜냐하면 그 아이는 경준의 아이였지만 그런 경준을 사랑하는 사람은 안나였기 때문에, 수성에게 안나는 가족이나 다름없었기 때문에. 안나는 아무 말도 할 수 없었다. 수성은 안나의 얼굴을 쓸어주며 이렇게 말했다.

"아이의 이름을 지어줄게. 그리고 기억할게."

그러니까 우리는,

"낙관하자."

바다의 한가운데서 몇 날이 흘렀을까. 안나는 경준의 무릎을 베고 누워 오래 잠을 자지 못한 사람처럼 졸고 있었다. '우리는 닿을 수 있을까? 우리에게, 그리고 그곳에.' '그곳에서 우리는 정말 우리일까.' 바람인지 걱정인지 모를 소리를 중얼거리며. 여전히 아무런 표정이 없는 얼굴로 바다 위에 떨어지는 눈을 가만히 바라보던 경준이 작게 입을 벌려 숨을 한 번 내뱉었다. 입김이었다.

"이름을 기억할 것."

입김이 사라지기 전 작은 목소리로 중얼거리던 경준이 안나의 얼굴 위로 다시 한번 입김을 내뱉었다. 그리고 이번엔 조금은 단단한 목소리로 이렇게 중얼거렸다.

"낙관할 것."

*

선영은 가끔 이런 노래를 부르곤 했죠. 미워하는 마음 없이 사랑을 주기만 하면 백만 송이 꽃이 피어난다는, 그런 가사의 노래 말이에요. 선영은 눈이 아주 많이 내리는 날, 존과 메리가 모두 잠들었다고 생각되는 새벽이 되면 창가에 앉아서 그 노래를 불렀어요. 하지만 메리는 선영이 그 노래를 부르는 걸 알고 있었어요. 한국인 연인인 수연을 만난 뒤 함께 그 노래를 찾아보니 러시아와 일본 곡이 먼저 나오더군요. 강대국에 나라를 빼앗긴 서러움을 담은 노래라고요. 하긴, 그때 한국이라는 나라는 작은 분단국가에 불과했으니까요. 하지만 메리는 러시아와 일본 곡을 들을 때 마음이 좀더 편안했어요. 한국 노래 가사의 의미를 알고는 조금 불안했거든요. 그 가사는 진정한 사랑을 깨달은 이가 자신만의 아름다운 별나라로 돌아간다는 내용이었죠. 메리는 선영이 어느 날 자신의 별나라로 돌아가겠다고 할 것만 같았어요. 게다가 이 노래를 부른 한국인 가수는 오랜 시간 다시 노래를 부르지 못했다고도 하니까요. 하지만 결국 자신의 별나라로 가게 된 이는 선영이 아닌 메리였어요. 메리가 연인인 수연의 나라로 가서 살아보겠다고 선언한 것이죠. 수연은 메리에게 이제는 맞서고 싶다는 말을 했고, 메리는 수연에게 힘이 되어줘야겠다는 생각을 한 거예요.

"그곳은 동성혼이 불법이야."

메리는 존이 무척 화를 낼 줄 알았는데 의외로 그는 그렇게만 말했어요. 물론 메리는 알았죠. 그가 그 어느 때보다 화를 내고 있고 여러 의미로 좌절했다는 사실을 말입니다. 어쨌거나 메리는 본격적으로 이주하기 전에 선영과 한국을 한번 방문해보기로 했습니다. 그때 처음으로 메리는 선영의 고향인 울산에 가보았지요. 선영의 아버지는 그곳 제철소의 연구직 노동자였습니다. 아버지는 늘 야근을 했기 때문에 선영은 어머니를 따라 종종 그곳에 도시락을 배달한 적이 있었습니다. 그때 바다를 배경으로 늘어선 커다란 배와 단체로 아침 체조를 하던 노동자들을 보았죠. 그리고 또 기억에 남는 건 그곳엔 여자가 한 명도 없었다는 것.

선영은 학교가 끝나면 곧장 집으로 돌아와 숙제를 하고는 텔레비전을 보았어요. 〈마징가 Z〉가 유행하던 시기였어요. 한국은 철강산업 열풍이 불고 있었죠. 어디서나 커다란 기계가 돌아갔어요. 노동자들이 기계를 돌리고 그것에 감겨 죽어갔죠. 선영은 훗날 대학에 입학하고 서울의 거리에서 노동자들이 시위하는 모습을 자주 보았어요. 그중 눈을 감아도 잊을 수 없는 장면은 이런 것이었습니다. 시위하던 누군가가 들고 있던 사진 속 노동자의 모습이었어요. 그 사람의 몸에 불이 붙어 있었죠. 사진 밑에는 이런 글귀가 쓰여 있었습니다.

'우리는 기계가 아니다.'

돌이켜보면 선영의 아버지도 가끔 그런 말을 했습니다. 쇠를 녹인 물의 온도가 아주 미세하게 변하면 또 어떤 이가 죽었을지 모른다는 생각을 했다고요. 그런가 하면 선영이 입학한 여자대학에는 두 가지 바람이 불었어요. 여성해방과 좋은 여성 만들기 운동이었죠. 좋은 여성의 모델은 정해져 있었대요. 텔레비전에 나오는 인자한 모습의 영부인이었죠. 어쩌면 저렇게 곱고 정숙할까? 어른들은 텔레비전에 나오는 그녀의 모습을 보며 그런 말들을 했습니다. 어느 고아원에 간 그녀, 아이들을 사랑하는 그녀, 남편의 그림자 같은 그녀. 선영은 미국에 오고 난 후 그녀와 비슷한 사람을 발견하고 깜짝 놀라지요. 바로 그 모습은 케네디 대통령의 부인 재클린 케네디였으니까요. 그렇다면 재클린 케네디와 그 영부인이 되지 못한 그녀들은 어떻게 되는 걸까요.

선영은 이혼을 하고 보육원의 교사로 취직했습니다. 생물학을 전공했지만 이공 계열의 회사나 대학의 연구실에 여성들을 위한 자리는 별로 없었거든요. 더구나 결혼하고 한동안 경력이 없던 선영이 갈 수 있는 곳은 더욱 없어 보였죠. 선영이 근무한 보육원은 미군과 기지촌 여성 사이에서 태어난 아이들을 맡아 키우는 곳이었습니다. 참 재미있지요? 이제 한국도 강력한 출산 장려 정책을 펼치는 곳이니까요. 선영은 하루하루가 낯설었습니다. 그러다 선영은 보육원 근처 기지촌 벽에 가득히 붙은 영화 포스터를 보게 되었습니다. 〈적도의 꽃〉과 〈영자의 전성시대〉 〈별들의 고향〉…… 하나같이 에로틱한 모습의 여성들이었죠. 그리고 그 옆에 나란히 붙은 한국 시리즈 포스터의 남성들은 또 어찌나 늠름하던지요. 3S, 선영이 조용히 읊조렸습니다. 섹스(sex), 스크린(screen), 스포츠(sports). 그 깨달음과 함께 문득 선영은 어릴 적 아버지가 사다주었던 과학소설들을 떠올렸습니다. 아마도 1965년쯤, 미국과 소련이 경쟁적으로 달에 사람을 보내겠다 하던 때였지요. 그뿐인가요? 바다를 사이에 두고 핵을 쏘느니 마느니 하기도 했었죠. 그때 한국에선 과학소설이 유행이었습니다. 그 많은 과학소설의 주인공은 언제나 어떤 고난 속에서도 우주 외계인으로부터 나라와 지구를 구하고 그저 힘없기만 한 소녀를 구해주는 멋들어진 과학 소년들이었지요. 심지어 소녀들은 자신을 구해준 과학 소년과 반드시 사랑에 빠졌죠. 아버지는 선영이 연애소설을 읽는 것을 질색해서 과학소설이 실린 잡지를 사다주었다고 해요. 과학을 한다는 것은 영재라는 뜻이었거든요. 물론 소년에게 한정된 말이었지만 선영은 바로 그 점 때문에 처음엔 아버지가 사다준 과학 잡지를 열심히 읽었습니다. 하지만 이내 시들해졌지요. 소녀들은 힘없고 나약한 존재로, 외계인은 동물과 같은 모습으로 비유되곤 했으니까요. 그런데 과학 소년들은 외국에서 편안하게 공부할 수 있는 자리도 내팽개치고 한국으로 돌아오는 애국자이기까지 했죠.

선영은 그때의 기억을 떠올리며 무슨 생각을 했을까요. 조금 뜬금없지만, 하고서 선영이 입을 뗐습니다. 그 기억이 들자 놀랍게도 선영은 그제야 기지촌 안으로 들어가보고 싶었다고 합니다. 언제나 변하지 않고 반복되기만 하던 소설 속 과학 소년들보다 삶을 위해 뛰어든 소녀들이 강한 사람이라는 생각이 들었다고. 사실 그건 선영 자신에게 하는 말이기도 했어요. 선영은 이혼을 하면 세상이 모두 끝나는 줄 알았거든요.

그렇게 선영은 기지촌 거리를 걸어보았습니다. 트랜스젠더 바에 가서 공연도 보았죠. 쫓아낼지도 모른다고 생각했는데 그곳은 그저 공연이 이루어지는 곳이었어요. 선영은 노래를 부르는 그들을 보며 아름답다는 생각을 했습니다. 그들은 변화를 감내한 사람들이니까요. 그리고 그곳에서 친구를 사귀었어요. 그녀는 기지촌 근처 보건진료소에 근무하는 간호원이었는데 밤에는 트랜스젠더 바에서 노래를 불렀지요. 남성이 되고 싶다 했어요. 한국에서 남성이 된다는 건 나쁜 일 같지 않았기에 선영은 깊이 생각해보지도 않고 그거 좋겠다고 대답했는데, 그 말에 친구가 조금 섭섭하다는 표정으로 이렇게 말했어요.

"편하게 살고 싶어서가 아니야. 그냥 나 자신으로 살아가고 싶을 뿐이야."

선영은 진심으로 미안했기에 말문이 막혔습니다. 그러자 그 친구가 오히려 미안한 표정으로 선영에게 말했지요.

"이곳에서는 자꾸 화가 나. 그런데 이게 내가 정말 화를 내는 걸까? 그러면 나는 왜 당연한 것에 자꾸 화를 내는 사람이어야만 할까. 그렇게 자꾸 화를 내는 사람으로 살아야 하니까 나 자신이 너무 거칠어 보이고 또 초라해 보이고 너무 많이 한심해."

선영은 친구의 그 말을 들으며 전남편에게 죽도록 맞으면서도 다 자신이 한심해서 그런 것이라고 참았던 지난 시간을 떠올렸습니다. 남들 모두 버티고 사는데 너만 불만을 품어서 그렇게 된 것이라는 주변의 말을 듣고 자신이 이상한 사람이라고 생각하며, 맞으면서도 버티고 또 버텼던 그 죽음 같던 시간을 말입니다.

"이른 새벽이었네. 죽은 애기를 끌어안고 에미는 종종걸음으로 어둑한 비탈길 내려왔네. (……) 벌써 날이 밝았어, 날이 밝았어, 한숨 섞어 중얼거리던 에미는 신문지에 둘둘 말아 싼 애비 모르는 죽은 것을 쓰레기통에 쿡, 처박았네. 아아, 나일론 살에 붙어 타는 냄새."*

그 친구는 가끔 선영에게 이런 시를 읊어주었다고 해요. 친구는 등단을 하고 싶어 소설 강좌를 듣기도 하던 사람이었어요. 선영은 과학소설들에서 멀어진 후 책을 별로 읽지 않았지만 그 친구를 만나고 난 후에는 이런저런 책을 읽기 시작했어요. 그래서, 친구는 꿈을 이루었어? 라고 물었는데 선영은 답하지 않았어요. 그 친구에 대해선 아무리 물어도 더이상 말해주지 않았어요. 다만 선영은 가끔, 지금이라면 이 시를 답으로 말했을 텐데, 하곤 했어요.

"우리들 어둠은 사랑이 되는구나. 우리들 어둠은 구원이 되는구나."**

물론 메리는 그 시가 무슨 의미인지는 정확히 알 수 없었어요. 다만 선영과 함께 한국에서 전시를 본 기억이 떠올랐어요. 대한제국 시기 경성에서 열린 위생 박람회에 전시되었던 인체 표본을 재전시한 것이었죠. 메리는 표본으로 남겨진 그들의 삶 앞에서 고통을 느꼈습니다. 전시된 이들은 하나같이 기생이나 트랜스

---

* 이연주, 「매음녀 7」, 『이연주 시전집』, 최측의농간, 2016.

** 고정희, 「서울 사랑—어둠을 위하여」, 『이 시대의 아벨』, 문학과지성사, 1983; 2019.

젠더, 전염병에 걸린 여성, 대만인 조선인 중국인과 같은 식민지인들이었으니까요. 그날 메리는 그 표본들 가운데 문득 무언가를 발견했어요. 이름이 없는 다른 표본들과 달리 한 표본에는 이름이 있었습니다. 한글로 쓰여 있었기에 선영에게 이름이 무엇인지 물었는데 선영은 뜻밖에 외국 이름을 말했습니다. 안나, 안나, 안나. 메리는 고개를 갸웃했지만 그 이름을 부르는 선영의 표정이 너무 간절했기 때문에 그저 선영의 어깨를 한 번 감싸안아주었습니다. 어쩐지 선영도 그 표본도 모두 안쓰러웠습니다.

메리와 선영은 한국에서의 마지막날에 몇십 년 만에 새로 개봉한다는 〈마징가 Z〉를 보기 위해 극장에 갔습니다. 선영 덕분에 메리는 어린 시절부터 마징가를 알고 있었지요. 〈마징가 Z〉를 보는데 어린 시절과 달리 이런저런 것들이 메리의 마음을 이상하게 만들었어요. 뭐랄까요, 마징가를 움직이는 소년 파일럿이 없으면 마징가는 그저 감정 없이 날뛰는 기계였고 마징가를 돕는 여성 파일럿 유미는 에로틱한 인형 같았죠. 그뿐인가요, 얼굴의 절반이 남성이고 절반이 여성인 아수라는 존재 그 자체로 그로테스크하다는 점이 여러 번 강조되었죠. 메리가 몇 번이나 한숨을 쉬었을 때였어요. 주인공에게 마징가를 주면서 그의 할아버지가 말하더군요. 이건 신도 될 수 있고 악마도 될 수 있다고. 그 장면에서 메리는 선영을 한 번 바라보았습니다. 선영은 그저 화면에 시선을 고정하고 있었지요. 화면의 빛 때문인지 선영의 얼굴 절반이 어둠 속에 있었어요. 메리는 잠시 후 선영에게 소곤댔어요.

"선영은 신을 선택할 거야, 아니면 악마를 선택할 거야?"

선영은 조금 낮은 목소리로, 그러나 흔들림 없는 말투로 그렇게 말했지요. 나는,

"내가 사랑하는 얼굴."

잘못 들은 걸까요? 하지만 메리는 다시 묻진 못했어요. 아수라 백작의 얼굴이 화면 가득 채워졌고 애니메이션은 절정을 향해 치달았습니다. 그 절정이란 마징가 Z가 두 얼굴의 아수라 백작을 죽이는 것이었지요. 그 애니메이션을 마지막으로 메리와 선영은 다시 뉴욕으로 돌아왔습니다.

눈이 많이 내리는 날이면 선영은 여전히 기타를 치며 노래를 부릅니다. 대통령의 술자리에 불려가 엔카를 불러야만 했다던 가수의 노래지요. 그 대통령이 마치 헬 박사가 만든 아수라 백작과 다를 바 없던 자신의 부하에게 총을 맞아 죽은 날, 그 자리에 있었다는 이유만으로 오랜 시간 자신이 좋아하던 노래를 부를 수 없었던 그 가수. 그런가 하면 〈마징가 Z〉는 그 대통령 시절 방영 정지를 당했지요.

어릴 때 이후, 메리와 함께 한국에 방문하던 그때까지 선영은 메리에게 옛날이야기를 다시 한 적이 없어요. 그런데 메리는 한번쯤 묻고 싶었습니다. 그리고 그날이 온 거죠. 메리가 한국으로의 이주를 결심한 날이었지요. 또 그날은 수연이 울면서 메리에게 전화한 날이기도 했어요. 수연이 보낸 링크를 클릭하니 한국 군대가 성전환 군인의 복무를 거부했다는 기사가 떴지요.

우리는 지금 제대로 가고 있는 걸까.

수연의 울음에도 선영은 메리와 수연을 말리지 않았습니다. 그저 눈 오는 창밖을 바라보며 중얼거리듯 낮은 목소리로 노래를 불렀지요. 노래를 부르는 선영의 모습을 보자 메리는 더욱더 그걸 물어봐야 할 것 같았어요. 앞뒤랄 것 없이 이렇게요.

선영, 그런데 그것은 정말 옛날이야기였어?

사실 내 전생 연인의 이야기야.

현생에선 다시 만났고? 어, 내가 이런 말 할 자격이 되나 싶지만 그럼 나의 생물학적 아버지이자 당신의 법적 남편인 존은 어쩌지?

나의 메리, 사랑은 여러 방식이니까요.

어라? 진담이야?

나의 친애하는 존재 메리.

장난치지 말고요, 나의 선영. 한국의 옛날이야기야, 그것은?

그러게. 그것은 정말 옛날이야기일까.

아니면?

우리의 이야기일까?

혹시,

지금 여기?

어쩌면.

참고자료

김경연, 『근대 여성 문학의 탄생과 미디어의 교통』, 소명출판, 2017.
김승섭, 『우리 몸이 세계라면』, 동아시아, 2018.
박차민정, 『조선의 퀴어』, 현실문화, 2018.
신규환·박윤재, 『제중원·세브란스 이야기』, 역사공간, 2015.
케이트 본스타인, 『젠더 무법자』, 조은혜 옮김, 바다출판사, 2015.
유경순, 「여성 노동자 투쟁의 역사」, 참세상, 2005. 3. 24.
이명선, 「식민지 근대의 '성과학' 담론과 여성의 성(sexuality)」, 『여성건강』 제2권 제2호, 대한여성건강학회, 2001. 12.
장수경, 「1960년대 과학소설의 팽창주의 욕망과 남성성」, 『아동청소년문학연구』 제23호, 한국아동청소년문학학회, 2018. 12.
최애순, 「초창기 SF 아동청소년문학의 전개」, 『아동청소년문학연구』 제21호, 한국아동청소년문학학회, 2017. 12.
하세봉, 「국가의 계몽과 유혹」, 『동양사학연구』 제99호, 동양사학회, 2007. 6.
한민주, 「근대 과학수사와 탐정소설의 정치학」, 『한국문학연구』 제45집, 한국문학연구소, 2013. 12.
한민주, 「이상한 나라(Wonderland)의 과학적 글쓰기」, 『한국문학연구』 제55집, 2017. 12.
황미숙, 「1920년대 내한(來韓) 여선교사들의 공중보건위생과 유아복지사업」, 『한국기독교신학논총』 제103집, 한국기독교학회, 2017. 1.

나는 낙관할 것이다, 사랑의 지속을.
그렇게 우리는 더 많은 사랑과 아름다움을.[1)]

「괴수 아키코」를 쓰기 시작했던 무렵이니 아마도 2017년쯤인 것 같다. 그전까지 오래 소설을 쓰지 못했고 생활을 꾸리기 위해 잠시 다른 일을 하고 있었다. 스무 살 이후로는 꽤 많은 일을 하며 살았는데, 심지어는 공부하러 외국에 가서도 주말엔 닥치는 대로 아르바이트를 했었다. 그런 나에게 어떤 사람들은 인내심이 없다고 말하기도 했고 한 가지 일에 정착하라고 충고하기도 했다. 살기 위해 그러는 건데 어쩌라는 거야, 라는 생각에 슬프기도 했는데 둘러보니 이 사회는 나에게만 그러는 게 아니었다. 직장에서 온갖 모욕을 감내하다 퇴사하려는 친구에게 그 정도는 다 참고

1) '우리는 더 많은 사랑과 아름다움을'은 『소녀 연예인 이보나』에 실린 인아영의 해설 제목에서 빌려왔다.

산다고, 너네 세대는 왜 그렇게 참을성이 없냐고 얘기하는 사람이 있었다. 다양한 걸 공부하는 친구에겐 팔자 좋다고 비꼬는 사람도 있었다. 하고 싶어서, 살기 위해서 다른 일을 배우거나 하던 일을 그만두는 사람들에겐 비아냥거리는 말이 참 쉽게 붙는다. 그리고 그런 말은 대개 안정적이지 않은 직장과 환경을 가진 사람들을 겨냥한다. 나 또한 그런 말들 속에서 내 인생은 잘못된 건가, 나는 인내심도 재능도 없는 불운한 인간인가 하는 생각에 나날이 위축되어만 갔다.

하지만 「괴수 아키코」를 쓰면서, 이제 다시 소설을 써야겠다, 다시 되돌아가 공부해야겠다고 다짐한 그 순간부터 나는 그 사람들을 다르게 인식하기 시작했다. 책에서 보거나 일상에서 만난 그들은 살기 위해 변화를 택한 사람들이었으니까. 그런 생각은 『줄리아나 도쿄』의 꼬치구이 노인과 유키노의 어머니를 만들게 했다. 꼬치구이 노인은 과거에는 문학을 했지만 지금은 꼬치를 구우며 살아가는 인물이고 유키노의 어머니는 좋아하는 일이 아니라 좋아해야만 하는 일을 해나가면서도 일상을 포기하지 않고 다른 생명까지 함께 품는 인물이다. 그 마음은 역시나 살기 위해 여러 일을 마다않는 「소녀 연예인 이보나」 속 주희를 만나게 해주었다. 그리고 어느새 「우리의 소원은 과학 소년」에 당도했을 때 나는 그 사람들이 지닌 가능성을 조금 더 열어보고 싶었다.

「우리의 소원은 과학 소년」에 나오는 인물들을 비롯해 내가 관심을 갖는 그 시대 사람들은 제국의 이상에 부합하지 않아서 탈각된 존재들이다. 성소수자, 무당이라는 직업이 여성에게 내려지는 형벌로 여겨졌던 시대의 무녀, 기녀, 식민지 피지배자, 서구권이 아닌 외국 출신의 노동자…… 결혼 제도가 여성의 순결성과 이성애와 단일한 민족의 결합을 전제로 하는 국가에서 이러한 인물들은 변태성욕자나 타락한 인간들이라고 손가락질받거나 차별받아도 마땅한 사람들이라고 여겨져 지워져야만 했다. 그리고 그 혐오의 역사는 유구하게도 현재까지 이어져오고 있다. 그러나 그들은 변태성욕자도 타락한 인간도 아니고, 차별받아 마땅한 사람도 아니다. 자신으로 살아가기 위해 변화한 강한 사람들이다.

언젠가 한 대담에서 말했던 것처럼, 나에게 소설은 현실에 대한 모사가 아닌 가능성에 대한 탐구이며 존중하는 사람들에 대한 내 방식대로의 기록이다. 그래서 나는 그 사람들의 삶을 내 소설의 한가운데로 데려오고 싶었고, 내가 탐구하는 소설의 가능성을 선하고 유연한, 그러한 강인함을 가진 사람들을 존중하는 데 두고 싶었다. 왜냐하면 더이상 악한 인간들을 이해하는 데 내 뇌와 지면을 낭비하고 싶지 않았거니와, 나는 선한 강인함을 가진 사람들에게서 세상을 낙관하는 법을 배웠기 때문이다. 그러니 이 소설 속의 사랑과 낙관은 실재하지도 않는 경제적 이익이나 권력을 보상으로 내세워 현재의 힘든 상황을 무조건 견뎌내게 만드는 '잔혹한 낙관주의'[2)]와는 확연히 다르다. 즉, 미래를 위해 현재를 반납하는 삶의 자세를 '인내'로 포장하는 그런 의미의 낙관주의

2) 로렌 벌랜트, 「잔혹한 낙관주의」, 『정동 이론』, 최성희·김지영·박혜정 옮김, 갈무리, 2010.

가 아니다. 오히려 그것은 소중한 걸 놓아야 하는 순간조차 유연함으로, 선함으로 이겨내는 사람들만이 품을 수 있는 강한 마음이다.

「우리의 소원은 과학 소년」은 이러한 마음과 그 마음을 지닌 사람들이 만들어낸 소설이다.

한 편의 소설에 대해 말해야 할까, 하나의 세계에 대해 말해야 할까

이소

1. "이 이야기를 메리에게 처음 해준 사람은 윤선영", 그럼 다음 사람은?

고민 하나, 선영에게서 시작되어 나에게 도착한 이 이야기를 한 편의 소설이라 말해야 할까, 아니면 '한정현 세계'의 한 조각이라 말해야 할까. 한정현의 독자라면 누구나 공감할 수 있듯 이제 한정현의 소설은 한 편의 소설로 취급하여 다룰 수 없는, 개별 소설의 경계를 초과한 하나의 세계가 되었다. 나는 이 세계에 대해 어디서부터 어디까지 이야기할 수 있으며, 또 어디서부터 어디까지 이야기해야 마땅할까.

고민 둘, 한정현의 소설은 다소 과밀해 보일 정도로 많은 양의 정보를 독자에게 제공하고, 조금 인위적으로 느껴질 정도로 특정 시대의 사건과 광경들을 요약해 배치한다. 하지만 이 정보들은 상징화되어 있거나 은유적인 것은 아니어서, 꼼꼼한 독자라면 누구나 이 세계에 대한 정보를 자연스럽게 습득할 수 있다(그러나 호기심이 많은 독자라면 계속 검색하느라 단편을 읽는 시간이 장편을 읽을 때만큼이나 늘어나는 신기한 독서 경험을 할 수도 있다). 그래서 한정현의 이번 소설에 대한 '해설'은 소설이 전달하고자 하는 바를 반복하는 것이 되어버릴 가능성이 크다. 이미 충분히 성실하고 상세한 이 소설의 내용을, 나는 굳이 두 번 되풀이해 말해야 하는 걸까.

실은, 한정현의 소설은 대체로 평론가나 연구자가 해설하고 분석하기에 '적합'하다. 그의 소설은 평론가로 하여금 그 내용을 학술적 용어로 번역하거나 부연하고 싶은 충동을 참을 수 없게 만든다(지금 이 순간에도 내 머릿속에는 '근대의 통치 권력'이나 '제국' '식민주의', '호모 사케르', '젠더'와 '섹슈얼리티', '규범성'과 '정상성' 등 온갖 단어들이 떠돌아다니고 있다). 그것은 애초 그의 소설이 방대한 역사적·학술적 정보를 담고 있기 때문이기도 하지만, 동시에 뚜렷한 기획과 전략하에 구성된 '담론'으로서의 성격을 지니고 있기 때문이기도 하다. 소설의 형식은 평론의 형식을 결정한다. 그렇다면 담론에는 담론으로. 나는 한 편의 작품에 대해 첨언하는 대신, 체계적·집합적으로 구성된 '한정현 세계'에 대한 나의 응답을 전하고자 한다.

2. 세계관인가, 세계인가

얼마 전 부산현대미술관에 전시를 보러 갔다가 거기서 흥미로운 브로슈어를 발견했다. 브로슈어에는 전시중인 기획전들과 관련된 자료를 미술관의 아카이브 공간에서 제공하고 있다는 안내가 적혀 있었다. 이 '전시 연계 아카이브'의 제목은 '아무개 유니버스'. 아마도 미술관측은 색깔이 다른 네 가지 전시를 한 공간에 모아둘 이론적 근거로 '유니버스의 다양성'을 선택한 모양이었다. 기획전 각각의 '세계관'과 그에 걸맞은 아카이브를 제공하기. 이런 이유로 브로슈어에는 사람들이 이해하기 쉽게 네 명의 가상 캐릭터와 네 개의 세계관을 연결해놓은 설명이 있었고 그 뒤에는 이런 말이 쓰여 있었다. "이 세상 모든 사람들의 수만큼 많은 유니버스가 존재합니다. (……) 당신이 선택한 유니버스를 확인해 보세요." 〈동시대 미술의 새로운 질서들〉이라는 전시를 보러 간 나에게 할당된 캐릭터는 '동시대 미술을 읽어내는 예술계 종사자 박아무개'였고, '박아무개'에게 추천하는 아카이브는 내 책꽂이에 꽂혀 있는 책들이었다. 이런 맙소사, 성(姓)만 빼고 다 맞혔잖아!

내가 이 유쾌한(그리고 동시대 예술(contemporary art)에 어떻게든 동일한 색조를 부여하고 싶어하는 큐레이터들의 안간힘이 느껴지는) 브로슈어를 보고 씁쓸해진 것은, 내가 보러 간 전시가 바로 이와 같은 방식으로 모든 것에 관대하게 타당함을 부여하고 또 그렇기에 모든 것에서 평등하게 의미와 가치를 박탈해버리는 동시대 예술을 향한 비판을 시도하는 전시였기 때문이다. 아마 그

전시에 참여한 작가 중 누구도 자신이 '하나의 유니버스'가 되어 동시대 예술의 '선택 가능한' 꼭지로서 '아카이브화'되길 원치 않았을 것이다. 그러나 그러면서도 짐작은 했을지도 모른다. 가장 급진적인 비판을 행하는 자들이야말로 지금 우리 시대의 예술이 예술이라는 이름으로 망라하는 범위가 무한함을, 실은 '동시대'라는 명명 자체가 '이름 없는 명명' 혹은 '시간 없는 시대'처럼 우리 시대가 지닌 기만에 가까운 탄력성을 증명하고 있음을 잘 알 것이기 때문이다.

바디우가 글로벌화된 신자유주의적 세계를 향해 '세계-없음(worldlessness)'이라고 이름 붙인 것에 대한 반박이나 보상처럼, 이제 온갖 곳에 '세계관'이라는 말이 넘쳐흐른다. ('세계가 없다면 세계관이 있으면 되지, 뭐.') 한정현이 꾸준히 작업하고 있는 '여성과 퀴어의 계보'와 그 계보를 지탱하는 각종 논문과 인터뷰 등의 자료에 대해서도 '한정현의 세계관'이라 부르는 것을 자주 들을 수 있다. 나는 바로 이 지점, '세계관'과 '세계'를 구별하는 것이야말로 한정현의 소설을 읽을 때 가장 중요한 것이 아닌가 생각한다.

한정현의 세계는 어쩌면 하나의 세계관에서 출발했을지도 모른다. 그러나 이것은 더이상 '이 세상 사람들의 수만큼 존재하는 세계관' 따위에 만족하는 다원주의도 아니고, 그렇다고 '마블 세계관'처럼 새로운 법칙과 규범을 창조해내는 유사 조물주에 가까운 것도 아니다. 한정현의 세계에는 현실에서 우리가 지향해야 할 가치가 무엇인지에 대한 분명한 판단이 존재하고, 그 가치를 만들어내기 위해 분투하는 실천이 존재하며, 그 실천의 정당성을 확보하기 위한 역사적·학술적 근거가 존재한다. 이것을 교환 가능한 '세계관'이라 부르는 것은 과소 진술이다. 이것은, 원하는 세계를 위해 투쟁하는 세계이자 생성중인 세계, 다시 말해 특권적인 지위를 요구하는 세계다. 한정현 소설의 정치학은 '세계관의 권리'가 아니라 '세계의 권리'를 원하고 있다.

3. 더 중요한 것은 존재하고, 존재해야만 한다

최근 독자와 평단의 많은 지지를 받은 여성·퀴어 서사 중 상당수는 흡사 '감정 교육'처럼, 딜레마에 가까운 복잡하고 미묘한 상황을 제시하고 그 상황을 둘러싼 심리적 갈등을 섬세하게 묘파하는 데 탁월한 재능을 보여주었다. 그런데 한정현의 소설은 이와는 사뭇 다르다. 현재와 식민지 시대를 오가는 이번 소설을 다시 떠올려보자.

소설은 현재 시점의 메리와 선영, 식민지 시기의 안나, 경준, 수성 외의 다른 사람에게는 관심을 기울이지 않는다. 그리고 이 다섯 명에게 보이는 관심도 이들의 심리적 현실에 대해 정교하게 설정하거나 묘사하는 것이 아니라, 이들의 삶이 역사 속에서 유동할 때 그 간난과 분투를 향해 응원을 보내는 것에 가깝다. 그래서인지 이들의 성격은 다소 평면적으로 보이기도 한다. 안나는 타고나기를 원래 강하고 현명한 사람인 것 같고, 경준은 원래 안나를 사랑하기로 정해진 사람 같으며, 수성은 원래 선한 에너지로 가득찬 사람 같다. 어쩐지 이 소설은, 소설 속 누군가를 '문제적 개인'으로 면밀하게 서술하여 소설 밖 누군가를 납득시키는 일에는 그다지 의욕이 없는 것 같다.

이런 이유로 나는 한정현의 소설이 현재 한국문학장에서 다소 독특한 좌표를 점하고 있다고 생각한다. 그의 소설은 '페미니즘 리부트'로 표현되는 최근 한국문학의 주된 흐름과 함께하는 동시에, 많은 여성·퀴어 서사가 그 토대로 삼고 있는 '윤리의 시대'와는 어긋난 위치에 서 있다. 본래 윤리란 '왜'의 문제에 무력하고 '어떻게'의 문제에 재능을 보인다. 윤리적 주체는 자신이 왜 다른 사람을 이해해야 하느냐고 회의하거나 세상이 왜 이따위냐고 항의하는 대신, 다른 사람을 이해하기 위해서는 어떻게 해야 하는지 끊임없이 고민하고 자책한다. 자신에게 엄격한 기준을 부과하고 자신의 무지를 매 순간 새롭게 인정하는 것은, '왜'를 둘러싼 의문의 과정이 아니라 '어떻게'를 둘러싼 숙고의 과정이다. 그리하여 윤리가 가장 중요한 세계는 계급과 지역과 젠더를 사려 깊게 식별하는 다원화된 세계인 동시에 그 이질성을 미지근한 온기로 다독여 총체화해버리는, 역설적으로 일원화된 세계일 수 있다. 이미 존재하는 주체성의 형상들을 모두 인정하고, 세계를 어느 정도 균질하게 인식해야 윤리가 성립할 수 있기 때문이다.

실제로 윤리의 시대는 이념의 불필요함과 혁명의 불가능함을 모두가 받아들인 이후에야 시작되었다. 이념과 혁명이 제시하고 희망하는 것을 '미래'라고 부른다면, 우리는 미래 대신 윤리를 얻었다고 말해도 될 것이다. 윤리는 역사나 미래가 없어도 작동할 수 있는 절대명령이자 형식이다. 그런데 한정현의 세계 속 인물들은 이와 같은 윤리의 시대를 살고 있지 않다. 이 세계의 인물들은 '윤리의 시험장'에서 치러지는 난해한 시험에 응시하지 않는다. 한정현의 소설은 편애하는 인물들에게 '바람직한 주체성'을 부여하여 길을 열어주고, 이들이 경험하는 가혹한 세상을 향해 명백한 반론을 제시하며, 이들이 평화롭게 살아갈 수 있는 세계의 모습을 주장한다. 다시 말해 한정현의 소설은, 지금 주변에서 마주칠 수 있는 '그럴 법한 현실'을 위한 확대경을 제공하기보다 '그러하길 바라는 주체성과 미래'의 모습을 직접적으로 제시한다.

그래서 '미래'를 꿈꾸는 이 소설의 배경이 '과거' 식민지 조선인 것은 적합하다. 비록 서슬 퍼런 제국의 지배를 받고 있지만, 이 시기는 지금의 기준에서 보자면 마치 미완성 국가 같은, 아직 통치의 기술이 촘촘하지 않은 시대다. 소설은 이 유동적인 시대를 무대로, 근대의 유토피아적 충동을 포기하지 않은 채 (연애, 과학, 보건 의료, 계몽 등) 근대의 통치술에 저항하는 주체들의 노력을 보여준다. 불가능해 보이는 미래를 꿈꾸는 것과 이를 위해 '대문자 역사'에서 지워진 과거를 돌아보는 것은 분명 '시대착오'적이다. 그러나 자신의 시대를 인식할 줄 아는 '동시대인'이 "자신의 시대와 완벽히 어울리지 않는 자, 자기 시대의 요구에 순응하지 않는 자"[1]라면, 당대의 규범성과 정상성의 폭력을 직시하는 한정현의 인물들, 그리고 영원한 현재에 갇힌 지금의 시대와 불화하는 작가 한정현이야말로 진정한 의미에서의 '동시대인'이라 할 수 있을 것이다. 그렇게 한정현의 소설에는 늘 시대착오적으로 꿈꾸고 투쟁하는 주체들의 계보가 존재한다. 그리고 이 계보학적 기획은, 소외된 자들을 위한 윤리와 정치적 올바름을 훌쩍 초과한다.

4. 오래된 것들의 부활을 위하여

이렇게 '동시대'라는 '세계-없음'을 벗어나기 위해 한정현이 부활시킨 것은 바로 '이름'과 '시간성'이다. 이름이란 세계에 던져진 연약한 존재들에게 고유한 자리를 마련해주는 가장 근원적인 주문 같은 것이다. 경준과 안나가 자신이 되고 싶은 모습을 상상하고 새로운 이름을 지어 그 삶의 형식을 쟁취하고자 노력했던 것처럼, 스스로 이름을 짓는다는 것은 자기 삶을 기획하고 실천하겠다는 주체성의 다른 말이다. 또한 안나의 어머니가 안나를 낳은 뒤 "이 아이에게 이름을 주세요. 이름을 불러주세요"(314쪽)라고 한 것처럼, 수성이 경준의 아이를 맡으며 잘 키우겠다고 말하는 대신 "아이의 이름을 지어줄게. 그리고 기억할게"(339쪽)라고 한 것처럼, 누군가에게 이름을 붙여준다는 것은 미약해 보일지라도 그의 존엄을 보장하고 기원해주는 끈질긴 힘이기도 하다.

남편의 폭력에 시달리다 이혼하고 경성에 돌아온 안나와 '위안

---

1) 조르조 아감벤·양창렬, 『장치란 무엇인가? 장치학을 위한 서론』, 양창렬 옮김, 난장, 2010, 71쪽.

부'로 끌려가 원치 않은 임신을 한 후 만신창이가 되어 돌아온 경준이 여전히 '낙관하자'는 말을 할 수 있었던 것은, 그들에게 미국이라는 '바깥'이 존재했기 때문이었을 것이다. 그들과 달리 지금의 우리는 외부가 존재하지 않는 금융자본주의의 동질적인 세계를 살아간다. 우리의 세계는 공간적인 밖을 상상하기 어렵도록 구성되어 있다. 그러나 그렇다고 해서 바깥이 사라지는 것은 아니다. 세계의 너머에 대한 상상력조차 언제나 세계 내부의 요소였기에, 밖을 상상하는 일은 어느 시절에도 쉬운 일이 아니었다. 그러나 동시에 바로 그러하기 때문에 그 상상력은 필연적으로 내부에서 발아했다.

바깥에 대한 가능성은 미래가 아닌 과거에서, 외부가 아닌 내부에서 움튼다. 그런 이유로, 지금과는 다른 세계를 꿈꾸는 자들은 과거의 어둑한 곳을 향해 시선을 돌리지 않을 수 없다. 한정현의 소설은 이와 같은 방식으로 과거와 미래에 동시적으로 참여한다. 이것은 과거를 잃어버린 유토피아로 믿기 때문이 아니다. 과거를 우리의 앎과 상상력을 섞어 다시 빚어낼 수 있는 가능성의 영역이라 믿기 때문일 것이다. "결을 거슬러 역사를 솔질"[2)]해야만 빛 속으로 걸어나올 수 있는, 역사에서 지워진 존재들. 이들이 되살아난다면, 이들은 지금 우리의 세계와는 다른 미래를 상상할 것이다. 우리의 바깥이 되어줄 것이다. '지금 여기'가 아닌 세계가

---

2) 발터 벤야민, 「역사의 개념에 대하여」, 『역사의 개념에 대하여/폭력비판을 위하여/초현실주의 외』, 최성만 옮김, 도서출판 길, 2008, 336쪽.

사라지지 않았음을, 또한 사라져서도 안 된다는 것을 증명해줄 것이다.

이소
2020년 경향신문 신춘문예를 통해 평론을 발표하기 시작했다.

2021 제12회 젊은작가상

심사 경위
심사평

심사위원

강지희 박민정 신수정 이승우 최윤

선고위원

김건형 선우은실 소유정 오은교 이소 임정균 조대한

| 심사 경위 |

코로나19로 인해 전 세계가 격렬한 진통을 겪으며 멀리서 서로의 안부를 묻는 일에 익숙해진 2020년을 통과한 작품들이 한데 모였다. 전년 대비 도서 판매량이 증가했음을 알리는 뉴스들을 보면, 자유롭지 못한 현실 속에서 늘어난 고요한 시간이 많은 이들에게 활자와 새롭게 만나는 기회를 선사하기도 한 듯하다. 그 가운데 12회를 맞는 젊은작가상이 예년처럼 진행될 수 있었다는 사실에 감사하게 된다. 젊은작가상은 매년 놀라운 성취를 이루어낸 등단 십 년 이하의 젊은 작가들, 작품을 섬세히 선별해준 선고위원과 심사위원들, 다정한 지지와 응원을 보내준 독자들이 함께 만들어온 상이다. 십이 년이라는 시간은 더이상 존재 자체로 새로움을 무기로 내세울 수 있는 시간이 아니기에, 심사를 하는 과정은 그 책임의 무게를 진지하게 고민하는 시간이기도 했다.

김건형, 선우은실, 오은교, 조대한 평론가가 2020년 한 해 동안 발표된 수백 편의 중단편소설을 읽고 토론해 선별하는 치열하고 지난한 작업을 함께해주었고, 이후에 소유정, 이소, 임정균 평론가가 합류해 최종 선고 작업을 맡았다. 그렇게 열여덟 명의 작가가 쓴 스무 편의 작품이 본심 심사위원 강지희, 박민정, 신수정, 이승우, 최윤에게 전달되었다. 본심에 오른 명단의 대다수가 아직 자신의 첫 작품집을 내지 않은 신예 작가들로 이루어져 있었다.

1월 22일에 열린 본심은 이 새로운 이름들이 만들어낸 각각의 낯선 세계에 대해 호기심과 감탄을 내비치며 시작되었다. 작품 속 인물들이 맺는 관계의 양상이 낯익은 이성애 가족 질서와 길항하는 복합적인 것으로 확장되어 있었으며, 재개발 문제나 십대 사이에 퍼져 있는 혐오 발화의 문제처럼 예민한 사회문제를 배면에 깔고 있기도 했다. 기존의 예술이 축적되어온 역사를 지적으로 탐색하거나 소설쓰기의 형식을 실험하는 파격적인 시도도 눈에 띄는 경향이었다. 본심은 열띤 분위기 속에서 이루어졌다. 각자 인상적으로 읽은 작품들에 대한 심도 있는 토론과 투표를 거쳐 수상작 일곱 편과 그 가운데 대상 한 편을 정하는 과정은 투표를 거듭하는 치열한 것이었지만 결과에 있어서는 흔쾌하게 합의에 이르렀다. 심사가 끝나고 보니 일곱 명의 수상자들 모두 젊은작가상에 처음 소개되는 작가들이었다. 자신만의 주제를 꾸준히 천착해나가 이제는 유려한 경지에 이른 김혜진 작가를 비롯해, 흥미로운 서사를 촘촘한 밀도로 구성해내며 한 단계 더 발돋움한 김멜라, 박서련, 한정현의 약진이 눈에 띄었고, 신인 김지연, 서이제, 전하영의 탄성 높은 소설들도 놀랍고 반가웠다. 대상작인 전하영의 「그녀는 조명등 아래서 많은 시간을 보냈다」는 기존의 예술이 어떤 인종, 나이, 젠더, 계급 등의 물적 조건을 교차하며 주조되어왔는지를 날카롭게 묘파해내며, 예술성을 둘러싸고 있던 모호한 아우라를 거두어내는 수작이다. 예술사 정전의 구성 요건을 메타적으로 검토하며 새로운 시대의 미감을 개발하는 지적인 작업의 결과물이기도 했다. 독자들에게 대상작을 비롯해 이 일곱 편의 수상작을 소개할 수 있어 기쁘다. 이 작품들을 읽어나가는 시간이 낯설고도 충만하기를 바란다.

| 심사평 |

강지희(문학평론가)

조명등이 깨진 후—전하영

전하영의 「그녀는 조명등 아래서 많은 시간을 보냈다」는 한 부르주아 남성이 예술가로 만들어지는 인식론적 조건을 해체하며, 그를 감싸고 있던 예술성의 아우라를 거두어내는 지적인 소설이다. 삼십대 후반의 화자는 막연한 호감을 느껴왔던 유부남 직장 동료에게 스물한 살짜리 애인이 있음을 암시받고, 대학 시절 한 교양과목의 강사였던 '장 피에르'를 떠올린다. 한때 운동권이었으며 파리에 가서 영화로 학위를 받아온 장 피에르는 연약한 내면과 우울을 과장되게 전시하며 어린 학생들의 동경과 연민의 대상이 되어 그들의 감정을 갈취한다. 그리고 이 감정 착취의 절정에 “스무 살에 대한 꾸준한 취향”이 있다. 그 취향의 불미스러운 표적이 된 자가 바로 화자의 각별한 친구이자 또래 남성들에게 흠모의 대상이었던 ‘연수’다. 화자와 연수가 함께 떠난 파리 여행에서 두 사람은 장 피에르와 만나게 되는데, 연수는 학생인 자신을 이성으로 대하며 집착하는 그와 흥분과 혼란이 뒤섞인 만남을 지속하고, 화자는 자신의 섹슈얼리티에 대한 자의식과 무관하게 그에게 유아적인 존재로 치부당한 채 호텔방의 조명등 아래서 홀로 연수를 기다린다.

소설은 이를 흔한 연애담으로 소비하는 대신, 당시 스물한 살에 불과했던 여자아이들을 자신의 연애 대상으로 자원화했던 장 피에르의 뒤편에 아우라처럼 자리한 조명등의 실체를 간파하는 방향으로 나아간다. 백인 노인들로 가득찬 파리의 시네마테크에서 화자와 연수가 함께 관람한 영화는 제국의 예술성이 주조되는 방식을 상징적으로 보여준다. 영화의 주인공인 관념적인 중년 게이 교수는 수도 없이 애인을 바꾸다 개연성 없이 살해당하지만, 그 죽음에서 그는 거대하고 고귀한 희생양처럼 그려진다. 반면에 이후 화자가 샹젤리제 거리에서 친구가 되고 싶다며 말을 걸어온 백인 할아버지에게 추행당하다 루이비통 수입 중개상 아줌마에게 도움을 받는 사건은 우스꽝스러운 에피소드로 남는다. 이 두 서사가 겹쳐지며 문득 선명해지는 것은 인종, 나이, 젠더, 계급이 교차되며 만들어지는 수행성의 철저한 위계 구조다. 누구의 정념은 낭만주의의 시적 정취로 승화되고, 누구의 정념은 변태적인 추행의 대상이 되는가(연수를 향한 장 피에르의 집착과 통제와 백인 할아버지의 추행은 과연 얼마나 멀까). 누구의 미감은 지적인 고급 예술이 되어 숭앙되고, 누구의 미감은 아마추어의 미숙한 취향으로 남는가(파편적인 이미지를 조악하게 이어붙인 장 피에르의 단편영화와 화자가 만든 텔레토비 티셔츠는 과연 어떻게 차별화될까).

이 세계는 서구 백인 남성 지식인이 주조한 예술의 거대한 조명등이 덧씌워진 곳이다. 그 조명등의 노란 빛과 커다란 그림자가 세계를 가득 채우며 출렁이는 동안, '보편적' 미감을 이물감 없이 체화한 식민지 남성 지식인들은 자신을 미적인 주체로 되비춰주고 창작의 원동력이 되어줄 가상의 뮤즈를 집요하게 찾아다닌다. 그렇기에 장 피에르의 과장된 우울의 포즈와 끊임없는 여성편력은 비단 한 개인의 기행으로 읽힐 수 없다. 예술성은 오랫동안 서구 제국주의 남성들, 즉 경제적 계급과 문화적 자본을 두루 갖춘 이들에게만 차별적으로 허용되고, 학습되고, 전수되어왔다. 장 피에르의 성정, 예술적 미감, 이를 표출하는 방식 등은 예술이란 신비한 영감의 초월적 결과물이 아니라, 특정한 시대와 조건 아래 부단한 학습과 모방적 수행으로 이루어지는 특수한 결과물임을 입증한다. 소설은 토종 한국인 장 피에르를 통해 '식민지 남성성'에 의해 훈육된 '식민지 예술성'을 효과적으로 드러낸다.

소설은 이 모든 미몽(迷夢)에서 깨어난 뒤 "깨진 가로등" 아래서, 비로소 새롭게 다가오는 것들에 대해 말한다. 정교수가 된 후에도 "젊은 여자를 추구"하다 추문에 휩싸인 장 피에르는 여전히 과거에 고착되어 있지만, 이제 화자와 연수는 그의 정체를 꿰뚫어보며 서구 백인 남성들의 예술사가 만들어낸 힘의 자장에서 벗어나 서로를 새롭게 발견한다. 화자가 자신이 연수를 사랑했었다는 사실을 담백하게 받아들이는 것과, 두 사람이 함께 "기록하는 여자"가 되기로 결심하는 것은 동시에 일어나는 일이다. 기존의 낭만적 예술관을 부순 자리에 무엇이 남는가? 서로를 사랑의 대상으로, 예술의 주체로 받아들이는 여자들이 남는다. 남성들이 기존의 예술사를 충실히 흡수하며 예술가가 된다면, 여성들은 그것의 장악력을 깨뜨린 뒤에야 분열과 파괴 속에서 예술가로 살아남는다. 우리 모두 거대한 조명등 아래서 보낸 시간이 너무 길었을까. 하지만 조명등이 깨어진 자리에서 새롭게 눈을 뜨는 여성들과, 소설 마지막에 등장하는 서로를 애정하는 두 여자아이의 뒷모습은 이미 도래한 미래의 한 자락을 선명히 감각하게 한다. 새로운 예술사가 쓰이기 시작한 분기점에서, 이 소설은 젊은작가상 대상의 자리에 충분히 값한다.

승리가 불가능한 세계—김혜진, 박서련

부동산과 재개발이라는 단어만큼 지금의 한국사회를 압축적으로 설명할 수 있는 말이 있을까. 김혜진은 최근 작업들에서 지대(地代)라는 첨예한 경제적 문제를 배경으로 끌어오고 여성 퀴어의 존재론을 겹쳐내며 계급과 젠더의 교차점을 치열하게 사유해왔다. 「목화맨션」은 크게는 이 구조물의 연장선에 있으면서, 하나의 유려한 방점을 찍어낸 작품이다. 긴 회상의 구조를 가진 소설의 중심에 놓인 것은 집주인과 세입자로 만난 '만옥'과 '순미'다. 이들은 분명 경제적 계약관계로 이어져 있지만, 서류상에서

강지희

처럼 갑을관계로 명쾌하게 정리되지 않는다. 돈과 집이 얽혀 있다는 사실로 인해 오히려 서로의 치부를 빠르게 드러내며, 속속들이 사정을 아는 사이가 되기 때문이다. 게다가 먼저 치부를 드러내며 사정조로 나오는 사람은 집주인인 만옥이다. 금방 재개발이 된다길래 빚내서 덜컥 집을 샀지만 지금은 남편의 병원비를 대기도 벅찬 형편임을 만옥이 하소연할 때, 얘기를 들은 순미가 직접 쑨 묵을 들고 그 병원으로 찾아갈 때, 두 사람의 사이는 묵의 "쫄깃한 식감, 떫으면서도 담백한 뒷맛, 향긋하고 새콤한 양념장의 맛"으로 뒤덮인다. 팔 년 동안 여러 번의 계약갱신을 불가피하게 만든 생활의 무게는 묵직하지만, 만옥과 순미 사이를 오가는 물냉면, 묵, 수박, 인절미 등의 음식들은 관계에 활력을 불어넣는다.

그러나 이 소설을 특별하게 만드는 것은 인물이 아닌 공간의 축에 놓인 무게다. 만옥이 재개발을 기다리며 "자꾸만 되살아나고 번듯해지는 이 집과의 싸움이 얼마나 지속될지 모른다는 사실"을 두렵게 떠올릴 때, 순미가 "이 집을 떠나는 게 왜 이렇게 힘들까, 언니"라고 말할 때, 목화맨션은 비극을 관장하는 절대적인 신처럼 보인다. 재개발이 계속해서 미뤄지고, 낙후한 맨션이 침수되고, 급기야는 계약관계를 청산하는 지경에까지 이르면, 두 사람의 삶은 바스러지고 오직 목화맨션의 견고한 물질성만 남는다. 부동산 광풍에 휘말린 한국에서 도달하는 풍경의 숭고미란 이런 허허한 디스토피아일 수밖에 없는 것일까. 시간이 흘러 만옥이 "부서지고 무너지고 허물어지는 것이 다만 눈에 보이는 저 낡은 주택들만은 아닐 거라고" 중얼거리는 순간에 문득 범람하는 섬뜩함은 강렬하다. 남들만큼 살아보겠다는 지극히 평범한 이해타산이, 삶이 남겨둔 약간의 좋은 것들마저 모두 앗아갔음을 깨닫는 순간의 잔인한 무상함. 마지막 장을 덮은 뒤에도 그 배후에 유령처럼 맴도는 이들의 잔상과 그들 안에 켜켜이 쌓인 비애를 오래 더듬게 되는 소설이다.

박서련의 「당신 엄마가 당신보다 잘하는 게임」은 몰입감이 높은 게임처럼 빠르게 읽힌다. 짧은 대화체의 말들도 그렇고, 무엇보다 이인칭이라는 형식이 몰입의 효과를 만들어낸다. '당신'은 아들 '지승'에게 자신을 완전히 겹쳐둔 채 전투적으로 육아에 임하는 모습을 보여준다. 게임을 못한다는 이유로 친구들에게 따돌림을 당하는 지승은 "나 학교 안 가"라며 선언하지만, 당신은 굴하지 않고 "할 수 없는 것도 웬만하면 해보려고 한다"는 다짐을 거듭하며 방법을 찾아낸다. 어느 순간 아들은 캐릭터가, 당신은 이를 조종하는 플레이어가 되는 것이다. 게임 과외로 난관을 돌파하려던 당신에게 처음 찾아온 위기는 과외 강사인 K대생의 속내 훤한 성추행이다. 당신은 그를 성공적으로 퇴치하고 다시 구한 S대 여자 강사에게 게임을 배우며 몰랐던 재능을 발견하고 차분히 경험치를 쌓아 "캐리력이 있는 플레이어"로 탄생한다. 그러나 승리를 눈앞에 두고 비로소 마주한 세계는 사교육과 실력으로 승부할 수 있는 곳이 아니다. 그곳은 '혜지'라는 평범한 여자 이름이 능력을 비하하는 보통명사로 쓰이는 세계, '엄마'라는 단어가 욕설로 분류돼 자동 블라인드 처리되는 세계다. K대생의 성추행에 훌륭히 대응해 승리했던 것과 달리, 당신의 상태 자체가 'NGUM(느그 어미)'이라는 욕설이 되는 여성혐오의 강력한 구조 앞에서 승리의 서사는 붕괴된다.

그 붕괴된 끝에서 돌아보면 이인칭이라는 선택은 꽤나 절묘하게 느껴진다. 일인칭이 자신의 의지와 계획에 따라 행동하는 주체로서의 특성을 부각시킨다면, 이인칭은 강한 힘과 권한을 가지고 서술하는 '누군가'의 명령에 따라 움직이는 대리인으로서의 특성을 부각시킨다. 그래서 이인칭을 사용한 서사들에서 '당신'은 대개 비극적인 역사나 거대한 운명의 한복판에 휩쓸린 개인이다. 박서련의 이 소설은 플레이어로서의 '당신'의 능력을 한껏 상승시키지만, 실은 서사적으로 이미 패배가 내장되어 있었다. 무엇보다 게임의 세계에는 일인칭과 삼인칭만 있을 뿐, 이인칭 게임이란 존재하지 않는다. 구조의 비열한 강건함 앞에서 개인의 능력이나 노력과 학습은 모두 무용지물이 된다. 그것들이 무용지물이 되는 상황을 경험하는 대상을 맹모삼천지교까지 기꺼이 수행할 준비가 된 모성애 넘치는 엄마로 잡음으로써 박서련은 이 세계에 대한 절묘한 풍자극 한 편을 훌륭히 완성해냈다.

새롭게 감각된 육체성—김멜라, 김지연

김멜라의 「나뭇잎이 마르고」는 '체'라는 캐릭터를 풍요롭게 조형해내는 기술만으로도 압도적인 소설이다. 신체적인 장애를 가진 퀴어 여성의 섹슈얼리티라는 민감하면서도 매력적인 주제가 소설의 중심부에 놓여 있지만, 이 내용에만 집중하는 것은 오히려 소설을 앙상하게 만드는 것 같다. 활달하며 예술에 대한 식견이 높은 체의 여러 일화를 전달하는 '앙헬'의 말들은 체를 장애를 가진 특수한 존재로 위축시키지 않고, 그가 지닌 높은 자긍심을 반듯하게 펼쳐 드러낸다. 그러나 이 소설의 매력은 그 말들의 바깥에서 체의 육체성을 감각하게 만드는 독특한 형식에 있다.

회상의 구조로 이루어진 액자 내부 서사에는 대학 시절 체가 앙헬에게 사랑 고백을 하는 순간이 자리해 있다. '예술과 신'에 대해 끝없이 이야기를 나눌 수 있는 여자를 원한다며 결혼해 둘이 살자는 체의 제안에 앙헬은 자신은 '섹스'도 중요하다며 차갑게 거절한다. 앙헬은 체를 믿으면서도, 체가 자신을 해치거나 공격하지 않을 거라는 이 믿음의 근간이 어디까지나 자신이 힘에서 우위를 점하는 물리적 조건에서 비롯된 것이라는 냉철한 자각을 놓치지 않는다. 그런데 앙헬에 의해 차갑고 분명하게 거절된 이 사랑은 망각되거나 증발되는 대신, 현재 시점에서 체가 직접 전해주는 이야기와 몸을 떨며 웃는 순간들을 통해 생생하게 살아난다. 자발적으로 곡기를 끊음으로써 죽음을 기다리는 체의 할머니를 만나러 온 앙헬에게 체는 과거 앙헬이 본 할머니의 양귀비 씨가 진짜였으며 자신이 그 씨를 삼켰다고 말하면서 몸을 떨며 웃는다. 그러는 동안 서사에 드리워져 있던 죽음의 이미지는 양귀비라는 비밀스러운 금기와 씨를 삼키는 섹슈얼한 이미지로 넘어온다. 그리고 이 이야기는 대학 시절 체가 남해에서 등산을 포기하려던 순간 지나가던 할머니가 땅콩 캐러멜과 오이를 나누어준 일화로 연결되면서 그 산비탈에 서 있던 나무의 기이한 생명력에 이른다. 메마르고 병들고 뒤틀려 있지만 "가지에 달린 잎만은 풍성해 둥근 잎들이 마치 꿀을 바른 듯" 윤이 나는 이 나무의 흘러넘치는 생명력은 신화적으로 빛나며 서사 전체를 장악한다. 이 나무의 이미지를 눈에 담은 채 소설의 서두로 돌아오면, 서사 전체의 엠블럼처럼 작용하는 짧은 이야기는 처음과 다른 방식으로 읽힌다. 뒤틀리고 말라붙으면서도 모든 비극을 기꺼이 감당해내는 수난 서사가 아니라, 비극에 대한 예감과 실현 속에서도 오롯이 생명력으로 충만한 나무의 이야기로 뻗어나가는 것이다.

소설은 어떤 애정의 발신과 수신이 끝난 자리에 서 있다. 이 사랑의 시작과 끝에 놓인 인과는 흐릿하고, 웃음과 한숨은 모호하게 뒤섞인다. 그러나 서사를 통과하는 동안 체의 존재는 바람에 몸을 떠는 나뭇잎과 뒤틀린 줄기를 지닌 나무의 이미지와 섬세하게 겹쳐진다. 그리고 체 안에 깊이 새겨진 '떨림'과 '주름'이 진동할 때, 체의 웃음은 왕성한 생명력으로 서사 전체를 덮으며 사랑의 잔해들을 일깨운다. 이런 식으로 천진하면서도 관능적인 육체성을, 여리지만 생명력 넘치는 인물을 본 적이 없다. 이 인물의 비밀스러운 매혹에 다들 빠져드시기를.

김지연의 「사랑하는 일」은 더없이 발랄하고 사랑스러운 레즈비언의 커밍아웃 분투기다. 주인공 '은호'의 고민은 두 가지다. 하나는 사랑하는 애인 '영지'와 동거중이지만 둘 사이에 섹스가 부재한다는 데서 오는 불만족과 불안이고, 다른 하나는 "유일한 내 집 마련의 길"을 위해서 마지못해서라도 아버지와 부녀 관계를 유지해야 한다는 고통이다. 이 문제에서 가장 멀리 떨어져 있는 자는 남동생 '영호'다. 가정 내 이권 다툼에서 늘 교묘한 우위를 점해왔던 영호는 새로 일군 가정에서도 감정노동과 육아노동을 부지런히 수행하는 아내 덕분에 짐짓 번듯한 가장 노릇을 하고, 은호에게 '행복해질 권리'를 말하며 한가하고 순박하게 응원과 지지를 보낸다.

소설의 중핵에는 은호와 영지와 아빠의 식사 자리가 있다. 직계존속으로부터 유일하게 꼭 물려받고 싶은 집을 위해 마련된 이 삼자대면은 한 편의 우스꽝스러운 소동극처럼 그려진다. 영지를 두고 "딸 하나 더 생긴 셈" 치겠다는 아빠의 말에 은호는 잡무 처리 같은 무보수 노동만 요구받는 딸의 역할을 상기하고는 패륜아처럼 반박하고, 아빠는 두 사람에게 티내지 말고 살 것을 종용하다 아빠가 사랑에 대해 뭘 아느냐는 은호의 반박에 운다. 그런데 울고불고하다 식탁보 위로 술이 쏟아지며 갈무리되는 이 만남을 보고 있자면 이상하게도 슬그머니 웃음이 나온다. 물론 여기에는 가족을 둘러싼 수많은 불합리가 가로질러 놓여 있다. 가족제도에서 의무와 권리가 성별에 따라 나뉘는 것은 물론이거니와, 은호의 커밍아웃을 못 들은 체하는 엄마의 방식이나 할머니의 분기에 찬 몰이해는 은호에게 오래 상처로 남을 수밖에 없다. 그런데 "아빠가 사랑에 대해 뭘 알아?"라는 은호의 반박에 "그래도 아빤 우리 딸 사랑해"라는 말이 돌아올 때, 자기를 보며 아빠와 닮았다는 영지의 말에 은호가 울며불며하면서도 지금 영지에게 사랑한다는 말을 듣고 싶은 건지 아닌지 갈팡질팡할 때, 이 소설은 문득 사랑스러워지는 것 같다. 사랑스러움이란 아이러니하게도 자신이 사랑받을 수 있으리라고 충분히 믿지 못하는 이들에게만 주어지는 것이기 때문일까. "이미 주어진 일" 같은 사랑이 흔들리는 불안 속에서도, "매일 사랑하는 일"을 갱신하며 나아가는 이 인물들을 사랑하지 않을 도리가 없다. "나는 아주아주 행복한 사람으로 죽을 거야"라는 선언을, 더없이 환하고 유쾌한 얼굴로 등장한 이 새로운 레즈비언 서사의 행보를 격렬히 지지한다.

낙관의 아카이브—한정현, 서이제

많은 등장인물, 거의 모든 인물에 기입돼 있는 퀴어성, 관계가 겹겹이 압축되어 밀도 높게 진행되는 현대사와의 연계 등은 이제 한정현만의 트레이드마크가 된 것 같다. 동시대의 인종, 젠더, 계급 혐오가 얽혀서 발생하는 문제들은 한정현의 소설 속에서 근현대 문화사와 만나면서 독특한 색채로 되살아난다. 「우리의 소원은 과학 소년」은 작가의 이런 특장이 여전히 돋보이는 가운데, 역사 속에서 짓이겨진 존재들의 불발된 사랑을 적극적으로 발굴해내는 소설이다. 소설의 중핵에는 식민지 조선의 제중원 간호원 '안나 서'와 남장한 소설가 '윤경준'의 서로를 향한 끌림이 있다. 그러나 '제국의 과학 소년'들이 득세하는 현실 속에서 '식민지의 성소수자'들에게 주어진 자리란 없다. 이들은 의술과 예술에 종사하기 때문이 아니라, 기존의 과학으로는 설명될 수 없는 존재라는 점 때문에 비가시화된다. 동아시아와 미국에 걸친 광활한 공간성과 삼대에 걸친 긴 시간성을 배경으로 진행되는 이 소설에서 파시즘적 폭력성은 동일하게 반복된다. 다양한 역사적 문헌들에 의해 고증된 근대 문화사에서 시작된 소설이 '성전환 군인의 복무 거부 기사'가 뜨는 동시대에 이르기까지 시공간은 하나로 이어지며, 여기에서 우리는 영원히 반복되는 현재를 본다.

역사의 부침 속에서 안나와 경준의 사랑은 '입김'처럼 희미하게 자리해 있지만, 그들은 뚜렷한 흔적을 남긴다. 경준의 아이를 키우겠다는 '수성'의 결단을 따라 '윤선영'은 과학자로 자라나고, '존'의 청혼을 받아들여 미국에 간 선영의 돌봄 아래서 존의 딸 '메리'는 남성의 몸을 원하며 여성을 사랑하는 자신의 정체성을 이해받는다. 이들은 혈연의 굴레를 넘어서 서로를 돌보고, "내가 사랑하는 얼굴"이 되기를 택함으로써 마침내 자신만의 '이름'을 얻는다. 시간을 고강도로 압축하며, 역사가 누락한 개인들이 배치되는 방식을 추적하는 한정현의 계보학적 서사에서 이 세계를 총망라하는 주체는 없다. 병렬적으로 자리한 이 개인들은 끝내 어디에도 통합되지 않음으로써 독존적인 자신의 이름을 지켜낸다. 난폭한 역사가 휩쓸고 지나간 자리의 뒤편에서, 그 역사의 갈피마다 꽂혀 있는 사랑을 발견하는 소설의 시선은 유토피아를 향해 있다.

서이제의 「0%를 향하여」는 예술을 둘러싸고 있는 장벽들을 무너뜨리며, 예술이 시작되는 순정의 기원을 발굴하는 소설이다. 소설은 두 축을 오가며 진행된다. 한 축에는 한국영화 100주년을 기념하는 프로젝트와 화려한 수상 소식, 천만 영화로 대표되는 상업영화를 향한 맹렬한 질주가 있고, 다른 한 축에는 낮은 관객 점유율, 낮은 임금에 근로계약서도 없이 일하는 영화인들의 열악한 처우, 그러는 동안 자꾸만 사라지는 감독들을 둘러싼 독립영화계의 어두운 현실이 있다. 그리고 이 한가운데 아마추어 시네필인 화자가 자리해 있다. 영화를 그만두고 싶다고 말하면서도 정동진독립영화제로 향하는 이 화자를 채우고 있는 것은 영화라는 물질성을 둘러싼 기억들이다. 친구네 집에서 불법 다운로드를 받아 본 국내 미개봉 영화, 어린 시절 처음으로 영화를 봤던 극장, 종로3가에 자리한 영화관들, 이만희 감독의 〈흑룡강〉 불완전판 상영, '윤성호'라는 감독의 이름과 수십 번 돌려본 그의 첫 독립장편의 예고편, 처음으로 독립예술영화를 보기 위해 찾아간 대전아트시네마, 그 외의 인디스페이스, 미쟝센단편영화제 등의 기표들은 그야말로 시네필들에게 즉각적으로 감흥을 일으킬 만한 요소들이다. 그러나 이 기표들에 힘이 있다면 그것은 상실된 영화사의 아카이브가 아니라, 여전히 현존하며 생성되는 열정의 자리들을 불러내는 일상의 아카이브에서 비롯된다.

'상업'과 '독립'은 대립되는 개념일까. 이 날 선 대립각 속에서 소설이 발굴하는 것은 예술을 처음 시작했을 때 사랑에 젖어 있던 순정한 마음이다. 마지막에 화자가 관람하는 아마추어 할머니 감독의 영화는 그 순정의 기원이면서도, 가능한 최선의 미래처럼 보인다. 예술에 압도되어 명성과 불멸을 꿈꾸는 것이 아니라, 자신과 일상의 구체적인 물질성을 부드럽게 긍정하며 예술과 일치시켜내는 것. 작품성과 미학성을 둘러싼 평가로부터 벗어나 예술을 창작하는 희열 그 자체를 소중히 지켜내는 것. 소설을 읽는 동안 압도적인 자본주의 아래 예술의 생존이 개인의 순수한 열정에 어디까지 기댈 수 있는 것일까 조심스러워지면서도, 이 순수한 열망이 만든 아카이브에 이미 마음은 설복되었던 것 같다. 서이제의 소설은 낙담과 불안을 오가는 모든 예술가들을 위한 따뜻한 서신이다.

박민정(소설가)

전하영의 「그녀는 조명등 아래서 많은 시간을 보냈다」는 소위 '예술하는' 사람들이 2000년대 이후를 살아오며 내내 마음에 품었던 '바로 그 이야기'라고 할 수 있을 것 같다. '바로 그 이야기'라는 걸 알면서도 용기 있게 꺼낼 수 없었던 이야기. 자신의 경험을 다 내보이면 일단 자기 자신의 수치심을 감당하기 어렵고 자신뿐만 아니라 친구들, 동료들, 선생님까지 욕보이게 될 것 같아 망설였던 이야기. '용기'라는 단어를 운운했지만 사실 이런 작품을 쓰는 데는 용기보다 더한 게 필요할 것 같다. 소설을 쓴다는 건 정말이지 수치를 무릅쓰고 해야 하는 일이라고, 수치를 아는 자라면 소설이 아닌 다른 행위를 행했으리라고 생각해왔다. 그러므로 까짓것 내 수치를 들여다보는 일 따위가 뭐가 어려울까. 나는 예술하는 자들이 자주 망각하는 게 성실함이 아닐까 생각하는데, 이 작품은 너무나 성실하고 섬세하게 우리가 어떤 시절을 살았고 어떻게 여기까지 도달했는지를 차근차근 보여준다. 그래서 그 시절을 '까발린다'는 느낌을 주는 것이 아니라, 이제 이런 종류의 이야기가 부정할 수 없는 우리의 역사가 되었음을 보여준다고 생각한다.

작품에 등장하는 '장 피에르'를 보며 예술(과 그를 호위하는 수많은 미망들)에 처음 사로잡히던 순간과 떨쳐낼 수 없던 자극을 떠올리는 독자들이 많으리라고 생각한다. '나'와 연수가 프랑스 여행에서 경험한 것처럼 온갖 불결함, 야만, 무례함을 겪었음에도 불구하고 끝내 흔들리는 조명등이 주는 미혹에 강렬하게 온몸을 내맡겼던 기억. 그건 절대 '좋았던 한 시절'로 마무리될 수 없는 기억이지만, 그렇다고 모든 걸 다 바쳐 속아넘어간 시절이라고 말하기엔 조금 양심 없는지도 모른다. 예술은 분명히 낭만적이고 자극적이다. 예술적인 것, 예술적인 움직임, 그리고 가장 위험한 예술적인 인간 역시 그렇다. 그런데 왜 그런 미혹으로 애인도 얻고 돈도 얻고 명예를 얻기까지 하는 사람들은 그 사람들이며 영영 상처받은 기억으로 살아가는 사람들은 이 사람들이란 말인가. 왜 책을 파는 사람들은 그 사람들이고 책을 사는 사람들은 이 사람들인가. 어떤 학생들은 낭만을 가장한 폭력이 예술가의 필요조건인 줄로 착각하고 예술보다 폭력을 먼저 배우기도 했다(또한 그것이 한때의 내 모습이었다는 것도 부정하지 않으리라). 전하영의 인물들은 너무나 성실하게 재현되어 있어 이것이 어떤 결말로 치달을지 예상 가능하면서도 그 길은 아니라고 마음속으로 부르짖게 되고, 그들을 응원하게 되고 눈물을 흘리게 된다. "스물한 살짜리를 유혹하는 건 정말 쉬운 일"이라고 지껄이는 포스트장 피에르에게는 "인도네시아 박사의 손을 거치지 않아도 단맛 나는 담배는 쉽게 구할 수 있다. 착각을 멈춰라"라고 일갈하고 싶다. 마치 오래전 "맥주는 이태리 맥주가 최고다"라고 술자리에서 지껄였던 선생에게 "이태원 맥주도 괜찮은데요?"라고 답하던 언니가 떠오르는 에피소드였다. "나는 아무것도 아니기 때문에 아름다운 거라고 말했어"라는 연수의 말은, 자기 여자친구가 되려면 지식이 있어야 한다고 하면서도 공부하는 여자들은 못생겨 보인다고 지껄였던 사람들을 떠오르게 한다. 이 작품은 이제 그것이 비참한 중세의 괴담이 되었다는 것을 그저 보여줄 뿐이다. 바다를 향해 천천히 걸어가는 '나'와 연수에게, 막상 해파리의 실체를 마주하면 그것은 하나도 아름답지 않은 "썩어가는 묵"일 뿐이라고, 우리에게 아름다움의 쾌감을 주던 것은 물고기가 아니라 물고기를 굴절시켜 보여준 어항일 뿐이고 언젠가는 저 너머의 본질을 볼 수 있게 되리라고 말해주고 싶다. 또한 그 본질이라는 것도 장 피에르 같은 사람들이 말하는 추상적인 것이 아니라 우리가 삶에서 체감하는 분명한 실체를 지닌 것이라고 말하고 싶다. 그리고 그들이 함께 바다로 걸어가는 그 뒷모습이야말로 가장 아름다운 것이라고. 세상의 무수한 유혹의 물결을 온몸으로 받아내고 살아남은 '나'와 연수 같은 기록자들을 통해 어떤 삶의 역사는

박민정

제대로 전해질 수 있을 것이다. 대상 수상을 진심으로 축하드린다.

나는 김멜라의 소설에 매혹당하지 않은 적이 없고 역시 이번에도 그랬다. 「나뭇잎이 마르고」는 '체'에 대한 이야기다. 체는 '체 게바라'의 약자인데, 나도 대학 시절에 흔히 체 게바라 패션을 한 사람을 보았었다. 그러므로 이 이야기는 그런 사람들이 꿈꾸던 미래가 어느새 초라한 모습으로 여기 육박하여 곤란해진 인물들이 남기는 옛이야기, 한 시절을 애도하는 이야기로도 읽을 수 있다. 천사라는 뜻을 가진 '앙헬'이 떠올리는 체에 대한 이야기. 나는 체라는 인물에 집중해 '그 사람'이 내게 다가오리라 기대하며 읽었고, 여지없이 체는 나에게 다가왔다. "옹사오 영예고 옹짜오 우여억을 행악 하이 마고 제애오 온을 지울해어!" 섬세하게 톺아보지 않으면 안 되는 그 문장을 마침내 '봉사고 명예고 공짜로 부려먹을 생각 하지 말고 제대로 돈을 지불해요!'라고 읽어낼 때, 그것이 장애를 가진 여성인 체가 힘껏 발화한 말이라는 걸 깨닫는다. 그리고 이런 식으로 재현되는 체의 발화는 소설을 읽는 내내 그녀의 장애를 의식하게 만든다. 장애를 가졌지'만', 그리고 퀴어이지'만' 예술과 신에 관해 언제까지고 이야기할 수 있는 매력적이고 개성적인 여성 체. 그 아름다움은 본질적인 순수함과 훼손되지 않은 천사의 이미지로 그려지는 것 같아서 아직 십수 년 후의 미래를 모르는 그들의 나이브함이 불편하게 느껴지기도 했다. 하지만 나는 앙헬의 기억을 통해 재생되는 체의 모습을 불편함 그대로 받아들였다. 숭고하고 아름다운 대상을 받아들일 때 수반되는 불편함도 기꺼이 즐기고 싶었다. 많은 소설이 과거를 다루지만 이 소설에서 재현하는 대학 시절의 선함과 아름다움과 싱그러움은 유달리 인상적이라고 말하고 싶다.

김혜진의 「목화맨션」은 정말 잘 쓰인 작품이다. 김혜진 작가가 가장 잘 쓸 수 있는 바로 그 작품이라고, 감히 말하고 싶다. 재개발이라는 들뜬 풍문이 떠도는 가난한 동네의 살풍경과, 살다보니 서로의 누추함까지도 속속들이 알아버린 사람들. 집주인인 '만옥'과 세입자인 '순미'의 관계를 일반적인 임차인과 임대인의 관계로만 떠올리면 곤란하다. 만옥은 목화맨션 101호로 이사온 순미와 별다를 것 없는 처지다. 하지만 이런 사정을 다 이해하고 보더라도, 세놓은 사람과 세 들어 사는 사람의 관계가 이리저리 이지러지면서도 깊어지는 소설 속 풍경은 낯설었다. 이들이 어떻게 진짜 우정을 나눌 수 있는 걸까, 생각하게 됐다. 그런데 그렇게 관념적으로 생각하는 사이 튀어나오는 실재들, 매콤하게 식욕을 돋우는 묵, 시원한 수박, 고소한 인절미 등이 소설에 힘을 더한다. 우정이란 관념일 뿐이지만 묵이나 수박이나 인절미 같은 것은 눈에 보이는 실재가 아닌가. 다이아몬드가 사랑이라는 관념을 증명해주듯 그것들이야말로 이들이 한때 진심으로 마음을 나눴음을 증명해주는 것이다. 재개발이라는 꿈을 꾸며 낡은 주택에서 만나

거미줄 치우며 나아가듯 바쁘고 정신없이 사는 만옥과 순미를 둘러싼 허름한 풍경을 김혜진은 이토록 무정하면서 인간적으로 그려냈다.

우리의 할일은 사랑이고 그렇기에 우리는 다름 아닌 우리의 할일을 할 뿐이다, 라고 설파하는 김지연의 「사랑하는 일」이 더 많은 독자에게 널리 읽혔으면 한다. 우리를 계속 억압하고 혼내는 어른들도, 우리가 틀렸다고 꾸짖으려 하는 미디어도 '사랑'이라는 단어 앞에서는 속수무책이라는 듯 우리에게 그것을 권장하려 한다. 그러나 막상 살냄새 나고 물기 묻은 진짜 사랑의 모습들에는 손사래 치며 마치 향기롭고 아름다운 사랑만 있다는 듯 군다. 그러므로 우리는, 우리의 사랑을 과시해야 한다. 그게 문학이나 소설이 할 수 있는 일이라고 믿는다. 사랑을 멈출 수 없듯 사랑하는 일을 엄숙하게 수행해야만 한다고. 그 당연한 이야기가 바로 「사랑하는 일」에 담겨 있다. 예쁜 딸로만 머무르기를 거부하고, 자신이 바로 사랑을 하는 사람이라는 걸 가족에게 어렵게 증명해야 하는 두 사람이 있다. 부친 살해 모티브처럼 부모를 죽이고 거듭나는 비극의 주체로 살아갈 수도 없는 우리는 그저 미워하면서도 안쓰럽고 사랑하면서도 지긋지긋한 우리 곁의 사람들 속에서 머무르기도 한다. 심사평을 쓰면서 처음으로 '우리'라는 친밀한 일인칭 복수를 사용했는데, 제아무리 사랑 자체에 환상이 없어졌다 떠들어도 사랑 없이는 살아갈 수 없다는 명제에 나도 설득당했기 때문이리라. 그리고 그 사랑은 법적으로 보호받는 이성애 커플이든 연애를 하지 않는 사람이든 간에 우리에게 어떤 방식으로든

생의 활력을 주며 반드시 존재하리라는 것 또한. 김지연의 소설을 통해 레즈비언 커플의 이야기가 성큼 전진했다고 확신한다.

박서련의 「당신 엄마가 당신보다 잘하는 게임」은 이 사회를 통렬하게 진단하는 소설이다. 그런데 결코 사회문제를 낱낱이 전시하지 않는다. 이런 소설을 생각보다 찾기 힘들다. 나도 그런 작품을 쓰기를 늘 꿈꾸지만 항상 절반의 실패를 감수하며 쓴다. 박서련의 이야기는 우선 정말 재미있다. 제목도 흥미롭지만 소설을 다 읽고 나면 이토록 섹시한 제목조차도 소설에는 못 미친다는 생각이 들 정도다. 소설의 처음에는 우수한 아이를 키워내고 싶은 젊은 엄마의 욕망이 보이지만, 이야기가 진행될수록 손쉽게 '엄마의 욕망'이라고 요약할 수 없는 한 여성의 난처한 현재와 빠르게 변화하는 세상에 혼란을 겪고 마는 여성(가장 먼저 적응해야 좋은 엄마일 텐데)의 곤경이 보인다. 그리고 이야기의 중심에 들어섰을 때에야 왜 여태껏 '엄마'를 '당신'으로 호명했는지 몸서리치며 깨닫게 된다. 엄마라는 부인할 수 없는 정체성이 멸칭이 되어 꽂히는 결말에서 멈춰 서지 않을 독자는 없을 것이다. 서사의 배면에 촘촘하게 깔린 하위문화의 풍속을 정치적 입각점으로 삼아 이토록 재미있는 이야기를 만들어내는 작가의 다음 작업이 더욱 기대된다.

서이제의 「0%를 향하여」를 끝까지 지지했다. 나는 이 작품이 대상작이 되면 그 사실 자체만으로도 많은 독자들의 심금을 울리리라고 생각했다. 「0%를 향하여」는 그야말로 '찐' 예술가 소설이다. VHS 시절부터 영화를 보며 성장한 젊은 시네필들의 꿈이 우수리 없이 완벽하게 이 소설에 담겨 있다. 한때 공부 잘하고 성실하고 또한 가난했던 영화광들이 영화과에 가거나 영화판에 가서 그토록 고생하고 좌절했다. 영화가 가장 세련된 장래희망이었던 시절을 나 또한 기억한다. 한편으로 타인의 육체를 통해 구현하는 예술이라는 것이 얼마나 폭력적일 수 있는지 실감했던 일도 떠오른다. 천만 영화라는 새로운 조어는 영화산업의 발전을 증명하는 동시에 재능 있는 독립영화 감독들의 펜을 끝없이 부러뜨렸다. 나의 부박한 진술들로는 이 소설이 말하는 영화와 영화인의 역사를 조금도 표현하지 못한다. 다만 이 소설에서 내게 정말로 마음에 와닿았던 장면들을 이야기하고 싶다. 소설에 '나의 첫 극장'이라는 표현이 나온다. 쥬네쓰시네마라는 곳이 화자의 첫 극장이고 그곳에서 본 공룡이 나오는 영화가 화자의 첫 영화였다. (나는 1994년에 처음으로 극장에서 영화를 봤다. 매콜리 컬킨 주연의 〈페이지마스터〉.) 소설은 화자의 첫 극장 경험을 감각적으로 기억하며 또한 물리적으로 사유한다. 집에서 스트리밍 서비스로 영화를 보는 시대가 이렇게 빨리 와버린 지금, 과거에 누군가 예언했듯 머지않은 미래에는 한때 수많은 사람들이 한 공간에서 스크린을 응시했다는 사실이 무척이나 바보같이 여겨질지도 모른다. 그리고 이 시대의 변화라는 엄준한 사실 앞에서 화자는 극장에서 경험했던 또다른 모먼트를 생생하게 기억하고 있다. 화자가 스무살이 되던 해 사라진 쥬네쓰시네마는 강렬한 매혹으로 예술에 처음 발을 들였던 사람들의 오래된 기억을 일깨운다. 우리는 어쩌다 영화를 만나 그것을 세상에서 가장 아름답다 여기게 되고, 거기 빠져 속수무책이 되었으며, 그로 인해 체력과 정신력을 일부 잃고 돈도 잃는 경험을 하게 되었을까? 다른 상영관에는 좀체 걸리지 않는 영화를 보기 위해 멀리 떨어진 영화관으로 가는 사람과, 자기 이름과 자기가 만든 영화의 제목을 엔딩 크레디트에 올리고 쓸쓸한 객석을 바라보는 사람을 영원히 잊지 못할 것 같다. 서이제의 영화에 대한 꿈이 문학을 수행하는 현실로 넉넉히 재현되기를 진심으로 바란다.

한정현의 「우리의 소원은 과학 소년」은 '아수라 백작'이라는 흔히 알려진 자웅 모자이크 캐릭터에 대한 이야기로 시작한다. 소설의 레테르를 그대로 압축한 이 서두는 매력적이다. 서로를 사랑하는 여자와 남자의 얼굴을 반씩 가진 한 사람은 왜 악당으로 등장했을까. 이 질문은 그대로 퀴어들이 죄악시되고 바이러스적인 존재로 낙인찍혔던 시대, 그들의 자기 살해 욕구가 상시적이었던 시대로 이어진다. 더욱이 강한 육체의 남성과 후방부인 역할의 여성을 체계적으로 골라내던 전 국민 준비태세 시기로. 주요 플롯인 '안나'와 '경준'의 사랑은 복잡하고 안타깝다. 안나는 여성인 '경아'를 사랑하는 것일까, 남성으로 살아가길 원하는 경아가 남장한 모습인 '경준'을 사랑하는 것일까, 생각하다 이내 이런 질문이 못내 쓸모없다고 여겨지는 순간, 누구의 딸도 아닌 안나가 그러한 것처럼 자기 자신으로 살고자 자기 이름을 선택한 사람만이 사랑받아 마땅하다는 것을 알게 된다. 그러나 자기 자신으로 사는 것을 선택했다는 이유로 형벌에 처해지던 야만이 넘치는 시대는 또한 과학의 시대였다는 것도. 역사는 선택과 배제의 연속이고, 차근차근 축조된 과학의 역사와 문학의 역사에는 끝없는 의도적인 누락이 있다. 위생 박람회가 열렸던 당시에는 동성 연인이 함께 자살하는 것이 유행했고 여성은 소설집을 내기 어려웠다. 이 작품은 이렇듯 근대라는 오만한 자기 확신으로 가득한 시대가 누락했던 것들을 소설의 영역에서 복원해낸다. 마치 신과 과학 모두에 버림받은 채로 기나긴 여생을 살았던 드라큘라처럼, 소설의 인물들은 그 누구보다 이성적으로 살아가려 노력하지만 형벌을 받는다. 그것이 가능했던 근대에 관한 호기심과 그것을 뒤집어보고자 하는 강렬한 욕망을 이 작품은 섬세하게 다룬다. 그리고 그람시가 그랬듯 '이성으로 비관하되 의지로 낙관하라'는 격언을 벗어날 수 없는 운명처럼 인물들에게 부과한다. 이 운명을 마주한 인물들이 어디까지 나아갈 수 있을까, 라는 질문이 연작으로 이어지는 작가의 소설들을 더욱 주목하게 한다.

이번 심사에서 너무나 즐거운 독서를 했고 많은 자극을 받았다. 그리고 수상작으로 결정된 일곱 편의 작품들이 모두 훌륭하고 자꾸 마음이 가는 소설들이어서 작품에 압도당한 개인으로서 지르는 비명 같은 글을 제출하게 된 것 같아 다소 부끄럽다. 그러나 내게는 작품을 완벽하게 객관적으로 소개할 능력 같은 것은 애초에 없다. 날씨도 시절도 혹독했던 겨울, 집안에 웅크려 보냈던 고독한 독서의 시간과 애정어린 토론의 시간을 보내고 나니 내게는 다소 부담이었던 젊은작가상 심사에 참여한 일이 정말 잘한 일이었다는 생각이 든다. 읽는 머리와 쓰는 머리는 다르다지만 나는 아직도 좋은 소설은 읽는 사람을 자꾸 쓰고 싶게 만드는 소설이라고 믿는다. 아쉽게 수상하지 못한 소설들도 있었다. 사람을 만나지 못해 어지간히 쓸쓸한 나날이지만, 이번 심사를 통해 많은 한국소설을 읽으면서 나는 또한 격려를 받은 것 같다. 슬프고 우울하고 망상이나 잡념에 자꾸만 사로잡혀도 그저 다시 조용하게 책상 앞에 앉자고, 그게 우리들의 행복이라고, 나도 동료 소설가들을 뜨겁게 격려하고 싶다.

신수정(문학평론가)

김혜진의 「목화맨션」을 감동적으로 읽었다. 곧 재개발에 들어가리라는 기대를 안고 빚을 내서 장만한 목화맨션의 주인 '만옥'과 세입자 '순미'를 중심으로 진행되는 이 소설이 김혜진의 최고작이라고 생각해서가 아니다. 어쩌면 이 소설은 '공간'과 '계급' 그리고 '젠더'를 교차시켜온 이 작가의 작품들 가운데에서 비교적 소품에 속한다고 할 수도 있을 것이다. 분량상으로도 그렇고 플롯이나 주제상으로도 그렇다. 그러나 이 소설은 이 작가가 세상을 바라보는 시선이 녹록지 않다는 사실을 엿볼 수 있다는 점만으로도 눈부신 데가 있다. 목화맨션을 둘러싸고 서로 다른 위치를 점하고 있던 두 여성이 시간의 흐름과 더불어 점점 더 재개발의 수혜로부터 멀어지며 결국 '다 잃어버린 자'가 되어가는 과정도 생의 알레고리로 적절하지 않은 것은 아니다. 그러나 이 작품의 진짜 이야기는 소설의 마지막, 입원과 퇴원을 반복하다가 결국 요양원에 들어간 남편을 살피러 들른 만옥이 로비 텔레비전을 통해 마침내 목화맨션 일대가 철거된다는 뉴스를 보게 되는 장면에서 뒤늦게 흘러나오는 것 같다. 그녀는 “아쉽다거나 억울하다거나 후회된다거나 하는 마음은 조금도 들지 않았”지만 “다 잊었다고 생각했던 어떤 시간들이 또렷”해지는 경험을 한다. 삶의 보루와 같았던 재개발의 꿈도 무너지고 남편의 병세도 악화되고 이제는 다가올 죽음의 그림자만 기다리고 있을 수밖에 없는 만옥에게 여전히 또렷하게 남아 있는 ‘어떤 시간’의 기억은 도대체 무엇일까? 그것은 혹시 만옥이 순미와 함께 먹었던 냉면의 감각과 무관하지 않은 것은 아닐까. 순미가 결혼하던 날 축의금으로 삼십만원을 내밀고서 이사비를 주는 셈 치고 백만원을 주지 못한 것을 뒤에 두고두고 후회하는 마음 같은 것이지는 않을까. 이 소설은 ‘어떤 시간’에 대한 이 마지막 깨달음과 더불어 이제까지의 밋밋한 연대기를 지우고 전혀 다른 ‘진짜 이야기’ 속으로 독자를 내던지는 정서적 ‘무너짐’을 선사한다. 이런 전환을 선사하는 소설은 흔치 않다는 생각이다.

서이제의 「0%를 향하여」도 재미있게 읽었다. 비장한 이야기를 이상한 정념과 뒤섞어 새로운 활력으로 가공해내는 능력이 돋보이는 소설이었다. 서이제는 다양한 정보로 구성된 사실들과 제각각의 결을 자랑하는 이차 담론들을 뒤섞으며 주체들의 주관적 경험의 지평을 드넓히는 데 발군의 실력을 자랑하는 듯하다. 이 소설의 근저에 놓여 있는, 답이 없고, 답이 있었던 적도 없었으며, 이렇게까지 ‘노답’일 수가 있을까 싶은 독립영화의 현실이 생존의 모서리로 내몰린 주체들의 비극에 그치지 않고 카메라의 '빛'에 사로잡힌 영혼들의 축제적 열정으로 빛날 수 있는 것은 그에 힘입은 바 크다. 물론 이 소설은 한국영화 100주년을 맞은 우리 사회의 영상 미디어 환경이 진화에 진화를 거듭한 나머지 거대한 자본으로 환원되어가는 현실을 모른 척하지 않는다. 아무리 '시네마 천국'을 꿈꾼다고 해도 "영화. 아무래도 영화 같은 건, 그만두는 게 좋을 것이다. 독립 같은 건 꿈도 꾸지 않는 게 좋을 것이다. 미래가 없고 (……) 미래가 없고 (……) 미래가 없다"고 거듭 위악적으로 중얼거리게 되는 현실 앞에서 한국영화사 및 극장에 관한 추억의 역사는 공허할 수도 있을 것이다. 그러나 굳이 '0%'의 삶으로의 전락을 회피하지 않는 '시네필'의 낭만적 동경이 없었다면 이 소설의 밀도가 덜해졌을 것이라는 점은 분명해 보인다.

최근 들어 비슷한 경향을 자주 보여왔지만, 올해 젊은작가상 수상작들은 페미니즘의 어젠다와 더욱 밀접한 관련을 지니고 있는 듯이 보인다. 우리 소설이 여성의 서사를 발굴하고 재현하는 속도는 실로 놀라운 데가 있다. 젊은작가상 수상작들이 그 흐름을 앞당기는 데 일조를 하고 있다는 생각도 없지 않다.

한정현의 「우리의 소원은 과학 소년」을 입담이 좋은 소설이라고 해도 무리가 없을 듯하다. "옛날이야기 해줄까"로 시작하는 소설의 첫머리나 "그것은 정말 옛날이야기일까"라고 의혹을 표하는 소설의 끝 대목이 모두 '옛날이야기'로 마무리되는 데서도 알 수 있듯이, 이 소설의 액자 속 소설은 우리가 알고 있는 익숙한 동화의 세계를 뒤집는 낯선 이야기를 제공한다. 그를 통해 오랫동안 주인공이 되지 못하고 왕자와 공주의 이야기 속에 가리워진 채 살아갈 수밖에 없었던 여성들의 이야기가 시대착오적 자료의 조합과 대중문화의 문법에 실려 새롭게 펼쳐진다. '어머니의 어머니의 어머니'가 조선 왕실의 의녀였고 '어머니의 어머니'는 여귀의 제사를 주관하는 여제였다는 제중원 간호원의 이야기나 남장을 하고 다니며 당대의 관습과는 달리 소설에 '과학 소녀'를 즐겨 등장시키는 여성작가의 이야기가 그 자체 활력을 유지하는 것은 바로 이 창작 방법론 탓이 큰 것 같다. 작가는 뒤죽박죽 섞인 자료의 패치워크 사이를 헤치고 나가 여성의 서사를 새롭게 써내고자 하는 욕망을 '신들린 듯' 보여준다. 사정이 그러하다면 때로 이야기가 성글고 작의가 쉽게 드러난다고 한들 무슨 큰 흠이랴. 오히려 이 소설의 제일 안타까운 대목은 소설 속 '옛날'이야기가 여전히 '지금 여기 우리'의 이야기일 수밖에 없다는 사실의 확인에 있는 듯하다. 이 소설의 미묘한 '멜랑콜리'가 어디에서 나온 것인지 짐작할 수 있는 대목이기도 하다.

이 정조는 김멜라의 「나뭇잎이 마르고」에서도 발견된다. '체'로 불리는 한 여성의 삶을 좇는 이 소설의 기본 플롯은 '체 게바라'에 비견할 정도로 문제적인 체의 초상을 온전하게 복원해내고자 하는 욕망으로 가득하다. 체는 누구인가. 세상의 시선으로 볼 때 그녀는 "한글 자음을 온전하게 발음하지 못"하고 "발음이 뭉개지는 탓"에 "양손을 부지런히 움직이며 자신이 하려는 말을 설명"하려 하지만 "그 손마저 안쪽으로 뒤틀려 있어" 의사소통이 어렵고 "길이가 다른 양쪽 다리 때문에" "걷거나 뛸 때 많은 에너지를 소모"할 수밖에 없는 장애인이자 "여자와 나누는 사랑을 원했고 그 욕망을 부끄러워하지 않"는 레즈비언이다. 이 인물과 더불어 살아가기란 당연히 만만치 않다. 사람들은 체에게 "친근하게 인사를 건네는 정도는 망설이지 않"지만 "그녀를 자신들의 집단 안으로 들이는 일"에는 주저한다. 소설의 초점화자 '앙헬'도 마찬가지다. 김멜라는 체를 '우리'의 경계선 안으로 밀어넣고 손쉬운 공존을 도모하고자 하는 섣부른 화해를 시도하지 않는다. 체에게는 세상을 살아가는 자신만의 기준이 있고 우리에게는 우리 나름의 그것이 있다는 투다. 어쩌면 이 차가운 현실 인식이 이 소설의 멜랑콜리한 정조를 결정짓는지도 모르겠다. 그러나 이 우울한 정조를 소통의 단절이나 비관으로만 받아들일 필요는 없을 듯하다. "체와 함께 옥상에서 술을 마실 때면 앙헬은 체의 발음이 다른 사람의 발음보다 더 매끄럽고 정확하게 들렸다." 앙헬이 자신을 사랑하는 체의 어눌한 발음을 정확하게 간파하는 어떤 순간이 있다면 그녀/우리의 경계는 우리가 생각하는 만큼 단단하지 않은 것일 수도 있다. 김멜라가 눈부시게 그려낸 마지막 장면의 '오이'의 맛과 더불어 그녀의 아름다운 문장과 신비한 상상력이 이 간절한 기원에 깊이를 부여하고 있음은 물론이다.

신수정

커밍아웃한 여성이 자신의 사랑을 가족구성원 내부에서 인정받는 일의 지난함과 관련해서라면 김지연의 「사랑하는 일」을 참조할 만하다. 엄마는 "정말 결혼은 안 할 거야?"라는 말에 '나'가 일 년 사귄 동성 애인이 있다고 하자 "그날의 대화를 기억 속에서 삭제"해버린 듯한 태도를 보이고, 할머니는 욕이란 욕은 다 한다. 자라는 내내 "가정 내 이권 다툼에서 늘 교묘히 우위를 점"해오던 남동생은 느닷없이 '나'의 행복을 빌고, 아버지는 '나'와 애인을 함께 만나는 자리에서 둘이 소문내지 말고 같이 살기만 하면 안 되겠느냐는 말만 해댄다. 그러니 '딸'이라는 이유로 '가족 역할극에서 의무만 잔뜩 부과된 배역'을 맡아오던 '나'가 '폭발'하게 되는 것은 당연한 귀결이다. 김지연은 이 일련의 과정을 물 흐르듯 자연스럽게 소설 속에서 펼쳐놓는다. 이 자연스러운 생활의 감각은 이 소설을 비슷한 계열의 소설들과 구별 짓는 가장 중요한 지표로 보인다. '안물안궁' '술로 발라버리자' 등 작가가 의도적으로 선택한 가벼운 표현들 역시 '나'의 '사랑하는 일'을 이성애자의 그것과 '다름없는' 일상 속에 안착시키며 현실의 감각을 부여하는 데 지대한 역할을 하는 것도 같다. 우리 소설의 리얼리티가 또 이렇게 한 단계 진화하는 것인지도 모르겠다.

박서련의 「당신 엄마가 당신보다 잘하는 게임」을 전통적인 소설 독법으로 읽는다면 민망해할 사람들도 적지 않을 것 같다. 실은 나 역시 이 소설의 내러티브에 완전히 공감한다고 하기 어렵다. 게임과 관련한 용어들이나 관행, 게임 배틀의 분위기, 승부를 향한 열정 등 이 소설의 디테일을 형성하고 있는 구체적인 기호들에 익숙하지 않기 때문이다. 그러나 게임이라는 가상의 영역이 폭력적 에네르기로 가득찬 마초 남성의 마지막 비상구로 기능하며 실제를 넘어서는 성차별적 게토가 되고 있다는 사실은 충분히 공감할 만하다. 박서련의 위반적인 상상력이 아니라면 이 공간의 소설화가 가능하지 않았으리라는 생각도 든다. 그런 점에서 과외 선생에게 개인교습을 받아가면서까지 아들의 게임 실력 향상에 주력하던 화자가 '엄마'라는 용어를 'NGUM' 즉, '느그 어미'라는 욕설로 되돌려주는 '게임의 언어 규칙' 속에서 "더이상 승자의 기분을 느끼지 못"하게 되는 소설의 마지막 부분은 어이없다 못해 씁쓸하기까지 하다. '당신 엄마'가 '당신'보다 아무리 게임을 더 잘하게 되더라도 그 영토 속에는 그녀를 위한 자리가 배정되지 않을 수 있다는 의혹은 여전히 실제적이고, 항시적이다.

대상작 전하영의 「그녀는 조명등 아래서 많은 시간을 보냈다」가 남다른 무게를 지니게 되는 것은 이런 정황 속에서다. 전하영은 이 소설 한 편만으로도 자신의 세계가 무엇으로 이루어져 있는지 보여주기에 부족함이 없어 보인다. 그만큼 이 세계는 아름답고 우아하면서도 냉정한 결기로 반짝인다. 혼자 점심을 해결하고 식후엔 담배를 즐겨 피우는 삼십대 계약직 행정사무 보조원인 '나'가 비슷한 시간에 담배를 피우는 '그'와 "묘하게 평등한 분위기로 잡담을 나누"는 사이가 되는 데서 소설이 시작된다. 이때 '묘하다'는 것은 계급 체계가 철저한 연구소에서 본부 소속 연구자이자 대학에서 강의도 하는 그와 '나'가 서로 대등한 관계를 형성하기가 쉽지 않다는 뜻이기도 하다. 작가는 의도적으로 소설의 초반에 나타나는 '나'와 그의 '밀당'을 '로맨스'의 전형처럼 묘사한다. 그러나 이 소설이 이런 종류의 남자, 예컨대 은근히 자신의 취향을 뽐내며 탈관습적인 제스처를 취하는 위선적인 남자와의 연애에 관심이 있는 것은 아니다. 사정은 오히려 정반대다. 이 소설은 자신이 다른 평범한 한국 남자와 구별되는 듯이 구는 이런 종류의 남자들이야말로 가장 경멸할 만한 존재임을 드러내는 데 주저하지 않는다. '나' 자신이 스물한 살 때 그와 비슷한 '장 피에르'라는 남자를 만나보았기 때문이다. '장 피에르'라는 우스꽝스러운 별명이 말해주듯 유부남 지식인 남성의 나르시시즘적 허위의식에 대한 이 소설의 냉소적인 시선은 통렬한 데가 있다. 그러나 이 통렬함이 상대 남성만을 향하고 있는 것은 아니다. 그런 남성들의 '개입'을 허용한 자신의 내부를 향한 것이기도 하다. 그런 점에서 자칫 회오와 자책으로 나아갈 수 있는 가스라이팅의 폐해를 딛고 '생존한' 두 여성이 글쓰기의 세계에 안착하는 이 소설의 마지막 대목은 전형적이면서도 여전히 감동적이다. 글쓰기는 "각자의 굴욕"을 그녀들의 소중한 경험으로 만들어줄 수 있을 것이다. 신예 작가 전하영의 출사표로 읽히기도 한다. 조명등 아래서 방황하던 시간은 끝났다. 수상을 축하한다.

이승우(소설가)

주제의 죽음, 의미의 해체 등으로 요약되던 최근 소설에 대한 평가가 오해이거나 잘못된 진단일 수 있다는 사실을, 이번 독서를 통해서 확인할 수 있었다. 오히려 주제에 대한 의욕을 숨기지 못하는 소설들이 많았다. 더 복잡하고 첨예해진 관계 속에서 주체적 삶을 추구하는 일의 소중함(혹은 어려움)을 각기 다른 서사와 스타일로 말하는 소설들을 여러 편 읽었다. 자기 자신 되기, 자기 이름 갖기, 자기임을 드러내며 살기, 라는 문제가 여전히 중요한 주제라는 것은 우리 사회의 진보에 대한 믿음을 의심하게 하기도 하고, 잘 변하지 않는 인간 본성에 대해 숙고하게 하기도 한다. 개인의 주체적 삶을 방해하는 것은 관습과 상투이기도 하고, 개인을 둘러싼 견고한 지배체제나 구조이기도 하고, 한 시절의 편견이나 미망이기도 하다.

김지연은 「사랑하는 일」을 사랑에 관해 두 가지 질문을 던지는 것으로 시작한다. 1) 마음에 맞는 동성 친구와 함께 사는 건 권장할 만한 일이고 동성 애인과 함께 사는 건 부정해야 하는 일인가? 2) 우리가 이렇게 사랑하는데 굳이 섹스까지 해야 할까? 1)은 화자가 엄마를 향해 던진 질문으로 동성애/이성애에 대한 것이고, 2)는 동성 애인인 '영지'가 화자에게 던진 질문으로 사랑과 섹스, 혹은 사랑과 우정의 관계에 대한 것이다. 두 질문이 향하는 곳은 관습과 상투이다. 딸이 레즈비언이라는 사실을 받아들이지 못하는 엄마가 화자에게 그런 것처럼, 섹스를 사랑의 증거, 혹은 표현으로 이해하는 화자 역시 상대적으로 관습적이다. 소설은 이 질문들에 대한 답을 찾아가는 탐구의 과정으로 읽힌다. "우리는 매일 다른 사람이 되고 매일 사랑하는 일을 한다." 작가는 합의된

이승우

일종의 공동선을 향해 함께 나아가는 것을 사랑으로 정의하는 듯하다. 그것은 자신의 삶을 사는 길이기도 할 것이다.

식민지 근대에 대한 성실한 취재를 바탕으로 쓰인 한정현의 「우리의 소원은 과학 소년」에서 개인의 주체적 삶을 가로막는 장벽은 견고한 체제와 권력, 제도이다. "이 아이에게 이름을 주세요. 이름을 불러주세요." 이 문장으로 요약되는 인물들의 소원은 이루어지지 않는다. 작가가 동원한 다양한 정보와 풍부한 에피소드들은 모든 것이 관리의 대상이 된 상황 속에서 다만 자신이 되기만을 원하는 이들의 고군분투를 전하기 위해 철저하다, 혹은 처절하다.

전하영의 「그녀는 조명등 아래서 많은 시간을 보냈다」는 개인의 주체적 삶을 막는 것으로 미망과 현혹을 내세운다. 소설 속 이십대 초반의 여성 인물은 '장 피에르'가 상징하는 예술적인 아우라, 혹은 그런 분위기를 풍기는 남성에게 현혹되어 주체적 삶을 살지 못하는 것으로 표현된다. 이면이나 배면을 꿰뚫어보는 이 작가의 범상치 않은 시선에 의해 아직 '유혹에 대한 면역'이 생기지 않은 사람의 선망의 대상인 장 피에르라는 인물의 기만과 현혹이 끄집어내질 때 독자는 통쾌함 대신 부끄러움을 느낀다. 장 피에르의 허구성에 대한 인식은 누구의 것인가, 하는 문제가 남는다. 이제 미망의 시대는 사라진 것일까? 그러니까 장 피에르의 정체가 만천하에 드러났으니 헛된 것에 유혹당하는 일 없이 자기 삶을 살게 되는 것일까? 아니면 그것은 시절의 문제여서, 영원히 극복될 수 없는 것일까? "스물한 살짜리를 유혹하는 건 정말 쉬운 일이에요"라고 말하는 연구소 남성의 목소리를 통해 우리는 작가의 비관주의를 엿본다.

어떤 문장은 불시에 와서 박히고 오랫동안 잊히지 않는다. 가령 이런 문장. "독립영화라는 게 있는데 그걸 보려면 멀리까지 가야 한다". 주체적 삶의 어려움을 비유적으로, 그러나 가장 확실하게 말하는 서이제의 「0%를 향하여」에 나오는 문장이다. 한국영화 100년사에 대한 객관적 정보와 인물들의 영화 체험 서사를 적절하게 배합해서 전개하는 이 소설은 상업적 주류문화가 주도하는 상황 속에서 자기의 자리를 찾지 못하는 어떤 가치들의 생존 보고서처럼 읽힌다. 독립이라는 단어는 역설적으로 독립 불가의 현실을 가리킨다.

박서련의 「당신 엄마가 당신보다 잘하는 게임」은 현실적인 이야기를 실감나게 풀어낸 세태소설이라고 할 수 있는데, 초등학생 아들의 기를 살려주기 위해 게임을 배우는 중산층 여성의 초상이 극사실주의적으로 그려져 있다. 우상이나 마찬가지인 아이를 위해 자신의 삶을 포기하는 어머니가 이전의 희생적인 어머니와는 다른 모습으로, 훨씬 꼴사납게 등장한다. 훨씬 꼴사나운 것은 아이를 위해 게임을 하는 '당신'이 아이보다 더 아이 같아지기 때문이다. "당신은 가끔 당신 아이가 되고 싶다." '엄마'라는 단어가 욕설로, 금기어로 인식되는 현실은 웃을 수 없는 코미디가 아닐 수 없다.

재개발 지역을 무대로 계층의 고착화 문제와 인간의 이중성에 대해 집요하게 묻는 작업을 하고 있는 김혜진의 관심은 이번 소설 「목화맨션」에서도 여전하지만, 인물들이 맺는 관계의 양상은 조금 달라 보인다. 이기적 인간 본성을 폭로하는 대신 공감과 연대를 강조하는데, 집주인과 세입자의 차이를 무너뜨리는 이 변화가 작다고 할 수 없다. 이제 타인은 의심의 대상이 아니라 공감의 대상이 된다. 잘 익지 않은 수박을 사온 집주인 '만옥'이 무안하지 않도록 세입자 '순미'가 "식칼을 요리조리 움직여서 허연 속을 도려"내어 먹음직스러운 부분을 찾아내는 것과 같은 에피소드는 우리의 안전한 삶이 누군가에게 의지해 있다는 사실을 상기시킨다. 이런 속깊은 에피소드들 사이사이에 생활에 밀착한 잠언과도 같은 목소리들이 꼭 들어맞는 부속처럼 박혀 빛난다. 이를테면 "입맛 없어도 밥은 꼭 챙겨 드세요". "뭐든 남들보다 천천히 한다고 생각하면 돼. 아무 문제 없어요." 그리고 또 이런 말. "살아봐야 알아요. 안 살아보고는 절대로 몰라."

「나뭇잎이 마르고」의 김멜라는 뒤틀리고 고부라진 몸에 발음을 정확하게 하지 못하는 한 여성 주인공이 보여주는 의연하고 당당한 삶의 자세를 통해 우주 안의 한 존재인 인간의 위엄을 증거한다. 모든 것을 다해 말하고 모든 것을 다해 웃으며, 자기 속도로 걷는 '체'라는 인물에게 나는 압도당했다. 거리낌없이 자신의 삶을 살면서도 주변과 세상에 눈감지 않는 이 인물은 삶의 모델로 손색이 없다. 소설을 읽는 내내 "그녀라는 존재가 온전히 녹아 있"는 세상을 보는 듯 환했다.

형식과 스타일, 문체가 제각각인 젊은 작가들의 소설을 읽으면서, 서로 다른 곡을 자기 식대로 부르는 일곱 명의 개성을 만난 것 같아 좋았다. 누군가의 장점이 다른 누군가의 단점을 추려내게 하기도 했지만, 그러나 누구도 아닌 자기 자신이 되려고 하는 문학적 의욕을 감지할 수 있었다. 자신이 되려고 하는 것, 유일한 작가가 되려고 하는 것, 그것보다 중요한 것은 없기 때문이다.

최윤(소설가)

긴 시간의 토론과 몇 번인지 세어지지도 않는 투표에 투표를 거쳐 선정된 일곱 편의 작품을 무례하게 주제별로 혹은 다른 어느 잣대로 교통정리하지 않기로 한다. 한 작품이 절대이듯 읽었다. 일곱 명의 수상자분들에게 독후감으로 축하를 보낸다.

김혜진의 「목화맨션」은 그윽하고도 단단한 작품이다. 중년의 두 여자인 집주인과 세입자의 생존과 거주의 이야기를 펼쳐놓는 이 작품의 어느 요소 하나 제자리를 비껴간 것이 없다. 잡으려 하면 뒤로 물러나기만 하는 신기루 같은 재개발을 기다리는 빌라는 상징이기 이전에 적나라한 존재적 조건으로 인물들을 둘러친다. 서로가 서로의 편의를 봐주면서도 셈은 또 정확할 수밖에 없는 빠듯하고 단호한 현실을 살아가는 두 여자는 침수와 가족의 병마

최윤

와 불안정한 일상의 파고를 넘는다. 밥의 힘으로 팔 년의 삶은 기록된다. 이 작품에 리듬을 만드는 것은 바로 애찬이라 부를 만하게 이들이 나누어 먹는 음식이다. 냉면과 묵, 수박, 인절미, 국수. 아무것도 안 일어나는 듯하지만 음식을 나누며 서로가 있음으로 팔 년이 살아졌다. 손쉬운 연민도 없다. 팔 년 후 이들은 헤어지고 연락이 끊긴다. 삶이 그렇듯이.

김멜라의 인물들은 때로 그로테스크하고 감각은 일반적인 공감의 영역을 뛰어넘는다. 그 특수성이 이 작가만이 그려낼 수 있는, 범주를 벗어난 인물들을 만들어낸다. 「나뭇잎이 마르고」의 '체'처럼. 경계 밖의 존재를 우리에게 데려다놓고, 그를 이해하고 그에게 공감하라고 하는 듯하다. '앙헬'이 체의 모든 예외성, 자음이 뭉개진 그녀의 언어에 익숙해지듯, 독자들을 이 생소한 인물들의 세계에 발을 담그게 하는 것은 무엇일까. 작가가 이들에게 몰입해 들어가는 그 동조의 힘, 그들 속에 있는 숨겨진 어떤 깊이를 때로는 거리를 두고, 때로는 얽히면서 드러내는 끈기. 그것은 나무의 수액이 마르듯, 양쪽의 존재가 메말라가는 지난한 일이다. 이 작가만이 들을 수 있는 메마른 가지 속의 미미한 수액의 보이지 않는 분비, 이 미지의 활동에 기대를 걸어본다.

김지연의 「사랑하는 일」은 다소간 흥분질인 레즈비언 주인공을 의도적으로 내세워 사랑의 허구를 분해한다. 부모의 이혼을 통과하며 한 가족을 구성하던 허구적이며 위선적인 사랑의 구조가 까발려지고 '가족 역할극'이 해체된다. 죽을 것 같을 때 자신을 구해준 여자친구 '영지'와의 관계가 가족구성원에게 인준되는 과정은 길었거나 불완전했고, 핏줄의 사랑은 배반되었으며, 유산 철회라는 손해도 쓰라렸다. 오해와 환상을 유지해야 작동되는 가부장제의 대표인 아버지와 커플의 실패한 거래적 식사 자리. 아버지는 이들의 관계를 "딸 하나 더 생긴 셈"으로 치부한다. 할머니의 유산은 아버지에게서 '나'에게로 넘어올 것이다. 이혼 후 캐나다로 떠나는 엄마에게서 관계는 인준받는다. 작품은 그렇다고 '나'와 영지의 관계를 이상화하지도 않는다. 다만 현재의 '사랑하는 일'에 집중할 뿐. 쿨한 듯하지만 싸하다.

박서련의 「당신 엄마가 당신보다 잘하는 게임」은 웃을 수만은 없는 어떤 현실의 고상하게 비참한 기록이다. 이인칭 주어 '당신'은 제목에서는 아들을, 작품에서는 '당신의 엄마'를 불러내며 모자가 공모하는 이 시대의 익숙한 전쟁의 양상을 또박또박 침착하고 냉정하게 분석해 보여준다. 욕심과 두려움, 제2의 본능이 된 경쟁심과 성공이라는 대리 욕망의 결정체인 아들과 엄마는, 지루할 정도로 언론을 달군 어느 가족을 연상케 한다. 그러나 모든 것을 '알아서 해주는' 엄마는 고상하고 겸손하고 월권하지 않으면서도 아들이 학생회장에 등극하도록 하기 위해 게임의 달인이 될 정도의 의무감으로 자신의 존재를 불사른다. 게임의 세계에서는 아예 블라인드 처리되는 최대 욕설, 그걸 인정할 수 없어 더욱 엄마인 그 '엄마'가 되기까지.

서이제의 작품은 그 언젠가 쫓아다니던 텅 비고 허름한 작은 극장의 냄새를 불러낸다. 빈 극장의 모서리를 장식하는 자들의 자전적 편린을 엮어 쓴 '0%를 향하여'라는 제목의 독립영화를 보는 느낌도. 다큐와 허구가, 영화사의 빛나면서도 사라지는 순간들이 현재에 비집고 들어오고, 영화비평과 세상 비판이 뒤섞인다. 하나의 단언이 그다음에 오는 반대 단언으로 부정되는, '인 것 같기도 하고 아닌 것 같기도 한' 불확실의 연루를 지탱하는 것은 한국영화 100주년에 0%를 향한 한줌의 영화 애호가들의 독립영화에 대한 운명적 엮임이다. 어쩌다 '예술'이라는 것과 사랑에 빠져 끝까지 가는 사람들의 얘기에는 그들만이 아는, 삭제할 수 없는 과거가 있다. 이 작품은 그것을 추체험하게 한다. 밤 다음엔 또 밤. 그리고 빈 극장을 드나들 때면 마주쳤던 얼굴들, 이들이 이 희박해져가는 독립영화/예술의 주인공이고 이들이 있는 한 아직 그래프는 0%에 도달할 수 없다. 최정희 할머니의 첫 영화 〈영화라고 하기에는 뭐하지만〉처럼, 소설이라고 하기에는 뭐하지만 소설이 아니라고도 할 수는 없는, 이 시대의 체험적인 예술론의 한 조각이 나왔다.

한동안 일제강점기를 중심으로 한 신여성 연구가 활발히 진척되었고 자료들이 발굴되고 연구되었다. 70년대 후반에 시작된 페미니즘의 대표적 이론서들이 90년대를 한바탕 쓸고 지나간 후의 일이다. 성실히 소화한 자료들에서 상상력이 촉발되고(혹은 그 반대의 과정일 수도 있다), 한정현의 「우리의 소원은 과학 소년」이

태어났다. 작가는 거의 한 세기 전의 한국 여성사의 뒤안길에서 유교 기반의 가부장제도에 희생된 여성/남성들을 건져낸다. 정체성 은닉, 정체성 거부로 이어지는 실패의 서사를 딛고 그들만의 출구를 찾은 여성들의 연대의 계보가 서사를 구성한다. 연구와 독서가 픽션과 어우러진, 공적 서사에서 드러나지 않는 옷의 안감 같은 실존들의 갈피가 펼쳐진다. 가명과 개명으로 변화되는 정체성을 표현하며 존재에 부합하는 이름을 갖고자 하는 여성들의 은밀한 투쟁사가 옹호된다. 하고 싶은 얘기도, 사용할 자료도 많아 한 작품의 등허리에 너무 많은 짐이 실렸다. 그만큼 해석의 여지가 다변화되기는 하지만 가끔 설득과 교훈이 되기도 한다.

전하영의 「그녀는 조명등 아래서 많은 시간을 보냈다」는 '장 피에르'라는 인물을 현재에 불러낸 것만으로도 의미가 있다. 디테일이 생생한 치밀한 세부들을 서사의 줄에 입체적으로 잘 꿰어, 지난 한 세대의 무수한 미성숙의 스물한 살의 여성들을 매료시킨 어떤 지식인의 패턴을 흥미진진하게 그려냈다. 그는 잘생겼다. 기만의 기호를 사용할 줄 안다. 근원 없이 수입된 무수한 문화적 유행들로 세련된 재간을 부릴 줄 안다. 소화되지 않았기에 더욱 모호하고 모호함에 신비를 뒤집어씌울 줄 아는 지난 한 세대의 어떤 지식 권력자의 초상. 작가는 유려한 문장으로, 회상의 향수까지 간간이 뿌리며 맛깔나게 장 피에르에 엮인 한 쌍의 여대생의 속임당한 한 시절을 해부한다. 이런 남자에게는 비윤리도 패션이다. 상관없다. 그들은 성공해 안정된 주류의 자리를 차지하고 있다. 장 피에르는 어디에나 있다. 심지어 바로 눈앞에, 그것도 상사로. 조명등 아래서 이삼십대를 흘려보낸 두 여성은 발꿈치를 돌려 나와 기록자들이 된다. 아, 장 피에르들! 언젠가는 잔 피에르의 초상화도 나오지 않을지.

| 수록 작품 발표 지면 |

그녀는 조명등 아래서 많은 시간을 보냈다…… 『문학동네』 2020년 가을호

나뭇잎이 마르고…… 『문학동네』 2020년 겨울호

사랑하는 일…… 『언니밖에 없네』, 큐큐, 2020

목화맨션…… 『에픽』 2020년 10/11/12월호

당신 엄마가 당신보다 잘하는 게임…… 『자음과모음』 2020년 가을호

0%를 향하여…… 『악스트』 2020년 1/2월호

우리의 소원은 과학 소년…… 『문학동네』 2020년 봄호(『소녀 연예인 이보나』, 민음사, 2020)

문학동네 젊은작가상 수상작품집
2021 제12회 젊은작가상 수상작품집

1판 1쇄 2021년 4월 7일
1판 5쇄 2021년 12월 10일

지은이 전하영 김멜라 김지연 김혜진 박서련 서이제 한정현
책임편집 김내리 | 편집 오윤 정민교 이상술
디자인 김마리 이원경 | 마케팅 정민호 이숙재 우상욱 정경주
홍보 김희숙 함유지 이소정 이미희
제작 강신은 김동욱 임현식 | 제작처 한영문화사

펴낸곳 (주)문학동네 | 펴낸이 염현숙
출판등록 1993년 10월 22일 제406-2003-000045호
주소 10881 경기도 파주시 회동길 210
전자우편 editor@munhak.com | 대표전화 031) 955-8888 | 팩스 031) 955-8855
문의전화 031) 955-3578(마케팅) 031) 955-8864(편집)
문학동네카페 http://cafe.naver.com/mhdn | 트위터 @munhakdongne
북클럽문학동네 http://bookclubmunhak.com

ISBN 978-89-546-7840-7 03810

잘못된 책은 구입하신 서점에서 교환해드립니다.
기타 교환 문의 031) 955-2661, 3580

www.munhak.com